SCHERZ

Jennifer Mentges

ELTERN HAUS

Thriller

SCHERZ

Aus Verantwortung für die Umwelt hat sich der S. Fischer Verlag zu einer nachhaltigen Buchproduktion verpflichtet. Der bewusste Umgang mit unseren Ressourcen, der Schutz unseres Klimas und der Natur gehören zu unseren obersten Unternehmenszielen.

Gemeinsam mit unseren Partnern und Lieferanten setzen wir uns für eine klimaneutrale Buchproduktion ein, die den Erwerb von Klimazertifikaten zur Kompensation des CO_2-Ausstoßes einschließt.

Weitere Informationen finden Sie unter: www.klimaneutralerverlag.de

MIX
Papier aus verantwortungsvollen Quellen
FSC® C014496

Erschienen bei FISCHER Scherz

Satz: Pinkuin Satz und Datentechnik, Berlin
Druck und Bindung: GGP Media GmbH, Pößneck
Printed in Germany
ISBN 978-3-651-02555-4

1

6. März

Es gab Cocktails und Pianomusik und einen Blick aus diesen Augen. Die Farbe undefinierbar. Helles Grün, helles Blau, meerwassergleißend. Augen wie Fenster zu einem Geheimnis – oder in eine große Leere. Bartstoppeln. Er lächelte vor sich hin, als er sich mit der Hand durch die Haare fuhr. Er trug sie nach hinten gekämmt. Dunkel waren sie, voll und wellig. Weiß wie Milch die Zähne. Brusthaare, die er gern ein paar Zentimeter aus dem Hemd blitzen ließ. Er verstand die Menschen nicht, die anderen ihre Eitelkeit vorwarfen wie einen Makel. Eitelkeit war in seinen Augen nur der Beweis dafür, dass man sich selbst nicht gleichgültig war. Mochte man andere Menschen auch als bedeutungslos für das eigene Leben empfinden, sich selbst gegenüber hätte Tobias diese Form von Abgestumpftheit als Verrat betrachtet. Noch idiotischer aber war es, andere merken zu lassen, wie wenig sie einem bedeuteten, wie sehr man sie insgeheim verachtete. Das gestattete er sich nur in kleinen Momenten der Schwäche, bevor er die Maske wieder aufsetzte.

Sie saß perfekt.

Seine kleine Familie war Teil der Tarnung.

Sicheres Netz.

Warmes Nest.

Hübsches Haus, schöne Freundin. Leider war sie zu anhänglich, war wie eine dieser Kletten, die sich mit ihren hakeligen Blüten beim Sonntagspaziergang an Mäntel und Hundefelle hefteten. Larissa war sogar so weit gegangen, ihm ein Kind anzuhängen. Gegen seinen Willen war sie schwanger geworden, und gegen seinen Willen liebte er seinen Sohn abgöttisch. Theo war zwei und Grund genug, diese Vater-Mutter-Kind-Idylle zu ertragen. Dieses Duftgemisch aus Kräutergarten, selbstgebackenem Apfelkuchen und Babykacke. Eines Tages würde es auf klare Worte und eine Trennung hinauslaufen. Noch bestand keine Notwendigkeit. Noch war es angenehm, so wie es war. Der Sex. Ihr Lachen. Ihre emsige Art, die Vegetarierin rauszukehren und ihm Gemüse schmackhaft zu machen. So als würde die Welt eine bessere, nur weil man Auberginen aß. Sie war naiv in ihrer Glücksgläubigkeit, und er ließ sie gewähren.

Sie hatte das Beste vom Leben gewollt – und ihn gekriegt.

Ihr Problem.

Tobias Hansen war der Meinung, dass es nur zwei Kategorien von Menschen gab, die Guten und die Bösen, und er hatte das nicht ganz unbedeutende Talent, das Eine in sich schlummern zu wissen und es durch das Andere zu kaschieren.

Die Frauen waren verrückt nach ihm. Das ließ sich nicht vermeiden, wenn man dieses Aussehen hatte – und Talent am Klavier. Er war Barpianist in einem der besten Hotels der Stadt. Berühmt für seine Küche und die Terrasse am Fluss unter alten Lindenbäumen.

As Time Goes By. Summertime. Ballade pour Adeline. Moonlight Serenade. Candle in The Wind.

Er hatte alles drauf. Er untermalte ihre Träume musikalisch, während sie in den Samtsesseln der Bar saßen, die Beine übereinandergeschlagen, am Champagner nippten, ihm zulächelten und mit der Fingerspitze über den Rand ihres Glases strichen, als wäre es der spitz gezeichnete Amorbogen seiner Lippe, die oben voller ausfiel als unten. Ungewöhnlich, aber nicht ohne Reiz.

Es war ruhig heute Abend. Ein Sonntag. Er liebte die Sonntagabende. Sie waren eine bittersüße Auflehnung gegen das ernüchternde Gesicht des nahenden Montags. Er ließ seine Blicke schweifen, trank Whisky, spielte was von der Knef.

Für mich soll's rote Rosen regnen.

Es war diese Zeit zwischen Tag und Traum, die er mochte, während die große Stadt ihre ganz eigene Melodie fand. Die Schwärmerei der anwesenden Damen amüsierte ihn allenfalls. Er mochte es lieber, wenn sie sich desinteressiert zeigten, anfangs, ihn mit kalten Augen anblitzten, ihn *abblitzen* ließen, bevor sie schwach wurden und sich ihm hingaben voller Wollust, alles vergaßen, ihren Mann, ihre Kinder, ihren Anstand, ihre guten Manieren. Wenn sie schwitzend in seinen Armen lagen und es ihnen egal war, dass die Mascara von ihren Wimpern krümelte und schwarze Schatten unter ihre Augen malte. Er bevorzugte die Adretten, Akkuraten, Verheirateten, Pflichtbewussten, die so glatt und kühl waren wie die Perlen um ihren Hals. Es erregte ihn, die festgezurrten Linien ihrer schmalen beherrschten Münder aufweichen zu sehen, bevor ihnen ein Stöhnen oder ein leiser Schrei entfuhr. Die Elbvororte waren voll von Frauen mit dieser perfekten Fassade – und das Hotel von weiblichen, erfolgreichen Gästen, die sich nach ihren Geschäften nach etwas Wärme sehnten wie ein kühler Tag, der sich plötzlich aufheizte und in der Mittagssonne zerfloss.

Für mich soll's rote Rosen regnen.

Mir sollten sämtliche Wunder begegnen.

Konnten sie haben.

Aber nicht heute.

Auch wenn die Bar von diesen Zutraulichen wimmelte, ein paar Drinks im Blut, Hunger im Blick, die man nicht lange um ein nächtliches Vergnügen hätte bitten müssen und in denen Sehnsucht aufwallte, sobald er diesen Titanic-Song spielte.

My Heart Will Go On.

Sichere Nummer.

Ging immer.

Er spulte noch das herunter, was man von ihm erwartete, ein wenig Nat King Cole, ein bisschen Sinatra, *Unforgettable, Strangers in The Night*, und machte um ein Uhr nachts Feierabend. Froh, endlich allein zu sein, obwohl er unter Schlaflosigkeit litt, die einen Menschen einsam und melancholisch machen konnte. Es war die Schlaflosigkeit jener, die die Gier kennen. Nicht das Sattsein.

Er fuhr immer denselben Weg nach Hause. Und wie so häufig legte er einen Stopp ein an einem Ort, an dem er nichts zu suchen hatte. Vor einem Haus im Hamburger Westen, das nicht das seine war. In einer Gegend, in der er nicht wohnte. Ihn zog es zu einer kleinen Straße, die von der vornehmen Elbchaussee abzweigte. Othmarschen war ein feines Pflaster, blank gefegt und ruhig. Stille und Sauberkeit. Nur wenige Minuten zu Fuß waren es von hier bis zum Elbstrand, nur wenige Minuten, bis man die Schuhe abstreifen und im Sommer durch feinen Sand laufen konnte, von den nackten Zehen hochkatapultiert zu kleinen Fontänen. Der Elbstrand war Hamburgs Spezialeffekt. Das glitzernde Wasser des Flusses, die Ahnung von Meer, die Riesenpötte und die Sonnenuntergänge, die der Himmel der Stadt manchmal spendierte, bis alles getränkt war im Farbton eines beschwingten Glases Rosé. So spät in der Nacht und um diese Jahreszeit war alles anders. Die Bäume waren noch nackt. Fäden von Nebel hingen in der Luft. Das Pflaster war feucht vom Regen. Auf den Straßen standen Pfützen. Es war kalt, und die Ruhe, die auch am Tage hier draußen herrschte, war dröhnendem Schweigen gewichen. Der Wind zischelte um seinen Wagen. Die Hafenkräne auf der Kaimauer am gegenüberliegenden Ufer des Flusses wirkten wie gigantische Raubvögel mit zur Erde geneigtem Schnabel, bereit zur Attacke.

Er hielt vor dem Haus am Ende der Straße, das durch sein großes Grundstück respektvoll Abstand hielt zu seinen Nachbarn. Er schaltete Motor und Scheinwerfer aus, obwohl er sich nicht lange aufhalten würde, und blickte hinüber zu dem gewaltigen Gemäuer. Von der Substanz her ansehnlich, wirkte es durch langen Leerstand verlottert in dieser manikürten Gegend. Tobias schlug in rhythmischem Trommelwirbel aufs Lenkrad. Wie oft hatte er hier schon gestanden! Bei Tag, bei Nacht. Bei Sonne und Regen und Sturm und Schnee. In Frühling, Sommer, Herbst und Winter. Es war ein imposantes Anwesen inmitten eines weitläufigen Gartens. Trotz seiner Verwahrlosung verfügte er aufgrund seines jahrhundertealten Baumbestandes immer noch über die nötige Grandezza. Die Fassade des dreistöckigen Hauses bestand aus braunem Backstein. In der ersten Etage befand sich ein Erker mit bleiverglasten Scheiben, der so romantisch aussah, als habe hier vor vielen Jahren ein Dichter am offenen Fenster gestanden und seine Verse hinausgerufen auf die Straße. Im Stockwerk darüber wurden zwei nebeneinanderliegende Bogenfenster von einem Giebel in Obhut genommen.

An den Mauern der Villa war der Efeu nicht zu bändigen. Die Kirschlorbeerhecke, die ums Grundstück lief, wucherte wild und war vermutlich ein Nachbarschaftsärgernis. Im Vorgarten baumelte an einem weißen galgenförmigen Balken das Schild eines Maklers. Zu verkaufen. Zwei Steinskulpturen rechts und links der Treppe zum Eingang hatte man im Regen stehen lassen. Dunkelheit und Schweigen, Totenstille. Nichts hatte sich in all den Jahren verändert, in denen das Haus leer stand.

Nichts ging voran.

Sollte das ewig so weitergehen?

Er saß noch einen Moment lang untätig hinter dem Steuer auf der verlassenen Straße, dann ließ er den Motor wieder an. Ihm war nach einem schweren Wein und nach Rachmaninow. Dieses

Haus suchte ihn heute noch heim. Es war sein Schicksal. Wie eine düstere Musik. Die blieb für immer in einem, wenn man sie nicht zu vertreiben vermochte. Man konnte sein altes Ich nicht einfach abschütteln.

Endlich fuhr er nach Hause ins Treppenviertel von Blankenese, wo sich Kapitänshäuschen an herrische Villen schmiegten. Die Sackgasse, in der er wohnte, zweigte südlich von der Terrasse des Hotels Süllbergs ab, auf dessen Aussichtsturm die rot-weiße Fahne der Hansestadt wehte. Er schien über das Treiben unter ihm zu wachen, und man konnte gar nicht anders, als sich geborgen zu fühlen, behütet und sicher, unbelästigt und unbehelligt von allem Bösen, das hier draußen weit weg zu sein schien.

Es war kurz nach halb zwei in der Nacht. Seine Zeit. Er hatte lange nicht mehr tief und fest geschlafen, ihm war kalt, aber er dachte nicht daran, sich hinzulegen. Er wollte jetzt niemanden neben sich haben. Vermutlich hatte es Theo zu seiner Mutter Larissa ins Bett geschafft, und für sie drei war es nicht komfortabel genug. Er parkte seinen alten schwarzen Saab in der Einfahrt zu der abschüssigen Garage, die er aus Bequemlichkeit meist nicht nutzte, öffnete das schmiedeeiserne Gartentor, das in den Angeln quietschte, ging am Steingarten vorbei, der zu seiner Rechten lag. Fetthenne, Enzian, Thymian und Lavendel zwischen Findlingen und Geröllstücken. Die Schneeglöckchen und Krokusse in Gelb und Violett waren ein erstes Lebenszeichen inmitten der komatösen Natur. »Wie ein kleines alpines Gebirge«, hatte Larissa stolz verkündet. Sie war verschwitzt gewesen von der ungewohnten körperlichen Arbeit. Sie stand plötzlich auf diese ganze Living-at-Home-Idylle mit Nestbautrieb und Gartenarbeit, selbstgezogenen Kräutern und eigenen Tomaten. Sommerliche Melonen-Rezepte und Weihnachtskranz an der Tür. All das. Er hatte gelächelt, als er damals den von ihr angelegten Steingarten betrachtete. Er hatte sie auf den Scheitel ihres langen Haares geküsst und so getan, als sei er gerührt von ihrem Eifer. Was er vielleicht sogar war, wenn er es recht bedachte. Er hatte Respekt vor Menschen, die für etwas brannten. Und er konnte sie sich sehr sexy nackt in Gummistiefeln unter dem Apfelbaum hinterm Haus auf der Blumenwiese vorstellen.

Er stieg die Stufen zur Tür hoch, schloss auf und betrat den Windfang. Von hier ging eine Treppe hinunter in den Keller. Im Erdgeschoss befanden sich das Wohnzimmer, das in den offenen Essbereich mündete, sowie eine kleine lichtarme Küche. In der oberen Etage waren Schlaf- und Kinderzimmer untergebracht und das Bad. Tobias entzündete ein Feuer im Kamin des Wohnraums, schenkte sich ein Glas Barolo ein und ließ leise Jazzmusik von Dave Brubeck erklingen. Larissa hatte ihm einen Teller mit Käse und Oliven in den Kühlschrank gestellt, gutes Mädchen.

Bevor er zu Bett ging, setzte er sich an den schwarz lackierten Flügel vor dem Kamin. Es war gut, dass Larissa und sein Sohn im oberen Stockwerk schliefen, wenn er sich auch nichts vormachte. Das Haus war klein, die Wände waren dünn. Larissa würde wach werden, wenn sie es nicht längst schon war. Doch sie würde es nicht wagen, hinunterzukommen. Am Anfang ihrer Beziehung, als es Theo noch nicht gab, hatte sie mal versucht, diese kitschige *Pretty Woman*-Szene nachzuspielen, indem sie nackt unter ihrem Morgenmantel zu ihm getreten war, um ihn am Klavier zu verführen. Hatte geklappt. Du meine Güte, er war ein Mann! Und sie eine schöne Frau. Mit lockigem Haar, flachem Bauch und kecken Brüsten. Grazil, rothaarig, süß. Inzwischen wusste sie, wie nervenzerreißend angespannt er sein konnte, wie schweigsam und mürrisch, wie snobistisch, bis er Erlösung fand in seinem Spiel und im Alkohol. Er trank zu viel, machte aber nie den Eindruck von Trunkenheit. Er wusste sich zu benehmen, wusste, was sich gehörte. Er entschied sich für die Nummer vier der *Moments musicaux* für Klavier op. 16 von Rachmaninow. Ein Stück voller Leidenschaft, voller Verlangen, Jubel, Kraft, Triumph. Seine Finger rasten über die Tasten. Eine Haarsträhne löste sich und fiel ihm über die Augen. Das Feuer knisterte. Als er geendet hatte, trat er auf den Balkon vor dem breiten Wohnzimmerfenster, genoss das Frösteln und trank Whisky. Wie immer beendete er den Abend mit einem doppelten Scotch aus dem Wasserglas. Wenn es ein dreifacher wurde, konnte er damit auch leben. Die Nacht war an ihrem tiefsten Punkt angelangt, versunken in finsteres Grübeln. Der Wind jagte ums Haus, der Fluss unter dem Hang war aufgewühlt. Er ging nach oben und begab sich zu Bett, ohne das Licht anzuknipsen. Er fuhr durch das zerzauste Haar seines Sohnes, das den gleichen Rotschimmer hatte wie das seiner Mutter und nach der Süße von Popcorn roch. Er betrachtete Larissa, während er sich auszog, seine Kleidung achtlos zu Boden fallen ließ und sich umzog für die Nacht. Nur eine Pyjamahose, blau-weiß gestreift, nackter Oberkörper. Vielleicht hätte er mit Larissa geschlafen, wenn Theo nicht zwischen ihnen gelegen hätte. Er wusste, er würde in ein paar Stunden mit keiner guten Laune erwachen. Er spürte seinen Rücken, er litt an Schmerzen, und er dachte an all die kleinen Klavierschüler, die er in einigen Stunden wieder unterrichten würde. Blankeneser Blagen, denen ihre Eltern jeden Wunsch von den Augen ablasen. Die sich von ihren Müttern wie Graf Rotz im SUV durch die Gegend chauffieren ließen, eine satte Kindheit mit teuren Privatschulen und englischen Internaten, mit Ferienreisen sommers wie winters. Ibiza und Zürs. Sein Leben wäre bedeutend einfacher, wenn ihm diese untalentierten Kinder erspart blieben. Es war schlecht fürs Karma, wenn man in seinem Alter Dinge tat, die einen ankotzten. Ihn ekelte es ohnehin schon, jeden Morgen aufzustehen. Jeden Morgen die gleiche Routine. Die Tage einander ähnlich und so vorhersehbar wie die Menschen.

2

15. März

Yvette Winkler war eine schöne Frau. Klein und schmal, die Augen in der Farbe von Wabenhonig, kurzes blondes Haar mit langer Vorderpartie, die weich in die Stirn fiel, akkurat gezeichnete Züge, ein Gesicht wie ein penibel aufgeräumtes Zimmer. Sie hatte eine bemerkenswerte Stimme, bedächtig und sanft, die manchmal abrutschte ins Raue. Sie gehörte zu den Glücklichen, die sich keine Sorgen ums Geld machen mussten. Das war nicht immer so gewesen. Ihre Attraktivität kam von guten Genen und gewissenhafter Pflege, ihr aufrechter Gang von einer stolzen Haltung, die manche annehmen, die durch dunkle Täler gewandert – und die plötzlich, in ihrem Fall durch Heirat, auf der Sonnenseite des Wetterhäuschens gelandet sind. Sie meditierte manchmal, was ihr dabei half, ihren nervös klimpernden Lidern eine Ruhephase zu verschaffen. Diese Pausen brauchte sie dringend, denn ihre vier Kinder, zwei Mädchen und zwei Jungs, saugten sie aus wie kleine Vampire. Ihr Mann Bernhard nahm bei Alltagsverrichtungen und Erziehung zumeist nur eine Statistenrolle ein, die Haupttrolle überließ er ihr mit Exklusivvertrag und Handkuss.

Yvette war der Typ Frau, der immer ein wenig zu stark am Rad drehte. Immer in Eile, immer schon halb zur Tür hinaus, obwohl der Satz noch nicht zu Ende gesprochen war. Ihr eigener nicht und auch nicht der jener Person, die sie gerade im Begriff war zu verlassen. Eine dieser Frauen, deren Leben von den Terminen der Kinder diktiert wurde. Kieferorthopäde, Fußballtraining, Turnstunde – und abends Füße hoch? Ofen aus? Nichts da! Müdigkeit war nichts anderes als Schwäche. Keine Vollbremsung im Hamsterrad. Da waren die Gäste, die bewirtet werden wollten, die ein Hohelied auf ihr Roastbeef sangen, da waren die Kinder, die immer wieder auf nackten Füßen durch ihren Feierabend patschten. Manchmal wich das Rosenwangige auf ihrer porenlosen Haut hektischen roten Flecken, aber das wusste sie zu überschminken. Ihr war das Glück nicht in die Wiege gelegt worden, aber nun besaß sie es und schaukelte es umso heftiger. Bemühte sich, die Beste zu sein. Spielte ihre Rolle mit tapferer Fröhlichkeit. Alles andere wäre ihrer Meinung nach undankbar gewesen. Sie hatten es gut hier in Österreich in dem luxuriösen Holzhaus mit Alpenblick. Es war eine schnee- und sonnensatte Gegend, diese Gemeinde in den Walserdörfern in Vorarlberg. Sie genoss ihre finanzielle Sorglosigkeit, aber sie glaubte nicht mehr daran, dass das Leben sie noch mal überrumpeln würde.

Sie sollte sich irren.

Im Guten wie im Schlechten.

Es kam nicht oft vor, dass Yvette und Bernhard Winkler in dem Ort ausgingen, in dem sie wohnten. Eineinhalbtausend Einwohner, rund siebzig Gaststätten, Scharen von Touristen. Normalerweise fuhren sie die rund fünfzig Kilometer nach Liechtenstein, wenn sie den Abend zu zweit verbringen wollten. Manchmal auch nach Bregenz, was in etwa das Gleiche an Fahrzeit bedeutete. Bernhard nahm gern das Steuer in die Hand. Das galt für so ziemlich alles in ihrem gemeinsamen Leben. Doch diesmal hatte er sich für eine Weinstube vor Ort entschieden, oberhalb der Kirche. Hierher kamen sie selten. Sie ließen sich auf hellgrünem Samt nieder, weinrote Kissen im Rücken, bestellten Winzersekt, und Yvette missfielen wie immer die Gardinen. Die Gäste an den Tischen um sie herum drehten auf, beschwingt von Stuben-Gemütlichkeit und Marillenschnaps. Bernhard hatte sie hierhergeführt mit der Ankündigung, er müsse etwas mit ihr besprechen. Sie durfte gespannt sein, fand Yvette.

Auch wenn sie nicht unbedingt Herzchen auf die Tageszeitung malte, sobald sie an ihren Mann dachte, so liebte sie ihn nach sechzehn Jahren Ehe immer noch. Auf eine stille vernünftige Art. Ihre Leidenschaft hatte Rost angesetzt. Seine Hände jagten keine Schauer mehr über ihre Haut. Sex war früher mal das Fundament ihrer Beziehung gewesen. Die unstillbare Sehnsucht, das Verzehren. Sie waren vor Gier verrückte Idioten gewesen, die nachts an einsame Badeseen gefahren waren, um sich dort am abgeflachten Ufer zu lieben. In den Nächten hatten sie sich auf abgestrampelten Laken in Yvettes winzigem Apartment um den Verstand gevögelt. Sie hatten sich müde geliebt, bis die Sonne aufging, bis die Nachbarn sich über den Krach beschwerten, wenn der quietschende Bettrahmen den Takt ihrer Liebe geschlagen hatte und sie ihre Lust durch das geöffnete Fenster hinausgestöhnt hatten in die laue Sommernacht. Sie hatten im gleichen Rhythmus geatmet, ihr Schweiß hatte sich mit seinem vermischt, ihre Körper hatten perfekt zueinander gepasst.

Dann hatten sie geheiratet, und die Kinder waren gekommen, mit ihnen die vollgekackten Pampers, die unruhigen Nächte, die Träume von bösen Geistern, die Zähne, die Windpocken, die triefenden Nasen, die keuchenden Bronchien. Yvette war immer müder geworden, und Bernhard lebte für den gigantischen Besitz seiner Eltern, in den er beruflich eingebunden war, und fürs Golfen. Sie waren Lebens-*Gefährten*, aber keine Liebenden mehr. Sie lagen nicht mehr ineinander verknäuelt im Bett, es gab keine nächtlichen Orgien, es gab Familien-Pizza und Läuse und Streit um Playmobil-Piraten und Schmusetiger, und während Bernhard zu Geschäftsessen einlud und viel auf Reisen ging, blieb Yvette mit ihren Kindern daheim, kochte heiße Schokolade und las sie in den

Schlaf. Aber nun waren sie aus dem Gröbsten raus. Die Kinder waren sechs und acht, zwölf und vierzehn. Sie war vierundvierzig und hatte wegen der Familie auf eine Karriere im Hotelmanagement verzichtet.

Yvette hatte sich hübsch gemacht für den Abend: schmale Hose zum Blazer aus Leder, der die Farbe von Sand hatte und sich gut machte zum Pistazienton der Bestuhlung. Die übergroße Tasche, die beim Betreten des Restaurants lässig über ihrer Schulter gehangen hatte, beanspruchte den dritten Sessel am Tisch und knautschte sich zwischen Arm- und Rückenlehne wie ein fensterlederfarbener Hund. Es war ein matschiger düsterer Abend, und es wehte ein kräftiger Wind. Sie war zu dünn angezogen für das Wetter, hatte aus Eitelkeit auf Strümpfe verzichtet. Man heizte gut in der Weinstube. Der Kachelofen bullerte. Das Tischtuch war aus Leinen, die Kerzen brannten.

Bernhard gab die Bestellung auf. Sie beobachtete ihn. Die blonden Haare fielen ihm seitlich in die Stirn, er trug einen Blazer zur Jeans und ein am Kragen offenes helles Hemd. Er wirkte entspannt und duftete nach einem teuren Aftershave. Gesund, sauber, dynamisch. Er war ein attraktiver Mann, ein schlanker Endvierziger mit leichtem Bauchansatz, sportlich, blaue Augen hinter randloser Brille, Bergbubenlächeln. Für sie bestellte er das Risotto. Die Selbstverständlichkeit, mit der er die Führung übernahm, ärgerte sie.

Sie wusste jetzt schon, das Risotto würde einen faden Beigeschmack haben. Zum Glück war sie nicht hungrig. Ungeduldig nestelte sie am Revers ihres Blazers.

»Nun sag schon! Was hast du auf dem Herzen?«

»Dein Wohlergehen«, erwiderte Bernhard und hob sein Sektglas. »Wie immer. Cheers. Würdest du mir einen Gefallen tun? Hör bitte auf, an deiner Jacke herumzufummeln.«

Yvette ließ ihre Finger ruhen, lehnte sich zurück, schlug die Beine übereinander, aber schon waren ihre Hände wieder in Bewegung. Sie nahm den noch leeren Weinkelch vom Tisch und balancierte ihn, den Stiel zwischen ihren Fingern hin- und herrollend, auf dem Oberschenkel. Sie sah, dass ihm auch das missfiel und stellte das Glas zurück.

»Wir gehen zurück nach Hamburg. Kümmere dich um ein Haus!«

Sie riss ihre Augen auf, in denen erst Erstaunen und kurz darauf Entzücken stand. »Das glaube ich jetzt nicht.«

Bernhard zuckte mit den Achseln, als wolle er ausdrücken: Dann lass es halt!

»Wie das?«

»Ich bin jetzt achtundvierzig. Weit über die Hälfte meines Lebens liegt vermutlich längst hinter mir.« Bernhard schob die Brille in die Stirn, schloss eine Sekunde lang die Augen und massierte mit Daumen und Zeigefinger seine Nasenwurzel. »Ich habe keine Lust mehr, mich bis ans Ende meiner Tage mit aufgebrachten Bürgern herumzuschlagen, die sich darüber beschweren, dass es aus einem unserer Schornsteine nach verfaulten Eiern riecht.«

»Stinkt dir ja schon eine ganze Weile, die Leitung eurer Papier- und Kartonfabrik.«

Wie oft war er in letzter Zeit verärgert nach Hause gekommen, weil die neue Papiermaschine technische Probleme mit der Versäuerung und Verkalkung hatte.

Bernhards Eltern hatten früh die Zuständigkeiten für den Familienbesitz unter ihren drei Söhnen aufgeteilt. Der eine die Verwaltung der Immobilien, der andere die des Waldbesitzes, Bernhard die Fabrik. Außerdem hatten sie ihr Geld investiert in ein Romantikhotel, eine Kiesgrube, einen Golfplatz.

»Wird Zeit für mein eigenes Business.«

»Was du mit Anton ja bereits ins Auge gefasst hast vor langer Zeit.«

»Wenn man ein Jahr für eine lange Zeit hält«, sagte er, und sie vernahm den Anflug von Gereiztheit in seiner Stimme.

Ihre Anspannung spürte sie bis ins Rückgrat.

»Ich finde den Gedanken wunderbar, dass wir zurückgehen nach Deutschland, Liebling.«

Der Ober kam mit ihrem Risotto und seinem Kalbskotelett. Bernhard bestellte einen Chardonnay aus der Steiermark.

»Und es ist ein großartiges Geschäftsmodell«, sagte Yvette. »Spezialitäten aus den Alpenregionen in Österreich, Deutschland und der Schweiz für die Asiaten. Essen geht immer.«

Lustlos spießte sie einen Pilz auf die Gabel.

»Vergiss nicht den Wein!«, sagte er. »Und unsere Naturkosmetiklinie.«

»Das läuft«, sagte sie und lächelte ihm zu. »Ihr kriegt sogar die Chinesen zum Bergkäse, und halb Bangkok wird sich eure Edelweiß-Cremes ins Gesicht schmieren.«

»Du solltest nicht so übertreiben.«

»Ist mein purer Ernst.« Ihre Lider flatterten vor Erregung. »Was soll ich sagen? Es ist phantastisch.«

Der Wein kam. Der Ober schenkte ein, Bernhard probierte, nickte, sie stießen an, nippten. Ihr war er für einen Weißen zu schwer, sie mochte die leichten, spritzigen. Er fand ihn harmonisch.

Bernhard breitete die Arme aus wie ein großer Vogel seine Flügel vor dem Abheben. »Es ist alles in trockenen Tüchern. Anton kümmert sich um die Finanzen und die Registrierung unserer Firma in Asien. Ich übernehme Kundenbetreuung, Kontakte zu den Lieferanten, Marketing, Werbung.«

»Du machst mal wieder einen Löwenanteil der Arbeit.«

»Ich werde mehr Zeit für meine Familie haben, als dir lieb ist, mein Schatz.«

»Wer's glaubt! Und was sagen deine Eltern dazu, dass wir von hier weggehen? Sie werden ihre Enkel vermissen. Ihren Sohn.«

»Ihre Schwiegertochter …«, fuhr Bernhard fort.

Yvette knetete die Hände, während sie durch ihren Mann hindurchstarrte und ihr das Lächeln im Gesicht gefror. »Lügner«, dachte sie.

»Auf die Zukunft«, sagte er.

Ihre Gläser stießen erneut mit einem leisen Klirren aneinander.

»Auf die Zukunft!«

»Hast du schon irgendeine Idee, wo wir in Hamburg wohnen wollen?«

»Es soll also wirklich Hamburg sein?«, hakte sie nach.

»Definitiv.«

»Sicher?«

»Aber ja. Es ist deine Heimat. Und ich habe die Stadt während meines Studiums schätzen gelernt.« Er tätschelte ihre Hand, die gerade das Glas abgesetzt hatte. »Hamburg ist das Tor zur Welt, und wir brauchen einen sicheren Hafen. In jeder Hinsicht.«

Sie konnte nicht anders. Sie beugte sich über den Tisch, um ihren Mann zu küssen.

»Stell dir vor!«, schwärmte sie. »Wir stehen in unserem Garten, blicken auf die Elbe und grillen …«

»Hamburger«, sagte er, und sie lachten, wie sie lange nicht mehr zusammen gelacht hatten. Sie lachten so ausgelassen, dass die anderen Gäste zu ihnen hinüberblickten. Das Neckische, Leichte, Spielerische war eine Tonart, die nur noch selten in ihrer Ehe vorkam.

»Wir werden endlich unser eigenes Haus haben«, sagte sie.

Bernhard orderte zum Dessert Kaiserschmarrn; sie hatte vor Aufregung ihr Reisgericht kaum angerührt, und der Teller ging beinahe unangetastet in die Küche zurück.

Als sie das Restaurant verließen, strahlten ihre Augen, und der manchmal harte Zug um ihre Lippen war verschwunden.

Es kam ihr nach langer Zeit wieder so vor, als würde sie aus einem Meer von Möglichkeiten schöpfen. Vor lauter Übermut hielt Yvette im Laufen inne, schmiegte sich an Bernhard und tätschelte seinen Bauch. »Bald gibt's nur noch Rote Grütze.«

Vor ihnen lag eine wunderbare Zeit ohne Mehlspeisen und ohne seine Mutter.

Österreich würde bald schon Vergangenheit sein. Ihre Zukunft war Deutschland. Sie hatte das Gefühl, das Leben würde ihr noch mal eine ganze Welt schenken.

Alles auf Anfang!

Plötzlich hielt er ihre Hände fest und drückte ihren Körper ein Stück von sich weg.

»Warum Elbe?«

»Was meinst du?«

»Du hättest genauso gut sagen können Alster. Wir suchen uns ein Haus an der Alster.«

Sie bemühte sich um ein befreites Lachen und sagte: »An der Elbe sind die Sonnenaufgänge magischer.«

Keine Ahnung, ob das stimmte. Er sollte sie einfach machen lassen. So wenig Fragen wie möglich stellen. Vor allem keine, die ein schlechtes Licht auf sie werfen konnten. Sie wusste schon, was zu tun war.

3

18. März

Consuelo trug ihren Vornamen zu Recht. Er bedeutete »Trost«. Weniger verheißungsvoll klang ihr Nachname. *Strunz*. Velázquez wäre schön, dachte Consuelo manchmal. Consuelo Velázquez. Wie die mexikanische Sängerin, lange tot, Gott hab sie selig, die kaum noch einer kannte, aber ihr Lied lebte fort.

Bésame. Bésame mucho.

Küss mich. Küss mich oft.

Ein Doppelname hätte ihr auch gefallen, wie es in Mexiko üblich war. Nachname der Mutter. Und des Vaters. Doch ihre Mutter hatte einen Deutschen geheiratet, Wolfgang Strunz, Stammgast in der winzigen Kneipe am Fischmarkt, in dem die Mexikanerin Rosa Flores als Bedienung arbeitete, nachdem das Leben sie an den Hamburger Hafen gespült hatte. Rosa brachte den Gästen Bier und Brötchen mit Bismarckhering. Wolfgang brachte den Menschen in Altona ihre Post. Es war ein beschauliches Dasein in der kleinen Drei-Zimmer-Wohnung über der Kneipe, Vater, Mutter, ein Kind, das Rosa in zärtlichen Momenten Consuelito nannte, das sie an Sonntagen in bunte Kleider steckte und mit einer Blüte im schwarzen Haar schmückte. Consuelo erinnerte sich an Bohnen und Mais, an grün-rot-weiß gefärbten Reis am mexikanischen Nationalfeiertag im September und an die Zuckertotenköpfe und Marzipansärge, die ihre Mutter zum Tag der Toten im November auftischte. So viel Mexiko musste sein. Und trotzdem wurde aus

Consuelo keine Flores, keine Blume. Sie stand im Schatten ihrer Mutter, deren Schönheit ihr viele Verehrer und manche Affäre bescherte, was die Ehe ihrer Eltern zum Desaster machte.

Ihre von Rosa geerbten dicken Haare waren widerspenstig wie unwegsames Gestrüpp und zeigten mittlerweile erste Spinnenfäden von Grau. Seit ihrer Pubertät litt sie unter Fetteinlagerungen an Beinen, Armen und Hüfte, ihre Unterschenkel wirkten wie Säulen, ihre Füße waren oft geschwollen und sprengten beinahe die Ballerinas wie ein Soufflé das Porzellanförmchen im Backofen. Im Gegensatz zu ihrem massigen Körper fielen ihre Brüste eher klein aus, und so hatte sie sich das Tragen von ausgepolsterten Büstenhaltern angewöhnt und schminkte sich die Lippen knallrot. Da ihr Mund von Natur aus eher klein war, ein herziges Puppenmündchen, übermalte sie die Konturen mit dunklem Lipliner, womit sie es oft übertrieb, was dann den Anschein eines Menjou-Bärtchens erweckte. Ihre Augen waren von einem Zartbitterbraun; die gleiche Farbe hatte das dicke Muttermal an ihrem Kinn, von dem sie ab und zu ein paar Härchen mit der Nagelschere abschneiden musste, die heraussprossen. Wie Schweineborsten, dachte sie manchmal.

Bésame. Bésame mucho.

Küss mich. Küss mich oft.

Ein Wunsch, der ihr bisher verwehrt geblieben war.

Seitdem ihre Eltern tot waren, lebte sie alleine über der Kneipe.

Trotz der drei Zimmer hatte sie kaum Platz. Consuelo Strunz teilte die Wohnung mit zweihundert Puppen. Sie waren überall. Hatte eine aus ihrer Sammlung einen Makel, brachte Consuelo sie in die Puppenklinik. Sie cremte ihre Celluloid-Gesichter regelmäßig mit Babyöl ein, damit sie nicht spröde wurden, entstaubte ihre Wimpern, frisierte die Haare, wusch die Kostüme. Die meisten hatten Namen. Ihr Liebling hieß Linda und trug ein bodenlanges Kleid aus kardinalrotem Samt. Die Puppen gaben Consuelo das

Gefühl, niemals allein zu sein. Sie hatten sie zeitlebens begleitet. In der Kindheit waren sie beinahe ihre einzigen Spielgefährtinnen gewesen. Freundinnen hatte sie kaum gehabt. Sie war das Mädchen, das bergeweise Einladungen zum Geburtstag verschickte, doch selten kam ein Gast vorbei – und noch viel seltener eine Gegeneinladung. Niemals hätte sie eine von ihren Puppen weggeben können. Sie wusste noch zu gut, wie sie sich im Alter von elf Jahren die Augen aus dem Kopf geheult hatte, als ihre Lieblingspuppe verschwunden war. Rosa Flores hatte sie abends, bevor am darauffolgenden Morgen in aller Herrgottsfrühe die Müllabfuhr kam, in eine der Tonnen auf dem Hof geworfen. Das Puppengesicht hatte Risse gehabt. Das hatte Rosa gestört. Es war betrüblich genug, dass ihre Tochter in Sachen Aussehen nicht nach ihr kam, da sollte nicht auch noch ihr Spielzeug ein deprimierender Anblick sein. Consuelo hatte das ihrer Mutter nie verziehen.

Die Puppen waren ihre Familie. Ihr Vater hatte sich mit fünfzig Jahren zu Tode gesoffen unten in der Kneipe, die ihm Nachschub an Schnaps und Bier lieferte – und seiner Frau an willigen Männern. Rosa Flores hatte den Vorteil, dass man sie sich nicht schön trinken musste. Sie war eine Augenweide. Der schmächtig kleine Postbote an ihrer Seite konnte mit ihrem Tempo nicht mithalten, und Consuelo hatte manchmal der Gedanke beschlichen, dass Rosa ihren Ehemann am liebsten gemeinsam mit ihrer Puppe entsorgt hätte.

Rosa überlebte Wolfgang Strunz um rund zwanzig Jahre und war vor einigen Monaten einen qualvollen Krebstod gestorben. Consuelo hatte sie bis zum Schluss gepflegt, aber wenig Mitleid mit ihrer Mutter empfunden. Man riss eine Familie nicht auseinander, so wie sie es in ihrer Unersättlichkeit getan hatte. Jeder gläubige Mensch wusste, dass der liebe Gott nicht nur die kleinen Sünden im Laufe eines Lebens bestrafte.

Heute war Consuelo zweiundvierzig Jahre alt, hatte keine Kinder und keinen Mann und so gut wie keinerlei Erfahrung mit dem anderen Geschlecht. Sie aß für ihr Leben gern. Ihr Magen war hungrig wie ihr Herz. Sie liebte Kaffee und cremige Torten. Jahrelang hatte sie als Kassiererin in einem Discounter gearbeitet, bis sie auf die Idee gekommen war, sich Putzstellen in den Häusern gutsituierter Hamburger zu suchen, da sie mit fünfzehn Euro Stundenlohn bei rund zwanzig Arbeitsstunden die Woche nicht wirklich über die Runden kam.

Consuelo hatte eine Eigenschaft, die unbezahlbar war. Sie konnte etwas, zu dem nur noch wenige Menschen in der Lage waren. Sie konnte zuhören. Sie galt als einfühlsam und warmherzig. Und so war sie für einige ihrer Arbeitgeberinnen inzwischen unentbehrlich geworden. Es hatte klein angefangen. Mal waren es die Schulprobleme der Kinder, über die die reichen Hanseatinnen klagten. Mal der Ärger über die missmutige Schwägerin oder über nicht korrekt ausgeführte Handwerkerarbeiten. So wurde Consuelo immer mehr zur Vertrauten, die sowohl den Hausmüll als auch den Seelenabfall ihrer Arbeitgeberinnen wie einen vollgepackten Beutel mit sich nach draußen schleppte, um ihn zu entsorgen. Dass es eine Qual für sie war, sich auf die Nöte und Sorgen anderer Menschen zu konzentrieren, ahnte keiner. In Wirklichkeit empfand sie ihr eigenes Leben als einziges Drama, lechzte nach Aufmerksamkeit und Bestätigung und hätte gern das Maß an Wichtigkeit erfahren, welches ihr ihrer Meinung nach zustand. Da sie einen angeborenen Hang zur Theatralik hatte, lebte sie ihn durch übertriebene Gefühlsduselei aus. Sie war freigebig mit Sympathiebekundungen und überschüttete die Menschen in ihrer Umgebung mit ihrer Liebe, die letztendlich nichts anderes als Eigenliebe oder Selbsthass war. Darüber würden sich vermutlich die Experten streiten. Das Herz ein randvoller Brunnen. Wer genauer hinschaute, enttarnte ihren Überschwang als Hysterie, die auf einem labilen Charakter gründete. Aber wer machte sich schon die Mühe?

Die meisten empfanden sie als zuverlässig und empathisch. Man empfahl sie untereinander, sie hätte mehr Jobs haben können, als sie schaffen konnte, und argwöhnisch beäugten die Frauen einander, wer die Charts in Sachen Beliebtheit bei Consuelo anführte. Man schenkte ihr ausrangierte Klamotten, die sonst in Second-Hand-Shops oder zum Roten Kreuz gewandert wären. Zumindest das, was ihr passte. Viel war das nicht, denn ihre Arbeitgeberinnen waren dünn wie ausgemergelte Aristokratinnen. Aber immerhin! Sogar ein Pelzmantel war schon mal dabei gewesen. Die Spenderin hatte daraufhin den Zorn der anderen zu spüren bekommen, da das in deren Augen Wettbewerbsverzerrung war. Weihnachten gab es Pashminas und Parfüm. Man besorgte für Consuelo Frankfurter Kranz, wenn sie zum Saubermachen kam, und sie durfte sich an den chromglänzenden italienischen Kaffeeautomaten nach Herzenslust bedienen. Je länger Consuelo in den Villen verkehrte, desto mehr wurde sie Zeugin ehelicher Krisen und häuslicher Katastrophen, desto tiefer tauchte sie in den Kosmos der Familien ein. Manchmal kam Consuelo kaum noch zum Bügeln, da die Frauen lieber ungeniert vor ihr ihre schmutzige Wäsche wuschen. Gaben sie Partys, so war Consuelo selbstverständlich dabei. Als Aushilfe, die der Hausfrau zur Hand ging. Doch zu später Stunde gab es immer eine der anwesenden Damen, die ihr mit bleierner Zunge ihr Leid klagte. Der Mann ein Windhund. Die beste Freundin eine Zecke. Das Alter eine Bestie. Und immer wieder fiel das Wort von »Selbstverwirklichung«. Provence. Ibiza. Goa. Sssssscheisssegal! Gern noch ein Crémant! Es fiel Consuelo schwer, schweigend dazusitzen und nur zuzuhören, es kribbelte im ganzen Körper, aber sie riss sich zusammen und übte sich in Geduld. Consuelo hörte zu, wo sie sich lieber selbst inszeniert hätte. Sie blieb still, obwohl ihr nach Schreien und Weinen war. Sie lächelte und nickte, schüttelte voller Empörung über das Gehörte den Kopf, legte in einer stummen Geste ihre Hand auf den Arm der Sprechenden, strich mit ihren Fingerspitzen zart über die mit Kaviar-Creme genährte Haut. Nicht umsonst bedeutete Consuelo »Trost«.

Aber wer schenkte ihr den? Wer hörte ihr zu, wenn sie ausgelaugt zu Hause in dem alten Sessel mit dem braunen Plüschbezug und den hölzernen Tatzenfüßen saß? Wenn sie an der mit Notenblättern und Violinen bedruckten Gardine vorbei in weite Fernen starrte, reglos, in den anmutigen Posen ihrer Puppen? Ihre Seelentröster bewahrte sie in einem Säckchen aus Organza auf, nicht größer als ein Kartenspiel.

»Mi pequena muneca quitapena«, murmelte sie andächtig.

Es klang melodischer als »meine kleinen Sorgenpüppchen«.

Es waren folkloristisch aussehende winzige Dinger, geformt aus Draht, angezogen mit Woll- und Stoffresten, das Gesicht aus Papierkugeln, um den Kopf geflochtene Bänder. Sie waren Tradition in Mexiko. Jedes Kind hatte sie. Man sprach mit ihnen, legte sie unters Kopfkissen, und am nächsten Morgen sollten sich alle Sorgen in Luft aufgelöst haben. Der Kummer fort. Die Probleme aufgesaugt von einem Fetzen farbenfroher Folklore.

Aberglaube.

Kinderglaube.

Mayaglaube.

Consuelo glaubte daran. Doch allmählich verlor sie die Geduld.

Ihr Gesicht war weiß und verstört, während sie eindringlich auf eines der Püppchen einredete. Die Kleine hatte ein mit Filzstift aufgemaltes fröhliches Gesicht, trug ein gelbes Wickeloberteil, einen bunten grobgewebten Rock, ihre Haare bestanden aus weißen Wollfäden, und ihre Arme hatte sie ausgebreitet, als würde sie tanzen.

»Wie lange soll ich noch warten?«, sagte Consuelo, und sie war selbst überrascht über den hässlichen Ton in ihrer Stimme.

Bildete sie es sich ein, oder blickte das Püppchen jetzt angstvoll? Consuelo lächelte nachsichtig. Es war nicht nett von ihr, dem armen Ding einen Schrecken einzujagen. Aber hatte sie eine Wahl? Manchmal entwickelten die Dinge, die man nicht hatte, aber mehr als alles andere haben wollte, die größte Dynamik.

4

27. März

Hamburg schwamm in Pfützen. Die Nässe legte sich wie eine klamme Decke über alles. Jeder Tropfen ein Aufbegehren des Winters, der nicht loslassen wollte. Der Sturm heulte aus regengefüllter Kehle und fuhr wie von Sinnen in das, was er zu packen kriegte: die Bäume, die Wolken, die Mäntel der Passanten, deren Mützen so tief heruntergezogen waren wie ihre Mundwinkel. Nur noch dreieinhalb Wochen bis Ostern, Auferstehung, und der Himmel grau wie Holzasche. Es war erst kurz nach vier am Nachmittag, und trotzdem kam es Konrad Karstens vor, als würde um diese Uhrzeit die Welt um ihn herum bereits in Dämmerung versinken. Er hätte jetzt gerne jemanden an seiner Seite gehabt, und sei es auch nur die kleine Praktikantin mit den taillenlangen blonden Haaren, die bei jeder Bemerkung von ihm und seinen Kollegen nervös kicherte und sich den Rest des Tages gepflegt langweilte.

Kaum hatte er das Grundstück am Ende der Straße betreten, stellte Konrad Karstens fest, dass das alte Haus beeindruckend und abstoßend zugleich war. Bisher kannte er es nur von Fotos.

Unbestritten übte es einen Reiz aus. Es war auf heruntergekommene Art elegant, und wenn man über Vernachlässigung etwas Gutes sagen konnte, dann dass sie im besten Fall pittoresk wirkte. Das Haus benötigte dringend eine Generalüberholung und junges Blut, das in es hineinsickerte. Man brauchte nicht viel Phantasie, um sich auszumalen, wie idyllisch Haus und Garten wirken würden, wenn man erst einmal Ordnung geschaffen hatte. Dennoch spürte er einen heftigen Widerwillen, die Villa zu betreten, sobald er an der Tür aus schwerem, dunklem Eichenholz angelangt war. Doch an einen Rückzug war nicht zu denken.

Er war noch neu im Beruf, gerade mal sechsundzwanzig Jahre alt, hatte BWL in Mannheim studiert und stand jetzt in den Startlöchern zu einer Karriere als Immobilienmakler in seiner Heimatstadt Hamburg. So der Plan. Aber Pläne brauchten Erfolgserlebnisse, wenn man sich und seiner Umgebung beweisen wollte, dass man einer von den Guten war. Er wollte mehr sein als einer dieser geldgierigen Haie, die nur eine Tür auf- und zusperrten, ein paar Leute durch die Immobilie scheuchten, Portfolios mit Details zum Haus verteilten und sich jedes Jahr von ihrer Provision ein neues Auto kauften – einfach, weil sie es konnten.

Er wollte nichts mehr und nichts weniger als Menschen und Häuser zusammenbringen. Sie sollten zueinander passen. Zu einer Einheit verschmelzen. Sein angestrebtes Ziel war Liebe auf den ersten Blick. Menschen, die auf der Stelle in ein Haus vernarrt waren. Und manchmal passierte es sogar, dass sich ein Haus die Menschen aussuchte, die es darin haben wollte.

Ihm war klar, dass dieses hier einen Liebhaber brauchen würde, der entweder beide Augen zudrückte und über vieles hinwegsah oder bereit war, eine gigantische Summe zu investieren. Viele Interessenten hatten sich das Anwesen in der langen Zeit angesehen, in der es leer gestanden hatte. Aber niemand hatte angebissen. Das einsamste Haus der Stadt, so nannten sie es in der Agentur. Nun sollte er sein Glück probieren.

»Dieses Objekt ist wie ein Maßanzug«, hatte sein Chef Erik Tannenbaum gesagt. »Der passt auch nicht jedem. Aber wartet nur ab! Irgendein Millionär wird sich schon finden. Mit jedem Flieger kommt ein Dummer nach Hamburg.«

Diese Denkweise hatte Konrad Karstens nicht gefallen. Aber er war noch nicht in der Position, seinem Chef Paroli zu bieten. Also hatte er einen kleinen Lacher ausgestoßen, so wie es auch die anderen taten, deren Rückgrat gekrümmt war wie ein Regenwurm nach langen Jahren in der Agentur.

Dieses Haus sollte seine Bewährungsprobe werden. Er fuhr sich noch mal mit der rechten Hand über seine roten Igelhaare, die seiner langen Schlaksigkeit die Krone aufsetzten.

Es war an der Zeit, ins Trockene zu kommen, denn er war bereits von den wenigen Schritten vom Auto zum Eingang durchnässt. Unablässig heulte der Wind ums Haus und rüttelte an den Fenstern. Wie ein ungeduldiger Gast, der es nicht erwarten konnte, bis man ihm Einlass gewährte. Notfalls mit Gewalt. Ein mieser Monat, dieser März. Konrad Karstens war zwar kein Freund von Hitze, die seine blasse Haut malträtierte und seine Sommersprossen hervorkitzelte wie die Sonne die Blütenteppiche in den Elbvorgärten, aber dieses Wetter war zum Davonlaufen.

Er warf einen letzten Blick über die Schulter zurück zur Straße, überwand seine Angst und drückte gegen die Tür, die sich anfangs sperrte nachzugeben, so als wolle sie es dem Neuankömmling nicht zu leicht machen. Erst als er mit seinem rechten Fuß gegen ihr unteres Ende trat, ging sie auf.

Kaum hatte er die Villa betreten, tauchte er ein in Dunkelheit, und es dauerte einen Moment, bis sich seine Augen an das Dämmerlicht gewöhnt hatten. Der Strom war schon lange abgestellt.

Es roch muffig.

Nach altem Gemäuer und alten Geschichten.

Nach Vergangenem und Vergänglichkeit.

Er sah sich um. Er schauderte, und das nicht nur, weil ihm die Kälte in die Knochen kroch. Kein leeres Haus war wirklich leer.

Etwas darin war immer lebendig und streckte seine Arme nach einem aus. Auch wenn es bereits seit Jahren unter einer staubigen und alles erstickenden Kruste des Schweigens lag.

Der lautlose Hall der Vergangenheit.

Die Empfangshalle musste einst sehr repräsentativ gewesen sein. Bahnen von dunkelroten Samttapeten mit goldenen Weinreben, teils verblasst, teils in Fetzen, wechselten sich ab mit einer Wandvertäfelung aus Nussbaum. Daraus bestand auch die Decke. Flügeltüren, die man eines Tages wieder mit Schwung aufreißen würde, gaben den Blick frei auf große, stolze Zimmer. Eine breite Treppe führte durch zwei Stockwerke. Die Pfosten rechts und links des Geländers waren mit kunstvollen Holzschnitzereien verziert, die aussahen wie geklöppelte Spitze. Einige der gedrechselten Säulen unter den Handläufen waren herausgebrochen. Der Parkettboden mit Fischgrätmuster war abgenutzt und ohne Glanz. Zu viele spitze Absätze hatten sich im Laufe der Jahre hineingebohrt, zu viele harte Schritte in Herrenschuhen waren darüber *gegangen*, zu viel Zeit war *vergangen*.

Um die Diele mit dem altmodischen Marmorkamin, in dem noch die Reste verkohlter Glut lagen, gruppierten sich die Wohnräume mit ihren schweren Einbauschränken und Bücherregalen aus Mahagoni. Das Glas in den Fenstern, Oberlichtern und Türen war teilweise zerbrochen. Durch die Löcher waren Tauben hereingeschlüpft und hatten ihren ätzenden Kot hinterlassen. Sie schienen auch jetzt keinerlei Hemmungen zu haben, das Haus als ihr Eigentum zu betrachten und markierten ihren Besitzanspruch durch ihr beharrliches Gurren. Ein ausgestopfter Steinadler unter der Decke, auf einem Ast an schmiedeeisernen Ketten hockend, schien sich mit seinen weit ausgebreiteten Schwingen im Sturzflug auf Eindringlinge zu stürzen.

Konrad Karstens fuhr zusammen bei seinem Anblick. Der

Raum war imposant und erdrückend. Ihn fröstelte es. Er kam sich schutzlos vor, wie er so da stand im eiskalten Herzen des Hauses, beobachtet von den braunen Glasaugen des Adlers, die jede seiner Bewegungen zu registrieren schienen.

Er war keiner, der die Welt sah, wie die Welt nicht war. Dieser Besitz würde es seinen neuen Bewohnern, so man überhaupt welche fand, nicht leicht machen. Unbestritten hatte er eine Magie, die man in Neubauten vergeblich suchte. Und doch ging von seinen Mauern eine düstere Macht aus.

In ein paar Tagen hatte sich ein Ehepaar zur Besichtigung angesagt. Sein Chef hatte ihn aufgefordert, sich in Ruhe vor Ort umzusehen, damit er vorbereitet war. Ein Objekt wie dieses hatte nur eine einzige Chance. Es brauchte jemanden, der sich Hals über Kopf darin verliebte und dieser Liebe alles zu Füßen legte, sein Herz, seine Zeit, seine Energie, sein Konto. Genau das war es, woran er immer geglaubt hatte. Konrad Karstens war Realist, aber er war auch romantisch veranlagt. Liebe war das Zauberwort. Wie so oft im Leben. Die Liebe, die man mitbrachte, um einen Platz wie diesen zu bewahren und die Menschen, die darin lebten, zu beschützen. Durch Liebe konnte man Frösche in Prinzen verwandeln und aus dunklen Mauern eine Heimat schaffen. Und diese komplizierte Welt zu einem heimeligen Ort machen, den es leider viel zu selten noch gab.

Die Stille um ihn herum war dick wie Brei. Und doch gab das Haus unentwegt Lebenszeichen von sich. Es knarrte, seufzte und ächzte. Er schauderte und wischte sich mit der Hand über die Lippen, um einen kleinen Aufschrei des Unwohlseins zu ersticken. Er hatte eine instinktive Abneigung gegen dieses Gebäude und malträtierte mit zunehmendem Tempo seinen Kaugummi. Obwohl er nicht rauchte, war ihm jetzt nach einer Zigarette.

»Mädchen!«, schimpfte er mit sich selber.

Es war beruhigend, die eigene Stimme zu hören, obwohl sie seltsam dumpf klang in der hohen Halle. Also redete er weiter und schickte noch ein lautes dröhnendes Lachen hinterher, ehe er sich gut zuredete: »Das Haus ist voll mit Holz, und Holz arbeitet. Weiß jedes Kind, du Memme.«

Mit schnellen Schritten ging er die Wohnräume im Erdgeschoss ab.

Nach der Begehung unten wanderte sein Blick zum Fuß der Treppe. Er hastete sie hinauf, um sich die Schlafräume vorzunehmen, die von der Galerie abgingen, und ein paar weitere Zimmer im Stockwerk darüber. Sie alle waren in besserem Zustand als der marode Bereich im Erdgeschoss. Den Dachboden und den Keller schenkte er sich. Aus dem Portfolio wusste er, dass im Souterrain ein Weinkeller existierte, aber was sollte er da augenblicklich vorfinden außer Spinnweben und Staub, die eine oder andere zerbrochene Flasche und das Gefühl der Beklemmung, das er nicht loswurde?

Erleichterung erfüllte ihn, als er seinen Rundgang beendet hatte. Der Verzicht auf die Besichtigung von Keller und Speicher war unprofessionell. Erik Tannenbaum würde ihm den Kopf abreißen, wenn er das erführe, also sollte er wohl besser den Mund halten und so tun, als habe er alles gesehen. Wegen eines Kellers und eines Speichers kaufte man kein Haus. Interessierte keine Sau. Nun stand noch der letzte Punkt auf seiner Liste. Das Badehaus. Es war das zweite Gebäude auf dem Grundstück, sehr viel kleiner als das Haupthaus, ein Bau aus den sechziger Jahren des vergangenen Jahrhunderts mit weißer Holzverschalung um die Ziegelmauer und einem roten Schindeldach. Es hatte einen skandinavischen Touch und lag im hinteren Teil des Gartens, eingerahmt von einer Birkengruppe und einem Goldfischteich, begrenzt von der Kirschlorbeerhecke. Unter den Birken lag das tote Laub von vielen Wintern; der Teich war zugewuchert mit vermodertem Schilf und umgeknickten Rohrkolben. Es gab noch eine zweite Etage, ein kleines Viereck, auf das man wie einen Deckel ein rotes Ziegeldach gestülpt hatte. Dem jungen Makler war dieses Haus weitaus sympathischer als die Villa. Es wirkte wie ein armer Verwandter des um Jahrzehnte älteren Erbonkels mit seinen porösen Knochen.

Karstens steckte den Schlüssel ins Schloss und betätigte den Türknauf, der sich nach rechts drehte, trat ein und absolvierte rasch seine Runde zwischen Miniatur-Hallenbad, finnischer Sauna und einem Freizeitraum. Sogar eine Tischtennisplatte war noch da, wenn auch das Flaschengrün der Ping-Pong-Fläche zu einem Grauton verblichen war und die linke Hälfte verkantet über der rechten lag. Ein Fall für den Sperrmüll. Das Schwimmbad hatte eine Größe von fünfzehn mal acht Metern. Bei weitem keine beeindruckenden Maße, aber besser als nichts. Es gab eine Chlor- und eine Umwälzanlage und sogar eine Fußbodenheizung unter den blauweißen Jugendstilfliesen. Es fehlte an nichts, auch wenn die Technik nach rund einem halben Jahrhundert veraltet war.

Als er genug gesehen hatte, verließ er das Badehaus, drückte die Tür zu und bückte sich, bedingt durch seine Länge, etwas nach vorn, um den Schlüssel ins Schloss zu stecken. Was er hier zu Gesicht bekommen hatte, ließ ihn ein wenig hoffnungsfroher an die Besichtigung in ein paar Tagen denken. Es handelte sich um eine Familie mit Kindern. Da war ein Pool ein Pfund, mit dem man wuchern konnte. Dieses zweite Haus war sein Joker.

»Verzeihen Sie!«

Er zuckte zusammen, als er die Stimme hinter sich vernahm. Ruckartig richtete er sich auf und fuhr herum, während sich die Härchen in seinem Nacken und an seinen Armen aufstellten und sich seine linke Hand um den Türknauf krampfte.

»Habe ich Sie erschreckt?«

»Wie würden Sie das nennen, wenn sich jemand von hinten anpirscht?«

»Tut mir leid.«

Der Mann mit dem vollen dunklen Haar lächelte. Er hatte schöne Zähne und eine intensive Augenfarbe, stellte Karstens fest. Er schien Charme zu besitzen, und er hatte in etwa seine Körpergröße. Doch er hatte auch etwas Sonderbares an sich, wie er so dastand, einen angrinste und man nicht wusste, ob er einen mit seiner höflichen Art verhöhnte.

»Normalerweise gehe ich etwas geschickter vor. Ich bin wohl aus der Übung.«

Das Pochen in den Schläfen versuchte Karstens zu ignorieren. Er neigte zu Kopfschmerzen. Sie peinigten ihn immer dann, wenn er angespannt war.

»Schon okay! Sie müssen mich für kindisch halten.«

Konrad Karstens knatschte auf der mittlerweile völlig geschmacklosen Masse seines Kaugummis herum, bis er Gefahr lief, seine Kiefernmuskulatur zu überanstrengen. Die Regentropfen hatten ein Tupfenmuster auf seine helle Windjacke gemalt. Er versuchte, lässig zu wirken, nahm das Kaugummi aus dem Mund und warf es in hohem Bogen in einen Rhododendronbusch.

»Ich habe das Verkaufsschild gesehen, als ich zufällig vorbeikam. Ich bin ausgestiegen und habe mich hier ein wenig umgesehen. Sind Sie der Makler?«

»Interessiert Sie das Objekt?«, stellte Karstens die Gegenfrage.

»Wir sind nicht unbedingt auf Augenhöhe, dieses Anwesen und ich.« Der Dunkelhaarige grinste und legte die gespreizten Finger an den Spitzen gegeneinander. »Ich verdiene zwar nicht schlecht, aber das hier ist mindestens drei Nummern zu groß für mich. Das gilt sowohl für die Quadratmeter als vermutlich auch für die Finanzen. Aber der Besitz hat was. Einen gewissen Zauber.«

Er zog ein silbernes Etui aus der Innentasche seines schwarzen Mantels und hielt es Karstens hin. »Rauchen Sie?«

Der wollte den Kopf schütteln, dann besann er sich anders. Er nahm eine Zigarette und ließ sich Feuer geben. Ihm fielen die gepflegten Hände des Mannes auf. Lange, feingliedrige Finger.

»Ein gewisser Zauber. Schön gesagt.« Konrad Karstens stieß eine kleine Rauchwolke aus, in der sich der Satz verfing, ehe er ihn mit einem Hüsteln über die Lippen brachte.

»Von mir aus schreiben Sie's in Ihr Portfolio. Ich verzichte auf mein Urheberrecht.« Der Mann lachte und erkundigte sich mit beiläufigem Unterton: »Gibt es Interessenten?«

»Würde Sie das wundern?«

»Ist eine ziemliche Herausforderung, das hier wieder auf Vordermann zu bringen.«

»Viele Klienten lieben genau das«, sagte Karstens, der dabei war, seine Sicherheit zurückzugewinnen. »Etwas wieder in Schuss zu bringen«, fuhr er fort, die Stimme belegt von dem für ihn ungewohnten Nikotin, »und es attraktiver zu gestalten, als es zuvor war.«

»Wissen Sie denn, wie es früher hier aussah?«

»Man kann es sich denken. Ein fähiger Makler muss über ausreichend Vorstellungskraft verfügen. Er muss sich ausmalen können, wie es aussah und wie es aussehen wird.« Er gefiel sich immer besser, nahm einen weiteren Zug aus seiner Zigarette, bevor er sie achtlos ins feuchte Gras schnippte.

»Das sollten Sie nicht tun!«, mahnte der Fremde. »Ihr Kaugummi haben Sie genauso unüberlegt entsorgt.«

Karstens war zu überrascht über die plötzlich schneidende Stimme und den kalten Ausdruck in den Augen seines Gegenübers, um etwas zu erwidern.

»Gebt das Heilige nicht den Hunden, und werft eure Perlen nicht den Schweinen vor – denn sie könnten es mit ihren Füßen zertreten.«

Der junge Makler sah den Mann verdutzt an.

»Jesus von Nazareth zu seinen Anhängern im Matthäus-Evangelium.«

»Sie haben's mit der Bibel?«

»Ich *halte* es mit der Bibel. Manchmal. Ich hätte es auch prosaischer ausdrücken können: Es ist immer wieder traurig, wie einige mit dem Eigentum anderer Menschen umgehen.«

»Ist das jetzt für Sie ein Problem?«

»Ich wollte nur nicht, dass Sie Schwierigkeiten bekommen, wenn die nächste Besichtigung ansteht. Eine Kippe im Gras macht sich nicht so gut. Betrachten Sie es als kleinen Freundschaftsdienst eines lebenserfahrenen Mannes in Sachen Erziehung und Etikette.«

Mit einem kleinen Seufzer ging Konrad Karstens in die Hocke und hob die von Nässe durchtränkte Zigarette auf.

Was für ein selbstgerechtes Arschloch!

Leider steckte in jedem ein potenzieller Kunde, Mieter oder Käufer von morgen, das war die Crux des Dienstleisters.

Der Unbekannte stand da und lächelte. »Andererseits sind Kippen zu hundert Prozent biologisch abbaubar. Kann aber bis zu einem Jahr dauern. Man muss also nur lange genug warten. So viel Zeit haben Sie vermutlich nicht. Wann, sagten Sie, ist der nächste Ortstermin?«

»Dieser Tage«, entfuhr es dem Makler nicht ohne Stolz. Der Typ sollte ruhig merken, dass er sich nur mit Dingen befasste, die Aussicht auf Erfolg hatten. Mit ihm würde er sich nicht länger abgeben. Er musste ihn schleunigst loswerden und sich ins Trockene flüchten. Das Lächeln, das sich berufsbedingt in seine Mundwinkel eingestanzt hatte, strengte ihn an. Seine Haare waren nass. Die Tropfen liefen ihm an Nacken und Schläfen hinunter und versickerten im Kragen seiner nebelgrauen Jacke.

»Ich muss leider los«, sagte er und machte sich auf zu dem kleinen Firmenwagen, der vor dem Grundstück am Gehsteig parkte. Ein scharfer Nordwestwind peitschte den Regen beinahe horizontal über den Rasen und stöhnte in den Ästen der Bäume. Die Straße war wie ausgestorben. Erst jetzt bemerkte er, dass er immer noch die aufgeweichte Zigarette in der Hand hielt. Er flippte sie in den Straßengraben, ließ die automatische Türverriegelung aufschnappen und stieg ein, wobei er seinen Körper zusammenfalten musste wie ein Klappmesser. Er war viel zu groß für den Mini und gab gewiss ein lächerliches Bild ab. Aber es galt als schick, mit einem Mini oder einem Smart bei den Kunden vorzufahren. Davon gab es einige in der weißen Flotte der Agentur-Fahrzeuge, auf deren Motorhaube das rote Firmenlogo prangte. In Hamburg liebte man Understatement. Zu dem Besichtigungstermin dieses Objekts in ein paar Tagen aber würde er einen der 4er-BMWs nehmen, das war er seinen Klienten schuldig.

Sein Blick folgte dem anderen, dessen Auto vor seinem abgestellt war. Er schlenderte darauf zu, sein Gang war langsam, beinahe affektiert, er schien trotz des Unwetters nicht die geringste Eile zu haben. So als könnten ihm Wind und Regen nichts anhaben. Schließlich erreichte er seinen Wagen und stieg mit geschmeidigen Bewegungen ein. Der schwarze Saab war zwar nicht mehr das neueste Modell, aber er hatte die richtige Größe für die fast zwei Meter Gardemaß seines Fahrers. Er hatte ganz vergessen, den Mann nach seinem Namen zu fragen. Doch wozu? Unwichtig! Er würde nie mehr von ihm hören. Ihn nie wiedersehen. Höchstens durch einen Zufall.

Was für ein komischer Vogel!

Interessierte sich auffallend für Dinge, die ihn nichts angingen. Machte einen auf Dandy mit seinem silbernen Zigarettenetui, hatte aber selbst zugegeben, sich solch einen Besitz niemals leisten zu können. Erst jetzt bemerkte Konrad, wie penetrant seine Finger nach Nikotin stanken. Er startete den Motor und fuhr los, zog mit dem Mini an dem Saab vorbei und grüßte noch einmal flüchtig zu dem Fahrer hinüber, bevor er in den zweiten Gang schaltete. Im Rückspiegel sah er den Anflug eines Lächelns auf dessen Gesicht. Und das große Haus, das im Dunst dieses dämmrigen Spätnachmittages hinter ihm zurückblieb, während der Himmel weiterhin Regen spuckte. Er jagte den weißen Mini durch das aufspritzende Wasser der schlammigen Pfützen und war froh, dass er das Weite suchen konnte.

5

1976

Wenn die Männer ins Haus kamen, lag in der Luft der Geruch von Angst. Wissenschaftlich gesehen war es nichts anderes als eine Ausschüttung von Fettsäuren, Eiweiß, Cholesterin, Harnstoff. Man konnte ihren Angstschweiß riechen, wenn sich die Bakterien auf ihrer Haut über ihre Ausdünstungen hermachten. Wenn der Blutdruck anstieg, wenn sie anfingen zu stottern, und ihr Unbehagen ihre Stimmen in die Höhe schraubte. Gestandene Männer wurden zu Knaben. Und der Grund war er.

Der Patriarch.

Der Patriarch mit seiner asketischen Erscheinung und dem fast kahlen Schädel. Ein kleiner Mann mit leiser Stimme, den man auch daheim niemals ohne seidenes Halstuch im Hemdkragen zu Gesicht bekam und nicht ohne seinen goldenen Siegelring. Sein stechender Blick aus kalten grauen Augen mit winzigen Pupillen war gefürchtet. Je ruhiger er wurde, desto mehr Grund bestand zur Sorge. Und wenn er lächelte, wurde es gefährlich. Redete einer der Männer, so genügten einige Sekunden Pause des Patriarchen nach dessen Worten, um sein Gegenüber zu verunsichern. Man konnte es sich vorstellen wie eine Hinrichtung ohne Waffe. Manche der Männer hatten es sich angewöhnt, die Verachtung des Alten für einige Anwesende zu teilen, um sich an deren Furcht zu ergötzen, weil sie ihre eigene dann nicht so spürten.

Keine Chance.

Sie kamen alle dran.

In der Regel waren es Mitarbeiter der familieneigenen Firma, einer Hamburger Reederei, die der Chef, wann immer es ihm passte, einbestell-

te. Ob am Sonntagnachmittag oder am Morgen eines Weihnachtstages. Manchmal stand einer für einen Moment in der Sonne des Patriarchen und wähnte sich sicher. Das Leuchten auf dessen Gesicht dauerte nie lange. Wer zu sehr spurte, zog sich die Geringschätzung des Alten zu. Wer es nicht tat, hatte sowieso verspielt.

»Ein Mann mit psychopathischen Zügen«, schnappte Hedwig, die Köchin, mal auf. Heimlich in der Küche wurde geredet, hinter vorgehaltener Hand. Dort fiel häufiger das Wort vom Schürzenjäger, der jede Frau flachlegte. Denn jungen schönen Damen gegenüber war der Patriarch ausgesprochen charmant. Hedwig kannte den Begriff »Psychopath« nicht. Aber sie hatte kapiert, dass ihr Chef eine dunkle Seite hatte. Leider paarten sich Dunkelheit und Lichtgestalten manchmal gern. Zu letzter Kategorie gehörte ihre Tochter, ein flirrendes blondes Wesen namens Sonja, das manchmal bei Gesellschaften im Haus aushalf, wenn es nicht halbherzig Kunst studierte, T-Shirts mit Batikmuster entwarf und sich um seine kleine uneheliche Tochter kümmerte, Hedwigs Enkelin, was relativ halbherzig geschah. Seitdem Hedwig vermutete, dass Sonja ab und zu mit dem Alten ins Bett stieg, versuchte sie, ihre Tochter vom Haus fernzuhalten, aber beim Hausherren schien ihr das nicht zu gelingen. Genau wissen wollte Hedwig es nicht. Ihre Tochter war ohnehin in einer Sackgasse des Lebens gelandet, zu schön für diese Welt und zu viele schlechte Angewohnheiten. Doch ihre Enkelin war ein Sonnenstrahl im oft regenfeuchten Hamburg.

In Hedwigs Küche verirrte der Patriarch sich so gut wie nie. Es war der friedlichste Raum des Hauses. Hier gab es Kupfertöpfe, die an einer Eisenstange von der Decke hingen, Heidelbeerkuchen und dickflüssigen Kakao, der süß und schwer über die Zunge rann.

Den Duft von Pfirsichen im Sommer und von Pilzen im Herbst.

In Hedwigs Küche roch es nach Behagen.

Im übrigen Haus roch es nach Angst.

6

1. April

Das Morgenlicht fiel durch die bodentiefen Fenster des Elb-Zimmers im ersten Stock. Auf dem Fluss nahm ein Containerschiff Kurs auf den Hafen, die Frachtbehälter bunt wie überdimensionale Geschenkboxen. Yvette stand mit nackten Füßen auf den tadellos polierten Eichendielen, blickte auf Wasser und Himmel, der tausend Farben hatte, pflückte eine Traube aus der Obstschale und strich mit den Fingerspitzen über die Blüten einer Orchidee auf dem Holztischchen am Fenster. Die Sonne schien auf die grauen Stuhlpolster in der Sitzecke des Erkers. Es war alles vom Feinsten in dem Hotel im Hamburger Stadtteil Nienstedten.

Sie hüllte sich in den cremefarbenen Morgenmantel aus Kaschmir, weich wie Mull, unter dem sie bis auf einen Spitzenslip nackt war. So schlief sie am liebsten. Zu Hause aber ging sie nur im Pyjama zu Bett. Man musste immer damit rechnen, dass eines der Kinder ins Schlafzimmer platzte.

Sie waren bereits gestern Abend in Hamburg angekommen. Ihr Termin war erst um elf, sie hätten die neunzig Minuten Flugzeit ab Zürich auch bequem heute Morgen schaffen können, aber sie wollten ausgeschlafen sein. Der Flughafen Innsbruck wäre etwas näher gewesen, aber von Zürich aus ging es direkt nach Hamburg. Das war von Vorteil, wenn man ohne Zwischenstopp endlich aufbrechen wollte in ein neues Leben. Nicht mehr warten. Nicht mehr umsteigen. Nicht mehr irgendwo abbiegen. Keine Umwege mehr in Kauf nehmen.

Normalerweise verwelkte das Lächeln auf ihrem Gesicht, wenn sie an ihre Schwiegermutter dachte, aber heute war Yvette dankbar für sie. Sie hatte sich bereit erklärt, sich bis heute Abend um ihre Enkel zu kümmern. Beatrix war eine dünne Dame mit gut sortierten silberblonden Locken, deren Körper die Geschmeidigkeit eines Drahtbügels besaß, die zum Lachen nur andeutungsweise die Mundwinkel verzog und über einen exzellenten Geschmack verfügte. Bernhard hing mit großer Liebe an ihr.

Yvette nahm das Fernglas vom Tisch, ein Service des Hotels für die Gäste, damit sie das schimmernde Wasser näher zu sich heranholen konnten. Als sie eine Weile hindurchgesehen hatte, schlich sie auf Zehenspitzen zu ihrem Mann. Bernhard schlief noch. Der handgewebte Teppich unter ihren Füßen fühlte sich weich an wie ihr Morgenmantel. Als hätte man sich abgesprochen. Aber vielleicht passte sie auch einfach nur perfekt hierher in diese Stadt der Menschen in gedeckten Farben, in der schon Kamelbraun die Signalwirkung von Orange hatte. Sie fühlte sich wie umarmt.

Wie auch nicht?

Sie war hier aufgewachsen. Groß geworden in kleinen Verhältnissen, in denen man noch die Socken stopfte und Kartoffelbreireste aufwärmte. Die Vergangenheit immer vor Augen, war sie stets eine Anhängerin von geregelten Strukturen und fest installierten Lebensautobahnen gewesen, und die Vokabel *Abenteuerlust* hatte keine Verwendung in ihrem Wortschatz. Sie wusste zu viel von einer Existenz, die geprägt war von Kernseife und Wasser, von einer melancholischen Grundstimmung und Verzicht, von einer Kindheit ohne Ballettunterricht und Ponyhof, ohne Urlaub am Meer und Ferien im Schnee.

Und sie wusste in diesem Moment, wie es sich anfühlte, zurückzukommen an den Ort, an dem sie ihre Kindheit verbracht hatte. Sie genoss das Gefühl, in einer vertrauten Stadt zu sein. Den

Geruch der Elbe, die an manchen Tagen nach Nordsee roch. Das Verkehrsrauschen der Metropole, das sie in den Bergen so oft vermisst hatte. Sie hatten das Hotel gestern Abend verlassen, hatten in einem trendigen Restaurant in der Hafencity gegessen, gleich um die Ecke von Bernhards neuem Büro.

Wenn sie es geschickt anstellte, hatte sie bald das, wonach sie sich sehnte. Nur wenige Stunden noch, nur ein paar Minuten Autofahrt von hier. Heute Morgen würde es für ihren Mann etwas anderes zum Wachwerden geben als den obligatorischen doppelten Espresso und einen verhuschten Kuss auf die Wange. Es war wichtig, ihn bei Laune zu halten.

Ein Knurren kam aus seiner Kehle, als sich seine Frau über ihn beugte, ihre Lider senkte und seine Wange küsste. Sie musste ihre Lippen an seinem Arm vorbeimanövrieren, mit dem er seine Augen gegen die Morgensonne schützte.

»Aufstehen, Faulpelz!«

Langsam schüttelte er den Kopf, während Mund und Augen gleichzeitig aufklappten. »Viel zu früh.«

»In zwei Stunden ist unser Termin. Und das Frühstück soll hier ausgezeichnet sein.«

Noch benommen vom Schlaf blickte er in das strahlende Gesicht seiner Frau. War ihre Munterkeit manchmal nur eine gut getarnte Lüge, so war sie heute echt. Ihre Augen glänzten. Sie wirkte locker, sie lächelte. Sie war verführerisch.

Seine Hand glitt unter ihren Morgenmantel und tastete sich an ihrem Oberschenkel entlang nach oben.

»Wie weich deine Haut ist.«

Sie grinste frech, als sie die Decke zurückschob und ihr Blick auf seine Boxershorts fiel, in der ihre Hand verschwand. »Und wie hart du bist.« Er riss sich die Hose vom Körper, ließ das T-Shirt an, sie entledigte sich ihres Slips, er zog sie zu sich hinab, sie küssten sich, nur kurz, sie brauchten kein langes Vorspiel, er packte sie bei den Hüften, sie setzte sich auf ihn und ließ seinen Schwanz in ihre Scheide gleiten. Zum Teufel mit dem Frühstück! Plötzlich wussten sie beide wieder, wie Geilheit geht.

Danach fühlte sich Yvette wie aufgeladen mit frischer Energie. Sie war erregt und angespannt, voller Neugier und Ungeduld. Voller Angst, enttäuscht zu werden, oder es vielleicht nicht zu schaffen, Bernhard zu überzeugen, sollte sie sich bei dem Haus sicher sein und er nicht. Schlimmer noch: nicht das vorzufinden, was sie erhoffte. Alles zugleich. Gemischte Gefühle. Zu viele Klippen, die zu umschiffen waren. Die gefährlichsten lagen an einem unbekannten Ufer tief in ihr drin.

Das Leben war auf einmal eine leere Leinwand, die man nach Belieben bemalen konnte. Das wiederum gab ihr Kraft. Dazu die Sonnentöne, die warm über die Stadt glitten, und das Meer fast vor der Haustür.

Alles würde gut werden! Sie musste nur daran glauben.

Nachdem Yvette geduscht und sich angezogen hatte, flanierte sie über den schweren Perserteppich, der zur Rezeption führte, über ihr an der Decke Kristallleuchter, französisches Empire, an den Wänden in mächtigen Rahmen Porträts in Öl. An der Seite von Bernhard schwebte sie durch die Eingangshalle, hinaus in diesen Aprilmorgen.

Ein weißer BMW mit rotem Firmenlogo parkte vor dem Hotel an der Elbchaussee direkt hinter einer der hauseigenen Limousinen. Ein junger Mann stand daneben und erwartete sie. Kaum hatte er sie erblickt, kam er eilig auf sie zu. Yvette hatte noch den Geschmack der Maracuja vom Frühstück im Mund. Wie kleine halbierte Bälle hatten die aufgeschnittenen Früchte in einer Keramikschale auf dem Buffet gelegen. Yvette fand es erstaunlich, wie etwas so Unscheinbares mit harter dunkler Schale ein so leuchtend saftiges Innenleben aufweisen konnte. Man erkannte eben nicht immer auf den ersten Blick, wie es um das Innere der Dinge bestellt war. Welche Geheimnisse sie bargen. Mit welchen Überraschungen sie aufwarteten. In welchen Winkeln und Ecken sich Dunkles verbarg.

Der Mann, der ihnen entgegenkam, war ein Grünschnabel. Das wiederum erkannte sie sofort. Er wirkte auf eine rührende Art linkisch, was er durch einen entschlossenen Gesichtsausdruck zu kaschieren suchte. Er war hoch aufgeschossen, die Sonne schien auf seine roten Haare, und vermutlich hatte er die Sommersprossen auf seiner blassen Haut schon mehr als hundertmal verflucht. Dabei waren sie niedlich, fand Yvette. Wie Zimttupfen auf Milchreis. Er war sorgfältig gekleidet, anthrazitfarbener Anzug, fliederfarbenes Hemd, silbergraue Krawatte, kurzer schwarzer Trench. Über den Asphalt strich zum ersten Mal in diesem Jahr ein warmer Wind.

»Frau und Herr Winkler?«, erkundigte er sich, als er Yvette und Bernhard erreicht hatte.

»Herr Karstens, nehme ich an«, sagte Bernhard.

»Es ist mir eine Freude, Sie in Hamburg begrüßen zu dürfen! Kennen Sie die Stadt? Soll ich Sie ein bisschen umherfahren? Betrachten Sie mich heute als Ihren persönlichen Chauffeur und Fremdenführer.«

»Nicht nötig, wir kennen uns aus. Meine Frau stammt von hier. Und ich habe hier studiert. Lassen Sie uns keine Zeit verlieren! Wir müssen heute noch zurück.«

»Selbstverständlich.«

Er hielt Yvette die Tür im Fond auf, während ihr Mann auf dem Beifahrersitz Platz nahm.

»Wie zauberhaft die Dorfkirche von Nienstedten doch immer wieder ist«, schwärmte Yvette und blickte auf die andere Straßenseite hinüber.

»Und so praktisch«, sagte Konrad Karstens, während er den Wagen anließ. »Dort wird geheiratet, und hier im Hotel wird gefeiert. Sie wissen sicherlich, dass man den Hochzeitspaaren für den Gang von der Kirche den roten Teppich über die Elbchaussee legt?«

Heute rollt die Stadt ihn für mich aus, dachte Yvette.

Sie machten Smalltalk. Das Wetter war ein dankbares Thema. Es sei der erste schöne Tag nach einer langen Regenperiode, erzählte der Makler. »Wenn Engel reisen …«, sagte er.

Yvette lächelte. Bernhard verzog keine Miene.

Als sie da waren und Karstens den Wagen am Gehweg geparkt hatte, wandte er sich Yvette auf der Rückbank zu und strahlte sie an. »Da wären wir! Willkommen zur Besichtigung der Villa Elbgold!«

»Was für ein verschwenderisches Gebäude«, jubilierte sie, stieg aus, warf die Wagentür zu und wartete ungeduldig darauf, dass der junge Mann der Höflichkeit halber das Gartentor für sie öffnete. Dann lief sie den Weg hinauf, in großer Eile, mit klackernden Absätzen auf den Steinplatten, zwischen denen Moosflechten wucherten. Sie ging so rasch, als wolle sie sich dem Haus an die Brust werfen.

Konrad Karstens öffnete, und als sie gerade eintreten wollten, trat Yvette einen Schritt zurück und legte ihrem Mann die Hand auf den Arm. Sie deutete auf eine Jahreszahl über der Tür, geschrieben in Stein.

»Baujahr 1890«, rief sie. »Und bald wird hier stehen: Renoviert 2019.«

Sie machte eine weit ausholende Handbewegung wie ein Zirkusdirektor, der sein bestes Pferd vorführt.

Schließlich betraten sie zu dritt das Haus.

»Herein in die gute Stube!«, sagte Karstens. Er gluckste wie über einen guten Witz.

Der dümmste aller Maklersprüche, dachte Yvette, aber er würde die Generationen überdauern. Bernhards Gesicht sprach Bände. Über die möglichen Konsequenzen für diese Besichtigung dachte sie lieber nicht nach.

Die Wohnhalle war düster und imposant, viel Holz in Zartbitterbraun.

»Haben Sie etwas dagegen, wenn wir gleich mit der Führung starten?«, fragte Karstens und legte die Munterkeit in seine Stimme, zu der er von Berufs wegen verpflichtet war. Sie wäre vermutlich selbst in morgendlicher Benommenheit bei ihm und seinen Kollegen auf der Stelle abrufbar. Er öffnete ein paar Fenster, um die Frühlingsluft hereinzulassen.

»Deshalb sind wir hier«, erwiderte Bernhard.

Sie besichtigten die Räume. Den ehemaligen Salon, daneben das Herrenzimmer, wie der Makler es nannte. An den Abdrücken auf den Holzdielen erkannte man noch die Umrisse eines Billardtisches. Die Küche, ein weiteres Aushängeschild dieser Großbürgervilla, wurde dominiert von einem sechsflammigen Gasherd. Yvette trat darauf zu und fuhr beinahe zärtlich mit den Fingerspitzen über die Kanten.

»Es ist nur ein Herd«, sagte Bernhard spöttisch.

»Aber es ist doch erstaunlich, wie so etwas die Jahrzehnte überdauert«, erwiderte sie.

»Um dann als Erstes auf den Sperrmüll zu fliegen.«

»Das werde ich nicht zulassen!«

In ihrer Stimme war eine Schärfe, die beide Männer erstaunte. Sie bereute es sofort. Mein Gott, sie sollte sich zusammenreißen! Wie lange konnte die Besonderheit des Anlasses, die Besichtigung eines neuen Zuhauses für ihre Familie, als Ausrede für diese emotionale Ausnahmesituation dienen?

»Die Fakten sind Ihnen ja bekannt«, sagte Karstens, nachdem sie ihre Besichtigungstour beendet hatten und wieder in der Empfangshalle angekommen waren.

Bernhard hatte in atemberaubender Geschwindigkeit die Räume durchpflügt. Jeder Schritt eine unausgesprochene Bekundung von Desinteresse.

»Aber ich wiederhole sie gerne noch einmal«, ratterte Konrad Karstens los. »Fünfhundert Quadratmeter Wohnfläche, Grundstücksfläche das Fünffache, zwölf Zimmer im Haupthaus, Baujahr 1890, separates Badehaus, Kaufpreis 1,8 Millionen.«

In den Sonnenstrahlen, die durch die geöffneten Fenster fielen, sammelte sich Staub und tanzte im Licht.

»Wer hat hier früher gewohnt?«, fragte Bernhard.

»Die Villa hat einer Reederfamilie gehört. Als der letzte Besitzer 2004 starb, hat sich hier ein kleines, exklusives Seniorenstift etabliert. Die letzten drei Jahre stand es leer.« Mit nervösen Fingern nestelte er an seinem Krawattenknoten. »Sie hätten hier allen Platz der Welt für Ihre vier Kinder, einen großen Garten und einen Pool. Da schlägt doch jedes Kinderherz höher.«

Bernhard schabte mit der Schuhspitze über das mitgenommene Fischgrätparkett, was einer Art Vorwurf gleichkam.

Yvette tat der Makler leid. Sie streichelte Bernhards Rücken. »Er hat recht, Liebling. Für die Kinder wäre dieses Haus ideal. Und denk dran! Du hast ihnen einen Hund versprochen. Noch einer, der viel Platz braucht.«

»Ich habe gar nichts.«

»Doch. Hast du.« Sie lächelte ihren Mann an. »Du hast es wahrscheinlich nur vergessen, weil du so viel um die Ohren hast.«

»Sag mal, das ist ein schlechter Witz, oder?«

»Was meinst du?«

Yvette war froh, dass Konrad Karstens sich diskret in einen Nebenraum entfernte. An der Art, wie ihr Mann sie musterte und dabei leicht die Mundwinkel verzog, merkte sie, dass er verärgert war. Wie immer, wenn sie sich unsicher fühlte, begann sie, mit den Händen ihr kurzes Haar aufzuplustern, wobei sie ihren Kopf ruckartig nach links und rechts warf.

»Du kannst doch nicht im Ernst daran denken, diese Bruchbude zu kaufen! Und jetzt komm mir bitte nicht mit so etwas Pathetischem wie der Schönheit des Verfalls. Dagegen haben wir doch in Österreich den Himmel auf Erden.«

»Im Himmel ist es leider ziemlich bevölkert.«

»Was sollen diese ständigen Spitzen gegen meine Eltern?«

»*Du* hast gesagt, dass du wegwillst. Deine Worte. Das müssen wir doch nicht jetzt diskutieren.« Mit einem Nicken deutete sie in die Richtung, in der der Makler verschwunden war. »Nicht vor ihm«, flüsterte sie.

»Hättest du deine Hausaufgaben gemacht und gründlich recherchiert, was uns hier erwartet, hätten wir Geld und Zeit gespart.«

»Und uns um manches Vergnügen gebracht«, sagte sie kokett und drückte ihren kleinen sehnigen Körper an seinen, bevor sie ihn stehen ließ und auf ihren hohen schwarzen Pumps in das Zimmer lief, das Konrad Karstens als Salon bezeichnet hatte.

Yvette stellte sich ans Fenster eines halbrunden Erkers und blickte auf die Spalierrosen an einem verrosteten schmiedeeisernen Bogen, die im Sommer blühen würden. Sie betrat das Nebenzimmer, das in einen Wintergarten überging, öffnete die Glastür, setzte ihren Fuß hinaus und machte ein paar Schritte durch den Garten. Ihre Absätze sackten ein, trotz des Sonnenscheins lag über allem noch der Regenteppich der vergangenen Tage.

Schön war es hier trotzdem.

Sehr, sehr schön.

Sie sah ihre Familie in diesem Haus vor sich, wie Bilder in einem Jahreszeiten-Kalender. Auf dem satten Rasen im Frühling neben dem roten Rhododendron, der den Weg zur Haustür säumte. Unter den Birken am Badehaus bei Sonnenschein im August. Zwischen lampionartig blühenden Hortensien im Spätsommer und knöcheltief im bunten Laub der Herbstwiese, im Wirbel der aufgescheuchten Blätter. Vor ihrem geistigen Auge sah sie den Nebel über der Elbe, den Schnee auf den Zweigen, die erleuchteten Fensterscheiben, von ihren Kindern geschmückt für die Weihnachtszeit. Sie roch förmlich den Duft der Kräuter, die sie ziehen würde, Minze und Melisse und Thymian, den von frisch gemähtem Gras, von süßlich duftenden Linden. Sie würden an kalten Winterabenden Kaminfeuer anzünden, sich gegenseitig bei heißer Schokolade aus Büchern vorlesen, Freunde empfangen. Sie würden Steaks auf der Terrasse grillen, Kuchen mit einer dicken Zimt-Streuselkruste auf Apfelscheiben backen und sich nachts in ihren Schlafzimmern unter die Decken kuscheln, während der Regen von einem schwarzen Himmel rauschte.

Sie wusste, dass sie das Haus haben musste. Sie hatte es vom ersten Augenblick an gewusst. Nicht, dass es einfach werden würde. Manchmal würde sie sich dafür verfluchen, diesen Klotz am Bein zu haben, aber sie würde nicht glücklich sein ohne ihn. Es war eine Herausforderung. Dieses Haus sollte ihnen gehören. Sie wollte es so sehr.

Sie hörte ihren Mann. Er musste hier draußen sein, ganz in ihrer Nähe.

»Ich habe eine Abneigung gegen dieses Haus«, sagte er in dem Moment, »auch wenn es durchaus etwas hat. Manchmal kriegt man das eine vielleicht nicht ohne das andere … Yvette? Die ist besessen von dem alten Kasten. Weiß der Himmel wieso!«

Hatte sie erst gedacht, er spräche mit dem Makler, so merkte sie jetzt, dass die Unterhaltung einseitig war.

»Du kennst doch deine Freundin. Sie schaufelt sich gern mehr auf den Teller, als sie essen kann.«

Yvette ging ein paar Schritte und prallte beinahe mit Bernhard zusammen. Vor Erstaunen stieß er einen zischenden Laut aus und beendete rasch sein Telefonat.

»Was machst du denn hier?«

»Ich schaue mich um«, sagte sie verwirrt. »Und du?«

»Das war Melanie.«

»Wieso telefonierst du mit ihr?«

»Weil sie mich angerufen hat. Sie hat von Anton erfahren, dass wir in der Stadt sind, und wollte uns zum Abendessen einladen. Ich finde das sehr aufmerksam.«

»Das wäre es, wenn ich nicht gestern bereits mit ihr über unseren Rückflug heute gesprochen hätte.«

»Sie hat's halt noch mal versucht. Hätte doch sein können, dass wir uns anders entschieden haben.«

»So flexibel ist man nicht mit vier Kindern«, sagte sie.

»*Du* nicht«, sagte er.

Vom Kragen ihrer hochgeschlossenen weißen Bluse her schlich sich eine leichte Röte in ihr Gesicht. Wie immer war er brillant darin, sie wie eine Spießerin aussehen zu lassen, die jedem Anflug von Spontaneität ein Einschussloch verpasste.

»Das Schöne an diesem Liebhaber-Objekt ist ganz unbestritten, dass es noch weitgehend im Originalzustand erhalten ist.« Konrad Karstens war hinter sie getreten.

Bernhard fuhr zu ihm herum. »Warum sagen Sie nicht ehrlich, dass es sich hier nicht gerade um den heißesten Scheiß in Ihrem Portfolio handelt, junger Mann?«

Yvette spürte, wie sie in sich zusammensackte. Sie strich mit fahrigen Bewegungen ihrer Handinnenflächen den Rock glatt. Der junge Mann war der Falsche, um dem in Geschäftsdingen gewieften Bernhard etwas zu verkaufen. Jedes Wort des unerfahrenen Maklers war nur weitere Munition für ihn. Sie machten sich zu dritt auf den Weg zurück zum Haus, als ein Knall aus der Diele ertönte. Yvette fuhr zusammen. In Karstens' Gesicht zuckte ein Muskel. Seine Lippen zitterten leicht.

»Das war nur eines der Fenster, die Sie geöffnet haben«, sagte Bernhard und lächelte mokant. »Sie wollen uns ein Haus verkaufen, in dem Sie Angst haben? Und bei dem Ihre Agentur schon mit dem Preis um vierhunderttausend Euro runtergegangen ist.« Er beugte sich hinüber zu Yvette und raunte ihr zu: »*Das* meinte ich mit Hausaufgaben, mein Schatz.«

Doch Yvette schien ihn gar nicht zu hören. Als würde das Haus sie immer tiefer in seinen Bann ziehen, verließ sie den Rasen und betrat erneut den Wintergarten. Dutzende von Blumentöpfen in allen Größen, beschienen von einer jetzt fahlen Aprilsonne. Die Pflanzen, die hier vor vielen Jahren überwintert hatten, waren nur noch Skelette. Gerippe ohne Grün. Die Stämme der Palmen in den Kübeln wirkten wie verdörrte tropische Wurzelknollen. Alles, was es noch an Blättern und Gräsern gab, war ein braunes Gekruschel, ausgetrocknet wie Backpapier, das man für mehrere Arbeitsgänge im Ofen hatte liegen lassen. Das hier war der Tod nach dem Sterben. Doch Yvette lächelte nur. Sie träumte mit offenen Augen von mediterranen Pflanzen wie Oleander, Lorbeer und Myrte, von Zitronen-, Orangen- und Olivenbäumchen. Schon an Weihnachten würde es hier ganz anders aussehen.

Bernhard und der Makler waren ihr gefolgt.

Ihr Mann schüttelte den Kopf: »Alles verrottet und verkommen.«

»Schau hier!« Yvette hielt ihm einen kleinen Efeu in einem Tontopf entgegen.

»Was ist damit?«

»Manche überleben alles. Der hat sogar noch grüne Blättchen.« Sie lächelte ihn strahlend an. »Das ist ein Zeichen. Hier ist noch jede Menge Leben in dem alten Gemäuer.«

»Zäher Bursche«, sagte Karstens und nickte dem Efeu wohlwollend zu.

»Ich schaue mir mal das Badehaus an«, verkündete Bernhard. »Vielleicht überrascht mich das ja positiv. Kommst du mit, Schatz?«

Sie presste das Töpfchen mit dem Efeu an die Brust und lachte unsicher. »Lass mich hier noch ein bisschen träumen. Ich schaue es mir später an.«

Mit einem irritierten Blick auf seine Frau ging Bernhard davon, während ihm wie in einem letzten Aufbegehren Karstens fast trotzig hinterherrief: »Ich vergaß zu erwähnen: Das Haus steht unter Denkmalschutz. Wer eine solche Immobilie saniert, spart Steuern. Aber das wissen Sie sicherlich.«

Ein paar Stunden später saßen Yvette und ihr Mann in der Business Class von Swissair. Yvette war glücklich. Wie sollte sie auch ahnen, dass dieser Tag einer von denen war, an denen das Leben die Richtung wechselte, weg, weiter, woandershin, um dorthin abzubiegen, wo die Schatten lauerten? Wo auf Lachen Tränen folgten. Wo die Vergangenheit sich aufblähte wie ein Airbag, der einem die Luft nahm. Und die Vergangenheit war in einem solchen Haus überall. In jeder Mauer, jedem Stein, jedem Balken, jeder Zelle.

Sie flog Bernhard im Sitzen um den Hals, bevor sie damit begannen, Pläne zu schmieden.

»Melanie hat übrigens angeboten, ihre Putzfrau zu fragen, ob sie zwei Tage die Woche bei uns arbeiten möchte«, sagte Bernhard.

»Perfekt!«

»Muss eine wahre Perle sein«, sagte Bernhard. »Nun hast du dir doch nicht das Badehaus angesehen.«

»Ach«, winkte Yvette ab, nippte am Duval-Leroy brut und naschte Nüsschen. »So wichtig ist das nicht. Kann ich immer noch. Solche Details sollten nicht lebensentscheidend sein.«

Sie stieß mit ihrem Champagnerglas an seines. Sie wusste, sie würde diesem Haus den Kampf ansagen, selbst wenn es sich eines Tages dafür rächen sollte. Sie würde nicht respektieren, dass es in aller Ruhe verwahrlosen, verwesen und verwildern wollte. Dass es vielleicht überhaupt nicht erpicht darauf war, noch einmal Menschen unter seinem Dach zu beherbergen. Es gab nur noch einen Kurs, genau den, den der Flieger nahm: dorthin, wo der Himmel am hellsten war.

7

5. Juli

Die Sonne schien auf Hamburg und kündigte einen heißen Tag an. Consuelo war an diesem Morgen zeitig auf den Beinen. Sie tuschte die Wimpern ihrer schwarzbraunen Augen, die glänzten wie die Glasaugen ihrer Puppen. Auch über ihre Lippen konnte sie sich nicht beklagen. Sie waren nicht besonders prall, hatten aber eine hübsche Herzform, und wenn sie sie rot geschminkt hatte, glänzten sie appetitlich wie ein mit Zuckerguss verziertes Törtchen. Nur der Schatten eines Damenbartes darüber störte. Sie würde wieder zu Bleichmittel greifen müssen. Wie meistens trug sie ihre widerspenstigen Haare zu einem Zopf frisiert, damit die sich nicht kräuselten, als würde ihr Kopf unablässig mit warmer feuchter Luft aus einem Teekessel bedampft.

Sie hatte sich für eine gelbe Tunika entschieden, für einen weiten Rock, unter dem sie eine Strumpfhose trug, und für ihre Velourslederschuhe mit Blockabsatz. Um den Hals hatte sie trotz der Hitze ein Tuch geschlungen. In ihrer Korbtasche lagen bereits das Kittelkleid, in das sie schlüpfte, bevor sie mit der Hausarbeit begann, und die Latschen mit dem Fußbett aus Kork.

Sie wollte um halb acht bei den Schaffraths sein, wenn sie alle noch um den Tisch in der großen offenen Küche sitzen würden. Bevor Linus um acht in der Schule und Emma um neun im Kindergarten sein mussten. Bevor Anton in das gerade angemietete Büro in der Hafencity aufbrach, das er gemeinsam mit seinem neuen Partner unterhielt, nachdem er vorher als Unternehmensberater an den Esplanaden in Alsternähe residiert hatte. Bevor Melanie entschwand, ins Fitnessstudio oder zum Yoga, bevorzugt in Schwarz, die Schuhe teure Farbtupfer, die Haare, die bis zur Rückenmitte fielen, am Oberkopf straff zum Pferdeschwanz gebunden, das immer leicht gebräunte Gesicht mit der winzigen Nase, den vollen Lippen und den grünen Augen aufreizend schön.

Zweimal in der Woche ging sie zu den Schaffraths, montags und donnerstags. Es gefiel ihr, Teil einer Familie zu sein, dazuzugehören, sich vollwertig und ausgefüllt zu fühlen. Sie wollte mitlieben, mitleiden, fest verwoben sein mit den Familien, für die sie den Dreck wegputzte, und nicht nur das lose hinzugefügte Quadrat einer Patchworkdecke. Wenn's sein musste, nahm sie auch die Brosamen, die von der Familientafel fielen, eine Art Resteverwertung von Liebe, die sie verschwenderisch zurückgab, ausgehungert nach Zuneigung und Bestätigung, wie sie nun einmal war.

Niemals würde Consuelo sich deshalb den Schaffraths beim Frühstück in ihrem Kittelkleid zumuten. Sie wusste, was sich gehörte.

Auch wäre sie nie auf die Idee gekommen, sich mit ihrem eigenen Schlüssel Zutritt zu verschaffen. Sie klingelte und wartete geduldig, bis Melanie ihr öffnete. Normalerweise trug die um diese Uhrzeit selten etwas anderes als eines ihrer Sport-Outfits. An diesem Morgen jedoch hatte sie sich sorgfältig zurechtgemacht. Enge Jeans, blau wie der Julihimmel, karamellfarbenes Seidentop, im gleichen Ton sommerliche Stiefeletten in Netzoptik mit roten Sohlen. Haare glatt und offen. Mit Permanent-Make-up hatte sie sich die Augenbrauen üppiger malen – und einen Schönheitsfleck über die Oberlippe tätowieren lassen; ihre Wimpern waren dick und schwarz wie kleine Nerzstolen, künstlich verlängert wie die Nägel.

Trotz all dieser Hilfsmittel war sie von Natur aus blond und schön und strahlend. Sie war all das, was Consuelo nicht war. Und wie machte sie das bloß, auf diesen essstäbchendünnen hohen Absätzen zu laufen, ohne auf den Granitfliesen ins Schlingern zu kommen?

Etwas war anders heute Morgen. Consuelo spürte das. Sie bemerkte Melanies flatternde Lider, die andere Stimmlage, hoch und schrill, die hektischen Finger, die zuckende Halsschlagader.

Manchmal erzählten die kleinen Dinge mehr als Worte. Manchmal erzählten sie alles.

»Sie sehen umwerfend aus«, sagte Consuelo zur Begrüßung. Sie hatte es sich angewöhnt, ihren Arbeitgeberinnen zu schmeicheln, nach einer freundlichen Bemerkung lechzend, die man im Gegenzug an sie richtete.

»Ich wäre Ihnen dankbar …«, begann Melanie, die ihrer Hausangestellten am Kaffeeautomaten einen Cappuccino brühte, ihr die Tasse reichte, Rührei aus einer Pfanne in die Schüssel schabte, sich kurz an den Tisch setzte und sofort wieder aufsprang, als die Kinder sich um die letzten Rice Krispies in der Kellogg's-Packung stritten und bei dem Gezerre die Brösel auf den Boden schneiten.

»Herrgott nochmal!«, zischte sie und bückte sich, um die Krümel aufzuwischen.

Consuelo erhob sich. »Lassen Sie mich das machen!«

»Bleiben Sie sitzen!«, forderte Melanie sie auf und drückte Consuelo zurück auf den Stuhl. »Sie werden heute noch genug zu tun haben. Ich wäre Ihnen sehr verbunden, wenn Sie sich den ganzen Tag für uns freihalten würden. Unsere Kinderfrau hat mich versetzt. Magen-Darm. Ich weiß nicht, ob ich ihr das abnehmen soll, aber was soll ich machen?«

»Ich bin froh, wenn ich helfen kann.«

»Hat sich das also auch geregelt«, sagte Anton Schaffrath. »Nun kannst du ganz beruhigt nach Hannover fahren. Wann musst du zum Bahnhof?«

Er stützte die Ellbogen auf den Tisch und sah seine Frau an.
»Sobald ich euch alle aus dem Haus geworfen habe.«
»Was machst du da, Mami?«, fragte Linus.
»Mami besucht eine Freundin, die sie noch aus der Schule kennt«, antwortete Anton für seine Frau. »Sie hat heute Geburtstag.«
»Ist sie alt?«, krähte Emma.
»Sie hat ganz viele Falten, während eure Mama noch schön ist wie der junge Morgen.«
»Du kennst sie doch gar nicht.« Melanie schenkte Anton ihr breitestes Lächeln.
Die Eitelkeit war Melanies erbittertster Gegner, dachte Consuelo. Und Melanie hatte ihre Tricks. Den Bestand einer gut sortierten Parfümerie daheim im Badezimmer, hin und wieder vermutlich Botox und als ehemaliges Model das Wissen um die Wichtigkeit kunstvoll eingesetzten Lichtes. Sie hatte es Consuelo an einem verplauderten Vormittag mal erklärt. Licht konnte einen hofieren – oder zerstören. Man musste einen Bogen machen um Umkleidekabinen und Aufzüge, um Strahler von oben und Scheinwerfer von unten und um grell ausgeleuchtete Restaurants. Melanie hatte es sogar raus, eine weiße Stoffserviette so geschickt an ihrem Platz zu drapieren, dass sie das Licht reflektierte und ihre Züge weicher malte. Obwohl mit zweiundvierzig genauso alt wie ihre Hausangestellte, lagen zwischen ihnen nicht nur Welten, sondern in den Augen von Außenstehenden mindestens anderthalb Jahrzehnte.

»Macht deine Freundin eine Party?«, schreckte Linus' Stimme Consuelo aus ihren Gedanken.
»Und ob«, erwiderte Melanie. »Wir werden den ganzen Tag Torte essen, bis wir platzen, und heute Abend, wenn ihr in euren Bettchen liegt, bin ich wieder da.«

»Und ich darf nach der Schule zu Dominik?«

»Bis Papa dich um sieben Uhr abholt.«

»Um sieben schon?«

»Um sieben gehen kleine Jungs nach Hause.«

Emma hüpfte von ihrem Stuhl und drehte sich mit ausgebreiteten Armen im Kreis. »Darf ich zu Helene?«

»Dich, meine Süße, holt Consuelo um drei aus dem Kindergarten ab.«

Consuelo strahlte Emma an. »Ist das nicht schön, Prinzessin? Nur wir beide.«

»Ich will aber zu Helene«, quengelte Emma. »Linus darf auch zu Dominik.«

»Linus ist acht«, sagte Melanie, »und du bist fünf.«

»Gar nicht. Bald sechs.«

»Emma, gib Frieden! Ich hab's! Ihr geht nach dem Kindergarten noch auf den Spielplatz.«

Emmas Gesicht hellte sich auf, und sie warf Consuelo einen blitzschnellen Blick zu.

Consuelo hatte damit begonnen, das schmutzige Geschirr ineinander zu stapeln und stellte es auf die Anrichte über der Spülmaschine. Es gab ein schepperndes Geräusch. Sie warf einen angstvollen Blick zu Anton, der die Zeitung aufgeschlagen hatte. Es schien ihn zu ihrer Erleichterung nicht gestört zu haben.

»Wir werden viel Spaß haben, Emma. Wir schaukeln und backen Sandkuchen.« Consuelo wirbelte Emma durch die Luft.

»Geht es auch mal ein paar Umdrehungen leiser?«, murmelte Anton vor sich hin, wurde aber von Melanie übertönt, die hörbar ausatmete. »Dann hätten wir das ja geklärt. Ein Haufen Flöhe ist einfacher als das hier.« Sie schaute auf ihre Armbanduhr. »Es wird Zeit für dich, Linus.« Sie wandte sich an ihren Sohn. »Lass dir von deinem Papa fünf Euro für die Cafeteria geben. Du isst heute in der Schule.«

»Darf ich Pizza?«

»Von mir aus auch das.«

In einer stummen Geste des Triumphes reckte Linus den rechten Arm in die Luft.

Aus den Augenwinkeln beobachtete Consuelo, wie Anton und Melanie einander umarmten. Er nahm ihr Gesicht in beide Hände und bog ihren Kopf sanft nach hinten, um sie zu küssen. Rasch löste sie ihre Lippen von seinen.

Mit einem Kopfnicken deutete er auf einen Bund Strelitzien in einer klobigen Vase.

»Für sie?«

»Wen?«

»Für deine Freundin. Oder hast du dir die Blumen selbst gekauft? Weil ich meiner wundervollen Frau viel zu selten welche schenke?«

Melanie stieß ein Lachen zwischen zusammengepressten Zähnen hervor. »Kennst du jemanden, der sich selbst Blumen in dieser Apotheke von Maja Franck kauft? Natürlich ist das ein Geschenk.«

Sie kehrte ihm den Rücken zu und wandte sich an Consuelo. »Vielleicht können Sie Emma zum Kindergarten bringen. Und falls ich schon weg bin, wenn Sie zurückkommen … Sie haben ja einen Schlüssel.«

Consuelo ließ sich Zeit, nachdem sie Emma im Kindergarten abgeliefert hatte. Heute Morgen hatte die Vorzeigefamilie an ihren Nerven gezerrt. Von Melanie waren Unruhe und Gereiztheit ausgegangen. Sie brauchte eine Viertelstunde für den Rückweg. Der Himmel war wolkenlos blau. Sie würde die automatischen Sonnenblenden vor den Fenstern herunterlassen, sobald sie ankam. Trotz ihrer mexikanischen Wurzeln war Consuelo keine Freundin von Hitze. Sie schwitzte leicht und hatte schnell das Gefühl zu riechen. Sie zog den Schlüssel aus ihrer Umhängetasche, die an einem langen Riemen quer über ihrem Bauch baumelte. Sie steckte ihn ins Schloss und betrat das Haus. In das fielen wie aus Lichtkanonen geschossen die Sonnenstrahlen dieses Morgens durch die breiten Fensterfronten.

Zu ihrem Erstaunen vernahm sie Melanies Stimme.

»Ein Taxi zum Flughafen, bitte!«

Consuelo war zu verblüfft, um sich zu rühren. Sie stand noch reglos da, als Melanie aus dem Wohnzimmer kam und beinahe in sie hineingerannt wäre.

»Wieso haben Sie nicht geklingelt?«, fuhr sie Consuelo an.

»Ich dachte …« Sie stockte, ihr Herz setzte einen Schlag lang aus, sie schaute weg, holte tief Luft und fuhr fort:

»… Sie seien schon weg.«

Unter ihrem Make-up, dessen Perfektion darin bestand, dass es aussah wie nicht vorhanden, war Melanie leicht erblasst. »Stehen Sie schon lange da?«

Consuelo schüttelte den Kopf. Sie spürte, wie sich auf ihrer Oberlippe Schweißperlen bildeten. Die Tunika klebte an ihrer Haut wie ein Duschvorhang in einer dunstfeuchten Badewanne. »Bin gerade erst gekommen«, stammelte sie.

Melanie bemühte sich um einen beiläufigen Ton. »Hat alles geklappt mit Emma?«

Consuelo nickte. Sonnenlicht überstrahlte ihr angestrengt lächelndes Gesicht. »Sie ist so ein entzückendes Geschöpf.«

»Das ist sie.«

Melanie ließ sie stehen und pflügte in großer Eile durch die Küche, bis sie alles in ihre Tasche geworfen hatte, was flächendeckend verstreut war. Zum Schluss schob sie eine dunkle Sonnenbrille ins Haar.

Man hörte ein Auto vorfahren. Sie lief zurück zum Einbauschrank in der Diele, rupfte einen Blazer vom Bügel, warf ihn über. »Werde ich zwar nicht brauchen, aber man weiß nie.«

»Man weiß nie«, bestätigte Consuelo. »Soll ich den Kindern heute Abend Spaghetti machen?«

»Gute Idee.«

Als Melanie bereits die Hand am Griff der Haustür hatte, rief Consuelo: »Ihre Blumen.«

Melanie schlug sich mit der flachen Hand an die Stirn, doch es war nicht zu übersehen, dass sie ihre Ungeduld nur schlecht verbergen konnte. Hastig lief sie auf ihren irrsinnig hohen Schuhen zurück in die Küche, blickte auf die Vase und überlegte es sich anders.

»Ich kaufe neue. Wir tun ja gerade so, als würde es in Hannover keine Geschäfte geben.« Melanie blitzte Consuelo an. »Am Ende geht mir in der Hektik noch die Vase kaputt.«

»Das wäre ein wirklicher Verlust«, sagte Consuelo mit ernster Miene. »Wenn etwas so Schönes erst einmal zerbrochen ist, kann man es nicht mehr kitten.«

Melanie mied ihren Blick, als sie nach draußen zu dem wartenden Taxi eilte, untermalt vom Stakkato ihrer Absätze.

Consuelo stand einen Moment lang unentschlossen in der Küche und betrachtete mit großer Traurigkeit die Strelitzien, leuchtend orange wie exotische Vögel. Sie hatte rote Flecken auf den Wangen, und ihr grell bemalter Kindermund zog sich missbilligend zusammen.

Schade.

Wirklich schade, wie sich die Dinge entwickelten. Aber es gab Licht am Horizont. Eine mit den Schaffraths befreundete Familie, bei der sie zusätzlich arbeiten konnte. Und mit der sie deren Glück vielleicht teilen durfte.

Noch weniger als sonst konnte sie heute Schmutz und Unordnung ertragen. Sie hatte jedes Staubkorn eliminiert, jeden Kalkfleck in der Duschkabine, jeden Wasserspritzer im Spülbecken, jede Knitterfalte in einem Geschirrtuch. Nun musste sie die Zeit herumkriegen, bis sie Emma abholen konnte. Sie betrat das Schlafzimmer der Schaffraths. Es war nicht nach Consuelos Geschmack. Zu modern, zu kühl, kein Herz, keine Seele, keine Romantik. Die graue Tapete in Beton-Optik. Das Bett schlicht und weiß. Alles andere ebenfalls. Die Nachttische, die Leselampen, die Vorhänge, die sich im Luftzug des geöffneten Fensters bauschten, wenn denn endlich mal ein leiser Wind gehen würde, aber heute war da nichts als brennende Sonne. Wenigstens verbreitete der Deckenleuchter aus Kristall etwas Pracht und Herrlichkeit. Sie strich die silbergraue Tagesdecke mit der schwarzen Nerzkante glatt. Ein kummervolles Lächeln umspielte ihre Lippen.

Sie verzog verächtlich die Mundwinkel, als sie an die glamouröse Münchnerin dachte, die nach Hamburg gezogen war, nachdem sie sich den Besitzer einer Beautyklinik geangelt hatte. Consuelo war schon als Putzfrau in seinen Diensten gewesen, bevor die Neue bei ihm eingezogen war. Was hatte er sich zum Affen gemacht! Um seiner Freundin zu imponieren, mietete er für ihre Trips an Nord- oder Ostsee einen Helikopter, wobei man nie wusste, war es mehr ein Ausflug *mit* seiner – oder ein Auftritt *für* seine Liebste. Die große Bühne für den neuen Busen, das neue Gesicht, in dem die Nase so schmal war, dass es nur noch aus Wangenknochen zu bestehen schien, den Designerfummel, die funkelnden High Heels. Es hatte nicht lange gedauert, und sie hatte ihn betrogen mit einem Bildhauer, den sie im Tangokurs in Eimsbüttel kennengelernt hatte. Wahrscheinlich hatte sie es nur als harmloses Vergnügen betrachtet, als Ausrutscher, als Schluckauf im gleichförmigen Atem des Alltags, morgen schon Schnee von gestern. Aber für Consuelo war es erneut ein Beweis für die dunkle Seite der Frauen. Unter ihrem sirupsüßen Charme waren sie hinterhältig und böse. Ohne mit der Wimper zu zucken, konnte eine vermeintlich liebende Frau ihrem Mann ein Messer zwischen die Rippen jagen, noch während sie ihm den Rücken kraulte.

Sie war der Münchnerin nachgegangen, als sie auf hohen Hacken in das Atelier ihres Geliebten gestakst war. Durch das von Atemluft beschlagene Stahlrahmenfenster hatte Consuelo mehr gesehen, als sie vermutlich jemals erleben würde. Sie hatte dem Schönheitschirurgen einen Tipp gegeben. Er hatte Consuelo gefeuert – und seine Freundin behalten. Männer waren so dumm.

Nun also Melanie! Servierte ihrer Familie erst Rührei und trieb es dann mit einem anderen. Consuelo verstand nicht, wie man so leichtsinnig sein Glück aufs Spiel setzen konnte. Sie alle wussten ja nicht, was Einsamkeit war. Wie es war, immer allein zu sein, abends, in den Nächten und an den Wochenenden, nur umgeben von Puppen in glänzenden Kleidern. Wie es sich anfühlte, die Leere in sich selbst nur mit Essen zu füllen.

Consuelo verließ das Haus, um Emma aus dem Kindergarten abzuholen. Wie verabredet, gingen sie noch auf den Spielplatz. Es war nicht viel los. Irgendwann setzte sich eine Frau zu ihr auf die Bank, deren Kind Emma nicht kannte, mit dem es aber schnell übereingekommen war, die Rutsche hinunterzuflitzen.

»Sie sind wohl eher die Kinderfrau als die Mutter?«, fragte sie Consuelo.

»Wie kommen Sie darauf?«, fauchte Consuelo.

»Unterschiedlicher vom Typ her kann man ja wohl nicht sein. Sie dunkel und südländisch, die Kleine blond und hanseatisch. Aber man weiß ja nie.«

Consuelo holte tief Luft. »Sie liegen gar nicht so falsch. Es ist ein Drama. Emma hat keine Mutter mehr.«

Eine Lüge fügte sich nahtlos in die andere. Der Tag hatte mit einer Lüge begonnen, und schon am Nachmittag hatte sich die nächste dazu gesellt. Doch wenn sie es recht bedachte, überlegte Consuelo, war es keine. Für sie war Melanie gestorben.

8

3. August

Tobias zog sich langsam zurück und betrachtete mit beinahe wissenschaftlichem Interesse, wie sein Samen warm aus ihr herausfloss. Er strich mit der Hand über ihre geöffneten Schenkel und leckte seine Finger ab. Er tat das oft nach dem Sex. Larissa hatte sich daran gewöhnt, seine Kurzzeit-Affären waren davon meist irritiert. Bei manchen ließ er es von vornherein bleiben. Viele Frauen verstanden nicht, dass es eine Art Lebenselixier war, das er ihnen geschenkt hatte und von dem er genauso profitieren wollte wie sie. Er hatte, wenn man es so ausdrücken wollte, ein inniges Verhältnis zu seinem Sperma. Larissa lag entspannt neben ihm, ihre roten Locken waren wie ein Fächer über das Kissen gebreitet. Er streichelte die Mulde um ihren Nabel. Ihr Bauch war so flach, dass er eine leichte Wölbung nach innen hatte. Ihre Haut war seidenweich, und neben ihrem rechten Hüftknochen verlief eine tätowierte Rosenranke, die in Zukunft noch um einige Knospen üppiger werden sollte, wenn es nach Larissa ging.

Das Thermometer war auf über dreißig Grad geklettert. Es war selbst für Anfang August ungewöhnlich heiß. Die Sonne stand hoch am Himmel, kroch durch das geöffnete Fenster und ließ das Ochsenblutrot der Wände noch dramatischer wirken. Die Luft war erfüllt vom Vogelgezwitscher, vom Summen der Insekten und dem Motorengeknatter der Rasenmäher in den Gärten der Nachbarschaft. Es war Samstagnachmittag. Ihr gemeinsamer Sohn Theo war das Wochenende über bei Larissas Mutter, der verwitweten Angestellten einer chemischen Reinigung, die allein in einem kleinen Einfamilienhaus am nordöstlichen Rand Hamburgs wohnte, dicht an der Grenze zu Schleswig-Holstein.

»Er war so aufgeregt, dass es heute in den Zoo geht«, sagte Larissa. Sie dehnte ihre ineinander verschränkten Hände, bis sie knackten. Ein Geräusch, das Tobias schon von jeher hasste. Er stöhnte gepeinigt auf.

Sie lachte leise in sich hinein, drehte sich auf die Seite und legte ihr oberes Bein auf seine Schenkel. Er verschränkte die Arme im Nacken und spürte, wie sie mit ihren Fingernägeln, kurz geschnitten und perlmuttrosa lackiert, sanft durch sein Brusthaar fuhr und mit dem kleinen silbernen Kreuz spielte, das er an einer Kette um den Hals trug. Einen Moment lang schloss er die Augen.

»Er ist viel zu häufig mit Erwachsenen zusammen. Das würde sich ändern, wenn er ein Geschwisterchen hätte«, sagte sie, und er hörte ihrer Stimme die Unsicherheit an. Sie wusste, dass sie sich bei diesem Thema auf dünnem Eis bewegte, dass sie einbrechen konnte, wenn sie sich nicht in Acht nahm, und doch fing sie immer wieder davon an.

Er zuckte lässig mit den Schultern, aber er spürte, wie jeder seiner Muskeln plötzlich angespannt war. »Das wird sich ändern, wenn er in einem Jahr in den Kindergarten kommt. Da hat er Spielgefährten genug. Das Haus ist schon zu klein für uns drei. Und etwas Größeres können wir uns nicht leisten. Die geringe Miete hier ist ein Segen. Wir leben nun mal ausschließlich von meinen Jobs als Barpianist und Klavierlehrer. Wobei ich letzteren weder freiwillig noch gern mache.«

»Ich könnte wieder als Kellnerin arbeiten. Mein alter Boss im Steakhouse gibt mir bestimmt einen Job.«

»Wieso willst du dir das antun? Du hast doch ein schönes Leben. Hast ein Kind. Gibst Yogastunden, um dir ein bisschen was dazu zu verdienen. Wie willst du denn den Restaurant-Job schaffen mit zwei kleinen Kindern? Du würdest abends arbeiten. Und ich arbeite am Abend.«

»Noch ist das zweite nicht da. Und ich könnte die Mittagsschicht übernehmen.«

»Und ich spiele den Babysitter?«

»Es sind deine Kinder.«

»Vergiss es!«

Er spürte die Wut in seinen Eingeweiden, sie stieg höher, er wusste, welche Kraft sie haben konnte, doch er bemühte sich, sie nicht herauszulassen. Manchmal war es schwer, sie im Zaum zu halten. »Bitte lass uns nicht wieder über das Thema diskutieren, Larissa!«

»Wir haben nicht mehr so viel Zeit. Ich bin achtunddreißig, und du gehst auf die Fünfzig zu.«

»Wir haben alle Zeit der Welt, Engel.«

Er wusste, sie mochte es, wenn er sie so nannte. Er zog ihre Finger an seine Lippen, küsste jeden einzelnen, dann erhob er sich, um nach nebenan ins Bad zu gehen. Ihre Blicke folgten ihm; das spürte er in seinem Rücken.

»Wo willst du hin?« Sie klang schläfrig.

»Unter die Dusche. Ich muss zur Arbeit. Afternoon-Party auf der Lindenterrasse.«

»Spielst du allein?«

Er drehte sich zu ihr um und zwinkerte ihr zu. »Wer spielt schon gern allein?« Seine Stimme hatte den Hauch von Anzüglichkeit, der sie erregte. »Wir sind zu viert.«

»Eine gute Zahl. Auch für eine perfekte Familie.« Sie räkelte sich. »Ich würde gerne mitkommen.«

»Nur auf Einladung. Zweihundert ausgesuchte Gäste. Bedaure.«

»Ich habe ein ziemlich gutes Verhältnis zu dem Pianisten«, gurrte sie.

»Hast du das wirklich?«, neckte er sie, und wie so oft ignorierte sie den Funken Wahrheit in seiner Bemerkung.

»Kann man da nichts machen mit ein paar Gramm Vitamin B?« Sie war aufgestanden und kam zu ihm gelaufen, er vernahm ihre nackten Fußsohlen auf den Holzdielen. Sie schmiegte sich an seinen Rücken; er konnte ihre kleinen spitzen Brüste auf seiner Haut fühlen.

»Genieße deinen kinderfreien Nachmittag. Triff dich mit ein paar Freundinnen.« Er griff mit einer Hand nach hinten und tätschelte ihren Hintern.

»Die Frauen werden dich wie immer umschwärmen.«

Er lachte. »Es können nun mal nicht alle gleichzeitig auf der Bühne stehen. Es muss auch immer welche geben, die klatschen.«

»Arrogantes Arschloch«, sagte sie zärtlich und biss ihn leicht in die Schulter, bevor er ihr einen Klaps auf den Po gab, sich von ihr befreite und kurz darauf im Badezimmer verschwunden war.

Eine Stunde später fuhr er langsam durch die Straßen. Es ging ihm gut. Er mochte die Augusthitze, die flirrende Luft, die träge Sinnlichkeit, die über allem lag, die Frauen in ihren dünnen Kleidern, den Sommerwind, der mit ihren Haaren spielte, den schweren süßen Duft der Blüten in den Gärten, den des reifen Obstes auf den Wochenmärkten, die Sonnenstrahlen, die die Stadt ausbleichten wie zu heiß gewaschene Wäsche. Er fühlte sich frisch nach der Dusche und trug sein übliches Auftritts-Outfit: weißes Hemd, die Ärmel aufgekrempelt, schwarze Hose. Das Hemd unterstrich seine Bräune. Er umfasste das Steuer mit der rechten Hand, die linke baumelte aus dem geöffneten Autofenster, die Finger klopften einen entspannten Rhythmus auf dem Lack.

Sein Weg führte Tobias wie so häufig zu dem Haus mit der Nummer siebenundsiebzig in der Nähe der Elbchaussee. Oft hatte es ihn in den letzten Monaten hierher verschlagen. Von dem

Augenblick an, als das Maklerschild Anfang April plötzlich vom Grundstück verschwunden war. Nachdem er an diesem verregneten Märznachmittag den etwas tölpelhaften Makler kennengelernt hatte, war er von fiebriger Erregung erfüllt – und noch häufiger als vorher hier gewesen.

Seine Ausdauer hatte sich gelohnt. Er war vor Ort, als das gutaussehende Paar kurz darauf das Anwesen besichtigt hatte. Seinen Wagen hatte Tobias damals in einer Nebenstraße geparkt, da der junge Mann von der Immobilienagentur ihn vermutlich wiedererkannt hätte. Hinter einem blauen Kastenwagen auf der anderen Straßenseite hatte er sich versteckt gehalten, während die drei von dem Haus verschluckt worden waren. Als sie es schließlich verlassen hatten, konnte er auf dem Gesicht der Frau das Ergebnis ablesen. Sie hatte sich noch einmal umgesehen und das Haus mit ihren Blicken gestreichelt. Sie hatte glücklich gewirkt, wenn auch leicht überdreht und von einer inneren Unruhe getrieben. Ihr Begleiter hatte einen eher unbeteiligten Eindruck gemacht. Der Makler-Welpe schien erschöpft zu sein, aber sehr zufrieden mit sich und dem Lauf der Dinge.

Die Frau hatte Tobias auf Anhieb gefallen. Ganz sein Typ. Ihr maskuliner Haarschnitt, der ihren Körper umso femininer erscheinen ließ. Ihre Kleidung. Er erinnerte sich gut an den dunklen Bleistiftrock, die taillierte weiße Bluse, die schwarzen High Heels. Er hatte sie von seinem Platz hinter dem Lieferwagen mit Blicken verfolgt, bis die drei in das Auto des Maklers gestiegen und davongefahren waren.

Heerscharen von Handwerkern hatten seither das Haus bevölkert und keinen Stein mehr auf dem anderen gelassen. Kurz entschlossen schaltete Tobias den Motor aus, stieg aus dem Wagen und schritt auf die Villa zu. Im Garten war noch nichts gemacht worden. Auch das Poolhaus schien bisher von jeglichen Renovierungsarbeiten verschont geblieben zu sein. Und doch vibrierte alles an diesem Samstagnachmittag im Rhythmus des Kommens und Gehens von Handwerkern und Lieferanten.

Er betrat durch die weit geöffnete Tür die Diele. Es roch nach Farbe, Holzpolitur, Tapetenkleister. Das Fischgrätparkett aus Eiche war abgeschliffen und frisch geölt. Tobias wanderte über die Folie, die das Holz schützte. Ständig musste er Männern ausweichen, die mit Farbeimern, Kabelrollen und Werkzeugen an ihm vorbei wollten. Schließlich wurde es einem von ihnen zu bunt. Ein grauhaariger Mann mittleren Alters in Jeans und kurzärmeligem Hemd kam auf Tobias zu. Er wischte sich mit dem Handrücken den Schweiß von der Stirn.

»Das Betreten der Baustelle ist Unbefugten verboten!«

»Ich bin Journalist.«

»Und welcher Story jagen Sie hier nach?«

»Ich arbeite für das Magazin ›Häuser‹ und schreibe an einer Serie über heruntergekommene Objekte, die durch geschickte Renovierung wieder zum Schmuckstück werden.«

»Ich bin der Bauleiter. John Matthiesen.«

Die beiden Männer reichten sich die Hand, was Tobias mit einer Aufwallung von Ekel über sich ergehen ließ. Er musste sich zwingen, nicht an den Schweiß zu denken, der an der Haut des Bauleiters klebte.

»Da warten Sie am besten mit Ihrem Interview, bis die neuen Besitzer eingezogen sind. Den Zustand von einst haben wir auf Fotos festgehalten. Bildmaterial dürfte also kein Problem sein. Aber ich kann das nicht entscheiden.«

»Schon klar! Gibt es konkrete Pläne für den Einzug?«

»Kommenden Montag. Die vier Kinder der Familie sollen nach den Sommerferien pünktlich hier zur Schule gehen, und die startet drei Tage später.«

»So ist's recht! Gleich mit einem Kopfsprung hinein ins neue Leben«, sagte Tobias, lachte und klopfte dem Bauleiter auf die Schulter. »Sie haben ganze Arbeit geleistet, Meister. Glückwunsch!«

»Alles neu. Die Elektrik, die Heizung, das Dach.«

»Wird ein Traumhaus«, sagte Tobias, der sehr wohl merkte, wie sich der Mann in seiner Bewunderung sonnte.

Ein Handwerker kam auf sie zu. »Das Klavier wird Montag geliefert.«

»Kommt in den Salon«, sagte John Matthiesen. »Der ist so gut wie fertig.«

»Achten Sie darauf, dass es mindestens zehn Zentimeter von der Wand entfernt steht«, riet ihm Tobias. »Da kann sich der Klang am besten entfalten. Der optimale Platz ist diagonal in einer Ecke. Nicht an der Heizung, nicht am Fenster. Trockene Luft, Durchzug und Sonneneinstrahlung schaden dem Instrument.«

»Sie wissen ja gut Bescheid.«

»Ich kenne mich ein bisschen aus mit Musik.«

»Ich muss nach oben«, sagte Matthiesen. »Schauen Sie sich ruhig um! Aber passen Sie auf, dass Sie sich nicht dreckig machen.«

»Dreck war noch nie mein Problem«, sagte Tobias, bevor er nach draußen ging, sich in eine Ecke des Gartens verdrückte, um nicht in ein weiteres Gespräch mit einem Handwerker verwickelt zu werden, und gedankenverloren eine Zigarette rauchte. Er spürte, sein Leben klappte gerade auseinander wie einer dieser Taschenschirme, die man kaum noch in die Hülle kriegte, hatte man sie erst einmal rausgeholt. Es gab kein Zurück.

9

1976

Am grausamsten war die Geschichte vom fliegenden Robert.

Dem Jungen, der das Verbot der Eltern missachtet, im Regen spazieren geht, mit den Füßen durch die Pfützen, den Hut auf dem Kopf, und schließlich davongetragen wird vom Sturm, bis der rote Schirm an den Wolken anstößt. Auf und davon! Der Struwwelpeter-Text lehrte einen das Schaudern. Noch mehr als die anderen Geschichten des Buches, die die nächtlichen Träume des Kindes ebenfalls mit Angst fütterten. Die abgeschnittenen Daumen vom Lutscher-Bub und das brennende Paulinchen.

Wenn es das Buch nicht mehr geben würde, das der Vater schon in seiner Kindheit besessen und über die Jahre und Jahrzehnte aufbewahrt hatte, bräuchte man es nicht weiter zu fürchten. Das Kind warf die Decke vom Körper und stand auf. Akkurat wie Zinnsoldaten standen seine braun-beige karierten Hausschuhe an der Längsseite des Bettes, so dass es nur noch hineinschlüpfen musste. Es schlich durchs Zimmer, die gelbe Kladde mit dem roten Buchrücken unter den Arm geklemmt. Die Gummisohlen quietschten auf den Holzdielen. Ein widerliches Geräusch. Plattfuß-Pantoffeln, nannte sie Hedwig, die Köchin. Beinahe hätte es gelacht, wäre die Situation nicht so nervenaufreibend gewesen. Es schlich die große Holztreppe hinab. Sie knarrte. Doch das würde niemand hören. Die Eltern hatten Gäste. Das Kind vernahm das helle Lachen der Frauen und die tiefen Stimmen der Männer, leise Musik, das Klirren von Gläsern, geschäftige Geräusche aus der Küche. Es roch das gebratene Fleisch und das Parfüm der schönen Damen.

Eine ideale Gelegenheit, in den Keller zu huschen, wo die Mülltonnen standen. Es öffnete die Tür und blickte in einen dunklen geöffneten Rachen, der alles zu verschlingen drohte. Es zitterte am ganzen Körper, der Schweiß brach ihm aus, denn es wusste um die Ratten, die den Keller besiedelten. Der beißende Geruch von Gewürznelken und Terpentin schlug ihm entgegen, mit denen der Vater die Kosten für den Schädlingsbekämpfer sparen wollte. Seine Hand tastete nach dem Schalter, und das Licht flammte auf. In seinen Pantoffelfüßen jagte es die Steintreppe hinunter, lief zu den Mülltonnen im Raum neben dem Heizungskeller, in dem die Gartenmöbel für den Sommer überwinterten, und ließ das Buch in die Tiefe der Tonne fallen. Sekunden später raste es zurück, flitzte die Treppe hoch, schoss auf die Tür zu und ruckelte daran mit einer heftigen Bewegung. Doch der goldene Metallknauf ließ sich nicht öffnen. Das Kind drehte ihn hin und her, rüttelte daran, bis das Metall und seine kleine Hand glühten und beides schweißnass war. Nichts zu machen!

Waren das Schritte, die sich von der Tür entfernten? War es das Rauschen des Heizkessels, verborgen im Keller unter ihm hinter einer grauen Tür aus Stahl, das bis zu ihm drang? Er sprang an, machte Pause, sprang wieder an, ruhte sich aus. Der Kessel hatte viel zu tun in dieser Nacht. Es war Winter, und draußen schüttelte der Sturm den Schnee aus den Zweigen. Oder dröhnte sein eigenes Herz so laut in seinen Ohren? Das Kind hockte sich auf die oberste Stufe der Treppe, weinte und winselte, wie nur Kinder das können. Erschöpft lehnte es die Schläfe an die kalte Mauer und umschlang seinen mageren Oberkörper mit den Armen. Wie lange es so dagesessen hatte, wusste es nicht. Ihm war kalt, und während das Haus einen sonst Dinge hören ließ, die man nicht hören wollte, ein ständiges Wispern, Flüstern, Fispeln und Raunen, so als würden diese Geräusche in den Wänden wohnen, war die Nacht im Keller von einer ohrenbetäubenden Stille.

Man entdeckte das Kind erst, als Hedwig, die Köchin, zum Weinholen in den Keller ging. Sie nahm das Kind auf den Arm und drückte es an ihren Busen, der vermutlich deshalb so riesig geraten war, weil sonst ihr großes Herz keinen Platz gehabt hätte. Hedwig trug das zitternde Bündel die Treppe hoch in den ersten Stock, wobei sie etwas außer Atem geriet, da jede körperliche Anstrengung für ihre Leibesfülle zu viel war. Sie rief in einem fort »Arm Blood! Arm Blood!«, was in Ostfriesland, wo sie herkam, nichts anderes bedeutete als »armes Kind«. Sie roch nach Lindenblütentee, frisch gebackenem Brot und geröstetem Fleisch, und als das Arm Blood endlich in seinem Bett lag, versicherte ihm Hedwig, sie würde bei ihm wachen. Die Eltern und die Gäste hatten gegessen, sie hatte Zeit.

Sie erzählte dem Kind eine Geschichte. Eine schöne von Tieren, die im Wald füreinander da waren, die sich beschützten und gegenseitig auf sich aufpassten. Und endlich schlief das Kind ein, warm, geborgen und sicher in Hedwigs Stimme.

Am nächsten Abend kam der Vater zum Vorlesen. Die randlose Brille vorne auf der Nasenspitze, ein Halstuch im geöffneten Hemdkragen, darüber seinen seidenen Hausmantel. Hinter seinem Rücken zog er eine gelbe Kladde mit rotem Buchrücken hervor. Es gab den »Fliegenden Robert«.

Als die Lektüre überstanden war, erhob sich der Vater aus dem Sessel neben dem Bett.

»Du hast mir etwas genommen und in den Müll geworfen. Du wirst verstehen, dass mir nichts anderes übrigbleibt, als das Gleiche zu tun. Ich muss etwas von dir zerstören, woran dein Herz hängt. Wie du mir, so ich dir.«

Der Vater beugte sich über das Bett des Kindes und packte Timo. Timo war eine Babypuppe, die einst der älteren Schwester gehört und die sie auf dem Dachboden ausrangiert hatte. Das Kind hatte sie gerettet, und seither lag sie in ihrem weißen Pyjama mit den hellblauen Paspeln bei ihm im Bett, betrachtete es aus großen Rehaugen und hörte sich jeden Abend vor dem Einschlafen die Erlebnisse des Tages an.

Mit dem Daumen seiner rechten Hand drückte der Vater Timo beide

Augen ein. Sie rollten ins Innere. Es hörte sich an, als würde jemand in Timos Kopf Murmeln spielen.

Das Kind legte die Puppe tief unten in seinen Schrank, weil es den Anblick der langen schwarzen Wimpern über den leeren Augenhöhlen nicht ertragen konnte. Von diesem Tag an begann es die Dinge zu hassen, die unvollkommen waren.

10

6. August

Es war lange her, dass Gerda Hoff zum letzten Mal mit eigenen Augen gesehen hatte, wie Tausende von Gänseblümchen ihre Wiese bedeckten. Alles war lange her. Sie war zweiundneunzig und kurz davor, dem Leben davonzufliegen. Es hielt sie nicht mehr viel. Obwohl sie sich darum bemühte, dass das Licht ihres Lächelns nie ganz verlosch. Die Welt um sie herum war in nebligen Dämmerschein getaucht, als sei alles nur noch schwach beleuchtet von einer Funzel. Blindheit bedeutete nicht immer einen schwarzen Vorhang. In ihrem Fall waren es viele Facetten eines nebligen Graus mit den Umrissen vertrauter und manchmal auch geheimnisvoller Schatten. Alle Farbe war aus ihrem Leben gewichen. Sie unterschied nur noch zwischen hell und dunkel. Hatte sich eingerichtet in ihrem Maulwurfsdasein.

Das Unvermögen ihrer Augen hatte ihre anderen Sinne geschärft. Sie konnte nicht sehen. Aber sie konnte hören, riechen, tasten, fühlen. Sie vernahm jeden Windhauch in den Bäumen. Sie konnte den Gesang von Amsel, Kohlmeise und Buntspecht unterscheiden, und in den seltenen Wintern, in denen Seen und Flüsse zugefroren waren, hörte sie das Eis singen, wenn jemand sie unterhakte und zum Spaziergang begleitete. Eine klirrende Sinfonie aus überirdisch hohen Tönen und dumpfen Schlägen wie Backpfeifen in alten Zeichentrickfilmen. Ihr Geruchssinn war so ausgeprägt, dass sie unter dem schmelzenden Schnee bereits das Moos und die feuchte Erde witterte, die den Frühling ankündigten. Wenn ihr im Mai der Duft von Brause aus ihrer Kindheit in die Nase kroch, wusste sie, dass der Waldmeister blühte. Am Geruch des faulenden Laubes, in dem immer auch eine Ahnung von Kürbis, Pilzen und Holzfeuer mitschwang, erkannte sie den nahenden Herbst, und ein richtig kalter Wintertag roch für sie wie frisch gewaschene Wäsche. Sie besaß so feine Antennen, dass sie Ungesagtes erahnen, Schwingungen erfassen und Stimmungen fühlen konnte, dass ihr die sorgenvollen Empfindungen anderer viel zu nahe kamen, ihr auf der Seele drückten und durch die dünne Haut sickerten. Sie liebte Mensch, Tier und Pflanze, und deshalb wagte sie kaum einen Schritt auf der Gänseblümchenwiese, aus Angst, die zarten Blüten zu zertreten. Alleine konnte sie ohnehin nicht mehr raus. Ihr zur Seite stand eine Russin namens Oksana, die als knapp Zwanzigjährige in Au-pair-Diensten einer Nachbarsfamilie gestanden hatte, danach in Hamburg geblieben war und jetzt als ihre Altenpflegerin arbeitete. Ohne Oksana unternahm sie keinen Schritt.

Gerda Hoff bewohnte ein kleines Haus, das – nur durch einen Zaun getrennt – an der Rückfront der Villa Elbgold lag. Das Anwesen, das auf dem besten Wege war, seinen alten Glanz zurückzugewinnen, zeigte dem bescheidenen Besitz von Gerda Hoff die kalte Schulter. So war es immer gewesen, schon damals, in den fünfziger Jahren des letzten Jahrhunderts, als Gerda hierhergezogen war. Eine junge Lehrerin, unverheiratet und kinderlos. Sie hatte sich auf Anhieb in das kleine Haus verliebt: in die baumbestandene Straße, die blauen Lupinen im Garten und den weißen Lattenzaun, der stellenweise dunkelgrünem Maschendraht gewichen war, dort, wo Büsche und Sträucher ungehemmt zum Nachbargrundstück hinüberwucherten. Als sie noch sehen konnte und die Arthrose noch nicht in ihren Gelenken wütete, war der Garten ihre Leidenschaft gewesen, Teil ihres Lebens. Welch ein Genuss zu verarbeiten, was sie geerntet hatte! Marmeladen und Kompott und

Likör. Die Jahreszeiten, eingefangen in Flaschen und Gläsern. Im Frühling das blasse Grün des Rhabarbers. Im Sommer das pralle Rot der Erdbeeren und Kirschen, das Sonnengelb der Aprikosen. Im Herbst das schwere dunkle Blau der Zwetschgen und Brombeeren.

Heute war der Garten verwildert. Die Sträucher erstickten unter Gestrüpp, vermoderte Zweige lagen unter abgestorbenen Bäumen. Die Äste des Quittenbaumes bogen sich auch heute noch unter den faustgroßen Früchten, aber niemand pflückte sie. Der Geruch des überreifen Obstes stach in die Nase. Der Keller war voll mit ihren Vorräten, jahrzehntealt. Vermutlich lagerte bereits eine schimmlige Schicht auf dem Eingemachten. Sie hätte längst schon Oksana bitten müssen, die Gläser zu entsorgen, aber das brachte Gerda nicht übers Herz. Es gab Geräusche, die das Erwachen einläuteten, und solche, die klirrend und scheppernd das Zerbrechen begleiteten. Und seien es auch nur die Scherben der Weckgläser, die das Ende des eigenen Lebens bezeugen würden.

An diesem Sonnentag, der nach Heckenrosen duftete und nach frisch gemähtem Gras, spazierte Gerda Hoff an Oksanas Arm durch ihren Garten. Plötzlich hörte sie andere Geräusche, längst vergessene, die sie seit langem nicht mehr in ihrer unmittelbaren Nähe vernommen hatte. Die Stimmen fröhlicher Menschen. Das Lachen und Schnattern von Kindern. Eines kreischte so anhaltend vor Vergnügen, dass es Gläser hätte zerspringen lassen können. So einen Tonfall, dachte Gerda in einem selten gewordenen Moment von Lebensfreude, kriegten auch nur kleine Mädchen hin.

Ein Junge blaffte sie an: »Baby!«

»Ich bin kein Baby. Ich komme in die Schule.«

»Baby!«

»Blödkopf!«

Über das Gesicht der alten Dame huschte ein Lächeln, während sie weiter dem Gekreische auf der anderen Seite des Zauns lauschte. Dem Bocken und Foppen.

Wie alt die beiden wohl sein mochten?

Das Mädchen sechs oder sieben, das erklärte sich aus der Einschulung. Der Junge nur unwesentlich älter.

Gerda Hoff ließ sich von Oksana zu einer hölzernen Bank in der Nähe des Zauns führen, links eingerahmt von blau blühenden Hortensien, rechts von Sommerflieder, der nach Honig duftete und ein Schmetterlingsmagnet war. Tagpfauenauge und Kleiner Fuchs. Von rostbrauner Färbung alle beide, hübsch gezeichnet. Gerda hatte sie genau vor Augen, auch ohne sie zu sehen. So viele Jahre hatte sie in diesem Garten verbracht, sie kannte jeden Grashalm. Sie hatte diese Jahreszeit immer geliebt, und auch heute noch im Alter fühlte sie sich bei Hitze kräftiger als in den dunklen, kalten Monaten, so als habe ihr Körper darauf gewartet. Als müsse sie ihr Gesicht nur dem Licht und der Wärme zuwenden, um wie eine Sonnenblume aufrecht zu stehen.

Sie ermunterte Oksana, jetzt ihre Einkäufe zu machen, die paar Dinge, die sie für die Zubereitung von Gerda Hoffs Mittagessen brauchen würde. Gerda hatte sich Rote Grütze gewünscht. Das war das Beste bei der Hitze. Sie stand Essen inzwischen beinahe feindselig gegenüber. Sie musste sich dazu zwingen, es bedeutete ihr nichts mehr. Oksana würde mit dem Rad in den kleinen Edeka-Markt fahren, er lag nicht weit von hier. Eigentlich könnte sie heute im Garten essen, beschloss Gerda. Noch einmal dem Herbst und dem nassen Hamburger Winter trotzen, die noch früh genug kommen würden. Sie lehnte sich gegen die Rückenlehne der Bank, faltete die Hände im Schoß, schloss die Augen, seltsam geborgen bei dem Lärm aus dem angrenzenden Garten. Das Leben nebenan geht endlich weiter, sagte dieser Lärm, und das war ein tröstlicher Gedanke.

Sie nickte ein und wurde erst wach, als sich jemand neben sie setzte. Sie wandte den Kopf zur Seite, aber sie sah noch nicht einmal die Umrisse eines Schattens dort sitzen, es war, als würde die Person neben ihr hinter einer Scheibe in dichtem Rauch verschwinden. Und doch spürte sie mit ihrem untrüglichen Instinkt, dass es nicht die junge Russin war. Gerda zwang sich zu einem Lächeln, ihr Brustkorb hob und senkte sich, als fiele ihr das Atmen schwer.

»Wer sind Sie?«, fragte sie, in dem Grauschleier vor ihren Augen stochernd. »Ich kann Sie leider nicht sehen.«

Hinter Gerdas Stirn begann es zu pochen, seltsame Bilder taumelten durch ihren Kopf.

Doch was soll schon sein, rief sie sich zur Vernunft. Es war helllichter Tag.

Aber nicht für dich, ertönte eine Stimme in ihrem Inneren.

»Sind Sie der neue Nachbar?«

»So könnte man sagen.«

Gerda hatte es immer gehasst, wenn Leute in Rätseln sprachen. Das war auch etwas, das sie ihren Schülern versucht hatte zu vermitteln. »Sagt klar und deutlich, was Sache ist, nur dann kann man euch verstehen! Diese Botschaften durch die Blume haben noch keinem weitergeholfen.«

Die Schüler hatten sie für ihre offene Art respektiert und geliebt.

Nun war alles anders. Sie war so gut wie blind, Familie hatte sie nicht, ihr einst großer Freundeskreis war weggestorben, die Zeit der Schlückchen und Schnittchen war vorbei, was geblieben war, waren Erinnerungen.

»Wer sind Sie? Was tun Sie in meinem Garten?«

»Ich dachte, ich sage mal ›Guten Tag‹. Ich bin kein Mensch, der Gespräche über den Zaun hinweg schätzt. Ich finde, das hat keinen Stil.«

»Sie wohnen jetzt nebenan?«

»Ich habe wieder ein Zuhause gefunden.«

»Sind das Ihre Kinder?«

»Sie waren zu laut, nicht wahr? Fühlen Sie sich gestört? Ich werde mit ihnen reden.«

»Nicht doch.«

Mochte auch ihre Welt jeden Tag ein wenig schrumpfen, sie legte immer noch viel Wert auf Disziplin, eine gute Erziehung und tadellose Manieren. Das war das Hanseatische in ihr. Vielleicht auch das Schulmeisterliche. Das legte man nicht einfach so ab. Aber das Alter hatte sie milde gestimmt, und Kinder waren Kinder.

»Lassen Sie sie spielen.«

»Man muss sie rechtzeitig an Regeln gewöhnen. Wenn etwas verpfuscht ist, kann man es nur selten wieder in eine gelungene Form bringen, schon gar nicht in eine, die in eine erfüllte Existenz mündet.«

Er hatte eine Stimme, der man lauschen mochte wie schöner Musik. Die Stimme erinnerte Gerda an den Moderator des Klassikradios, der sie durch die Nacht brachte, wenn sie Gefahr lief, die zähen Stunden nach Mitternacht zu zergrübeln. Der sie mit Bach zu Tränen rührte oder sie Gefallen finden ließ an einer quirligen Mozart-Sonate für ein vierhändiges Klavierspiel, aus dem sie Energie für den nächsten Tag schöpfte.

Sie neigte den Kopf und blickte im Sitzen zu ihm auf. Er schien ein groß gewachsener Mann zu sein. »Sie haben eine wundervolle Stimme. Kaum zu glauben, dass Sie wirklich ein so strenger Familienvater sind, wie Sie gerade vorgeben zu sein.«

»Ich habe meine Grundsätze.«

»Wie viele haben Sie?«

»Ein paar, von denen ich nicht abweiche.«

Sie konnte sich ein Lächeln nicht verkneifen. »Ich meine Kinder.«

»Vier. Zwei Jungen. Zwei Mädchen. Von mir aus könnten ruhig noch ein paar dazu kommen. Wäre das sonst nicht ein trauriges Leben? Kein Kind, das die eigenen Gene in sich trägt? Kein Gesicht, in dem man Spuren von sich selber findet?«

»Ist das so erstrebenswert?«

»Finden Sie nicht?«

»Nicht unbedingt.«

»Das muss jeder selbst wissen.« Sein Ton war gleichgültig. »Haben Sie keine Kinder?«

»Nein.«

Sie spürte ihn neben sich aufstehen. »Darf ich Ihnen eine indiskrete Frage stellen?«

»Ob sie indiskret ist, werde ich entscheiden.«

»Wie lange sind Sie schon blind?«

»Lange schon.«

»Vollkommen?«

»Nicht ganz so blind wie ein Rapsfeld gelb ist, aber mehr als ein Schattendasein findet für mich nicht mehr statt.«

»Wie kann man damit leben?«

»Man kann mit allem leben. Es schult einen darin, die Vielfalt der Welt auf andere Art zu erfahren. Man darf nur nicht in Versuchung kommen, wütend auf sein Schicksal zu sein. Wut ist immer ein schlechter Ratgeber. Man muss sein Los annehmen.«

»Muss man das?«

»Es ist die beste Art, mit den Dingen fertig zu werden.«

In seiner Stimme lag unterschwelliger Zorn. »Darüber kann man geteilter Meinung sein. Aber ich will Ihre Zeit nicht länger in Anspruch nehmen. Ich darf mich verabschieden und Ihnen einen angenehmen Tag wünschen.« Er nahm ihre Hand und drückte sie sanft. Schmal war seine, feingliedrig, mit ausgeprägten Muskelsträngen. Ein sensibler Mensch, dachte Gerda, vielleicht künstlerisch veranlagt. Wenn sein Nervensystem so zart besaitet war wie seine Hände, konnte man davon ausgehen, dass er zu Überempfindlichkeit neigte.

»Darf ich Ihnen jetzt auch eine indiskrete Frage stellen?«

»Nur zu.«

»Was machen Sie beruflich?«

»Ich bin Professor für Musik am Hamburger Konservatorium.«

»Beeindruckend. Auf gute Nachbarschaft!«, rief Gerda Hoff ihm nach, während er davonging in den Sommertag.

Mit leisen Schritten kam Oksana zurück in den Garten. Die Geräusche, die sie machte, waren Gerda Hoff vertraut, mochten sie auch für andere kaum wahrnehmbar sein. Das Schleichen der Stoffschuhe über den Rasen. Die Züge aus ihrer Zigarette, deren Stummel sie mit der Sohle austrat, das kurze Zischen der glühenden Kippe auf dem Gummiprofil. Auch die Art, wie sie schwieg. Wie sie im Schweigen die Arme vor der Brust kreuzte und mit ihren Fingerspitzen leicht gegen die Ellbogen trommelte. Das tat sie immer, wenn sie ungeduldig mit ihr wurde, weil alles so langsam ging, weil Gerdas Körper nicht mehr mithalten konnte, weil er nur noch eine unbeschreibliche Last war. Oksana ließ sich neben sie fallen.

»Hast du schöne Früchte bekommen für die Rote Grütze?«

»Kirschen«, sagte Oksana. »Und ich habe die neuen Nachbarn gesehen. Ein schönes Paar. Es stand vor dem Haus, als ich vorbeifuhr.«

»Wann war das?«

»Vor ein paar Minuten.«

»Da war er hier.«

»Wer?«

»Der Mann.«

»Das kann nicht sein. Er hatte den Arm um eine Frau gelegt, und sie verabschiedeten offensichtlich den Gärtner.«

»Was du alles siehst!«

»Später werde ich eine typische Babuschka«, sagte Oksana. »Ich sitze auf einer Bank in meinem russischen Dorf, esse Sonnenblumenkerne, spucke die Schalen aus und tratsche über die Leute.« Am Klicken des Feuerzeuges hörte Gerda, dass sich Oksana eine Zigarette anzündete. Sie inhalierte hektisch und stieß den Rauch aus wie eine Drohung.

»Wie sah der Mann aus? War er alt?«

»Mittel.«

»War er groß?«

»Mittel.«

»Dann war er es nicht«, sagte Gerda entschieden. Sie legte den Kopf in den Nacken und presste die Handflächen an die Schläfen. Schon vor ihrer Erblindung hatte sie häufig an Migräne gelitten.

»Der Nachbar war hier. Hier auf der Bank. Er hat genau dort gesessen, wo du jetzt sitzt. Wir haben uns unterhalten. Er hat die Stimme eines großgewachsenen Mannes mit einem breiten Brustkorb. Und er ist dunkelhaarig.«

»Woher wollen Sie das wissen?«

»Dunkelhaarige riechen anders als Blonde.«

»Der Mann, den ich gesehen habe, ist blond«, beharrte Oksana.

Gerda konzentrierte sich auf die in Fetzen herüberwehenden Geräusche der großen Stadt.

Sie schwiegen beide.

Nach einer Weile lachte Gerda. »Das ist wirklich eine sonderbare Sache«, sagte sie.

»Ist doch egal«, sagte Oksana. »Was haben Sie schon mit den Nachbarn zu tun? Ich gehe jetzt das Mittagessen kochen. Wenn ich fertig bin, hole ich Sie.«

»Ich komme mit rein. Ich habe genug Sonne für heute.«

Plötzlich war da wieder das Lärmen der Kinder, das die letzten Minuten verstummt gewesen war. Aber vielleicht hatte sie es auch nur ausgeblendet, dachte Gerda. Diesmal waren es mehr Kinder als zuvor. Gerda zählte vier. Kinderstimmen waren nicht so charakteristisch wie die von Erwachsenen, sie klangen alle hell und leicht. Bis auf die des einen Jungen, der schien etwas älter zu sein. Schon mittendrin in der Pubertät. Gerdas geschultes Gehör registrierte jeden noch so winzigen Unterschied in der Satzmelodie. Das kleine Mädchen, den Stimmen nach das jüngste der Kinder, machte Propellergeräusche mit dem Mund. Gerda stellte sich vor, dass sie dabei herumrannte, wild mit den Armen gestikulierte und so tat, als würde sie fliegen.

»Papa, fang mich auf!«

»Ich muss ins Büro, Mila-Maus!«

»Du hast gesagt, in Hamburg musst du nicht mehr so viel arbeiten.«

»Das stimmt auch, aber ich muss mich wenigstens mal in meiner eigenen Firma blicken lassen.«

Der Vater der vier Kinder hatte definitiv eine andere Stimme als der Mann, der sich vorhin zu ihr auf die Bank gesetzt hatte, stellte Gerda fest.

Erschöpft ließ sie die Schultern hängen. Wie seltsam! Es war definitiv nicht derselbe Mann. Der von vorhin hatte etwas Kaltes an sich gehabt, etwas Dunkles. Für das man keine Augen brauchte, um es zu erkennen. Ihr fiel der Ausspruch eines amerikanischen Richters ein bei der Verurteilung eines Mörders, von dem sie vor vielen Jahren gelesen hatte. Er habe das Herz einer arktischen Nacht, und seine Seele sei leer wie das Weltall. So weit würde sie nicht gehen, aber etwas an diesem Menschen hatte sie frösteln lassen. Manchmal reichte die Kraft der Sonne nicht aus, um die Schatten zu vertreiben.

11

6. August

Umzüge hatten ihren Reiz. Vor allem, wenn sie einen in eine andere Stadt oder gar in ein anderes Land spülten. Yvette hatte vor vielen Jahren Hamburg verlassen, um ihrem Mann in die österreichischen Berge zu folgen. Nun war sie mit ihm und den vier Kindern zurückgekehrt in ihre Heimat, atmete andere Luft. Fremd und vertraut zugleich. Yvette war zufrieden. Noch fühlte sie sich wie ein Tourist in ihrem eigenen Leben. Vielleicht machte gerade das den Kitzel eines Neuanfangs aus. Sie waren gestern Nachmittag in Bernhards Landrover in Hamburg angekommen, die ganze Familie seit früh um fünf auf den Beinen.

Mochte Yvette auch noch so sehr diesen Tag herbeigesehnt haben, Kinder auf Reisen waren alles andere als Wonneproppen.

Sie hatte drei Kreuze gemacht, als sie endlich da waren. Hatte sich nach einer Dusche gesehnt und nach einem Jahr auf Sri Lanka ohne Anhang. Sie liebte ihre Kinder, aber manchmal liebte sie ihre Ruhe noch mehr.

Der Umzugswagen war gestern fast zeitgleich mit ihnen eingetroffen. Die Nacht hatten sie alle im Hotel verbracht, nachdem die Möbelpacker abgefahren waren.

Nach dem Frühstück waren sie hierhergekommen. In das Haus. *Ihr* Haus. Draußen herrschte brütende Hitze. Drinnen war es erträglich, dafür sorgte die Dunkelheit der Räume. Yvette wünschte sich, einfach eine Stunde zu vertrödeln und die neue Umgebung auf sich wirken zu lassen. Aber unerfüllte Wünsche waren nicht gut für die Stimmung, und so gönnte sie sich nur eine kurze Pause. Sie goss sich Wasser ein, in das der Eiswürfelspender an der Kühlschranktür ein paar Würfel spuckte, schloss ihre Finger um das kalte Glas, nahm einen Schluck, stellte es ab und barg ihr Gesicht einen Moment lang in den kühlen Händen. Es war typisch für Bernhard, dass er abtauchte, wenn's hoch herging. Warum musste er am ersten Tag in ihrem neuen Zuhause unbedingt ins Büro? Sie brauchte ihn hier an allen Ecken und Enden. Sie hörte die beiden Jungen und Mädchen im Garten toben und streiten und hoffte, dass sie nicht gleich die halbe Nachbarschaft gegen sich aufbringen würden. Nun war es an ihnen allen, die Sachen aus den Kartons zu räumen, die die Möbelpacker gestern bis in die Abendstunden in ihren verschwitzten T-Shirts in die jeweiligen Zimmer geschleppt hatten. Sie zu sortieren in Schränke, Truhen, Bücherregale und Kammern. Ihre älteren Kinder konnten das alleine, mit zwölf und vierzehn war man dazu durchaus in der Lage. Der sechsjährigen Mila würde sie helfen. Aber sie war die Eigensinnigste von allen und wahrscheinlich erbost, wenn man ihr irgendwie reinzureden versuchte, in welcher Reihenfolge sie ihre Spielsachen einzuordnen hatte.

Es würde noch viel Arbeit auf sie zukommen. Nach wie vor schufteten Handwerker in der Villa. Eine Bohrmaschine jaulte, Hammerschläge dröhnten. Manche Zimmer waren noch weiß und kahl. Yvette wollte es bunt und ein wenig exotisch. Zu lange hatte sie in dieser Mischung aus Eleganz und Hütt'n-Gaudi gelebt, bei der ihre Schwiegereltern federführend gewesen waren. Tierfelle auf der Erde und Geweihe an den Wänden, Gobelins, wuchtige Antiquitäten und Stühle in schweren Holzrahmen mit Wildkatzenmuster, lebensgroße Geparde aus Porzellan, die in stummer Mordlust ihre gefräßigen Mäuler aufrissen, ungefährlich, aber

Gute-Laune-Fresser allemal. Und über allem der kühle Atem von Bernhards Mutter, die mit ihrem Mann im Haus nebenan lebte und auf gemeinsamen Sonntagsessen mit der ganzen Familie bestanden hatte. Jedes Mal Frittatensuppe und in den Vasen gelbe Rosen.

Vorbei! Ein Neubeginn! Das alte Leben verpackt in zweihundert Kisten. Warum häufte man bloß so viel Kram an, fragte sich Yvette. Warum machte man sich so abhängig von Dingen, die sich wie Fußfesseln um einen legten? Sie verscheuchte den Gedanken. Was machte das schon? Etwas wirklich Wunderbares war geschehen.

Sie hatten ein Zuhause gefunden.

Sie hatten *ihr* Zuhause gefunden.

Yvette lief die Stufen in den zweiten Stock hinauf, als auf dem Treppenabsatz einer der Handwerker auf sie zutrat. Ein junger Mann mit wildem Haar und einem Lächeln, das sich in seinen Augenwinkeln niedergelassen hatte. Sie gefiel ihm offensichtlich. Sie konnte es spüren, und es machte sie nervös. Sie war schlecht im Flirten, hatte es nicht so mit Leichtigkeit und Leichtsinn. Er war damit beschäftigt gewesen, eines der Zimmer in der zweiten Etage zu tapezieren und zu streichen, das ihrem Schlafzimmer gegenüber lag und neben dem Gästezimmer im ersten Stock des Poolhauses als weiteres Fremdenzimmer vorgesehen war.

»Ich habe Sie gesucht«, sagte er und nahm einen Schluck aus einer Dose Cola.

»Und gefunden«, erwiderte sie.

Er grinste.

»Was gibt's?«, fragte Yvette.

»Ich bin hier fertig. Soll ich die Farbeimer erst mal auf den Speicher stellen? Vielleicht muss man irgendwann was nachbessern. Dann freuen Sie sich, wenn Sie den genauen Farbton noch haben.«

»Ich hoffe doch nicht! Aber ja, bringen Sie die Farbreste nach oben.«

Der Geruch der frischen Farbe verfolgte Yvette noch, als sie ihr Ankleidezimmer betrat, das an ihren Schlafraum grenzte.

Yvette sah sich um und genoss den Anblick der Dinge, die sie aus ihrem alten Leben mitgenommen hatte. Manchmal war der Alltag, war das Vertraute wie eine Insel, auf die man sich zurückziehen konnte. Hier standen bereits die Kleiderboxen, die Kartons und Koffer. Vermutlich hatte sie es mit dem Kitsch in diesem Raum etwas übertrieben, vor allem mit dem schreienden Pink des Sitzhockers. Und wenn schon! Man durfte das Leben nicht so bierernst nehmen. Sie kicherte vor sich hin und stellte sich auf die Zehen, um mit ihren Fingerspitzen in einem Anflug von Übermut den Prismen des Kristalllüsters Schwung zu geben.

Ihr Blick fiel aus dem Fenster. Eine Frau war zu sehen, die direkt vor ihrem Haus stand und auf etwas zu warten schien. Sie war von üppiger Statur und bunt gekleidet, und die Sonne ließ ihr dunkles Haar glänzen wie Pech. Ein hübscher Kontrast, dachte Yvette, zu dem roten Mini, aus dem gerade ihre Freundin Melanie Schaffrath mit den Kindern kletterte. Den großen schwarzen Wagen ein paar Meter dahinter registrierte Yvette nur aus den Augenwinkeln. Er war von einer Schmutzschicht überzogen, wie sie typisch war für die maisgelbe Staubluft heißer Augusttage.

Als sie Melanie erblickte, entschied sich Yvette, wenigstens ihr Oberteil zu wechseln, griff wahllos in eine der Kisten und zog ein T-Shirt heraus, das immer noch nach Bergluft roch. Eine vierfache Mutter im Umzugsstress war nun mal kein wandelnder Tagtraum wie das Ex-Model Melanie, das wie immer aussah, als würde irgendwo eine Kamera lauern. Yvette legte eine Lage Lipgloss auf, kämmte sich mit allen zehn Fingern das Haar. Der Pony im Augenblick zu lang und zu lästig. Sie musste Ausschau halten nach einem Friseur, einem Sportstudio. Aber all das hatte Zeit. Jetzt sah sie wenigstens adrett aus in dem hellen Hemdchen, der Baumwollshorts, den Leinen-Sneakers.

Sie wartete das Läuten der Türglocke ab, dann lief sie die Treppe hinunter, um zu öffnen. Draußen hatten zwei Gärtner ihre Arbeit aufgenommen und entfernten mit einer Motorsäge die unteren Äste der Tannen. Der Geruch von Holzspänen lag in der Luft. Melanies Kinder würdigten sie keines Blickes und stoben sofort nach ihrer Ankunft in den Garten.

»Hallo?«, hörte sie Melanie schimpfen. »Sagt ihr wohl mal Guten Tag!«

Sie dachten gar nicht daran.

Melanie zeigte ein Lächeln, in dem bequem jede Menge Ausreden Platz hatten. »Meine Kinder konnten es gar nicht abwarten, deine zu sehen.« Sie hauchten sich gegenseitig Küsse auf die Wangen, so gut es eben ging, denn Melanie war bepackt mit einem Strauß Sommerblumen, einem Laib Brot und einem Tontöpfchen.

»Brot und Salz«, sagte Melanie, »Gott erhalt's! Abwehr von Schaden und Wohlergehen im neuen Heim.«

Es klang seltsam altmodisch aus dem Mund dieser Frau mit den langen Haaren, blond wie Sommerweizen, der von spanischer Urlaubssonne gebräunten Haut, dem Cindy-Crawford-Muttermal über der Oberlippe, dem ganz in Weiß gekleideten Körper. Und während sie sich noch in den Armen lagen, redete Melanie so schnell von ihrem Sommer auf Mallorca, von Tapas und neuen Bekanntschaften, die wichtig klangen, dass sie bald außer Atem war, sich in einem Satz verhedderte und ein »Das ist Consuelo Strunz« hinstreute. Dann wechselte sie das Thema, malte gemeinsame Elbspaziergänge und Abende im Garten aus, die vor ihnen lagen, mit den Männern und den Kindern, bei Gegrilltem und Grünem Veltliner.

»Wie fühlst du dich in Hamburg?«

»Irre hamburgisch«, sagte Yvette und lachte, während ihr Blick an Melanies Begleitung haftete, die bei der ganzen Wortkaskade zu kurz gekommen war. Klatschmohnroter Rock, Bluse mit Blumenmuster und Schlupfschuhe, in die kleingewachsene plumpe Füße hineingequetscht worden waren.

»Consuelo … was für ein schöner Name!«, sagte Yvette.

»Er versöhnt mich ein wenig mit dem langweiligen ›Strunz‹. Mexikanische Mutter und deutscher Vater … so kann's kommen.« Consuelo zuckte die Achseln. »Ein Mischmasch aus Genen und Namen.«

Melanie zog Yvette von Consuelo weg und hakte sich bei ihr ein. »Ich bin so froh, dass unsere beiden kleinen Mädchen in dieselbe Schule kommen.« Melanie präsentierte einen melodramatischen Augenaufschlag. »Emma ist so aufgeregt. Sie raubt mir den letzten Nerv.«

»Mila muss erst mal ihre neue Umgebung verdauen.«

»Da hat sie reichlich zu tun«, sagte Melanie, drehte sich einmal um die eigene Achse und machte eine raumgreifende Geste mit weit ausgestreckten Armen. »Was würde ich darum geben, eines Tages in einem solchen Haus zu wohnen! Dagegen kannst du doch jeden Neubau vergessen. Spendierst du eine Führung?«

»Mit dem größten Vergnügen! Dann sieht auch Frau Strunz gleich ihre neue Wirkungsstätte.«

»Ich bin mir für keine Arbeit zu schade.«

»Hört sich gut an«, sagte Yvette und ging voller Stolz durch die Räume, bevor sie die breite Holztreppe in den ersten Stock vorauslief.

»Das ist übrigens Milas Zimmer«, sagte sie, oben angelangt, im Vorbeigehen.

»Ein Beduinenzeltbett«, rief Melanie. »Phantastisch! Und alles in Rosa.«

»Was sonst? Das volle Prinzessinnen-Klischee.«

»Und Sophie? Ist man mit zwölf auch noch in der Kitschphase?«

»Eher in der trotzigen. Momentan glaubt meine Tochter leider, als Spielball bekloppter Eltern in die falsche Ecke der Welt katapultiert worden zu sein. Sophie hat es uns noch nicht verziehen, dass wir sie von ihren Freundinnen und den heißgeliebten Bergen losgerissen haben. Und dann ...« Yvette holte tief Luft und öffnete schwungvoll eine Tür, »voilà ... muss man eben Berge versetzen«.

Mit Schablonenmalerei war an einer Wand ein Alpenpanorama entstanden, der Himmel dauerblau.

»Wenn einen der Wind des Schicksals auf einen anderen Teil unseres Planeten verschlägt«, sagte Yvette, »dann ist man als Mutter dazu verpflichtet, dafür zu sorgen, dass sich alle weniger verloren fühlen in der Welt«.

»Und wer sorgt dafür, dass du dich weniger verloren fühlst?«, erkundigte sich Melanie, und in Yvettes Ohren klang es eher lauernd als empathisch.

Sie zögerte einen Moment, bevor sie sagte: »Ich bin angekommen. Glaub mir.«

Von oben erklang das feuchte Schmatzen einer Farbrolle.

»Im Schlafzimmer wird noch nachgebessert«, erklärte Yvette, während sie eine weitere Treppe hinaufeilte.

Melanie lächelte, als sie eintraten. »Hier verbringt ihr also eure gemeinsamen Nächte.«

»Der Braunton an dieser Wand muss mehr ins Kupferfarbene gehen«, sagte Yvette zu dem Anstreicher und kramte einen Stoffstreifen aus einer Papiertüte, die auf einem Samthocker am Fußende des Bettes lag. »Genauso. Sehen Sie!«

Sie wandte sich an Melanie. »Macht sich bezahlt, wenn man die Stoffreste vom Dekorateur aufhebt.«

»Alles bereit für den Neubeginn eines in die Jahre gekommenen Ehepaares«, sagte Melanie und gab ein gekünsteltes Lachen von sich.

Yvette runzelte die Stirn.

Was für eine anmaßende Bemerkung, dachte sie.

Aber ehe sie dazu kam, weiter darüber nachzudenken, erschienen vier lärmende Kinder.

»Hey, hey, hey!«, versuchte Yvette, sich Gehör zu verschaffen. »Seid ihr von allen guten Geistern verlassen? Gewöhnt euch das gar nicht erst an. Schmutzige Schuhe haben im Haus nichts zu suchen! Erst recht nicht in meinem Schlafzimmer. Raus mit euch!«

Aufgeregte Stimmen. Wilde Haare. Rote Wangen.

Großes Tamtam.

»Können Emma und Linus heute hierbleiben?«, bettelten Yvettes Kinder Mila und David. »Bitte, Mama!«

»Bitte, Mama!« Das waren Melanies Kinder, die in ihrer Mutter eine Verbündete suchten.

»Was heißt denn hierbleiben?«, fragte Yvette.

»Hier schlafen«, sagte David.

»Kommt nicht in Frage, solange wir die Handwerker im Haus haben«, sagte Yvette.

»Bitte, Mama! Bitte! Bitte! Bitte!«

»Das geht leider nicht«, sagte Yvette. »Wir übernachten heute alle in dem Gästezimmer über dem Poolhaus. Papa baut uns ein Matratzenlager. In euren Räumen riecht alles noch viel zu stark nach frischer Farbe. Davon kriegt man Kopfweh.«

Yvette wünschte sich, die vier würden aufhören, sie zu bearbeiten, zu bedrängen, würden die Klappe halten und schwanzwedelnd wieder nach draußen abziehen.

Stattdessen schmollten sie und zogen alle Register.

»Ich hab so Heimweh, Mama«, raunte ihr Mila ins Ohr.

Kleine Schlange, dachte Yvette. Das Thema Heimweh hat sie sich glatt von ihrer großen Schwester geborgt.

»Wir können doch die beiden Zelte aufbauen«, sagte David.

»Ihr wollt draußen übernachten?«

»Es ist so heiß«, schaltete sich Emma ein.

»Und wir haben morgen doch noch Ferien.« Das war Melanies Sohn. Melanie selbst machte keinerlei Anstalten, ihr beizuspringen. Wahrscheinlich käme ihr ein kinderfreier Abend wie gerufen, dachte Yvette.

»Bitte!« Die Kinder sprangen wie Flummis auf und ab.

Wie so oft war Yvette gerührt angesichts dieser kindlichen Begeisterung, und eine Woge der Liebe erfasste sie.

»Ich weiß nicht. Was meinst du, Melanie?«

»Ich finde, das klingt spannend.«

»Es ist aber nicht ganz ungefährlich, wenn ich das so sagen darf«, mischte sich Consuelo ein. Sie senkte die Stimme, um die Kinder nicht mithören zu lassen. »Das Böse lauert überall. Auch in den idyllischen Elbvororten.«

Sie erntete einen vernichtenden Blick von Melanie.

»Mama, bitte!« Mila schmiegte sich an Yvette.

Das Ende dieses Besuchs, resümierte Yvette später, sah so aus, dass es jetzt immerhin genug Brot und Salz im Haus gab und einen umwerfenden Blumenstrauß aus Rosen, Rittersporn und Ranunkeln. Dass sie jetzt eine Putzfrau hatte, die ein ängstlicher Mensch zu sein schien mit einem Faible für Farben, und mit der sie, nachdem Melanie gefahren war, noch die wichtigsten Dinge besprochen hatte. Dass es an diesem Abend sechs Kinder gab, die in ihrer Obhut waren. Wovon sie nichts wusste: Dass da noch jemand war, der ihnen nah sein wollte.

12

6. August

Consuelo war sehr zufrieden. Es war prächtig gelaufen. Sie sah sich schon händchenhaltend mit der sechsköpfigen Winkler-Sippe zum *We Are Family*-Soundtrack in den Sonnenuntergang über der Elbe spazieren. Wenn sie daran dachte, rann ein wohliger Schauder über ihren Körper. Noch war diese Familie für sie ein leeres Buch, in das die kommenden Wochen ihre Geschichten schreiben würden. Sie würde darin lesen können von ihren Launen, ihren schmutzigen Schuhabdrücken und dem Inhalt ihrer Schubladen.

Yvette war ihr sympathisch. Zuvorkommend und natürlich. Nicht wie Melanie. Kühles Lächeln und fast hörbarer Augenaufschlag. Ihre neue Arbeitgeberin, bei der sie wie bei den Schaffraths zweimal die Woche putzen würde, war überlastet. Ihre ruhelos umherhuschenden Augen, ihre Nervosität und ihre gehetzte Art zu sprechen hatten sie verraten. Wer wollte ihr das verübeln bei vier Kindern? Sie wurde dringend benötigt. Vor allem jetzt im Umzugschaos. Es gab viel zu tun. Sie hatte den Baustaub von den Renovierungsarbeiten förmlich im Mund gespürt. Sie wurde gebraucht beim Auspacken der Kartons, beim Einräumen der Schränke und Regale. Es war die perfekte Gelegenheit, etwas über die neue Familie zu erfahren. Man konnte nicht mal eben so in das Leben anderer Menschen hineinschlendern und ein paar Nettigkeiten austauschen. Es reichte nicht, sich ein paar Dinge anzuvertrauen. Erst beim Durchforsten des persönlichen Eigentums wusste man, mit wem man es zu tun hatte. Sie konnte sich unentbehrlich machen. Konnte viel mehr als nur mit Möbelpolitur über Mahagoni wischen. Sie konnte dafür sorgen, dass es immer nach dem neuesten Weichspüler aus der Werbung roch und dass die Hausherrin jemanden zum Reden hatte. Sie waren sich schnell einig geworden. Yvette hatte Wert auf Verschwiegenheit gelegt. »Was hier im Haus passiert, bleibt hier im Haus«, hatte sie gesagt. Ihr hatte sie sofort vertraut, das hatte Consuelo gespürt. Hätte sie ihr sonst hundert Euro in die Hand gedrückt, um Putzmittel zu kaufen? Und so bestieg Consuelo den Bus, der sie am Elbe-Einkaufszentrum absetzen würde, ging schnurstracks in den Drogeriemarkt zum Gang mit den Putzmitteln und lud in den Wagen, was sie brauchte.

»Würden Sie mir zu Lavendel oder Zitrone raten?«

Consuelo reagierte nicht, so beschäftigt war sie damit, mit einem Bleistiftstummel die einzelnen Punkte auf ihrer Einkaufsliste abzuhaken, die sie eben auf der Busfahrt in ihr Notizbuch gekritzelt hatte.

»Entschuldigung!«

Sie war gemeint. Verwirrt über die Störung drehte sich Consuelo um.

Der Mann, der nur eine Armlänge von ihr entfernt stand, war geradezu nervenzerrüttend attraktiv. Dunkle wellige Haare, sehr groß, schlank. »Mit welchem Duft putzt man am besten seinen Küchenfußboden?«

Consuelo verfiel augenblicklich in verdutztes Gestotter; eine Gefangene der eigenen gedanklichen Verhedderung. Sie faselte was von Flachwischern und Fransenmopps, von klatschnass bis leicht feucht, von Essigessenz im Wischwasser und der Präferenz ihrer mexikanischen Mutter für chemische Keulen, etwas, das Marmorböden nicht verzeihen würden, zu Marmor müsse man sanft sein.

»Wie zu Frauen«, sagte er und sah ihr in die Augen. »Sie müssen eine ziemlich genaue Vorstellung von den Dingen haben, die Sie tun«, fuhr er fort, während er lächelnd auf ihre Liste und das Gewirr von Putzutensilien in ihrem Einkaufswagen deutete. »Ein exakt entworfener Plan ist effektiver als Glück.«

»Da sagen Sie was!« Sie lächelte ihn nervös an, um dann, als er gerade nicht hinsah, mit flinker Hand den obersten Knopf ihrer Bluse zu öffnen.

Seine Augen schienen zu lächeln, als er mit Blick in ihren Einkaufswagen feststellte: »Sieht aus, als würden Sie einen großen Haushalt führen. Frauen wie Sie bewahren uns Männer davor, mit schief gelaufenen Absätzen vor die Tür zu gehen und unser Dasein mit Dosenravioli zu fristen. Ihre Familie ist zu beneiden.«

Sie hätte ihm stundenlang zuhören können. Er war ein Mann. Sie eine Frau. So einfach war es. Und doch kompliziert für eine, die sich hässlich fand, so wie sie.

»Ich habe keine Familie«, sagte sie. »Ich bin Haushälterin. Bei einer anspruchsvollen Klientel.« Sie reckte ihr Kinn und straffte die Schultern. »Ich suche mir meine Arbeitgeber sehr genau aus.«

»Das ist nie verkehrt«, sagte er. »Vorsicht ist die Mutter der Porzellankiste.«

»Kiste trifft es ganz gut.« Sie kicherte und wiegte ihren Oberkörper leicht hin und her. »Die Familie, der ich heute meine Zusage erteilt habe, ist gerade erst eingezogen.«

»Der Menge an Putzmitteln nach zu urteilen, ist das Haus nicht in der besten Verfassung.«

»Im Gegenteil.« Sie fühlte eine unerklärliche Erregung in sich, so als würde etwas von dem Glanz des Hauses auf sie abfärben und ihr eine ungeahnte Anziehungskraft verleihen. Sie beugte sich leicht vor und wisperte: »Allein das Schlafzimmer … Tausendundeine Nacht.«

Er zog amüsiert eine Augenbraue hoch. »Frisch verheiratet?«

Sie winkte ab. »Zwei Töchter und zwei Söhne. Die Kinder tanzen ihrer Mutter auf der Nase herum. Sie kommen aus Österreich«, fügte sie hinzu, so als würde das manches erklären. »Aus den Bergen. Sie haben noch so viel Wiesenduft in der Nase, dass sie heute Nacht sogar im Garten zelten wollen. Mich könnte man damit jagen. Nichts geht doch über ein bequemes Bett.«

»Da bin ich ganz bei Ihnen«, sagte er.

Es folgte ein langes Schweigen, in dem die Luft, so schien es ihr, zwischen ihnen genauso knisterte wie die Tüte mit Erdnussflips, die er aufriss. Er bot ihr daraus an, aber sie lehnte ab.

»Ich bin allergisch gegen Erdnüsse«, sagte sie. »Die kleinen Scheißerchen würden mich umbringen.« Sie trat etwas dichter an ihn heran. »Man darf die Ware nicht verzehren, bevor man sie bezahlt hat.«

»Ist das so?« Er blickte ihr tief in die Augen. »Sind Sie immer so korrekt? So artig und brav? Niemals ein bisschen verwegen? Niemals Lust auf eine Verfehlung? Eine kleine Ferkelei?«

Ihre Haut begann zu prickeln. Das Schicksal hatte sie schon oft in den Staub geworfen. Doch heute schien es ihr die Hand zu reichen und ihr beim Aufstehen behilflich zu sein.

Er hielt die Tüte hoch und sagte: »Ich werde dafür bezahlen. Ich bezahle immer für alles. Wenn das Heimweh zu groß wird, scheuchen Sie die Österreicher in die Harburger Berge! Sind zwar nicht die Alpen, aber für eine zackige Mountainbike-Tour reicht's.«

»Sind Sie Fremdenführer?«

Milde lächelnd schüttelte er den Kopf.

»Fitnesstrainer?«

»Nein.« Er schwieg einen Moment und betrachtete seine geschmeidigen Finger. »Ich bin Konzertpianist. Aber nach schwerer Krankheit kann ich nicht mehr um die Welt reisen. Deshalb trete ich manchmal als Barmusiker in einem Hotel an der Elbchaussee auf und arbeite als Klavierlehrer. Das eine ein Brotjob, das andere ein Herzensanliegen. Auch wenn es kein Leichtes ist, desinteressierten Schülern einen Strauß-Walzer beizubringen. Ich bin nicht der Typ Lehrer, der Faulheit akzeptiert und die Dinge laufen lässt.«

Sie nickte mehrmals heftig mit dem Kopf, als würde er ihr aus der Seele sprechen. »Falten glätten sich nicht von allein«, sagte sie. »Bei Familie Winkler steht ein nagelneues Klavier. Aber ich weiß nicht, ob jemand darauf spielt.«

Er strich sich eine Haarsträhne aus den Augen. »Warum empfehlen Sie mich nicht als Lehrer für die Kinder? Ich wäre Ihnen sehr verbunden. Es muss doch einen Sinn haben, dass wir uns begegnet sind. Finden Sie nicht?«

Sie neigte leicht den Kopf und merkte, wie ihre Handflächen feucht wurden. »Ich werde sehen, was ich tun kann«, hauchte sie. »Und was gibt es für Sie außer Klavier?«

»Ich spiele hin und wieder am Sonntag Orgel in Blankenese. Es ist mein Rendezvous mit Gott.«

Consuelo war entzückt. »Ich bete jeden Abend vor dem Schlafengehen.« Ihre Stimme klang heiser.

»So tut jeder das, was er für richtig hält.« Er blickte auf die Uhr an seinem Arm. Eine schöne Uhr, stellte Consuelo fest. Ein Stück fürs Leben, wie ihre Mutter das genannt hätte.

»Ich plaudere mich hier mit Ihnen fest, als hätte ich nichts zu tun«, sagte er kopfschüttelnd.

Fahrig krampfte sie ihre Hände um den Kunststoffgriff des Einkaufswagens.

Bitte, lieber Gott, betete sie, lass das Gespräch noch nicht vorbei sein. Lass es noch nicht enden, nicht so abrupt aufhören.

Aber den Gefallen tat er ihr nicht. Ihm lagen die Frauen zu Füßen, man brauchte nicht viel Phantasie, um sich das vorzustellen. Er würde nicht im Ernst etwas wollen von einer mit dicken Beinen, die Puppen gegen die Einsamkeit sammelte, die sich die Oberlippe rasieren musste und bei der sich das Leben gegen die Liebe entschieden hatte.

Er murmelte einen hastigen Abschiedsgruß.

»Rosenduft«, rief sie ihm nach, als er zwischen den Regalen davoneilte.

Er stoppte im Gehen und drehte sich noch einmal zu ihr um. Sein Gesichtsausdruck war jetzt verschlossen.

»Für Ihren Fußboden«, stammelte sie.

Nur Rosen passten zu ihm.

»Ach, das.« Er winkte ab und setzte seinen Weg zur Kasse fort. »Legen Sie ein gutes Wort für mich bei dieser österreichischen Familie ein. Tragen Sie meinen Ruhm hinaus in die Welt.«

Es klang theatralisch, und das sollte es vermutlich auch. Er lachte laut.

»Wie heißen Sie denn? Wie soll ich Sie empfehlen, wenn ich Ihren Namen nicht weiß?« Ihre Worte prallten an seinem Rücken ab. Die Kunden um sie herum musterten sie missbilligend, und sie las es in ihren Blicken: Wie verzweifelt musste man sein?

Aber sie war alles andere als das. Versonnen bohrte Consuelo ihre rechte Faust in die Wange, während sie ihm nachblickte. Sie wusste auch so, wo sie ihn finden konnte, obwohl sie seinen Namen nicht kannte. Er hatte ein paar Papierschnipsel auf den Weg gestreut wie bei einer Schnitzeljagd am Kindergeburtstag. Sie musste sie nur aufheben und lesen. Vielleicht liebte er geheimnisvolle Spiele. Sie wusste zwar nicht, wie man spielte, aber sie war bereit. Sie war lange nicht mehr im Gottesdienst gewesen. Es war an der Zeit! Er war die Sehnsuchtsversion eines Mannes. Und da Sehnsucht ihr zweiter Vorname war, eingekeilt zwischen Consuelo und Strunz, machte es das für sie umso gefährlicher.

13

6. August

Der Abend legte sich über die Stadt. Die Tage waren schon deutlich kürzer geworden, darüber konnten auch die grellen Hitzeattacken nicht hinwegtäuschen. Es war kurz vor acht. Noch eine gute Stunde, und die Sonne würde untergehen. Der Himmel über Hamburg deutete bereits das Happy End für Tage wie diesen an. Gleich würde er in flammenden Farben stehen. Rot, ein nonchalantes Lila, Fetzen von Orange.

Yvette drehte eine abendliche Runde durch den Garten. Allmählich kam sie zur Ruhe. Es hatte sich abgekühlt, die Luft fühlte sich weich an. Sie streifte einen Magnolienbusch. Die Zweige berührten ihre nackten Arme.

Es gab nicht viele Blumen. Es gab ohnehin wenig in diesem Garten, das schön war, abgesehen von den parkähnlichen Ausmaßen und den alten Bäumen. Der Rasen war nicht gestutzt und wirkte wie ein fadenscheiniger Teppich, stumpfgrün an den Stellen, an denen er langflorig war, mit braunen Moosflecken dort, wo ihn die Hitze des Sommers niedergebrannt hatte. Giersch hatte sich auf der Wiese ausgebreitet, und der Klee trieb kleine weiße Blüten. Die Hecken waren struppig. Doch Yvette konnte sich genau vorstellen, wie es eines Tages hier aussehen würde. Das Gras wie dunkelgrüner Velours; in den Beeten Levkojen, Zinnien, Nachtviolen, Flammenblumen, Akelei, Elfenschuh und Goldlack. Und Duftnelken, die sich ausgezeichnet in Birnenkonfitüre machen würden, wie sie es von ihrer Großmutter gelernt hatte. Einen Moment lang war ihr, als würde sie diesen Geschmack ihrer Kindheit auf der Zunge spüren.

Sie hatte gehofft, dass Bernhard längst zu Hause sein würde. Es war ihr unverständlich, wieso er nicht schon hier war. Nur ein paar Stunden hatte er in seinem neuen Büro in der Hafencity nach dem Rechten sehen wollen. Aber das war am frühen Mittag gewesen. Weil sie immer noch auf ihn wartete, waren sie viel zu spät dran mit dem Abendbrot. Kaum wohnte ihre Schwiegermutter nicht mehr nebenan, die immer gern spontan hereingeschneit war (Stippvisiten nannte das Beatrix, Kontrollbesuche traf es eher), ging bei ihnen alles drunter und drüber. Yvette musste lächeln, als sie daran dachte. Ein kleines bisschen Anarchie war gar nicht verkehrt. Trotzdem brauchten die Kinder was zu essen. Sie waren pausenlos herumgerannt, waren aufgedreht und albern, würden bald müde und quengelig und damit unausstehlich werden. Sie rief Bernhard auf seinem Handy an.

»Hallo, mein Schatz!«, rief er mit lauter Stimme.

»Wo bleibst du denn?«, sagte sie statt einer Begrüßung.

Er gab sich gar keine Mühe, den missgelaunten Seufzer zu unterdrücken. »Warum glaubt eigentlich jeder, dass ich zu meinem Vergnügen arbeite?«

»Du wolltest nur kurz ins Büro. Wir hatten eine Absprache. Wir sind mitten im Umzug. Du wolltest dich um die Kinder kümmern und …«

»Und, und, und. Wolltest, wolltest, wolltest. Manchmal kommt es eben anders, als man denkt. Wir hatten hier einen Wasserschaden in der Teeküche. Ich musste auf den Handwerker warten.«

»Was ist mit Anton?«

»Was soll mit dem sein?«

»Warum kümmert der sich nicht darum? Melanie drückt mir ihre Kinder an die Brust, und ihr Mann …«

»Ist vermutlich noch in Bremen.«

»Um was zu tun?«

»Das willst du alles gar nicht wissen.«

»Geht das schon wieder los, dass ich zuständig bin für Möhrengemüse und Malkasten und alles andere mir scheißegal zu sein hat?«

»Ich wusste nicht, dass du in der Firma mitarbeiten willst«, sagte er kühl. »Es geht um die chinesische HACCP-Zertifizierung für unsere Lebensmittel, wenn du dich schon mit diesem langweiligen Kram befassen willst. Vor allem um die Bio-Zertifizierung. Da gibt es einen speziellen Inspektor bei einer Bremer Firma …«

»Schon gut! Ich möchte lediglich, dass ich nicht aus deinem Leben ausgeklammert werde.«

»Du bist gereizt. Und ist es wirklich so eine Zumutung, wenn Mila und David ihre Freunde dahaben? Macht doch alles einfacher für sie und für dich damit im Endeffekt auch. So sind sie beschäftigt.«

»Sie hatten sich eine Feuerstelle gewünscht mit Stockbrot und Marshmallows am Spieß. Und Lagerfeuer ist Männersache.«

»Bestellt euch Pizza! Sie müssen essen. Ist schon viel zu spät.«

»Danke, dass du mich daran erinnerst!«

»Hör zu, Liebling, lass uns nicht streiten. Ich gehe jetzt noch mit Frau Haun …«

»Wer ist Frau Haun?«

»Unsere Sekretärin. Gesine Haun. Eine reizende kultivierte Dame von fünfundfünfzig«, sagte er munter, das Alter deutlich betonend. »Ich gehe jetzt mit ihr noch eine Kleinigkeit essen, dabei besprechen wir meine demnächst anstehenden Termine und Reisen, und dann komme ich sofort nach Hause.«

Ihr Gesicht umwölkte sich. »Bist du ganz sicher, dass du irgendetwas von den Dingen halten kannst, die du so großspurig versprochen hast? Reisen klingt für mich genau nach dem Gegenteil.«

»Wird sich aber nicht immer vermeiden lassen, wenn man Geschäfte mit Asien machen will.«

»Ich bestelle jetzt die Pizza.«

Sie legte auf und setzte sich zu den Kindern auf die neuen Loungemöbel, die unter dem weißen Sonnenschirm auf die Abkühlung des Abends gewartet hatten und die sie vorhin erst aus der schützenden Plastikfolie geschält hatte.

Als das Essen geliefert wurde, scheuchte sie die drei Mädchen und die drei Jungs um die Ecke der winkelförmig angelegten Terrasse an den großen Teakholztisch, weil Pizzastücke in Kinderhänden und helle Sitzauflagen selten gut miteinander harmonierten.

Sie hielt sich das kühle Glas Weißwein an die Schläfe, das sie sich aus der Küche geholt hatte. Ihre Nerven waren verschlissen nach diesem Tag. Da hatte sie sich den Drink verdient.

Die Kinder toppten sich derweil gegenseitig mit Gräuelgeschichten. Allen voran Max und Sophie, die als Älteste eine Aufwallung von Wichtigkeit erfuhren, während sie den Jüngeren Angst einjagten. Es war das übliche Personal an Schreckgestalten. Eine Aneinanderreihung von Gespenstern, Zombies, Werwölfen, Hexen und Horrorclowns, und alle überfielen bevorzugt wehrlose Kinder, die nachts, unbewacht von ihren Eltern, im Garten zelteten. Yvette schüttelte den Kopf und holte sich ein weiteres Glas Wein. An ihrer Pizza hatte sie nur lustlos herumgeknabbert. Die Zelte waren noch nicht aufgebaut, das war, wie sie fand, genauso Männersache wie das Feuer. Sie waren auf sich allein gestellt, aber sie hoffte, dass es nicht mehr allzu lange dauern würde, bis Bernhard über den Rasen auf sie zugeschlendert kam.

»Man muss dreizehnmal Bloody Mary rufen«, hörte sie ihren Ältesten sagen.

»Quatsch!«, schnaubte Sophie. »Dreimal reicht. Ich glaube an Bloody Mary! -Ich glaube an Bloody Mary! - Ich glaube an Bloody

Mary! Um Mitternacht im dunklen Badezimmer. Nur zwei Kerzen dürfen an sein.«

»Eine weiße. Eine schwarze«, fuhr Max fort.

»Das ist völlig egal«, berichtigte ihn Sophie.

»Und was passiert mit dieser blöden Mary?« Das war David.

»Wenn man ihren Namen ruft und sich die ganze Zeit dabei im Kreis dreht, dann siehst du ihr Gesicht im Spiegel.«

»Von Mary?« Milas Stimme überschlug sich vor Aufregung.

»Sie ist ein böser Geist, der in Spiegeln haust«, sagte Max, der sich abgeklärt gab. »Sie wurde im 17. Jahrhundert geboren und als Mädchen von ihren Eltern versehentlich lebendig begraben. Seitdem nimmt sie Rache.«

»Und wie sieht sie aus?«, fragte David.

»Sie hat lange fettige Haare«, sagte Sophie, »ihre Haut ist ganz weiß, und über ihre Stirn läuft Blut.«

»Und was macht sie, wenn man sie gerufen hat?«, erkundigte sich Mila atemlos.

Yvette hörte ihre Kleine förmlich nach Luft schnappen und beschloss, die Geisterstunde zu beenden. Sie schüttelte die leichte Benommenheit ab, die sich über sie gelegt hatte, während sie die Nacht herbeisehnte. Nun rächte es sich, dass sie auf nüchternen Magen zwei Gläser Wein getrunken hatte. Kein Wunder, dass alles um sie herum ganz weich und bröselig wurde und ihr die warme Luft gegen die Schädeldecke drückte. Alles klebte. Selbst ihre Haut.

»Sie streckt die Hand nach einem aus und zieht einen zu sich rein in den Spiegel«, sagte Max. »Und dann ist man tot.«

»Iiiiiiiiiiiiii!« Ein Kreischen aus dem Mund der beiden kleinen Mädchen.

Leicht schwankend erhob sich Yvette. »Schluss jetzt mit den Räuberpistolen!«

»Bauen wir jetzt die Zelte auf, Mama?«, wollte David wissen.

»Komm, Max«, sagte sie zu ihrem Ältesten. »Wir gucken uns das mal an!«

»Mega easy«, sagte der. »Sind Pop-Up-Zelte. Wirft man in die Luft, fertig!«

»Wir beide machen das jetzt«, sagte Yvette, »und ihr anderen spielt noch ein bisschen. Wie klingt das?«

»Los, Linus! Versteck dich!«, kommandierte David. »Wir suchen dich.«

»Ich will nicht! Ich muss mal!«

»Du hast nur Schiss wegen dieser Frau im Spiegel«, sagte David.

»Gar nicht! Das habt ihr euch eh alles nur ausgedacht. Es gibt keine Monster, die in Spiegeln wohnen. Da passen die doch gar nicht rein.«

»Dann kannst du dich jetzt ja verstecken!«

Linus wühlte die Fäuste tief in die Taschen seiner Shorts und lief davon.

Yvette und Max machten sich daran, die Zelte aufzustellen, während die drei Mädchen und David langsam dreißig Sekunden herunterzählten.

Ein Aufschrei von Linus kam aus dem hinteren Teil des Gartens. Yvette ließ das Gestänge fallen, an dem sie gerade den Riemen lösen wollte, und rannte dem Gebrüll nach, gefolgt von den Kindern. Linus kam aus dem Gestrüpp geschossen und stürzte ihnen entgegen. Tränen kullerten aus seinen Augen; seine kleinen pausbäckigen Hände umklammerten das Stoffband, das aus dem Bund seiner Shorts hing.

»Du meine Güte, Linus, was ist denn passiert?«, rief Yvette.

Er murmelte irgendetwas Unzusammenhängendes, bis Yvette ihn auf die Terrasse bugsiert und auf ihren Schoß genommen hatte.

»Ich bin zum Zaun gerannt und wollte Pipi machen. Da war ein Mann …«

»Wo war der?«

»Auf der anderen Seite.« Er bohrte seinen Zeigefinger in die Luft. »Da hinten. Hinter eurem Haus. Da, wo das andere steht.«

»Im Garten der Nachbarn?«

Er nickte mehrmals heftig.

»Und was hat der Mann gemacht?«

Sie drückte ihm ein Glas Wasser in die Hand, aus dem er mit durstigen Schlucken trank.

»Er saß da. Auf der Bank. In schwarzen Sachen. Und er hat ganz böse geklungen.«

»Was hat er denn gesagt?«

»Er hat gesagt …«, ein trockenes Schluchzen schüttelte den kleinen Körper, »… ob ich noch nicht weiß, dass man nur auf der Toilette Pipi macht. Oder ob ich noch Windeln brauche.«

Max lachte schallend auf. »Was war denn das für'n Checker?«

Linus presste seine Handballen so fest gegen die Augen, dass es Yvette schon vom Zusehen schmerzte.

Zart berührte Yvette seine Handgelenke und zog seine Arme nach unten. »Würdest du ihn wiedererkennen, Linus?«

»War zu dunkel. Ich konnte sein Gesicht nicht sehen. Ich will nicht mehr zelten. Ich will nach Hause!«

»Ich ruf deine Mama an.«

Yvette nahm ihr Smartphone vom Tisch und wählte die Festnetznummer der Schaffraths. Doch sie erreichte nur den Anrufbeantworter. Sie probierte Melanies Handynummer. Auch da sprang nur die Mailbox an.

Yvette fuhr sich mit der Hand durchs Haar und schluckte ihren Ärger runter. War ja zu erwarten gewesen, dass sich Melanie auf Hochglanz poliert hatte und den kinderfreien Abend nutzte. Wahrscheinlich war ihr Mann schon längst von seinem Termin aus Bremen zurück, und die beiden saßen in einer aufregenden Bar über den Dächern der Stadt, tranken Cocktails und fütterten sich mit Nüsschen. Und sie hatte hier das volle Programm mit sechs Kindern und Zeltaufbau, mit Hitze und Horrorgeschichten und Heulkrämpfen.

»Ich habe eine bessere Idee«, sagte sie zu den Kindern. »Wir bauen euch ein Matratzenlager im Gästezimmer vom Poolhaus. Na, wie klingt das?«

Zum Glück lassen sich Kinder schnell ablenken, dachte Yvette. Sie stürmten davon, nur Max blieb zurück, und gemeinsam machten sie sich auf zu der Stelle am Zaun, auf deren anderer Seite Linus den Mann gesehen haben wollte. Die Bank war leer. Genau wie der Rest des Nachbargartens.

»Linus spinnt«, sagte Max.

»Warum sollte er sich das einbilden?«

»Der hatte halt Bammel wegen der Geschichte von Bloody Mary und hat sich das alles nur ausgedacht. Kinder!«, schnaufte er abfällig.

»Sagt der lebenserfahrene Vierzehnjährige. Was erzählt ihr auch so einen Unfug, wenn Jüngere dabei sind?«

Sie gingen zurück, und als sich Yvette vor dem Betreten des Poolhauses noch einmal umblickte, lag der Garten still, dunkel und abweisend da. Ein leichter Wind war aufgekommen und raunte in den Bäumen. Sie hörte das Rauschen der Wipfel, das Flüstern der Blätter. Es gab kaum Sterne in dieser Nacht, ein bleicher Mond hing am Himmel.

Nachdem sie sich im Bad des Poolhauses fertig gemacht hatte für die Nacht, stellte sie sich in ihrem Schlafshirt ans geöffnete Fenster und starrte zu den Büschen im Garten, die in diesem fahlen Licht wie schwarze Gesteinsbrocken wirkten. Es gab keine Jalousien, die sie hätte herunterlassen können. Sie war ohnehin dankbar für jeden Luftzug, und sie öffnete weit die Fenster. Sie befanden sich im ersten Stock, man würde schon eine Leiter brauchen, um einsteigen zu können. Viel unheimlicher war das Wissen darum, dass unter ihnen der Indoor-Pool lag. Ihr Herz hämmerte bei dem Gedanken daran. Die unmittelbare Nähe zu Wasser bereitete ihr Unbehagen. Sie konnte zwar schwimmen, aber es war nicht ihr Element. Befand man sich erst mal in einem Strudel, musste man aufpassen, dass er einen nicht in einer Abwärtsspirale nach unten zog.

Tränen schossen ihr in die brennenden Augen. Hinter ihren Schläfen begann es zu klopfen. Sie brauchte unbedingt Schlaf. Überreizt und erhitzt, wie sie war. Ausgelaugt von der Aufsichtspflicht für sechs Kinder. Sie hatte auf die entspannende Wirkung des Weins gehofft, aber Wein bei der Wärme war eine bekloppte Idee gewesen. Sie dachte an den Mann auf dem Nachbargrundstück. Jeder hatte das Recht, an einem warmen Sommerabend auf seiner Gartenbank zu sitzen. Und wenn es manchen Spaß machte, sich in die Erziehung der Sprösslinge anderer Leute einzumischen, sollten sie halt das zarte Pflänzchen ihrer eigenen Selbstüberschätzung züchten. Sie würde keinen Gedanken mehr an den Typen verschwenden, und wahrscheinlich war er ohnehin nur Linus' Phantasie entsprungen nach all den unheilvollen Geschichten an diesem Abend.

Die Kinder hatten ihre Stimmen so weit gesenkt, bis nur noch Geflüster zu hören war. Es dauerte nicht lange, und sie verstummten ganz. Als Bernhard um kurz vor elf nach Hause kam, schliefen sie schon längst, kreuz und quer verteilt über die Matratzen, ein Gewirr von nackten Füßen und Händen, die Wangen schlafrosa, die Haare an den Ansätzen feuchte Kringel. Die Luft unter dem Dach stand.

Yvette hatte sich an den Rand des provisorischen Nachtlagers gedrückt, die Augen noch auf, als ihr Mann auf leisen Sohlen ins Zimmer schlich. Sie lag auf der Seite und blickte starr geradeaus, während er auf der Bettcouch an der gegenüberliegenden Wand Quartier nahm, die Yvette für ihn bezogen hatte. Sie wartete darauf, dass ihre Lider schwer wurden. Doch sie taten nur weh. Eine Trasse von bohrendem Schmerz zog sich unter ihrer Schädeldecke entlang. Ihre Augen kamen ihr vor wie geblendet von einem Lichtstrahl, obwohl fast totale Dunkelheit um sie herum herrschte. Zu dämlich, dass sie die Box mit den Medikamenten im Bad in der Villa stehen hatte. Sie würde eine Menge geben für zwei Aspirin, aber sobald sie aufstand, müsste sie sich auf ein Gespräch mit Bernhard einlassen. Sie hörte ihn ihren Namen wispern. Sie reagierte nicht. Nicht heute. Obwohl sie trotz ihrer Müdigkeit hellwach war und keinen Schlaf fand. Normalerweise war sie sehr begabt in Sachen Versöhnung. Doch dieses Talent schien ihr abhandengekommen zu sein, dachte Yvette. Vielleicht war das genau der Moment, an dem die Auflösungserscheinungen ihrer Ehe einsetzten. Der Moment, als sie ihrem Mann weder eine Begrüßung zuflüsterte noch ihn mit einem Gutenachtkuss in seine Träume verabschiedete.

14

1976

Ein verächtliches Lächeln zuckte über das Gesicht des Alten. In seinem Blick die Art von Kälte, die einem bis in die Seele kriecht. Es würde keine Ohrfeige setzen, und er würde das Kind nicht schütteln wie schon so oft, aber seine Lippen waren schmal und bleich vor Wut; Spritzer von Speichel sprühten aus seinem Mund und benetzten die Haut des Kindes. Sein Atem wehte ihm ins Gesicht.

»Es wird dir nicht gefallen, Adele«, sagte er zu seiner Frau, »aber ich denke, es ist unerlässlich, dass du Windeln besorgst. Ich habe einen Anruf von Schulrektor Dr. Debus erhalten, dass sich unser Nachwuchs in den Büschen neben dem Pausenhof erleichtert hat. Das ist für jemanden in der ersten Klasse mehr als ungewöhnlich, und für Eltern eine schier unerträgliche Peinlichkeit.«

»Ich hab's nicht mehr bis zur Toilette geschafft, Vater.«

»Ausreden sind Luxus, und Gründe sind die Pest. Man muss lernen, seinen Körper zu disziplinieren. Wo kämen wir denn hin, wenn jeder seine Notdurft dort verrichtet, wo es ihn überkommt? Das ist dann der Höhepunkt dieser tief um sich greifenden Wurstigkeit. Wehret den Anfängen! Wer weiß, was du sonst in einigen Jahren im Gebüsch so treibst!«

15

7. August

Ihn umgab eine Aura der Verschlossenheit. Ein Hauch von Menschenscheue. Beziehungslosigkeit. Leere. Vermutlich war genau das sein Erfolgsgeheimnis bei Frauen. Selbst die simplen romantischen Stücke, die er manchmal in der Hotelbar am Piano spielte, gerieten ihm zu etwas Aufwühlendem. Zu einer Darbietung von Schmerz und Zerrissenheit. Und wenn er es auf die Spitze trieb und sich einige Ungezogenheiten herausnahm, dann packte er in eine kleine sinnlich-sündige Melodie eine Geilheit, die den Herzschlag seiner Zuhörerinnen auf die Spitze trieb.

Pures Verlangen.

Dazu sein Aussehen und der Instinkt des Jägers.

Es war nach Mitternacht. Er war aufgewühlt. Er würde niemals Schlaf finden. So konnte er nicht ins Bett.

Genauso wenig wie er stundenlang durch das Wohnzimmerfenster auf das Wasser der Elbe starren wollte, die sich von der Hitze des Tages aufgeladen und grau wie Alteisen durch die Nacht schlängelte.

Er spielte *Comptine d'un autre été* aus dem Film *Die fabelhafte Welt der Amélie.*

Sie war blond, und sie war Ärztin. Angereist aus Wales zu einem Kongress. Sie hätte auch brünett und Boutiquenbesitzerin aus Berlin sein können, es war egal. Sie nahm ihn mit auf ihr Hotelzimmer. Sie wusste, wie sie sich zu bewegen hatte. Sie saugte sich an seinen Lippen fest und er sich an ihren Nippeln, sie tat ihm gut, auch wenn alles an ihr zu laut war, ihr Stöhnen und ihr Parfüm. Nachdem er seinen Schwanz aus ihr herausgezogen hatte, lächelte sie und dehnte sich in seinen Armen. Schnurrend wie eine Katze. Doch er merkte es, wenn man nicht ehrlich zu ihm war. Das war der Argwohn des Geiers. Sie hatte ihm ihre Erfüllung nur vorgespielt.

Er ging und schenkte ihr im Hinausgehen noch ein Lächeln, das genauso falsch war wie ihr Orgasmus.

Schwarz war die Nacht, als er durch die Straßen fuhr. Still. Es drängte ihn dorthin, wo er schon mehrfach gewesen war an diesem Tag. Der warme Wind, der durch das geöffnete Autofenster strich, föhnte seine vom Duschen noch feuchten Haare. Wie hatte er am Nachmittag dieses heißen Augusttages zu dieser unförmigen Schwarzhaarigen mit Damenbart im Drogeriemarkt gesagt, der er gefolgt war von der Haustür bis ins Einkaufszentrum und die anscheinend wirklich so dreist gewesen war sich einzubilden, dass sie ihm gefallen könnte?

»Ein exakt entworfener Plan ist effektiver als Glück.«

Genau darum ging es. Alles andere war Zeitverschwendung.

Genau darum war es auch gegangen, als es ihn am Abend vor Arbeitsbeginn erneut hierhergetrieben – und ihn auf der Bank im Garten der blinden Nachbarin hatte Platz nehmen lassen.

Fürchtet euch nicht?

Oh, doch, tut es!

Die Villa war finster, und auch im Badehaus brannte kein Licht. Das war nicht weiter verwunderlich; die meisten Menschen schliefen um halb drei Uhr nachts. Nur die Verrückten waren noch unterwegs, die Nachtschwärmer, die Ruhelosen, die Getriebenen, die Suchenden, die Streuner, die Katzen. Er schlich durch den Garten. Seine Schritte waren nicht zu hören. Die Gärtner hatten an diesem Tag ganze Arbeit geleistet und die vertrockneten Zweige auf dem

Rasen entfernt, die ihn durch ihr Knacken, das an zerbrechende Knochen erinnerte, hätten verraten können. Er dankte Gott dafür, dass die Familie keinen Hund hatte. Natürlich würden sie sich bald einen Köter anschaffen. Solche Familien hatten immer einen. Manchmal sogar zwei. Je nach Geschlecht würden sie ihn Bella oder Bruno nennen, Luna oder Balu. Mann. Frau. Vier Kinder. Zwei Hunde. Eines Tages auch noch ein Pferd für die reitenden Töchter. Und abends für Papa und Mama nach des Tages Mühen ein oder zwei Gin Tonic auf der Terrasse. Das Lachen der Kinder, übertönt vom Hundegebell. Ein Friede-Freude-Eierkuchen-Idyll, das in null Komma nichts zu erschüttern war. Ein äußerst fragiles Konstrukt.

Erst jetzt registrierte er, dass sie noch nicht dazu gekommen waren, hier draußen Bewegungsmelder zu installieren. Aber das würde vermutlich nur eine Frage der Zeit sein. Er fühlte sich sicher und schlenderte auf die Terrasse. Ein einsames Weinglas stand auf dem Tisch. Er fuhr mit dem Daumen über den fettigen Abdruck von Lipgloss am Rand. Der schale Rest im Glas roch säuerlich. Er trat ans Fenster und spähte hinein. Das Wohnzimmer. Viel war nicht zu erkennen. Mehr Umrisse als Details.

Natürlich war die Terrassentür zu und ebenso die zweite um die Ecke der winkelförmig angelegten Veranda, die über den Wintergarten ins Haus führte. Er lief um die Villa herum und erreichte die Kellertür. Zu seiner Genugtuung war sie nicht abgeschlossen. Es verwunderte ihn nicht sonderlich, sondern bestätigte ihn eher in der Meinung über seine Mitmenschen. Wenn sich zu viele für etwas verantwortlich fühlten, war es keiner so wirklich. So erging es auch einem Haus, in dem jede Menge Leute ein und aus gingen und immer noch reichlich Handwerker beschäftigt waren. Und das war dringend nötig, wie er feststellte. Allein der Zustand der Kellertür war katastrophal. Sonne und Kälte hatten das Holz gebleicht. Er drückte die Klinke hinunter und trat ein. Finsternis umfing ihn. Er wagte nicht, auf den Schalter zu drücken, damit kein Lichtstreif durch die schmalen Fenster auf den Rasen fiel. Bloß nicht leichtsinnig werden! Er hatte sich schon weiter vorgewagt, als er eigentlich beabsichtigt hatte.

Es roch nach klammem Keller. Nach Mauern, die seit rund einhundertdreißig Jahren in der kalten Erde standen. Nach Feuchtigkeit und Staub, dem einen oder anderen Nagetierkadaver und nach verfaulten Zwiebeln, Äpfeln und Kartoffeln, die irgendwann mal aus den Vorratskisten gekullert waren und nun in irgendwelchen Ecken vor sich hin rotteten. Er schlich an den Mülltonnen vorbei über den kalten Steinboden Richtung Treppe. Spinnweben klebten an seinem Gesicht. Etwas war in seiner Nähe. Direkt hinter ihm. Etwas Unheimliches. Das spürte er. Sein Herz klopfte, doch er überwand sich und fuhr herum. Seine Angst schmeckte metallisch wie ein Blutstropfen, wenn man sich auf die Lippe gebissen hatte. Er blickte in glasig-funkelnde Augen, große Pupillen, braune Iris, die das Halbdunkel mit starren Blicken zu durchlöchern schienen.

Erst Sekundenbruchteile später begriff er, dass das Tier tot war, in dessen Blick ungehemmte Jagdlust aufflammte und dessen Muskulatur gespannt schien wie unmittelbar vor einer Attacke. Ausgestopft. Dass der lange graue Schnabel und die kräftigen gelben Krallen des Adlers, der auf einem Holzfass saß, zwar angriffslustig aussahen, ihm aber nicht gefährlich werden konnten. Mehrere Plastikwannen waren vollgestopft mit verstaubten Schiffsmodellen. Endlich stand er an der Treppe, erklomm sie, wobei er abwechselnd das Geländer berührte und den rauen Wandverputz, erreichte die Tür und drehte am Knauf. Mit einem leisen Quietschen ließ der sich – oh Wunder – öffnen. Nichts war eingerostet, nichts hatte sich verbogen, durch Feuchtigkeit und Kälte zusammengezogen oder durch Hitze ausgedehnt. Die Tür sprang auf.

Er war drin.
Er war im Haus.

Sein erster Weg führte ihn in die Küche. Reine Gewohnheit. Küchen sagten viel aus über die Menschen, die sie benutzten. Ein sechsflammiger Gasherd bildete das Herzstück des Raumes. Zusätzlich gab es ein Induktionsfeld, so als würde man dem altmodischen Herd nicht trauen. Es war eine kostspielige Designerküche mit puristischer Arbeitsplatte, mit Dampfgarer und Dunstabzugshaube und anderem Schnickschnack wie einem amerikanischen Kühlschrank mit Eisspender an der Außentür. Weißer Lack, dazwischen Holzverschalungen aus alter Barrique-Eiche. Ob sie die Köchin war – oder kochte er? Oder waren sie die Frosta-Fraktion, die hier nur einen auf dicke Hose machte und am Küchentresen eher die eigene Ehe auseinanderrupften als das Pulled Pork? Er würde es herausfinden. Sehr bald. Man fand so etwas immer heraus. Je mehr Theater einem die Leute vorspielten, desto schneller ging es in der Regel.

Er öffnete den Kühlschrank, der vor allem mit dem gefüllt war, was Kinder mochten. Milch, Joghurt, eine große angeschnittene Wassermelone, die nach der Süße des Sommers duftete. Er griff sich ein Fleischermesser aus einem Block aus Walnussholz, säbelte ein Stück ab, schob sich das Obst in den Mund und wischte mit dem Handrücken die Safttropfen vom Kinn. Sie spritzten auf die Erde. Wo er gestanden hatte, würde es morgen kleben, aber das war unverfänglich. Vier Kinder machten ständig Sauerei, wer käme da schon auf einen nächtlichen Besucher? Er zog eine angebrochene Weinflasche aus der Kühlschranktür. Vermutlich der Weißwein, von dem noch eine Neige im Glas auf der Terrasse gewesen war. Ein Sancerre Blanc von der Loire, Jahrgang 2014. Er kannte ihn. Der Wein stand auch auf der Karte in dem Hotel, in dem er arbeitete. Guter Tropfen! Er nickte anerkennend, suchte in einem der noch nicht vollständig eingeräumten Hängeschränke nach einem Weinglas und schenkte sich großzügig ein. Anschließend spülte er das Glas und stellte es zurück. Weingläser waren verräterischer als Saftspuren auf dem Fußboden.

Er beschloss, seinen Rundgang fortzusetzen. In der Diele türmten sich Umzugskisten, Spielsachen und Sportutensilien, deren Umrisse er in der Dunkelheit nicht genau ausmachen konnte und die ihn in Rage versetzten, weil er sich wiederholt daran stieß. Warum standen die Dinge nicht dort, wo sie hingehörten, in den Zimmern der Kinder? Eine Standuhr auf dem Kaminsims fing an zu schlagen. Ein heller penetranter Glockenton. Er schreckte zusammen, fuhr herum und runzelte die Stirn. Drei Uhr.

Er befand sich auf dünnem Eis. Er sollte gehen. Oder sich zur Beruhigung seiner Nerven noch einen Wein gönnen. Würde vermutlich gar nicht auffallen. Hatte sie eben mehr getrunken, als sie gedacht hatte. War sie eben ein bisschen aus der Bahn geraten. Kam vor. Auch wenn er der Letzte war, der es schätzte, wenn man als vierfache Mutter die Stechuhr des Alltags nicht so genau nahm.

Doch er entschied sich dagegen, noch einmal die Küche aufzusuchen, und betrat einen der Räume, die von der Diele abgingen.

Das Esszimmer.

Ein schwerer langer Tisch aus schwarzem Marmor. Acht weiße Stühle. Schmal mit hohen Lehnen aus Leder. Der Boden ein florales Muster im Jugendstil. Ein Kronleuchter, eine im spärlichen Schein des Mondes schimmernde Tapete, zartes Grau mit Metallic-Hellblau, mehrere wuchtige Spiegel in silbernen Rahmen. Der Raum wirkte elegant und lässig, mit leichter Hand entworfen, zeitlos wie ein Paar teure italienische Slipper.

Die anderen Zimmer schenkte er sich. Es waren zu viele. Bei manchen hatten sich die neuen Hausbesitzer noch nicht entschieden, was einmal aus ihnen werden würde.

Er lief die Treppe hinauf. Zwei Kinderzimmer, anhand der Einrichtung und der Utensilien unschwer zu erkennen als die der Mädchen. Daneben lagen weitere Schlafräume, eindeutig die der beiden Jungs. Es gab zwei Bäder für die Kinder. In der zweiten Etage lag das Schlafzimmer der Eltern. Deren Bad. Ein Ankleide- und ein Gästezimmer.

Er blieb in der zweiten Etage. Die kurze Anwesenheit der blonden Ärztin aus Wales in seinem Leben wurde verraten durch den Duft ihres süßen Parfüms, das noch immer an seiner Haut klebte. Es roch wie ein Blumenbeet in der Nachbarschaft einer Likörfabrik. Obwohl er im Hotel geduscht hatte, beschloss er, es hier erneut zu tun. Die Vorstellung, wie er sich einen weiteren Teil des Hauses einverleibte, prickelte auf seiner Haut wie das heiße Wasser aus der Regendusche. Auch hier hatten die neuen Besitzer Geschmack bewiesen. Alles war gehalten in den Farben Weiß und Grau, es gab Holz und Stein an der Wand und auf dem Boden, eine freistehende Wanne, eine ebenerdige Dusche und zwei große Waschbecken aus weißem Gussmarmor. Auch hier hing ein Kronleuchter an der Decke. Jemand hatte ganz eindeutig ein Faible für diese opulenten Lampen. Vermutlich sie. Mit irgendwas musste man sich schließlich belohnen, wenn man die Tage mit vier Blagen am Hals verbrachte. Grüner Tee und Ikea-Lampen waren es bei ihr offensichtlich nicht.

Er stellte die Dusche ab und griff nach einem Badetuch. Auf einer Stange hingen zwei, ein weißes, ein graues, beide zum darin Versinken flauschig. Er war sich sicher, dass das weiße ihres war. Also nahm er das. Das Kribbeln, das er die ganze Zeit über verspürt hatte, verstärkte sich und zog in seine Lenden. Sein Schwanz wurde steif. Er entdeckte ihr Parfüm und konnte nicht widerstehen. Sie hatte nur einen Flakon. Chanel N° 19. Sie experimentierte nicht wie andere Frauen mit Düften. Sie hatte ihren gefunden. Er besprühte seinen Penis. Ein lustvoller Seufzer drang aus seinem Mund. Seine Geilheit. Die laue Nacht. Die Angst vor der Entdeckung. Dieser Duft. Er hatte Klasse. Roch wie ein Sommertag nach einem Regenschauer. Der Steinboden war noch warm von der Hitze des Tages. Nackt wie er war, ging er nach nebenan ins Schlafzimmer und legte sich rücklings zwischen all die marokkanischen Kissen auf die Tagesdecke aus schwerem dunkelrotem Stoff. Alles seidig, üppig, verschwenderisch. Wie hatte die Dicke im Drogeriemarkt gesagt? Tausendundeine Nacht.

Er war zu fiebrig, um still liegen zu bleiben. Er stützte sich auf, stemmte die Ellbogen in die Matratze und dachte nach. War das nicht der Traum vieler Menschen, was er hier tat? Wer hatte sich noch nie gefragt, was andere so treiben? Wie sie leben, lieben, liegen?

Er hatte sich gerade umgebettet, hatte sich auf die Seite gedreht, die Knie angewinkelt, Embryo-Haltung, die Augen geschlossen, als er ein Geräusch hörte, ein langes stotterndes Knarren. Es hatte nichts Gutes zu bedeuten. Das wusste er in dem Moment, als er realisierte, dass der Laut vom Öffnen und Schließen der Haustür zu ihm heraufdrang. Hastige Schritte stoben die Treppe empor, das harte Geräusch des Aneinanderschlagens von Holzstufen und Kunststofflatschen preschte hinein in die Stille.

Seine Erektion ließ nach.

Panik erfüllte ihn.

Angst packte ihn. Mit harter, kalter Hand.

Er sprang vom Bett auf, sein Gesicht eine fast wütende Grimasse verzweifelten Taxierens angesichts seiner misslichen Lage. Er versteckte sich hinter dem Vorhang am Fenster. Er war dankbar für die Masse an Stoff, die seinen groß gewachsenen Körper verhüllte.

Schwach drang der Lichtschein aus dem benachbarten Badezimmer bis zu ihm. Er hörte die Stimme einer Frau, die mit sich selbst sprach. Ihre Verwunderung über die dunstige Feuchtigkeit im Bad zu dieser Stunde und das nasse Handtuch auf der Erde steigerten seine Angst. Schließlich stieß sie ein ärgerliches »Männer!« aus, was bedeuten mochte, dass sie ihrem Mann die Schuld an dem Schlendrian gab. Anscheinend waren Unordnung und nächtliches Duschen nichts Ungewöhnliches für ihn. Er hörte sie in einem Karton wühlen, hörte, wie sie den Hahn aufdrehte, wie sie Wasser in einen Becher füllte, wie sie in durstigen Schlucken trank. Dann löschte sie das Licht wieder und lief die Treppe hinunter. Die Haustür fiel krachend ins Schloss.

So schnell er konnte, kleidete er sich an und flüchtete hinaus durch die Eingangstür und nicht durch den Keller, durch den er gekommen war. Er verließ das Haus so überstürzt, dass er sich nicht sicher war, ob er die Tür fest hinter sich zugezogen hatte. Wie von einem Monster gejagt, rannte er zu seinem Wagen und stürmte davon. Nur dass er den Atem des Monsters nicht im Nacken spürte, sondern dass er aus seinem eigenen Mund kam.

Als er zu Hause eintraf, sank er auf die Couch im Wohnzimmer. Der Morgen war nicht mehr fern. Vor dem Fenster ein diffuses Licht, die Elbe, der Tau auf dem Gras, aus dem Nachbarhaus roch es nach dem Kaffee eines Frühaufstehers.

Langsam beruhigte er sich.

Er hätte niemals zurückkommen dürfen! Er hatte den Geschmack der Angst wieder im Mund gehabt. Er würde die Angst niemals vergessen, aber er konnte sie aushalten. Es war ihm all die Jahre gelungen. Es war ihm nicht leichtgefallen, aber es war gegangen.

In dem Haus wucherte immer noch das hässliche Unkraut, das einfach nicht auszurotten war.

Das Haus macht mich zu einem noch grässlicheren Menschen, als ich ohnehin schon bin, dachte er.

Bevor er in einen nervösen Schlaf fiel, nahm er sich vor, nie mehr dorthin zurückzukehren.

Nie wieder!

Das war vermutlich leichter gesagt als getan. Die Vergangenheit wurde man nicht los. Sie stieß einem immer wieder auf. Kam immer wieder hoch. Wie fetttriefende schlechte Pommes.

Auch wenn er jetzt Ruhe geben würde, hatten es die neuen Besitzer nicht leicht. Sie hätten niemals in dieses Haus ziehen dürfen.

Die Toten lebten in den Häusern.

So wie sich auch der Geruch derer, die dort gewohnt hatten, darin festsetzte. Der Geruch klebte an den Mauern, so alt sie auch waren, wie etwas Lebendiges, Atmendes. Man wurde ihn nicht los. Nicht mit Farbe und neuen Tapeten. Nicht mit Aromakerzen und Räucherstäbchen und dem sinnlichen Duft von Blumen.

Auch wenn alles so friedlich wirkte.

Kein altes Haus war friedlich.

16

7. August

Der gestrige Abend war voller Geräusche gewesen, die alles Mögliche bedeuten konnten. So ruhig sie anderen Menschen auch vorkommen mochte, die Nacht war laut für Gerda Hoff. Sie hörte das Holz im Gebälk arbeiten, sie hörte jeden Windhauch, jeden Ast knacken. All das hielt sie manchmal wach, auch wenn sie dem Dunkel um sich herum am liebsten durch Träume entflohen wäre, in denen es für sie noch Bilder und Farben gab. Zu später Stunde strich sie durch die Räume, bestens vertraut mit ihrer Umgebung. Hier brauchte sie keinen Blindenstock, der ihr, über das Parkett klappernd, die Hindernisse anzeigte. Wenn sie vom Wohnbereich im Erdgeschoss in ihr Schlafzimmer im ersten Stock wechselte, fuhr sie mit dem Treppenlift, den sie vor Jahren hatte einbauen lassen. Eine wirklich weise Entscheidung, zu der sie sich oft in den letzten Jahren beglückwünscht hatte.

Am gestrigen Abend hatte vor ihrem Haus ein Auto gestoppt. Jemand war ausgestiegen und von der gegenüberliegenden Straßenseite auf ihr Grundstück zugegangen. Im Garten hatten sich die Schritte verloren, aber sie hatte gefühlt, dass jemand da war.

Geräusche. Gerüche. Gespür.

Auf ihre Sinneseindrücke konnte sie sich immer noch verlassen. Zu fortgeschrittener Stunde hatte sie ganz in ihrer Nähe die Stimme eines Mannes gehört. Er hatte nicht viel gesagt, nur zwei Sätze an irgendjemanden in seiner Nähe gerichtet, kalt und schneidend, doch sie war sich sicher, dass diese Stimme schon einmal zu ihr gesprochen hatte.

Früher hatte ihr Oksana häufiger abends beim Fernsehen Gesellschaft geleistet. Sie hatten sich Quizshows angeschaut, und es hatte Gerda eine geradezu diebische Freude bereitet, die Antworten auf die gestellten Fragen noch vor den Kandidaten zu geben. Sie glänzte immer noch gern mit ihrer Allgemeinbildung und lehnte jegliche Hilfe beim Raten ab. Aus dem einzigen Grund, damit sie sich überlegen fühlen konnte. Denn ihr Wissen war das Licht, das nicht ausging. Aber nun war Oksana verliebt und hatte Besseres zu tun, als Bewunderung zu heucheln und die Likörgläser nachzufüllen.

Zwischen Ahnen und Nicht-Wahrhaben-Wollen verdrängte Gerda am nächsten Morgen die Erinnerung an die minimale Ruhestörung am Abend zuvor. Sie schalt sich ein altes, hysterisches Weib. Nach dem Frühstück ließ sie sich an Oksanas Arm in den Garten hinausbegleiten. Der einzige Ort, an dem es bei diesen Temperaturen erträglich war. Sie wollte die Vögel hören, die Rosen riechen, die warme Luft auf ihrer Haut fühlen. Aus alter Gewohnheit überschattete sie mit einer Hand die Augen. Sie nahm Platz auf der Bank, während Oksana neben ihr auf dem Smartphone herumdaddelte. Oksana hatte ihrem Schützling häufiger von diesem Ding erzählt, und Gerda stellte es sich als eine Art kleines Weltwunder vor. Das ging nicht ohne Fluchen ab, da Oksana ständig ihre langen Fingernägel in die Quere zu kommen schienen, wenn sie versuchte, mit den Fingerkuppen zu tippen. Unterbrochen wurde das Klackern ihrer Krallen nur durch tiefe Züge aus ihrer Zigarette. Doch plötzlich hörte das Stupsen der Nägel auf. Etwas schien Oksanas Aufmerksamkeit erregt zu haben.

»Guten Morgen, die Damen!«, schallte es über den Zaun.

Sie erwiderten den Gruß.

Es war die Stimme des Mannes, stellte Gerda fest, der gestern seinen Kindern verkündet hatte, ins Büro zu müssen. Gerda lauschte dem Gespräch, das sich zwischen ihrem Nachbarn und Oksana entwickelte.

Sie redeten über das Wetter, die Hitze, die Mücken.

»Ich hatte ganz vergessen«, so sagte er, »dass es auch in Hamburg einen Sommer gibt.«

»Waren Sie so lange weg?«, fragte Oksana.

»Ich bin nicht von hier. Ich habe hier nur studiert. Ewig her.«

»Kann noch nicht so lange sein.«

»Machen Sie so etwas öfter?«

»Was?«

»Fremden Männern Komplimente.«

»Kommt darauf an, wer vor mir steht. Wo haben Sie die letzten Jahre verbracht?«

»In den österreichischen Bergen.«

»Krasser Kontrast.«

Gerda hörte ihn mit Münzen klimpern, die er vermutlich in seiner Hosentasche trug.

»Und wo kommen Sie her?«

»Aus Pensa in Russland.«

»Sind da alle Frauen so schön wie Sie? Dann steht das ab sofort auf meiner Liste mit Orten, die man gesehen haben muss.«

Wie lange war es her, dachte Gerda, dass sie das letzte Mal geflirtet hatte. Hatte sie es überhaupt jemals? Sie alterte innerhalb von Sekunden um weitere zweiundneunzig Jahre.

Gerda hatte ihre Helferin noch nie zu Gesicht bekommen. Sie hatte ihr Augenlicht schon verloren, als Oksana bei ihr anfing. Trotzdem wusste sie, dass Oksana eine attraktive Frau war. Sie hatte die bewundernden Blicke der Passanten förmlich gespürt, wenn sie mit Oksana im nahe gelegenen Jenischpark spazieren gegangen war. Sie am Arm der jungen Russin, die selbstbewusst auf ihren Gazellenbeinen über die Grünflächen stakste. Die Männer hatten beim Vorbeigehen schneller geatmet. Selbst das hatte Gerda gehört.

Kurz nach ihrem Dienstbeginn hatte Oksana es Gerda erlaubt, ihr Gesicht abzutasten. Straffe Haut, wohlgenährt wie flüssige Sahne. Rundes Gesicht. Hohe Knochen über vertieften Wangen. Zierliches Kinn. Aufgeworfene Lippen. Kleine Nase. Schulterlange Haare, den Pony mit einer Spange zur Seite geschoben wie ein Schulmädchen trotz ihrer achtundzwanzig Jahre. Gerda hatte gewusst, dass Oksana blond war, ehe sie es erwähnte. Und dass sie eisblaue Augen hatte. Wäre sie eine Figur aus dem Märchenbilderbuch gewesen, hätte Gerda Hoff sie als aufmüpfige Prinzessin gemalt.

Doch es gab da etwas, das Gerda störte. Es war der osteuropäische Akzent, der Oksanas Stimme, ohnehin kratzig vom Zigarettenkonsum, hart machte. Aber Männer liebten nicht mit den Ohren, wusste Gerda, im Gegensatz zu den Frauen.

Sie war in Gedanken versunken und kriegte zuerst gar nicht mit, dass die beiden sich über sie unterhielten.

»Ich bin ihre Pflegerin«, sagte Oksana gerade. »Sie ist blind.«

Aber nicht taub, dachte Gerda mit einem Anflug von Ärger.

»Entschuldigen Sie bitte!«, rief der Mann zu ihr herüber. »Ich habe mich noch gar nicht vorgestellt.«

»Dann sollten wir das schleunigst nachholen«, sagte Gerda. »Ein paar Meter rechts von der Stelle, an der Sie jetzt stehen, direkt neben dem Haselnussstrauch, ist der Zaun niedergetreten. Da kommen Sie gut durch und müssen nicht die Mühe auf sich nehmen, unsere beiden Grundstücke zu umrunden.«

»Gut zu wissen! Kleiner Dienstweg unter Nachbarn.«

»Wenn es nicht in Kumpanei ausartet«, sagte Gerda. Zu ihrem Bedauern klang es arroganter als beabsichtigt. Sie vernahm ein kurzes Knacken im Gebüsch, und schon war er bei ihr. Sie zog die

Hand von den Augen weg und wandte ihm ihr Gesicht zu. Möglicherweise schaute sie auch knapp an ihm vorbei, und ihr leerer Blick ging auf den Apfelbaum.

»Gestatten! Bernhard Winkler.«

»Angenehm. Gerda Hoff.«

Er ergriff ihre Hand. Sie spürte seine. Lange Handfläche, kurze Finger. Kompakt. Kernig. Einer der zupackte, ein Macher, schlimmstenfalls einer dieser sich selbst für unentbehrlich Haltenden, die glaubten, dass ohne sie nichts lief. Ihre Hand lag in seiner wie ein schlaffes Vögelchen, das sich einen Moment lang ausruhen musste, bevor es davonflog. Sie entzog sie ihm und legte sie zu ihrer Linken in den Schoß.

»Wie lange wohnen Sie schon hier?«, erkundigte er sich.

»Seit 1957. Da war es ein Neubau. Schauen Sie sich das Haus jetzt an! Schauen Sie mich an! Wir sind miteinander alt geworden.«

»Sie haben sich beide gut gehalten«, sagte er. Sie wusste, dass er log. Immerhin bot sie ihm den Platz auf der Bank neben sich an. Oksana stand hinter ihr. Gerda fühlte ihre Hände links und rechts von ihrer Schulter an der hölzernen Lehne.

»Ich hörte, dass Sie aus Österreich hierhergezogen sind.«

»Das ist korrekt. Meine Frau ist Hamburgerin. Sie hatte Sehnsucht nach plattem Land und rauem Wind.«

»So würde es mir vermutlich auch gehen. Die alte Elbe lässt einen nicht los.« Sie seufzte, als sei dies eine schwere Last, und strich sich mit zittrigen Fingern über die feuchte Stirn. »Es ist schön, wenn in ein Haus das Lachen zurückkehrt.«

»Sie meinen, weil es mehrere Jahre ein Seniorenstift war?«

»Auch alte Menschen lachen.« Sie schwieg, in Gedanken versunken.

»Dann erzählen Sie!«, drängte er. »Was ist mit dem alten Kasten? Ich bin bisher ohnehin kein großer Fan. Sie verletzten damit nicht meinen Besitzerstolz.«

»Warum haben Sie ihn dann gekauft?«

»Meiner Frau zuliebe. Die war von Anfang an wie besessen. Was ist also mit dem Haus?«

Sie atmete tief durch.

»Vergessen Sie's! Dummes Geschwätz einer einsamen Frau, die sich wichtigmachen will, weil ihr sonst keiner mehr zuhört.«

»Kommen Sie schon, Frau Hoff!«

»Alte Menschen haben viel erlebt, alte Häuser ebenso. Mehr müssen Sie gar nicht wissen. Sie werden hier sehr glücklich werden mit Ihrer Familie.«

»Dann belassen wir es dabei. Und Sie machen bitte keine Andeutungen meiner Frau gegenüber, was auch immer sich hier ereignet haben mag.«

»Das verspreche ich Ihnen.«

Er verabschiedete sich. Gerda Hoff bemerkte, wie sich Oksanas Hände von der Banklehne lösten und sie Bernhard Winkler zu der niedergetrampelten Stelle am Zaun begleitete. Gerda lauschte den kehligen Lauten seiner Stimme. Er sprach leise zu Oksana. Sie wisperte. Gluckste. Sie lachten. Dann vernahm sie eine dritte Stimme. Die einer Frau. Sie rief nach ihm.

»Bernhard!«

»Ich komme, Liebling!«

»Wo steckst du?«

Sie schien schnell zu sein, ein flinker Typ mit einer angenehmen Stimme. Bernhard Winkler stellte die Frauen einander vor.

»Das ist meine Frau Yvette Winkler, und, Schatz, das ist unsere Nachbarin Frau Hoff.«

»Ich weiß.«

»Woher?«, fragte ihr Mann verblüfft.

Einen Moment lang schien sie um eine Antwort verlegen.

»Ich habe unsere neue Nachbarschaft bereits ausspioniert«, sagte sie leichthin.

Gerda war keineswegs so überrascht wie Bernhard Winkler. Die Menschen taten die merkwürdigsten Dinge, und das Erstaunen war etwas, was man sich im Alter besser abgewöhnen sollte. Yvette kam nicht zu ihr herüber wie ihr Mann, rief nur ein fröhliches »Guten Morgen«, wahrscheinlich winkte sie, nichts von der Sehbehinderung der alten Dame wissend. Also hob auch Gerda die Hand zum Gruß und sagte: »Kommen Sie doch demnächst mal zum Tee bei mir vorbei.«

Die kleine Runde war in Auflösung begriffen, da fiel Yvette Winkler noch etwas ein. »Wohnt bei Ihnen im Haus ein Mann?«

»Nein«, kam es von Gerda und Oksana wie aus einem Munde.

»Wieso fragen Sie?«, wollte Gerda wissen.

»Ich dachte, ich hätte gestern Abend jemanden auf dieser Bank sitzen sehen.«

Sie verabschiedeten sich. Doch Gerdas Gehör war geschärft genug, um ihre neuen Nachbarn zu verstehen, die in der Nähe des Zauns noch miteinander diskutierten.

»Du hast niemanden gesehen«, sagte er. »Du hast dich von Linus verrückt machen lassen, der nach den ganzen Räuberpistolen die Hosen voll hatte.«

»Und was war mit der Haustür, die heute Morgen sperrangelweit offen stand?«, entgegnete sie.

»Du hast es versäumt, sie letzte Nacht richtig zuzuziehen, nachdem du dir ein Aspirin geholt hast. Du hast mir doch selbst heute Morgen erzählt, dass du es eilig hattest, dem Haus den Rücken zu kehren. So still, hast du gesagt. Und der Garten so finster. War es nicht so?«

»Schon«, sagte sie zögernd.

»Du hast sie nicht richtig geschlossen, und der Wind hat sie aufgedrückt.«

»Es ging kaum Wind letzte Nacht.«

»Du wolltest dieses Haus unbedingt. Also beschwer dich nicht!

Manchmal sind die erhörten Gebete die schlimmsten«, sagte er im Weggehen und lachte trocken auf. Es klang fast boshaft in den Ohren von Gerda Hoff.

Ihre Stimmen wurden leiser.

Sie hatte sich also nicht getäuscht, dachte Gerda. Etwas war da gewesen gestern Abend. Jemand war da gewesen. In ihrem Garten. Sie beschloss, ihre Ohren weit offen zu halten, wenn ihr schon die Augen den Dienst versagten.

Kurz darauf nahm Oksana neben Gerda Platz und steckte sich die obligatorische Zigarette an. »Wer soll denn hier abends im Garten sitzen? Vollkommen irre!« Sie stieß diese Ungeheuerlichkeit zusammen mit einem Schwall Rauch aus und wedelte beides mit der Hand davon. »Da hat aber jemand einen gewaltigen Sprung in der Schüssel.«

Gerda Hoff zog es vor, zu schweigen.

Sie wusste es besser.

17

11. August

Es war ein Sonntag, als Tobias Hansen beschloss, ein besserer Mensch zu werden. Die Sonne knallte noch immer wie verrückt vom Himmel. Larissa und Theo waren im Garten. Sein Sohn hatte ihn heute Morgen auf die Wange geküsst, dann war er mit seiner Mutter nach draußen verschwunden, wo sie ihn über die Wiese jagen musste. Theo gluckste vor Vergnügen, wenn Larissa ihn zu fassen kriegte und fette Schmatzer auf seinen nackten Bauchnabel drückte. Sie untermalte sie mit Trompetengeräuschen aus aufgeblasenen Backen, was alberne Pupslaute hervorbrachte. Tobias beneidete die beiden um die Unbeschwertheit ihres Spiels, um ihre Leichtigkeit, ihr Lachen, ihr Talent zum Glück. Sein Pech, dass er sich dem nicht anschließen konnte. Die letzten Tage hatte er damit verbracht, entweder geistesabwesend durch die Gegend zu laufen, auf das Wasser der Elbe zu blicken oder sich mit einem Buch in die Ecke zu setzen und den Kopf hängen zu lassen. Doch was er auch tat oder nicht tat: Es fühlte sich nicht gut an.

Er fand die Hitze unerträglich, auch wenn man das nicht meinen sollte, denn er wirkte eher wie ein Südländer als ein Norddeutscher. Er schwitzte viel und duschte mehrmals täglich. Wenn er vor dem Spiegel stand, suchte er nach äußerlichen Anzeichen für den Abscheu, den er seit der Nacht im Haus für sich empfand. Der Zug von Ekel um seine Mundwinkel blieb, auch wenn er sich an einem Lächeln versuchte, das schnell abrutschte zu einem hilflosen Grinsen. Dann war es lediglich eine Ich-bin-nichts-anderes-alsein-Stück-Scheiße-Grimasse. Schweißperlen klebten an seinem Haaransatz und auf der Oberlippe. Unter seinen Lidern hingen wie pralle Polster Tränensäcke, die er seinem Alkoholkonsum zu verdanken hatte. Er musste aufpassen, wollte er sein gutes Aussehen nicht einbüßen. Er musste mit dem Trinken aufhören. Oder es zumindest reduzieren. Vor allem musste er damit aufhören, die Hände nach der Vergangenheit auszustrecken. Er würde sie sich nur schmutzig machen bei diesen Aufräumarbeiten im Steinbruch seiner kaputten Seele. Er war auf dem besten Wege dahin. Er steckte fest in der Dauerschleife seiner Erinnerungen, aber jetzt gab es für ihn vielleicht noch ein Entrinnen. Sein ganzes Dasein war ein Fehler, aber einer, der eventuell zu beheben war. Das Leben der wenigsten war ein einziger Irrtum, an dessen Ende nur verzweifeltes Bedauern stand. Es gab Hoffnung. Er musste nur der Versuchung widerstehen.

Er würde sich mehr Larissa und Theo widmen, beschloss er, ganz egal, ob die Sonne schien oder der Schnee rieselte. Würde wie ein ganz normaler Familienvater mit seinem Sohn auf den Fußballplatz gehen, in den Zoo, ins Schwimmbad. Er würde Rasen mähen und den Grill anwerfen an lauen Sommerabenden. Er würde die Weihnachtstanne schmücken und im Garten Ostereier verstecken. Nicht mehr lange, und er würde mit Theo ins Kino gehen, in einen dieser computeranimierten Filme mit Pandabären oder Pinguinen, und sie würden eine Popcorn-Sauerei zu ihren Füßen veranstalten.

Er würde versuchen, Larissa zu lieben.

Ja, auch das!

Es konnte nicht so schwer sein, oder? Andere Männer würden sich die Finger nach ihr lecken. Nach ihrem fohlenhaften Körper, den langen lockigen roten Haaren, ihrem herzförmigen Gesicht, den grünen Augen, den Sommersprossen. Er würde seinen Auftritt in der Hotelbar erledigen und sofort danach nach Hause kommen. Nichts mehr anfangen mit diesen hungrigen Touristinnen, bei denen er sich nach dem Sex fühlte wie sein Magen nach zu viel Alkohol. Übersäuert. Vielleicht sollten sie sogar aus Hamburg wegziehen. Und in Gottes Namen, wenn es denn unbedingt sein musste, dann eben auch noch ein zweites Kind! Er drückte die Zigarette aus, erhob sich aus dem speckigen braunen Ledersessel, in dem er versunken war, seine langen Beine an den Knöcheln übereinandergeschlagen, trug den vollen Aschenbecher hinaus auf den Balkon und ging ins Bad, um mit Mundwasser zu gurgeln. Der Druck hinter seinen Schläfen, Überbleibsel eines ausgewachsenen Katers nach dem Wein und Whisky des gestrigen Abends, ließ nach. Er fühlte plötzlich eine große Kraft. Er hatte die Freiheit, sein Leben noch einmal in andere Bahnen zu lenken. Er musste genügsamer werden. Das war das ganze Geheimnis. Nicht mehr alles verschlingen, was kam.

Und er musste das Haus meiden. Das war die größte Herausforderung von allen. Aber es musste sein. Denn wie jede Sucht hatte auch sie das Potenzial, ihn zu vernichten. Und andere mit ihm.

Die blassblauen Augen seines Sohnes funkelten im Sonnenlicht, als er nach draußen in den Garten trat, auf ihn zuging, ihn hochhob und ihn durch die Luft wirbelte. Theo jauchzte. Und als Tobias in Larissas Gesicht blickte, sah er darin eine große Zufriedenheit. Irgendwann ließ sie die beiden allein (»tschüss, meine Männer!«, sagte sie, er hasste es, wenn sie »meine Männer!« sagte) und lief ins Haus, um zu backen. Käsekuchen an einem sonnigen Sonntagnachmittag, Vater und Sohn spielend im Garten – was für ein Klischee, dachte Tobias. Aber vermutlich würde genau das seine Rettung sein.

Die folgende Woche gab er den liebenden Vater und Partner, hielt seine Gastspiele im Hotel kurz, beendete sie nach Feierabend und gab keine Zugaben in den Zimmern einsamer Damen. Er drosselte seinen Alkohol- und Zigaretten-Konsum, er kochte für die Familie und aß jeden Tag einen Apfel. Das gute Wetter hielt an, und die vielen Stunden mit Theo im Freien gaben seinem Teint eine frische Farbe. Das Haus in Othmarschen und seine neuen Bewohner interessierten ihn nicht weiter. Wenigstens redete er sich das ein, und er hielt sich daran. Er war auf dem besten Wege, um mit seinen Dämonen fertig zu werden. Er ahnte zwar, dass ihm schon bald der Kick fehlen würde, dass es ihm nicht gefallen konnte, wenn sein Leben derart ereignislos dahinplätscherte. Nette Tage, nette Abende, nette Leute. Doch wenn die Versuchungen des Teufels zu stark werden sollten, würde er sich göttlichen Beistand an dem Ort holen, der ihn von frühester Kindheit an fasziniert und getröstet hatte, auch wenn er mit den Oberen nicht immer einer Meinung war. In der Kirche.

Eine Woche später saß er morgens um elf an der Orgel. Die Hitze war erst mal vorüber. Es war ein bewölkter Augusttag, Nieselregen besprühte die Straßen von Blankenese. Wenn die Sonne schien, glühten die fünf Fenster hinter dem Altar in Gelb, Orange- und Rottönen. Heute konnte keine Rede davon sein.

Er spielte das Benedictus aus der *Kleinen Orgelmesse* von Joseph Haydn. Ein üppiger Solopart für ihn als Organisten, gefolgt vom jubilierenden Sopran einer Chorsängerin. Er tauchte ein in die Musik. Mit geschlossenen Augen sah er die Dinge vor sich, die nun immer stärker sein Leben ausmachten. Die Mütter auf dem Spielplatz, denen er jetzt hin und wieder Gesellschaft leistete. Die Thermoskannen voll Kaffee, aus denen sie ihm anboten, die Tupperware-Dosen mit Apfelschnitzen, die Packungen mit Vollkornreiswaffeln, der Anspruch auf dauerhaftes Glück in den Augen Larissas, die ihn hinausschickte in diese Eltern-Kind-Welt mit dem stolzen Ausdruck einer Dompteuse, die ein endlich gezähmtes Tier vorführt. Die heilsame Wirkung der Musik, die man dieser Messe bescheinigte, geriet bei diesen Bildern unter Tobias' Händen zu etwas Aufbrausendem, das von allen Mauern widerhallte. Dann war der Klang der Orgel verklungen, der letzte Ton verstummt und Stille eingekehrt, die Kirchgänger hatten sich auf den Heimweg gemacht, die Holzbänke knarzten noch vom Gewicht ihrer Körper, und er war allein mit den überlebensgroßen Engelsfiguren in den Altarfenstern und der lautlosen Gegenwart Gottes.

Dachte er.

Doch dann stand sie vor ihm. Trotz ihrer Körperfülle hatte sie es geschafft, unmerklich zur Orgel über der Nordempore hochzusteigen. Einen Moment lang schauderte ihn beim Anblick dieser wuchtigen Frau auf Samtpfoten. Sie trug eine Tunika, bunte Vögel auf dunkelblauem Grund, Häkelspitze am Saum, eine Kordel um die breiten Hüften. Dazu einen gelben Rock, der bis zu den stämmigen Waden reichte und Ballerinas. Die Haare hatte sie zu einem dicken Zopf auf dem Rücken geflochten, ihre Herzkirschenlippen waren knallrot geschminkt.

Consuelo wünschte ihm einen guten Morgen.

Er murmelte einen Gruß und fragte, wie sie ihn gefunden habe.

»Sie haben mir doch verraten, wo Sie auftreten.«

»Auftreten ...?«, er schüttelte ungehalten den Kopf. »Ich bin nicht Lang Lang, ich bediene lediglich die Orgel in einer Kirche.«

Er kreuzte die Füße unter der kleinen Holzbank. »Was führt Sie hierher?«

»Ich wollte Sie spielen hören. Wenigstens ein Mal. Und ich kann Ihnen gar nicht sagen, wie sehr es mich berührt hat. Ich ... ich ...« Sie legte eine Hand auf seine Schulter. Er rückte ein Stück von ihr ab. »Ich kann es nicht in Worte fassen. Es hat mein Leben für immer verändert. Darf ich mich zu Ihnen setzen?«

Er erhob sich. »Nehmen Sie Platz. Ich wollte sowieso gerade aufstehen, ehe mir die Beine einschlafen.«

Doch jetzt blieb auch Consuelo stehen. »Sie sind nicht mehr und nicht weniger als ein Genie.«

»Sie übertreiben maßlos.« Nichts interessierte ihn weniger als ihr Lob. Es war noch nicht lange her, da war er begierig darauf gewesen, ihre Bekanntschaft zu machen, um alles über ihren Arbeitgeber zu erfahren. Ihm fiel auf, dass sie demonstrativ ein goldenes Kreuz an einer Halskette zwischen Zeigefinger und Daumen hin- und herbewegte. Vermutlich wollte sie ihm beweisen, wie gläubig sie war.

Sie druckste herum. Wahrscheinlich, so vermutete er, hätte sie gerne einen Kaffee mit ihm getrunken, traute sich aber nicht zu fragen.

Er hatte es eilig, aus der Kirche zu kommen. Sie konnte ihm auf ihren kurzen Beinen kaum folgen und schnaufte. Sie schwitzte selbst an diesem verhangenen Tag. Ihre Haare schimmerten schwarz.

»Ich bin leider noch nicht dazu gekommen«, japste sie, »meine Chefin auf den Klavierunterricht anzusprechen.«

»Vergessen Sie's! Interessiert mich nicht mehr.«

»Aber ...«, setzte Consuelo an.

»Nichts aber.«

Vor der Kirche reichte er ihr die Hand und wünschte ihr einen angenehmen Tag. Ein spröder Westwind brachte weiteren Regen. Die Wolken waren ineinandergelaufen wie graue und weiße Farbe auf einer Malerpalette. Man roch die Elbe. Und man roch den Sonntagsbraten aus den umliegenden Häusern.

Er war selten so froh, Larissa und Theo zu sehen, wie in diesem Moment. Sie kamen lachend auf ihn zu, um ihn nach dem Gottesdienst abzuholen. Trotz des Wetters. Larissa hielt einen Regenschirm über sich und schob den Buggy mit ihrem Kind. Ihre roten Haare leuchteten und gebärdeten sich wie wild. Sie war schön.

In Consuelos Augen flammte Enttäuschung auf, die Tobias Hansen genoss.

Hier nimm, dachte er. Das ist deine Konkurrenz.

Einen Moment lang wurde er abgelenkt durch einen vorbeigehenden Bekannten, den er begrüßte, während er die beiden Frauen im Auge behielt.

»Consuelo Strunz«, hörte er seine Verehrerin sagen.

»Larissa Schirm.«

»Wie passend!«, rief Consuelo und deutete zum Himmel.

»Und der Kleine?« Sie beugte sich hinunter zum Buggy.

»Unser Sohn Theo«, sagte Larissa widerwillig.

»Ein süßer Junge.« Consuelo seufzte. »Sonntag. Familientag. Nicht wahr?«

»Sonntag. Familientag«, bestätigte Larissa.

Tobias hatte es jetzt eilig, seinen Bekannten zu verabschieden und Larissa von Consuelo wegzuziehen.

»Auf Wiedersehen, Frau Schirm. Auf Wiedersehen, Herr Hansen«, rief Consuelo ihnen nach.

Erstaunt hob Tobias eine Braue. Sie kannte also seinen Namen. Und wenn schon!

»Wer war das denn?«, wollte Larissa wissen, als sie außer Hörweite waren.

»Nennen wir sie eine Art Fan, der mir nicht ganz geheuer ist.«

»Die ist doch harmlos.«

»Niemand ist harmlos«, sagte er.

Vor allem niemand, so dachte Tobias, der etwas mit diesem Haus zu tun hatte. Diesem Monster, an dessen Mauern die schmutzigen Erinnerungen klebten wie dreckige Tapetenfetzen. Ab jetzt war sie ein Teil davon wie das knarrende Gebälk.

18

1978

Die Partys im Elternhaus waren von nobler Schlichtheit. Sie kamen ohne großes Aufheben daher; jeder übertriebene Luxus, jedes champagnergeschwängerte Gegacker wäre in dem Kosmos hanseatischer Gediegenheit als Peinlichkeit empfunden worden. Der Patriarch war eine feste Größe der Hamburger Gesellschaft. Er hatte das Erbe seiner Eltern, einer Blankeneser Reeders-Familie, aufs Erfolgreichste vermehrt, indem er den Betrieb irgendwann auf Frachtschiffe umgestellt hatte, die er auf große Fahrt nach Asien und Südamerika schickte.

Die Stimmung bei den Dinner-Einladungen war nie ausgelassen, es ertönte keine laute Musik aus den großartigen Boxen, die der letzte Schrei damals aktueller Technik waren. Man hatte sie, aber man gab damit nicht an. Leiser Jazz zog sich wie eine seidige Schleppe durch die herrschaftlichen Räume. Ella Fitzgerald, Billie Holiday, Nina Simone, Nat King Cole, die mollige Stimme von Dean Martin, die Songs von Sinatra. Alkohol spielte eine große Rolle, brachte aber keinen der Gäste ernsthaft aus dem Konzept. Zumindest nicht so, dass die anderen es gemerkt hätten. Man betrank sich mit Feingefühl. Das ersparte dem Kreis der Freunde die Fremdscham. Und die eigene auch.

Das Menü war immer das Gleiche und wurde vom Küchenpersonal in Perfektion zubereitet. Krabbencocktail mit Mandarinen, serviert auf Chicorée-Blättern in der Sektschale. Klare Ochsenschwanzsuppe. Pariser Pfeffersteak mit Kroketten und zum Nachtisch Crêpes Suzette.

In den Kandelabern brannten Kerzen, leise klirrten die Gläser, dezent klapperten die Bestecke. Kunstvoll gefertigte Schiffe, Originalnachbauten im Modellformat, in den Regalen und unter der Decke zeugten von der großen Leidenschaft des Hausherrn: dem Segeln.

Bei Cognac und Zigarren wurde so manches Geschäft abgeschlossen und nach dem Dinner gelegentlich getanzt. Unaufgeregte Bewegungen, kleine Schritte in der Diele vor dem flackernden Kaminfeuer. Im Salon und den angrenzenden Zimmern war das Tanzen nicht erlaubt, da die Schuhsohlen der Herren und die spitzen Absätze der Damen Schneisen in die Ornamente der dicken Perserteppiche geschlagen hätten. In der Regel empfing das Ehepaar zu seinen Festen jeweils ein Dutzend Gäste. Es waren überwiegend Freunde des Reeders mit ihren Gemahlinnen, Männer, die ihr Geld gemacht hatten mit Immobilien, Bauunternehmen, mit Gewürzen und Kaffee. Die Gattin war die perfekte Gastgeberin. Immer in Beige gekleidet, die kinnlangen Haare in senfgelbem Blond festbetoniert, die Lippen geschminkt in einem blassen Orange mit silbrigem Schimmer, eine Schleifenbrosche mit Diamanten und einer Girlande von Perlen über dem schmächtigen Busen, an den Füßen schwarze Pumps mit Acht-Zentimeter-Absätzen, die Ränder des Leders eingefasst mit goldenen Paspeln. Es war das Gewagteste, das die Dame des Hauses jemals tragen sollte. Wie immer duftete sie nach Madame Rochas. Ihr blumiges Parfüm passte perfekt zu den Arrangements in den großen Vasen, zu Iris, Lilien, Nelken und Rosen. Ihre Lieblingsblumen aber waren rote Gladiolen. Schon damals waren Gladiolen für das Kind der Inbegriff von Hässlichkeit. Sie wirkten steif und förmlich, passten von daher perfekt in sein Elternhaus und waren auch noch so hinterlistig, lange haltbar zu sein, weil man nur die verwelkten Blüten am unteren Stiel mit den Fingern abknipsen musste, damit die oberen frisch wirkten wie am ersten Tag.

Das Kind war acht und nach seiner zehnjährigen Schwester Eleonore das zweitälteste im Haus. Es gab noch Frederik, den anderthalb Jahre jüngeren Bruder, und die Kleinste. Die war zwei. Klara war der Sonnenschein der Familie. Goldlocken. Glockenlachen.

Das Gegenteil einer starren Gladiole.

Arm in Arm saßen Klara und das ältere Kind auf der oberen Stufe der Treppe. Es war der fünfzigste Geburtstag des Vaters; sechs befreundete Ehepaare waren zum Gratulieren gekommen. Der Alte war gereizt. Seine schlechte Laune hatte in dem Moment begonnen, als der zweite Gang des Abendessens serviert worden war. Aus einem unerfindlichen Grund hatte seine Frau die Menüfolge leicht abgewandelt und die Ochsenschwanzsuppe durch eine französische Zwiebelsuppe ersetzt. Die Angespanntheit des Vaters war fast körperlich spürbar. Er nahm sich zusammen, den Gästen zuliebe, aber wer ihn kannte, wusste, dass es unter der Oberfläche brodelte wie Milch in einem Topf auf dem Herd, die gleich überkochen würde, wenn man auch nur eine Sekunde nicht achtgab.

Es war gewiss keine gute Idee, an diesem Abend das Treiben der Erwachsenen von der Treppe aus zu beobachten. Das Kind, das mit seinen acht Jahren so vernünftig hätte sein müssen, wusste das, konnte aber nicht widerstehen. Und so blieb es mit Klara dort oben sitzen, hielt die kleine Schwester im Arm, den warmen Körper im Flanellnachthemd an seinen gepresst, und schaute hinunter in die Empfangshalle. Als das Kind sich umdrehte, erblickte es hinter sich die kleine Enkelin der Köchin, die ihre Großmutter Hedwig übers Wochenende besuchen durfte. Yvonne war vier. Sie trug ein bodenlanges weißes Nachthemd mit roten Elefanten.

»Hau ab!«, befahl das ältere der Geschwister.

»Ich will auch zugucken«, maulte Yvonne, als ginge es um eine kostenlose Theateraufführung und das Recht auf die besten Plätze.

»Du gehörst nicht dazu. Du bist keine von uns.«

Doch Yvonne stellte sich bockig und blieb.

Durch die Pfeiler des Geländers blickten sie nun zu dritt auf zwei Gestalten, die sich zum Takt einer leisen Musik im Kreise drehten. Auf den Mittelscheitel einer Frau mit langen kastanienbraunen Haaren und auf den vollen dunklen Schopf des Vaters, durch den sich erstes Grau zog. Sie tanzten zu einer langsamen Melodie, schienen die Welt um sich herum vergessen zu haben. Mit seiner rechten Hand umfasste er den Nacken der Frau und zog ihr Gesicht näher zu sich heran.

In dem Moment musste Yvonne husten. Die Köpfe der Tanzenden fuhren auseinander. Zwei Augenpaare blickten zu ihnen hoch. Das Gesicht des Vaters war rot angelaufen vor Zorn, er schickte die beiden kleinen Mädchen ins Bett und rief das ältere Kind zu sich. Er schob es vor sich her in den Salon.

»Hier möchte mir jemand«, sagte er mit seiner sonoren Stimme zu den Gästen und deutete auf das Klavier, »noch so spät am Abend ein Geburtstagsständchen bringen. Was sagt man dazu?«

Das Kind hätte im Erdboden versinken mögen!

Alle Blicke ruhten auf ihm. Es begann zu schwitzen. Sein Herz klopfte wie rasend. Seine Unterlippe bebte. Und kaum hatte es Platz genommen auf dem mit schwarzem, glänzendem Stoff bezogenen Klavierhocker, verkrampften sich seine Knie, weil die Muskeln zitterten, und seine Hände auf den Tasten zitterten auch.

Es solle ein Stück spielen aus dem Klavierunterricht, verlangte der Vater.

Es entschied sich für die Gavotte in G Major von Georg Friedrich Händel. Das Stück geriet ihm zu einer verdrießlichen Melodie, ganz zu schweigen davon, dass es sich vor lauter Aufregung permanent verspielte.

»Wo bleibt die jauchzende Freude?«, rief der Vater. »Die Fröhlichkeit? Das Hüpfende? Das ist ein Tanzstück und keine Trauerballade. Ich denke nicht, dass an meinem Geburtstag Trübsal geblasen werden sollte.«

Inzwischen schlotterte das Kind am ganzen Körper. Vor Müdigkeit, Nervosität und Angst. Es drückte die Kiefer so fest aufeinander, dass es knirschte. Der Vater stellte sich daneben, legte die Hand auf die schmächtige Schulter – und Güte in die Stimme.

»Du weißt ja, dass ich mit meinen Kindern sehr viel Geduld habe und ein höflicher Mensch bin. Also bitte ich dich herzlich, es noch mal von Anfang an für uns zu spielen.«

Irgendwann gab sich der Vater zufrieden. Die Gäste schienen aufzu-

atmen. Es war dem Kind nicht klar, ob sie erleichtert waren, sein Spiel nicht mehr ertragen zu müssen, oder ob sie die Situation unerträglich fanden. In den Augen der weiblichen Gäste schien Mitleid zu schwimmen. Aber niemand hätte gewagt, gegen den Alten das Wort zu erheben.

Und die Mutter blickte stumm auf dem ganzen Tisch herum. So klein und ohne Rückgrat wie die Krabben, die sie an diesem Abend zur Vorspeise serviert hatte.

19

23. August

Wie sehr sie sich nach Liebe sehnte! Sie hatte so viel davon in sich, dass sie zu platzen drohte. Sie stellte es sich vor wie eine Sprengung. Ein Vulkanausbruch. Irgendwas würde passieren, wenn sie nicht endlich ihr Verlangen stillen konnte.

Ihr Körper sollte Feuer fangen und ihre Seele endlich Frieden finden. Aber weil das nicht geschah, schlang sie weiterhin Essen in sich hinein. Essen konnte Löcher stopfen.

Was hatte sie sonst schon?

Nicht viel!

Es war auf Dauer frustrierend, in den Nachmittagssendungen im Fernsehen Brautpaaren beim Heiraten zuzusehen, die sich gegenseitig mit Hochzeitstorte fütterten und mit Buttercremelippen küssten, während sich im Bauch der glücklich Vermählten manchmal schon ein Baby-Knäuel rührte.

Die Nacht nach ihrem Besuch in der Kirche in Blankenese hatte sie damit verbracht, zwischen null und ein Uhr morgens hinter einem Baum auf der anderen Straßenseite des Hotels zu stehen, in dem er manchmal in der Bar die Gäste am Piano unterhielt. Es war weder schwer gewesen, seinen Arbeitsplatz herauszufinden, noch seinen Namen. Das eine war simple Recherche der Hamburger Hotellerie, das andere ein Anruf bei der Kirchengemeinde. »Wer spielt bei Ihnen die Orgel?« Manche Dinge waren so einfach.

Sie hatte ihn nur sehen wollen, nur noch einmal an diesem Tag, den er seiner Familie geopfert hatte. Wenigstens von weitem. Und kaum hatte sie ihn erblickt, als er müde und in Gedanken versunken aus dem Hotel getreten war, war wieder diese Unruhe über sie gekommen, das Vermissen von Zuneigung und Zugehörigkeit. Gefolgt von Schweigen, als sie zurückgekehrt war in ihre Wohnung, wo nur die Puppen warteten, der rosa Plüschbezug auf dem Klodeckel und die Kunstblumen. War sie in seiner Nähe, schlug ihr Herz wie verrückt, war sie allein, blieb es stehen.

Ihr Arbeitspensum ließ ihr nur wenig Freiraum. Montags und donnerstags putzte sie bei Familie Schaffrath, dienstags und freitags bei den Winklers, am Mittwoch und Samstag jobbte sie bei anderen Familien. Ihr graute vor den freien Stunden an den späten Nachmittagen, den Abenden und am Sonntag. Und so sehnte Consuelo die Tage herbei, an denen sie endlich wieder zu den Winklers gehen konnte, die momentan die Charts ihrer Chefs anführten.

Das kühle Wetter schien vergessen, der Spuk aus Regen und Wind, verscheucht von der späten Augustsonne. Es war noch einmal hochsommerlich heiß geworden. Ein schöner Morgen. Schön für die anderen. Consuelo sehnte den Herbst herbei, die beste Zeit des Jahres. Im Herbstregen würde sie nicht mehr so schwitzen. Sie würde nicht das Glück der anderen im Sonnenschein mit ansehen müssen, denn niemand war so allein wie der Einsame bei gutem Wetter, wenn die ganze Welt so verflucht fröhlich und unternehmungslustig war.

Auf dem Weg zu den Winklers lief Consuelo morgens um kurz vor neun durch die Nachbarschaft des respektablen Elbvorortes, blickte durch die Wipfel der sattgrünen Bäume hoch in den blauen Himmel und stellte sich vor, wie es wäre, hier zu leben. Ein Spiel, dieses Was-wäre-wenn, das sich bei ihr hier draußen fast täglich wiederholte. Die Umgebung lud dazu ein. Schließlich wohnte niemand von ihrer Klientel in einem Hamburger Hinterhof. Sie musste aufpassen, dass sie bei ihren Tagträumereien nicht über ihre eigenen Füße stolperte.

Yvette Winkler erwartete sie bereits. Sie duftete so frisch, als habe sie mit dem Meer gekuschelt, ihre hellen Haare leuchteten, ihre Bernsteinaugen hatten die Intensität eines alten Schmuckstücks. Sie nahm Consuelo mit offenen Armen auf. Zum Frühstück gab es für sie nach Zimt schmeckende Franzbrötchen, die die Hausherrin selbst nicht anrührte. Die Kinder waren in der Schule, Bernhard hatte sich bereits auf den Weg ins Büro gemacht. Consuelo putzte die Bäder und Böden in den beiden oberen Etagen, wischte Staub im Schlafzimmer, machte die Betten und prägte sich alles genau ein. Manchmal bemerkte man Details, ohne sie zu suchen. Einfach aus dem Moment heraus. Details, die irgendwann von großer Wichtigkeit sein konnten. Danach nahm sie sich den unteren Bereich vor. Im Salon wischte sie gerade mit einem weichen Tuch über das Klavier, als Yvette hereinkam.

»Ich fahre auf den Markt nach Blankenese«, sagte sie. »Ich werde Ihnen demnächst einen Schlüssel nachmachen lassen. Dann können Sie kommen und gehen, wie Sie lustig sind.«

Consuelo nickte zufrieden, während sie mit den Fingerspitzen über den Lack strich. »Ein schönes Instrument.«

»Ich fand Hausmusik schon immer lobenswert«, sagte Yvette. »Ich befürchte nur, ich stehe mit dieser Auffassung in meiner Familie alleine da.«

»Spielen Sie?«

»Hab's nie gelernt.«

»Ihr Mann?«

»Dem reichen die Alben seiner Helden. Wir haben das Klavier für die Kinder angeschafft.«

»Mein Freund Tobias Hansen gibt Stunden«, sagte Consuelo. »Ich kann ihn nur empfehlen.«

Es hatte ihr die ganze Zeit auf den Nägeln gebrannt, ihre neue Bekanntschaft anzusprechen. Aber die Gelegenheit dazu hatte sich bisher nie ergeben.

Einen Moment lang schien Yvette zusammenzuzucken. Nur für eine Sekunde, dann hatte sie sich wieder unter Kontrolle.

»So«, erwiderte sie beiläufig.

»Sie sollten ihn sehen. Hören.« Consuelo verdrehte die Augen, als habe sie keine Worte, um diesem Mann gerecht zu werden. »Ein so schöner Mensch. Er arbeitet als Barpianist in diesem Luxushotel an der Elbe.«

»Schöner Barpianist und Klavierlehrer für Kinder schließt sich meiner Meinung nach aus.«

»Er spielt außerdem Orgel in der Blankeneser Kirche. Eigentlich ist er Konzertpianist. Aber er hatte Pech im Leben. Kennen Sie das, wenn Sie jemand mit seiner Kunst in einen Rausch versetzt?«

»Dazu bin ich wohl zu pragmatisch. Ich muss jetzt wirklich los. Sonst ist der Markt zu.«

»Er hat freitags bis achtzehn Uhr auf«, beruhigte sie Consuelo.

Yvette klimperte mit dem Autoschlüssel und machte sich auf, das Zimmer zu verlassen. »Wenn Sie gehen, ziehen Sie einfach die Tür hinter sich zu. Wenn Sie draußen sind, sind Sie draußen. Ich bin niemand, der für den Notfall einen Schlüssel unter einem Blumenkübel deponiert.«

»Viel zu leichtsinnig«, stimmte ihr Consuelo zu. »Man weiß nie, wer einem so ins Haus kommt.« Sie verhakte aus Verlegenheit die Finger hinter dem Rücken. »Ich habe ein Geschenk für Sie.«

»Das müssen Sie nicht«, sagte Yvette, und es klang beinahe wie eine Warnung.

Doch Consuelo überhörte die Zwischentöne, ging hinaus und

kam mit einem bunten Gegenstand in ihren Händen zurück. »Das ist ein Alebrije aus Mexiko.«

Es war ihr nicht entgangen, wie Yvette sie ansah. Wie sie das Geschenk ansah. Eine farbenprächtige Schnitzerei aus Holz, der Kopf ein feuerspeiender Drache mit messerscharfen Zähnen, der Körper ein Hahn.

»Das ist sehr liebenswürdig. Hat es etwas zu bedeuten?«

»Man sagt, es bewahrt die Menschen, die so etwas im Haus haben, vor Unheil und beschützt die Träume der Kinder. Je mehr man davon besitzt, desto glücklicher ...«

»Einer reicht«, unterbrach Yvette Consuelo und murmelte im Rausgehen: »Was so beginnt, endet mit einer Folklorebluse zu Weihnachten.«

Laut sagte sie: »Vielen Dank, Consuelo! Ich glaube, Ihr Geschenk macht sich gut auf der Terrasse. Ach, übrigens ... ehe ich es vergesse ... Bitte verzichten Sie in unserem Haushalt auf Weichspüler. Es ist nicht besonders umweltfreundlich, wissen Sie. Außerdem kann ich diesen künstlichen Geruch nicht ertragen.«

Damit war Consuelo alleine und ließ sich ermattet auf das dreisitzige Sofa sinken. Für eine Mexikanerin war Weichspüler fast unverzichtbar. Auch ihre Mutter hatte nicht daran gespart. Eine ordentliche Dosis davon – und die Welt wurde flauschig. Mit den Fingerspitzen strich sie über den dunkelgrünen Samt. Erst in die eine Richtung, dann in die andere. Erst glatt und schimmernd, dann rau und störrisch. Ihr Geschenk war nicht so gut angekommen, wie sie es sich erhofft hatte. Schade eigentlich. Der Hinweis mit der Terrasse war ein klarer Wink, dass ihre Chefin die Figur nicht im Haus haben wollte. Yvette Winkler hätte nicht so leichtfertig darüber hinweggehen sollen. Hatten nicht viele zwei Identitäten? Auf den ersten Blick friedvoll, auf den zweiten gefährlich und vernichtend? Hahn und Drache. Die Skulptur aus dem bemalten weichen Holz des Copal-Baums würde Yvette noch einen guten Dienst erweisen. Da war sich Consuelo sicher. Manchmal erkannte man erst später, dass einige Dinge nicht umsonst in ein Leben getreten waren. Es ging nur darum, dass es nicht *zu spät* war. Sie lief hoch ins Schlafzimmer, um sich ihrerseits ein Andenken an die Familie Winkler zu holen. Sie würde sich einen Teil des nie gekannten häuslichen Glücks mit nach Hause nehmen, sie würde ihre Träume damit tapezieren, und sie würde sich nicht so zieren wie Yvette, die die Zauberformel für ein unbeschwertes Leben gerade aus den eigenen vier Wänden verbannt hatte.

20

6. September

Alles musste sich ändern. Davon war Bernhard Winkler überzeugt. Sonst machte dieser ganze Umzug keinen Sinn. Aber wenn sich alles ändern musste, änderte sich im Grunde genommen nichts. Man sollte mit den kleinen Sachen anfangen. Die großen würden einen nur überfordern. Zu den großen gehörte seine Leidenschaft für Melanie Schaffrath. Es vereinfachte die Dinge, wenn die Geliebte in derselben Stadt wohnte. Wie nervenaufreibend war es gewesen, ihre romantischen Verabredungen zu organisieren, während er noch in den österreichischen Bergen lebte und sie im hohen Norden. Einmal, an einem besonders heißen Tag im vergangenen Juli, waren sie für ein paar Stunden in einem Münchner Hotel gewesen. Melanie hatte ihrer Familie etwas vom Geburtstag einer Freundin in Hannover erzählt, zu dem sie mit dem Zug fahren würde. In Wirklichkeit war sie morgens in den Flieger nach Bayern gestiegen und abends zurückgekehrt. Nicht auszudenken, wenn die Maschine auf dem Heimweg Verspätung gehabt hätte!

Im Nachmittagssonnenschein machte sich Bernhard auf zu dem Bauhaus-Bungalow mit den großen Fensterfronten, der nicht weit entfernt lag von ihrem neuen Zuhause. Melanie hatte grünes Licht gegeben. Linus hatte Fußballtraining, Emma war zu einer Geburtstagsfeier eingeladen. Und dass ihr Mann Anton, sein Freund und Partner, heute im Büro unabkömmlich war, wusste Bernhard am besten. Mehr noch: Er selbst hatte dafür gesorgt, indem er einen Orthopäden-Termin wegen Knieschmerzen vorgeschoben und Anton darum gebeten hatte, für ihn einen Kundentermin zu übernehmen. Er war also auf der sicheren Seite.

Alles bestens!

Melanie hatte die langen blonden Haare zu einem Pferdeschwanz gebunden, ihr schmaler Körper steckte in einem kurzen farbenfrohen Kleid von Missoni, ein teures Fähnchen mit Metallfäden im hauchdünnen Wollgewebe. Nägel und Lippen glänzten in Fuchsia.

Sie war barfuß, und an ihren Ohren tanzten große Clips mit bunten Kreisen. Keine Frau, dachte Bernhard, konnte einen solchen Look, der sexy war, aber gleichzeitig nach kreischenden Tapetenmustern der Hippiekultur aussah, so tragen wie sie.

Kaum hatte sie die Haustür hinter ihm geschlossen, küssten sie sich. Er konnte sich noch so oft vornehmen, dass das hier ein Ende haben musste, Yvette zuliebe, Anton zuliebe, den Kindern zuliebe, solange sie küsste, wie sie küsste, war er ihr verfallen. Sie waren ein eingeübtes Team. Hatten verschiedene Spielarten drauf, sich steigernde Tempi. Ihr Zungenkuss war wie Paartanz. Machte der eine einen Schritt nach vorne, setzte der andere einen zurück.

Drei Jahre nach der Geburt ihrer beinahe gleichaltrigen Töchter hatte es angefangen mit ihnen. Beide Familien waren nach Ibiza geflogen, hatten gemeinsam eine Ferienvilla gemietet. Am frühen Abend waren Melanie und er in die Stadt gefahren, um Langusten zu kaufen, die Anton anschließend auf den Grill legen wollte. Auf einer Straße hoch über den Klippen hatte Bernhard den Wagen angehalten und hatte Melanie geküsst, um sie herum nur pinienbewachsene Hügel, vor ihren Augen eine friedliche Bucht, das schimmernde Meer. Von dem Moment an hatten sie nicht mehr voneinander lassen können. Inzwischen war es eine Affäre. Kein One-Night-Stand. Kein einmaliger Fehler, der zu viel Wein geschuldet war oder der Leichtigkeit eines Ferientages, an dem das

Gewissen hitzefrei und das moralische Navi den Dienst quittiert hatte. Jetzt war es etwas, das immer neue Lügen und Ausreden erforderte. Mal das Abendessen von Chef und Sekretärin, mal der Liebeskummer einer alten Freundin, die getröstet werden musste. Die Heimlichtuerei empfanden beide als ebenso verachtenswert wie aufregend. Es war immer ein Rest von schlechtem Gewissen geblieben. Ein Rausch aus Gefahr und Geilheit. Versetzt mit dem Geruch von Sex und Schweiß, von Lust und Angst vor Entdeckung.

Er trat hinter sie und presste seinen Oberkörper an ihren Rücken. Seine rechte Hand schob sich unter ihr kurzes Kleid, wanderte hoch zu ihrer nackten Brust, während seine Lippen ihren Hals küssten.

»Weißt du, dass ich eine unglaublich empathische Tochter habe?«, keuchte sie.

Er stieß ein gleichgültiges Grunzen aus.

»Willst du nicht wissen, wieso?«

»Wieso?«

Seine Hand fuhr zwischen ihren Schenkeln entlang.

»Emma hat deine Tochter mitgenommen zur Geburtstagsfeier ihrer besten Freundin.«

»Das ist nett«, sagte er mit rauer Stimme.

»Damit Mila schneller Freunde findet.«

»Sehr, sehr nett«, raunte er, fuhr in ihren Slip und streichelte ihren nackten Hintern. »Das ist überwältigend.«

Sie stöhnte und drehte sich in seinen Armen, bis sie einander gegenüberstanden. Ohne ihren Blick von seinem abzuwenden, löste sie seinen Gürtel, zog den Reißverschluss auf, massierte seinen Schwanz.

»Ja, das ist es«, wisperte sie.

Er zog ihr das Höschen aus und rieb mit Daumen und Zeigefinger ihre Klitoris. Sie drängte sich an ihn. Er streifte die Lederslipper von den nackten Füßen, ohne sich dabei zu bücken, schüttelte seine Hose ab, die um seine Fesseln schlackerte, hob sie hoch und trug sie, ihre Beine um seine Hüften geschlungen, zu der weiß gekalkten Wand neben der Haustür. Zeitverschwendung, die Treppe hochzulaufen ins Schlafzimmer. Außerdem war das eheliche Bett tabu, so viel Anstand hatten sie sich in all der Zeit bewahrt. Er drang in sie ein. Ihre Finger krallten sich in seine Haare, liebkosten seinen Nacken. Er war kurz davor zu kommen, da klingelte es an der Tür. Beide zuckten zusammen wie unter einem Stromschlag. Sie war blass geworden und stieß ihn von sich.

»Scheiße«, fluchte Bernhard. »Erwartest du jemanden?«

Sie verdrehte die Augen. »Meinst du, dann würde ich hier mit dir vögeln.« Sie nahm ihren Slip von der Erde und zog ihn über die Hüften. »Du hast echt Nerven!«

»Bei dir weiß man nie.«

»Zieh dich an und geh!«

Er wollte sie wieder an sich drücken.

»Lass mich!«

»Du musst nicht öffnen.«

»Und wenn es eines der Kinder ist?« Sie strich ihr Kleid glatt, zurrte ihren Pferdeschwanz fest, kontrollierte ihr Make-up im Wandspiegel.

»Hast du nicht gesagt, die sind untergebracht? Wir sind safe. Also! Es wird ein Prospektverteiler sein. Der Paketbote. Irgendwas Lästiges.«

»Verschwinde nach nebenan!«

Er zog die Hose hoch, kam sich blöd vor, weil sie ihn herumkommandierte wie einen Sechzehnjährigen, und lief zum Gäste-WC, das rechts vom Hauseingang lag. Er ließ die Toilettentür einen Spalt breit offen, um mitzukriegen, um wen es sich handelte, um schnell wieder zu ihr zurückzukehren, um dort weiterzumachen, wo sie hatten aufhören müssen. Er hatte immer noch eine

Erektion. Glatte Verschwendung! Manche Dinge musste man zu Ende bringen. Er ordnete Hemd, Hose und Haare, spritzte sich Wasser ins Gesicht. Sogar ihr tiefer Atemzug, den sie tat, bevor sie die Haustür öffnete, drang bis zu ihm.

»Emma! Schätzchen! Was machst du denn hier?«, hörte er ihren verblüfften Ausruf. »Wieso bist du nicht auf Charlottes Geburtstag?«

»Ihr ist schlecht geworden«, schaltete sich eine männliche Stimme ein.

»Ich habe gebrochen, Mama«, wimmerte Emma.

»Das ist sehr liebenswürdig, dass Sie Emma nach Hause gebracht haben, Herr Wichmann! Bei der Geburtstagsfeier der eigenen Tochter hat man wahrlich anderes zu tun, als die Gäste durch die Gegend zu kutschieren.«

»Meine Frau hat das auch für eine Weile allein im Griff.«

»Sie hätten mich doch auch anrufen können. Ich hätte mich sofort ins Auto gesetzt.«

»Es hat wirklich keine Umstände gemacht. Ich darf mich verabschieden. Auf Wiedersehen. Gute Besserung, Emma!«

»Vielen Dank. Auf Wiedersehen, Herr Wichmann«, rief ihm Melanie nach, bevor sie sich wieder ihrer Tochter zuwandte. »Du machst ja Sachen!«

Bernhard beschloss, aus der Gästetoilette zu kommen. Er konnte nicht ewig dort bleiben. Er war ein Freund des Hauses, er war Emmas Patenonkel, hatte mit ihrem Vater eine gemeinsame Firma. Man würde es ja wohl einem sechsjährigen Mädchen plausibel machen können, dass seine Anwesenheit in diesem Haus völlig normal war.

»Du hättest doch wenigstens auf der Geburtstagsparty bleiben können«, vernahm er in dem Moment Melanies Stimme.

Aber es war zu spät! Kaum hatte Bernhard den kleinen Raum verlassen, stand er in der Diele seiner Tochter Mila gegenüber.

»Papa!«, rief sie, eher beglückt als erstaunt, ihn hier zu sehen, und stürzte sich in seine Arme. Er war dankbar für diesen Überraschungsangriff, denn der gönnte ihm ein paar Sekunden Atempause.

»Mila wollte nicht ohne mich bei Charlotte bleiben«, erklärte Emma ihrer Mutter.

»Ab ins Bett mit dir!«, sagte die.

»Mila soll aber bleiben.«

»Nicht, wenn du krank bist. Du willst doch deine Freundin nicht anstecken.«

»Mir geht's schon wieder gut.«

»Kommt nicht in Frage!«

Bernhard legte die Stirn in Falten. So dass es die beiden Mädchen nicht hören konnten, raunte er Melanie zu: »Das ist nicht so geschickt. Wie sieht das denn aus, wenn ich um diese Uhrzeit meine Tochter nach Hause bringe?«

»Lass dir was einfallen.«

»Eines weiß ich jetzt schon«, flüsterte er. »Es ist weniger riskant, wenn wir uns weiterhin auswärts treffen. Wir wollten doch immer mal zusammen nach Paris.«

»Und was erzähle ich meiner Familie?«

»Lass dir was einfallen!«, murmelte Bernhard.

21

10. September

Yvette war in Gedanken. Mit einem Becher Earl Grey in der Hand schritt sie ihr Terrain ab. Die Gärtner hatten in den letzten Wochen gute Arbeit geleistet. Der Rasen war neu angelegt worden, genau wie der Rosengarten neben der Terrasse, in dem bald Züchtungen historischer Sorten blühen würden, die auf so lyrische Namen hörten wie Guirlande d'Amour. Man hatte Kräuter und Schwertlilien gepflanzt, Hecke und Walnussbaum beschnitten und zugesehen, dass Tulpen- und Narzissenzwiebeln in die Erde kamen. Die Sonne ließ den Tau in den Spinnweben funkeln, tauchte den Feuerdorn in flammendes Licht und brachte seine roten Beeren zum Leuchten. Der Morgen lag weich über der spätsommerlichen Stadt. Yvette atmete mehrmals tief durch und näherte sich in Gedanken dem Zaun zum Nachbargrundstück.

»Ich mag diese wehmütige Stimmung, die über allem liegt, wenn sich der Sommer verabschiedet«, schallte es zu ihr herüber.

»Noch ist er da«, erwiderte Yvette und wünschte wohl oder übel einen »Guten Morgen«. Sie war wenig begeistert über die Störung. Sie hatte von Bernhard erfahren, dass ihre neue Nachbarin blind war und sah darin eine willkommene Möglichkeit, sich ungesehen aus dem Staub zu machen. »Schönen Tag noch«, rief sie der Frau auf der Bank zu.

»Ich will Sie nicht bedrängen, aber wollen Sie mir nicht ein wenig Gesellschaft leisten?«

Nichts passte Yvette weniger.

Sie liebte die morgendliche Stille, in deren Genuss sie nur kam, wenn Mann und Kinder aus dem Haus waren. Sie war nicht erpicht darauf, sich um diesen Luxus bringen zu lassen. Andererseits war sie zu gut erzogen, um eine alte Dame zu brüskieren. Sie seufzte leise und machte sich auf zu der heruntergetrampelten Stelle des Zauns, um auf das Nachbargrundstück zu gelangen. Kurz darauf saß sie mit ihrem Teebecher auf der Bank neben Gerda Hoff.

»Ich hoffe, Sie werden glücklich in Ihrem neuen Zuhause.«

»Davon gehe ich stark aus. Sonst hätte sich der ganze Aufwand nicht gelohnt.«

»Sie sind zu sechst, nicht wahr?«

»Ja.«

»Aber eigentlich sind Sie zu siebt.«

»Wir haben keinen Hund. Noch nicht. Bisher konnte ich meinen Mann nicht überzeugen.«

»Ich meine Ihr Haus. Es ist quasi ein lebendiger Mitbewohner.«

»Wie meinen Sie das?«

»Wie in jedem alten Haus steckt auch in Ihrem eine Geschichte. Wie in jedem alten Haus hat der Tod Spuren hinterlassen. Der Tod hinterlässt immer Spuren. Und wie immer gibt es Schuldige und Unschuldige. Manchmal denke ich, dass sich die Verstorbenen nicht mit ihrem ungerechten Schicksal abfinden wollen und versuchen, der Einsamkeit des Jenseits zu entfliehen.«

»Sie meinen, bei uns spukt's?«, sagte Yvette ohne einen Anflug von Erschütterung in der Stimme.

»So weit würde ich nicht gehen. Aber der Schrecken ist nun mal allzu menschlich, er steht uns sehr nahe. Man kann die Vergangenheit ignorieren. Oder man kann sie ausgraben. Aber bevor sie nicht endlich richtig erzählt wird, kann auch ein altes Haus niemals zur Ruhe kommen.«

»Und Sie sind der Ansicht, ich sollte graben?«

Gerda Hoff barg ihren Kopf in den Händen und konnte ein Stöhnen nicht unterdrücken. »Ich plappere und plappere, beunruhige Sie und jage Ihnen Angst ein. Ich bin unmöglich.«

Nicht der leiseste Anflug von Zweifel klang aus Yvettes Stimme. »Wissen Sie, ich werde einem alten Kasten keine Macht über unser Leben einräumen. Ich will Sie nicht brüskieren, aber das alles ist doch Humbug. Sie kennen bestimmt die Devise: Wenn man zu tief dringt, um auf die Dinge zu gucken, dann gucken sie irgendwann zurück.«

Yvette lachte. Laut, klar und hell. Mit diesem Lachen verabschiedete sie sich und eilte mit dem leeren Teebecher davon in den Tag. Vor allem beruhigte sie sich mit diesem Lachen selbst. Es war zwar schon über einen Monat her, es war nur wenige Stunden nach ihrem Einzug in ihr neues Heim gewesen, aber sie konnte sich noch gut daran erinnern. An die Haustür, die morgens offen gestanden hatte, und an das Gefühl, das sie danach beschlichen hatte: als wäre jemand im Haus gewesen.

»Die beste Informationsquelle sind Leute, die versprochen haben, Dinge für sich zu behalten«, sagte Bernhard etliche Stunden später, als er nach Feierabend an der Seite seiner Frau auf der Terrasse saß. Die Raubtierfütterung war beendet, wie Yvette es nannte, wenn die Kinder Berge von Nudeln verschlungen hatten und langsam abendliche Ruhe einkehrte.

»Lass dich von der Alten nicht beunruhigen.« Bernhard hob sein Glas, um mit ihr anzustoßen.

»Sehe ich irgendwie beunruhigt aus?«

»Nicht im Geringsten. Würde mich auch wundern, wenn du schwächelst.« Er grinste und nahm einen Schluck Wein. »Der ist ziemlich gut. Ich muss Ende nächster Woche übrigens ins Berner Jura. Nach Courtelary. Beruflich.«

»Um was zu tun?«

»Schokoladenverkostung bei einem potenziellen Geschäftspartner. Wir wollen die Chinesen für Süßes begeistern. Handgeschöpfte Schokolade. Außerdem ist Kakaobutter gut für die Haut. Das öffnet uns den Markt der jungen schönheitsbewussten Chinesinnen.«

»Sollen sie die nun essen oder sich ins Gesicht schmieren?«

Er grinste. »Beides.«

»Clever.«

»Ich fliege bis Zürich. Von da komme ich gut weg. Das geht sich aus.«

Yvette lehnte sich zurück in die Polster. Für einen Moment schloss sie ihre Lider, genoss es, wie der Wein durch ihre Kehle schwamm und kurz darauf in ihren Adern prickelte.

Sie lauschte in den lauen Abend und die aufkommende Dunkelheit hinein. Köstliche Stille.

»Kommst du ohne mich zurecht?«

»Muss ich das nicht immer?«

22

20. September

Sie war gerade mal sechs Wochen im Job und musste Yvette Winkler schon einen Korb geben. Es war Consuelo unangenehm. Aber Melanie Schaffrath hatte die älteren Rechte. Und sie brauchte Consuelo, da sie sich ein paar Tage Urlaub von ihrer Familie verdient hatte, wie sie es formulierte. Mit einer Freundin wollte sie übers Wochenende nach Paris. Melanie hatte ihr vorgeschwärmt von den Wonnen, die sie im Day Spa in der Rue Saint-Honoré erwarten würden: von marokkanischen Massagen, von Reis-Peeling und Weintraubenkernmaske. Von Freitagmorgen bis Sonntagabend würde sie weg sein. Den Samstag hatte Anton Schaffrath sich für seine beiden Kinder freigehalten, bis dahin musste Consuelo die Stellung halten. Es ließ sich nicht ändern. Yvette hatte dafür Verständnis gezeigt. Lachend hatte sie gesagt, ihr Mann sei für ein paar Tage beruflich in der Schweiz, und somit fehle das fünfte Kind, das mit dreckigen Schuhen durchs Haus latscht. Consuelo hatte Yvette ins Herz geschlossen. Sie hatte Humor. Und sie war nicht wie Melanie, die ihren Charme genauso schnell abschalten konnte, wie sie ihn angeknipst hatte. Yvette war bodenständig, und sie war es gewohnt, mit anzupacken. Es gab nichts Falsches an ihr; sie war nicht wie andere Frauen, die ihren Ehemann betrogen, noch bevor das Brautbouquet Zeit gehabt hatte, als Trockenstrauß am Küchenfenster zu verwelken.

Seitdem sie Melanie bei einer Lüge ertappt hatte, war sie in Consuelos Ansehen gesunken. Ihre Blicke waren nur noch angewidert, wenn sie sie betrachtete. Melanie war ein verwöhnter Windbeutel und gierig nach Glück. Immerhin das hatten sie gemeinsam. Auch wenn Melanie es ihrer Meinung nach längst gefunden hatte, ohne die Zärtlichkeiten und die Zuneigung wertzuschätzen, die ihr Mann ihr entgegenbrachte. Sie hatte allen Grund, dankbar zu sein, dieses verdammte Miststück!

Sie war gerade dabei, Möhren zu raspeln für einen Rohkostsalat für Emma und Linus, schon jetzt achselzuckend in Kauf nehmend, dass sie ihn ohnehin verschmähen würden, als das Telefon klingelte. Es war Melanie, die vom Flughafen aus anrief. Sie hielt sich nicht lange mit einer Begrüßung auf, sondern kam gleich zur Sache.

»Ich weiß nicht, wo ich manchmal meinen Kopf habe.«

Unter Reiskörnern und Weintraubenkernen, dachte Consuelo mit galligem Spott.

»Ich habe ganz vergessen, die Trikots und Hosen von Linus' Fußballteam zu waschen. Wir sind diese Woche an der Reihe, und morgen werden sie für ein Spiel gebraucht.«

»Ich stelle gleich eine Maschine an«, sagte Consuelo.

Melanie kicherte. »Verschließen Sie die Nase mit einer Wäscheklammer.«

Im Hintergrund vernahm Consuelo eine weibliche Flughafenstimme: »Achtung bitte! Dies ist der letzte Aufruf für Passagier Bernhard Winkler, gebucht auf Air France Flug AF1411 nach Paris. Bitte kommen Sie umgehend zu Gate A17! Attention please! Last call for passenger Bernhard Winkler, booked on Air France flight AF1411 to Paris. Please proceed immediately to gate number A17.«

»Alles klar«, sagte Melanie. »Ich muss jetzt Schluss machen.«

Sie klang nicht beunruhigt, eher nach großer Eile. Vermutlich rechnete sie nicht damit, dass Consuelo die Durchsage gehört hatte.

»Denken Sie an die Trikots.«

Damit war das Gespräch beendet. Wie in Zeitlupe ließ sich Consuelo auf einen Küchenstuhl sinken, schloss die Lider und atmete schwer. Die Welt stand einen Augenblick lang still – und ihr Mund offen. Sie schaffte es nicht, ihn zu schließen. Noch weniger, das Rad der Welt wieder in Gang zu setzen. Irgendwann nahm sie einen Prospekt und fächerte sich Luft zu. So war das also!

Sie legte ihren Kopf in den Nacken und drehte ihn hin und her. Es knirschte, so verspannt war sie. Schließlich erhob sie sich, holte einen Eimer mit heißem Putzwasser und eine Bürste, begab sich auf die Knie und begann, jede einzelne der hellen Fliesen zu schrubben.

Sie hatte es immer etwas ordinär gefunden, wenn man auf nackte Fliesen keine Teppiche legte, wie es bei Familie Schaffrath der Fall war. Aber bitte! Da konnte man so viele Teppiche auslegen, wie man wollte, so viel Schmutz passte gar nicht darunter. Das Ordinäre war hier zu Hause. Auf Consuelos Gesicht erschien ein zynisches Lächeln. Man sollte es beim Bezirksamt unter dieser Adresse mit einem festen Wohnsitz anmelden. Als sie später vor Melanies geöffnetem Kleiderschrank stand, überkam sie das heftige Verlangen, die dort hängenden Sachen zu bespucken. Oder jedes Teil vom Bügel zu reißen, um es mit der Wurzelbürste zu bearbeiten wie eben noch die Fliesen. Überall nur Dreck.

Dreck. Dreck. Dreck.

Flittchen. Flittchen. Flittchen.

23

21. September

Yvette fiel daheim die Decke auf den Kopf. Ihr Mann war in den Alpen und verkostete Schokolade. Melanie war mal wieder nicht zu erreichen; neue Freunde hatte sie in Hamburg noch nicht gefunden. Die alten waren nach den Jahren ihrer eigenen Abwesenheit in alle Winde verstreut. Sie hatte Consuelo, nach deren außerplanmäßigem Dienst gestern bei den Schaffraths, gebeten, für eine Stunde auf die Kinder aufzupassen. Vielleicht machte die sich auch als Nanny ganz gut. Eine ideale Gelegenheit, um das zu testen. Mehr noch: Offiziell war der Eignungstest von Consuelo als Kindermädchen der Grund, wieso sie heute Abend ausgehen würde. Sie tauschte Jeans und T-Shirt gegen eine hellblaue Bluse und eine weit geschnittene Marlene-Hose. Sneakers gegen Pumps. Das Blass auf ihren Lippen gegen ein krawalliges Rot. Den Geruch von Backofenpommes gegen Chanel N° 19.

Sie war keine, die sich alleine in Kneipen setzte, an einem Cocktail nuckelte und sich auf die Pirsch nach einem Flirt machte.

Sie wusste nicht so recht, wie sie es anfangen sollte mit dem Ausgehen, wenn sie auf sich allein gestellt war. Sie hatte keine Ahnung, wie das ging. Ihr Lächeln kaschierte nur unzureichend ihre Unsicherheit, als sie die Bar des Hotels betrat. Es lag nicht weit entfernt von ihrem Haus; hier war sie damals bei der Besichtigung mit ihrem Mann abgestiegen.

Vertrautes Terrain.

Sie zögerte einen Moment und sah sich um. Noch nicht viel los an diesem frühen Samstagabend. Yvette atmete tief ein und blies eine Haarsträhne aus der Stirn. Eine für sie typische Geste, in die Bernhard sich einst verliebt hatte bei ihrem ersten Rendezvous im Sonnenlicht am Elbufer. Der Fluss, die Stadt, das Land, die Welt, der Himmel, Bier aus der Flasche und Spaghetti-Eis bis zum Abwinken – alles gehörte damals ihnen.

Es war lange her, sehr lange.

Nur wenige schöne Dinge konnten eine Liebe ausmachen, und eine Menge Kleinigkeiten konnte sie zerstören.

Sie stieß einen Seufzer aus, setzte sich in einen weinroten Samtsessel, der gut mit dem dunklen Grau ihrer Hose harmonierte, schlug die Beine übereinander, fragte die Bedienung, was der Pianospieler trank, bestellte das Gleiche, lauschte seiner Musik und nippte am Scotch auf Eis. Sie musterte ihn genau. Etwas wie Erkennen lag in ihrem Blick. Und sei es auch nur die Ahnung davon, dass dieser Mann am Klavier zum Helden jeder tragischen Geschichte taugte mit seinen Augen, die Bücher ohne Wörter waren.

Lass den Whisky weg, dachte sie. Bekommt dir nicht. Aber er rann warm durch ihre Kehle und küsste sie von innen. Kaum war der letzte Ton verklungen, stand er auf und kam auf sie zu. »Darf ich Sie auf einen Drink einladen?«

»Warum sollten Sie?«, wollte sie wissen.

»Weil Sie mich ziemlich unverhohlen gemustert haben.«

Yvette spürte, wie sie rot wurde. Sie hüllte sich in Schweigen, bevor sie schließlich antwortete: »Das ist nur Ihre Musik. Es hat nichts mit Ihnen persönlich zu tun.«

»Dann können Sie erst recht etwas mit mir trinken.«

Okay, dachte sie. Was war schon dabei?

Mal eine Stunde ohne Kindergeschrei und Geschwisterstreit, ohne verbrannte Milch und Nudelgematsche, ohne schlechte Noten und Hausaufgaben, ohne Strafpredigten und Ohren, an denen sie vorbeirauschten, ohne Starren der Älteren aufs Smartphone, ohne aufgeschürfte Knie, ohne Rotznasen, ohne Theater beim Zähneputzen und Ins-Bett-Gehen, ohne Tränen und Tragödien und Tamtam.

Warum eigentlich nicht?

Sie hatte es sich verdient!

Er setzte sich in den Sessel neben ihrem, legte das rechte Bein über das linke, faltete die Hände im Schoß und bestellte Scotch für sie beide. Für sich ohne, für sie mit Eis.

»Frauen, die Whisky trinken, sind gefährlich«, sagte er.

»Weil sie irgendwann den Colt aus dem Strumpfband ziehen?«

»Auf jeden Fall sollte man sich vor ihnen in Acht nehmen.«

»Männer, die Whisky trinken, sind Melancholiker, die sich als einsame Großstadtwölfe tarnen«, sagte sie. »Also eher harmlos.« Ihre Stimme klang kratzig vom Torfaroma des Whiskys. Ein wenig heiser. Sexy.

»Der Eindruck kann täuschen.«

Sie lachte. »Und was machen Sie sonst so, wenn Sie nicht Whisky trinken oder Klavier spielen?«

»Ich habe mal Jura studiert«, sagte er. »Aber ich bin zu unvernünftig für einen ordentlichen Beruf.« Er lächelte träge. »Und was machen Sie, wenn Sie nicht Whisky trinken oder auf Männer schießen?«

»Dann bin ich vierfache Mutter und Ehefrau eines vielbeschäftigten Mannes.«

»Haben Sie kein eigenes Leben?«

Sie versteifte sich. Musste sie sich das bieten lassen? Von einem Fremden, zu dem sie die Neugier getrieben hatte? Zumindest war es das, was er annehmen musste.

Er schien zu merken, dass er zu weit gegangen war und schenkte ihr sein charmantestes Lächeln.

Doch sie kochte vor Wut, und eine scharfe Entgegnung kam ihr über die Lippen. »Mir reicht es durchaus, eine harmonische Ehe zu führen und meine Kinder dazu zu erziehen, den rechten Weg zu finden, der ja nicht unbedingt ausgeschildert ist. Finden Sie nicht, das ist Lebensaufgabe genug? Sind Sie vielleicht Experte auf diesem Gebiet?«

»Ich bin Experte auf dem Gebiet der Musik.«

»Dann sollten wir es auch bei diesem Thema belassen, nicht wahr?«, sagte sie. »Ich habe gehört, Musik macht schlau, und Klassik steigert die Hirnleistungen bei Kindern. Haben Sie welche?«

»Hirnleistungen? Ich hoffe doch.«

»Kinder?«, sagte sie und rollte in gespielter Verzweiflung mit den Augen.

»Einen Sohn. Theo. Aber er ist erst zwei. Wenn Sie wollen, gebe ich Ihren Kindern Klavierunterricht. Darauf soll unser Gespräch doch wohl hinauslaufen.«

»Da wissen Sie mehr als ich. Brauchen Sie Geld?«

»Ich brauche gar nichts.« Er trank das Glas leer, erhob sich, wünschte ihr einen schönen Abend und ging zu seinem Klavier. Auf halbem Weg kehrte er noch einmal um und kam zu ihr zurück.

»Kommen Sie am Montag um elf in die Musikschule.« Er nannte ihr die Adresse. »Dann überzeuge ich Sie von meinen Qualitäten.«

Das war keine gute Idee, überlegte sie. Genau wie ihr Besuch in dieser Bar keine gewesen war. Sie hatte das Haus bekommen. Sie sollte sich nicht auf eine weitere Kraftprobe einlassen. Du hast alles, sagte ihr eine innere Stimme, was eine Frau sich nur wünschen kann. Mach es nicht kaputt!

24

1980

Die Luft roch sauber an diesem Maitag. Das Kind war zu einem gutaussehenden Jungen von zehn Jahren herangewachsen. Der Junge war ungewöhnlich groß für sein Alter, und es war abzusehen, dass er bald kein Kind mehr sein würde. Er lehnte sich mit dem Rücken an eine dicke Rotbuche im Garten, ließ sich langsam am Stamm hinuntergleiten, landete im Gras und überließ sich einem Buch und seinen Träumen. Heute war ein guter Tag, denn der Alte war auf Reisen. Geldvermehrungsgespräche in einer anderen Stadt. Der Junge hatte es sich angewöhnt, sich vollständig in sich selbst zurückzuziehen, an einen Ort, zu dem ihm andere nicht folgen konnten. So schaffte er das Kunststück, allein zu sein, auch wenn er in Gesellschaft war. Wenn man es hinkriegte, unbemerkt zu bleiben, so dachte er, dann löste man sich eines Tages vielleicht sogar wie von selbst auf. Als habe es einen nie gegeben. Das wären ziemlich gute Aussichten. Und so gewöhnte der Junge es sich an, wie unsichtbar durchs Haus zu schleichen. Oder wie ein Chamäleon die Farbe zu wechseln, um sich den Stimmungen des Vaters anzupassen, sobald der daheim war und das Haus von dessen Gegenwart erfüllt war wie von giftigen Dämpfen.

Der Junge kratzte den Schorf von einer Wunde am Handrücken und fand Gefallen daran, dass sie zu bluten begann.

Die Sonne strahlte, und plötzlich tauchte der Schatten eines Mädchens vor ihm auf.

Es war Yvonne, die sechsjährige Enkeltochter von Hedwig, der Köchin. Sie sah ihm direkt in die Augen.

Wie immer hatte sie es geschafft, ihn ausfindig zu machen, sobald seine kleine Schwester nicht an seiner Seite war. Es war, als würde sie förmlich nach jeder Lücke gieren, durch die sie hindurchschlüpfen konnte.

»Wo ist Klara?«

»Weg.«

Sie deutete mit einem Nicken ihres Kopfes auf die Stelle, an der er herumpulte.

»Das darf man nicht«, sagte sie.

»Was?«, fragte er und starrte sie missmutig an.

»Das wird schlimmer, wenn man knibbelt.«

»Sagt wer?«

»Meine Oma.«

»Die ist Köchin und kein Arzt.«

Sie legte ihm ihre Hand auf den Scheitel. »Sie sagt auch, dass du immer so traurig bist.«

»Geht dich nichts an.«

Er stieß ihre Hand weg, popelte weiter an dem Schorf und warf die kleinen Blutkrustenkrümel in hohem Bogen ins Gras.

»Warum habt ihr keine Schaukel im Garten?«, wollte Yvonne wissen. »Ihr seid doch reich.«

»Blöde Frage.«

Über ihre Eltern wusste der Junge nicht viel, nur dass die Mutter kaum Erwähnung fand. Sie hatte manchmal durch Vermittlung von Hedwig bei Gesellschaften als Servicekraft im Haus ausgeholfen, war nur kurz in das Leben ihres Kindes geschneit, bevor sie für immer daraus verschwunden war. Auch vom Vater des Mädchens war nur selten die Rede gewesen.

Zum Glück hatte Yvonne Hedwig. Bei ihr gab es Gugelhupf und Gänsebraten, es fiel reichlich von der großen Tafel für die Kleine ab, die immer hungrig zu sein schien. Wenn sie in der Schule nicht fleißig waren, so drohten die Eltern des Jungen oft ihren Kindern, dann würde es ihnen ergehen wie Yvonne, wenn sie ihre Großmutter nicht hätte und im Heim gelandet wäre. Brotsuppe mit Rosinen als Resteverwertung und zum Abendessen so dünn geschnittene Wurstscheiben, dass man hindurchschauen konnte.

Sie ließ sich am Baumstamm neben ihm hinuntergleiten. Sie lehnte sich an, strich ihm sanft durchs Haar. Er fegte ihre Hand erneut weg.

»Das darf nur Klara.«

»Ich bin deine Freundin«, sagte sie. »Du hast doch sonst niemanden.«

Er rückte von ihr ab. »Bilde dir bloß nichts ein! Ich brauche keinen. Und dich schon gar nicht.«

Es verschaffte ihm eine gewisse Genugtuung, ihr weh zu tun. Ihr klar zu machen, dass dieses in Mahagoni und Marmor ausgekleidete Haus nicht ihr Kaliber war. Und er nicht ihr großer Bruder oder zumindest ihr Freund, auch wenn sie das gerne gehabt hätte.

»Was machst du überhaupt laufend bei uns? Du wohnst hier nicht.«

In Wirklichkeit war er eifersüchtig, dass dieses Mädchen ihm Hedwig wegnahm, den Halt, den nur die Köchin ihm geben konnte, die Person, die sein Rettungsanker war, eine Heimat mit heimlichen Genüssen wie Toast Hawaii, mit Wärmflaschen beim Schlafengehen und dem ständig in der Küche dudelnden Radio. Nur der Vater durfte davon nichts merken. Doch eigenartigerweise war Hedwig für ihn tabu. Es war so, als würde er sich in deren Reich, die Küche, nicht hineintrauen, und auch sonst Angst davor haben, mit dieser robusten Frau zusammenzuprallen.

Yvonne sprang hoch, baute sich vor ihm in der Sonne auf, streckte das Becken nach vorn und legte ihren Kopf zur Seite, bis ihr blonder Schopf wie ein Heiligenschein leuchtete.

»Bla, bla, bla. Du hast mir überhaupt nichts zu sagen, Blödmann! Ich mache, was ich will. Und ich wohne, wo ich will.«

Für Mädchen wie Yvonne, so klein sie auch waren, war das Leben eine Herausforderung, die sie meistern würden. Das machte ihn wütend, und es schmerzte. Und letztendlich hatten sie doch etwas gemeinsam. Die Furcht, einen geliebten Menschen zu verlieren. Er Hedwig an sie. Sie ihn an Klara, seine Schwester. Jeder hatte auf seine Art Angst, dass ihm etwas weggenommen, etwas gestohlen wurde. Das sollte sie mehr verbinden, als sie zu diesem Zeitpunkt ahnen konnten.

25

23. September

In Hamburg herrschte dieser typische Nieselregen, den es in anderen Städten so nicht zu geben schien. Dieser feine, kühle Schleier auf der Haut, den wahre Hanseaten in wärmeren Gefilden immer vermissen würden. Trenchcoat-Wetter.

Fast hätte Tobias gelacht. Er kam sich vor wie in einer Szene aus einem amerikanischen Kriminalfilm Mitte des letzten Jahrhunderts. Er saß an einem schwarzen Flügel im Musiksaal der Schule, in dem auch die Konzerte für die Eltern stattfanden, die sich von den Fortschritten ihres Nachwuchses überzeugen wollten. Man kannte ihn hier; man ließ ihn gewähren, auch wenn er nur hin und wieder für erkrankte Kollegen einsprang.

Wenn sie kommen würde, so war das ein Zeichen, eine Fügung. Er würde sich geschlagen geben. Würde zurückkehren an den Ort, an dem die Schatten wuchsen.

Er hatte es nicht vorgehabt. Seine Absichten waren andere gewesen. Er hatte sich zügeln wollen, das Raubtier Mensch in sich zähmen. Die Bilder von damals so lange und so tief in sich vergraben, bis sie verblassten.

Nun waren sie erneut da. Lebhafter und wacher denn je. Seine Vergangenheit hatte ihn eingeholt. Nicht seine Schuld! Er hatte ihre Fährte aufgenommen, ein bisschen hinter ihrer Familie hergeschnüffelt, ja, aber er hatte nicht vorgehabt, sie zur Strecke zu bringen. Er war nicht zu ihr gekommen, sondern sie zu ihm. Sie hätte ihre Kinder ja zum Blockflötenunterricht anmelden können, dachte er mit einem Anflug von Spott. Sie hatten hier eine ausgezeichnete, noch dazu sehr hübsche Lehrerin.

Nun würden sie nach seinen Regeln spielen. Sie hatte es nicht anders gewollt.

Pünktlich auf die Minute wurde die Tür geöffnet.

Während sich Yvette suchend im Raum umblickte, ließ sie die Tür offen stehen. Es schnaufte ein Hauch kühler Septemberluft herein. Schließlich hatte sie ihn entdeckt, schloss die Tür und ging auf ihn zu.

Er erhob sich und reichte ihr die Hand. Sie stellten sich vor, so als würden sie nicht schon längst den Namen des anderen wissen.

Yvette Winkler. Tobias Hansen. Angenehm. Sehr erfreut.

»War hoffentlich nicht schwer zu finden«, sagte er.

»Ich kenne mich noch ganz gut aus«, sagte sie. »Ich habe früher in Hamburg gewohnt. Ist lange her. Wir sind erst vor kurzem aus Österreich hierhergezogen. Hier arbeiten Sie also?«

»Hier helfe ich aus, wenn Not am Mann ist. Die meisten meiner Unterrichtsstunden finden privat statt. Darf ich Sie was fragen?«

»Wenn Sie mir nicht wieder zu verstehen geben, dass ich kein eigenes Leben habe.«

Sein Lachen schien einen Augenblick in seiner Kehle gefangen zu sein, bevor er es als tiefen Laut ausstieß.

»Warum haben Sie sich fürs platte Land entschieden?«

»Berufliche Gründe meines Mannes. Wir wollten hier zur Ruhe kommen. Noch besteht die Ruhe seinerseits leider aus Überstunden im Büro und Kofferpacken für Geschäftsreisen.« Sie seufzte und schob ein Lächeln nach.

»Klingt nicht nach Valentinstag in Dauerschleife.«

Ihre schmal gewordenen Lippen zeigten ihm deutlich ihren Ärger über seine dreiste Bemerkung, und es bereitete ihm klammheimliches Vergnügen, etwas Verborgenes an Licht gezerrt zu haben.

»Sie können Ihre Provokationen nicht lassen, wie?«

Er strich sich eine Strähne aus der Stirn, während sie sich mit Stacheldraht und Dornen panzerte.

»Bei uns läuft alles prima. Danke der Nachfrage! Ich bin glücklich. Ich liebe meine Kinder. Ich liebe unser Haus und mein Leben. Und ich liebe meinen Mann.« Sie hob den Blick und schaute ihn voller Trotz an. »Und selbst wenn ich unzufrieden wäre, glauben Sie mir, ich bin nicht der Typ Frau, der sich bei fremden Männern ausheult.«

Er beschloss, das Thema zu wechseln und musterte ihren Trench. Marineblau und teuer. »Sie sehen schon aus wie eine echte Hanseatin. Glückwunsch zur schnellen Assimilation.« Er selbst hatte seinen aus beigefarbenem Popeline auch nicht abgelegt.

»Ich sagte doch bereits, dass ich von hier bin.«

»Mit Elbwasser gegurgelt, ich verstehe.«

Er grinste, setzte sich wieder und rückte ein Stück auf der Klavierbank zur Seite, so dass sie neben ihm Platz nehmen konnte. Er roch ihren Duft. Sah ihre glatte Haut, auf der noch ein bisschen Sonnenglanz vom Sommer lag, fühlte ihren straffen geschmeidigen Körper neben seinem. Und begann zu spielen. Es war, als würde er die Töne wie von Zauberhand über die Tasten streuen. Er spürte, dass seine Musik sie gefangen nahm.

»Was war das?«, fragte sie, als er geendet hatte. »Es war wundervoll.«

»Ein Jazz-Standard aus dem Jahr 1944«, sagte er. »*Round Midnight* von Thelonious Monk. Menschlich schwierig, aber ein Gott am Klavier. Welche Götter sind schon einfach?«

»Ich habe keine Ahnung von Jazz.«

»Man kann etwas schön finden auch ohne Vorkenntnisse. Stellen Sie sich vor …«, er begann wieder zu spielen, »Sie hören diesen Song an einem kalten regnerischen Abend. Der Rotwein atmet. Das Kaminfeuer knistert. Es gibt nichts Vergleichbares.« Er lächelte sie an.

»Wollten Sie mich nicht von *sich* überzeugen?«

»Habe ich das nicht schon?«

»Ich suche keinen Gefährten für regnerische Abende vor dem Kamin, sondern einen Klavierlehrer für meine Kinder.«

Wenn du wüsstest, wie dringend du jemanden suchst, dachte Tobias. Wenn du wüsstest, kleine Frau mit dem durchgedrückten Kreuz und dem stolz vorgereckten Kinn.

Manche Ehefrauen, so hatte Tobias erfahren, trugen diese Aura von Einsamkeit wie eine Wolke um sich herum. Wie den Hauch eines bittersüßen Parfüms. Bei manchen begann es erst, wenn die Kinder aus dem Gröbsten raus waren. Bei manchen schon nach der Hochzeit, die in vielen Fällen nichts anderes war als das Vorspiel zum Betrug.

»Kinder sind wie leere Tafeln, die es zu beschriften gilt«, sagte er. »Es geht nicht nur um Fahrradfahren und Ballspielen, um Angeln und Arschbomben vom Dreimeterturm im Freibad. Kinder brauchen Liebe. Aber sie brauchen auch jemanden, der sie anleitet. Der diese kleinen Wesen durch eine viel größere Macht steuert, als sie sie jemals begreifen werden.«

»Und welche Macht sollte das sein?«

»Das Leben«, sagte er mit einem Anflug von Erstaunen, dass sie nicht von selbst darauf gekommen war. »Das Leben mit all seinen hellen und dunklen Momenten.«

»Das klingt sehr düster«, sagte sie.

»Es ist der pure Realismus.«

»Und natürlich hilft uns nur die Kunst da durch«, sagte sie und schaute ihn herausfordernd an.

»Zumindest zeigt sie neue Möglichkeiten auf. Manchmal eine andere Welt.«

»Die Sie kennengelernt haben auf Ihren Reisen als Konzertpianist?«

Er lachte, wirkte jungenhaft und bescheiden, so als sei ihm der Erfolg peinlich.

»Von wem haben Sie denn das?«

Als ob er das nicht wüsste. Als ob die Dicke nicht mit ihrer Bekanntschaft zu ihm geprahlt hätte.

»Ich habe da so meine Quellen.«

»Glauben Sie Ihrer Quelle kein Wort. Manche Menschen streicheln mit solchen Geschichten nur ihr eigenes Ego. Man muss da vorsichtig sein.«

Er blickte aus dem Fenster, irgendwohin in die Ferne, als erinnere er sich an einen tiefen Schmerz oder an die Einsamkeit, die die Melodie seines Lebens war. Oder an ein düsteres Geheimnis, von dem sie nichts wissen durfte. Noch nicht. Frauen standen auf so was. Man erfuhr eine Menge, wenn man als Barpianist den Soundtrack zu ihrem Aperol Spritz lieferte. Er hörte auf zu spielen, wandte sich wieder Yvette zu, lächelte sie an und legte seine Fingerspitzen auf ihren Arm. Obwohl eine Lage Popeline zwischen seiner und ihrer Haut lag, hatte die Geste etwas Intimes.

Sie erhob sich von der Klavierbank, strich den Trench glatt, reichte ihm ihre Hand und ließ es zu, dass er sie einige Sekunden lang hielt. Sie verabredeten sich für den nächsten Tag um 17 Uhr. Yvette hatte vorgeschlagen, er möge zum Tee erscheinen, um ihre Kinder kennenzulernen. Von der gegenseitigen Sympathie würde sie es abhängig machen, ob er den Job als Klavierlehrer der Familie bekomme.

»Einverstanden«, sagte Tobias. »Ich werde pünktlich sein. Und vielleicht auch Herrn Winkler kennenlernen?«

»Nein«, sagte Yvette mit Bestimmtheit. »Um diese Zeit ist mein Mann nie zu Hause. Ist das wichtig für Sie?«

»Natürlich nicht«, beeilte er sich zu sagen. »Nur die Frau des Hauses ist von Bedeutung, nicht wahr?«

»Wenn es der Herr des Hauses ist, der Sie bezahlt, dann wohl nicht«, erwiderte sie kühl.

Schon wieder so eine unverschämte Bemerkung, dachte er. Du wirst dich noch wundern!

»Selbstverständlich«, sagte er mit einem fast devoten Unterton, in dem ein Hauch von Sarkasmus mitschwang. Er begleitete sie zur Tür. Er wusste, was sich gehörte. Er war ein Mann von Anstand und Etikette. Er hatte Lebensart und Stil. Er kannte sich aus mit Wein und Musik, wusste, wie man Erwartungen weckte und sie erfüllte. Erneut gab sie ihm die Hand. Er ergriff sie und zog sie an seine Lippen.

»Auf bald!«, sagte er.

»Bis morgen«, sagte sie und lachte ihm keck ins Gesicht. »Ein Bogart-Hut wäre für Ihren Auftritt heute nicht schlecht gewesen.« Sie wirkte erfrischend wie ein Mädchen. Und wieder ziemlich frech. Ihr warmer Atem, der seine Wange streifte, ihre weißen Zähne, die zarten Lippen – all das erregte ihn.

Ich kriege dich!

Nichts anderes schoss ihm durch den Kopf.

Ich kriege dich!

26

24. September

Sie war so bestrebt, locker zu wirken, dass ihre Nackenmuskeln verkrampften. Alles sollte wirken wie sein Klavierspiel: hingestreut von leichter Hand. Der gedeckte Tisch mit dem Teeservice, weiß und clean, die Tassen ohne Henkel. Grüne Matchatee-Kekse und japanische Süßigkeiten, nicht einfach zu bekommen in Hamburg. In den Tönen des heranbrechenden Herbstes eingefärbt. Kleinkunstwerke für den Gaumen. In den Vasen weiße Calla. Sie trug Jeans und Bluse, die Haare streng zurückgekämmt, nur ein Hauch von Make-up.

Die Kinder waren im Motz-Modus. Die beiden Jungs hockten vor der PlayStation, Sophie lackierte sich die Fingernägel lila, Mila, die Jüngste, schmollte.

»Der Kasten kommt aus«, sagte sie zu ihren Söhnen, »der Lack ab« zu Sophie, wobei sie mehrmals in die Hände klatschte, um ihre Aufforderung rhythmisch zu unterstreichen; dann zog sie ihre Jüngste auf den Schoß und küsste ihren Scheitel.

»Was ist los, mein Schatz?«

»Ich will lieber spielen.«

»Unser Besuch bleibt nicht lange. Hast du Mathe gemacht?«, fragte Yvette ihren Ältesten, Max.

In dem Moment klingelte es.

»Ich erwarte erstklassiges Benehmen von euch. Ist das klar?«

»Ich lerne kein Klavier«, sagte Max. »Da kannst du lange warten.«

»Ich auch nicht«, rief Mila und presste sich in einer störrischen Geste ihre Puppe vor den Bauch. »Klavier ist doof.«

»Uncool«, pflichtete ihr David bei.

Nur Sophie schwieg. Froh über die Störung, die sie davor bewahrte, ihren Nagellack entfernen zu müssen.

»Können wir jetzt bitte mal vernünftig sein? Jeder lässt unseren Gast ausreden, hört ihm zu, und Meckern ist tabu.«

Damit ließ Yvette ihre vier Kinder sitzen und ging zur Tür. Sie atmete noch einmal tief durch, straffte den Rücken und öffnete.

Tobias Hansen kam ihr riesig vor, wie er da so stand. Ein bisschen vorgebeugt, um den Größenunterschied nicht ganz so eklatant wirken zu lassen. Schwarze Hose, schwarzes Jackett, schwarze Sporttasche, weißes Hemd. Sie fühlte sich angezogen von diesem Gesicht mit den markanten Zügen, der gerade geformten Nase und dem ausgeprägten Kiefer. Er sah aus wie ein Modell der Kategorie in die Jahre gekommener Herzensbrecher mit maskuliner Ausstrahlung und Weltschmerz in den Augen.

Sie schüttelte seine Hand. »Kommen Sie herein!«

»Entschuldigen Sie die fehlenden Blumen. Aber ich finde, es gibt nichts Peinlicheres, als einer Frau Blumen zu schenken, deren Geschmack man nicht kennt. *Noch* nicht kennt«, sagte er bedeutungsvoll und pfiff durch die Zähne, während er sich in der Wohnhalle umsah, die wie ein sternenförmiger Verkehrsknotenpunkt alle Zimmer im Erdgeschoss um sich herum versammelte.

Die Septembersonne warf einen Goldschimmer auf das dunkle Holz. Verstärkt wurde der Effekt durch das inzwischen restlos erneuerte Bleiglas, teilweise bunt, teilweise durchsichtig, in den Fenstern und Oberlichtern. Der Kamin wirkte so groß, als könne man bequem ein Surfbrett darin verbrennen. Die beiden Chesterfield-Sessel aus braunem Leder, direkt vor dem Kamin, teure Antiquitäten, verströmten den Duft von Herrenabenden, von

Cognac und Zigarren. Bernhard hatte auf den Sesseln bestanden. Sie waren das Einzige bei der Einrichtung, was er nicht seiner Frau überlassen hatte, weshalb sie nicht in Yvettes Wohnkonzept passten und den von ihr so geschätzten Touch von lässiger Eleganz vermissen ließen.

»Jetzt weiß ich, wohin Sie geschmacklich tendieren«, sagte Tobias. »Sie sind auch so eine, die sich in Häuser verliebt.«

Yvette musste lächeln. »Da könnten Sie recht haben. In dieses hier sofort.« Sie deutete auf seine Tasche. »Sie kommen vom Sport?«

»Rückenschule. Nicht sexy, aber unerlässlich. Das viele Sitzen am Klavier …«

Er stellte die Tasche ab, sie betraten den Wohnraum, Yvette schenkte den Tee ein, ihre vier Kinder langweilten sich tapfer und spuckten verstohlen die grünen Kekse in die Servietten.

Yvette warf ihrem Gast ein verlegenes Lächeln zu und sagte: »Wenn der Gaumen erstmal auf Gummibärchen geeicht ist …«

»Immerhin ein mutiger Versuch«, sagte er.

Ihr Besucher blickte sich um, betrachtete die Bildbände auf dem Couchtisch, das Samtsofa in Dunkelgrün, die dazu passenden Sessel, die raumgreifenden Bilder, die cremefarbenen Kaschmirdecken und nickte anerkennend mit dem Kopf. »Schön haben Sie's!«

Nachdem er seinen Tee getrunken hatte, sagte Tobias zu den Kindern: »Ich möchte für euch etwas auf dem Klavier spielen. Mag sein, dass es etwas zu anspruchsvoll für den Anfang ist, aber vielleicht könnt ihr darin schon die Schönheit der Musik erkennen.« Er drehte sich um zu Yvette. »Ich würde dazu gerne die Räume hier unten verdunkeln.«

»Warum denn das?«

»Es macht das Erlebnis intensiver. Wir werden die Vorhänge zuziehen«, erklärte er, »und wer hat, setzt sich zusätzlich noch eine Sonnenbrille auf. Je dunkler, desto besser.«

»Ist das wirklich nötig?«, fragte Yvette.

Aber da hatten sich ihre Kinder schon für den Plan begeistert.

Bis auf Mila. »Ich will nicht! Ich will in mein Zimmer!«

»Ich weiß nicht«, sagte Yvette zu Tobias. »Halten Sie das wirklich für eine gute Idee?«

»Krass«, sagte Max.

Yvette schüttelte ungehalten den Kopf. »Mein Lieblingswort.«

»Die Jugend und die Einhaltung sprachlicher Minimalstandards«, sagte Tobias und lachte.

»Dann gehst du jetzt nach oben spielen und kommst nachher wieder runter«, sagte Yvette zu ihrer Jüngsten.

Die lief aus dem Zimmer und vergaß in der Aufregung sogar ihre Lieblingspuppe Lotti.

»Sie ist erst sechs«, entschuldigte sie sich bei Tobias.

Die anderen drei Kinder rannten los, um die Vorhänge zuzuziehen, und David, der Achtjährige, brachte zwei Sonnenbrillen für Sophie und Yvette und zwei Schwimmbrillen für sich und seinen Bruder, die sie zusätzlich mit braunem Paketband festklebten und verdunkelten.

»Man kann's auch übertreiben«, sagte Yvette zu den Jungs.

»Was die Dunkelheit erfährt«, sagte Tobias, »wird das Licht nie sehen«.

»Klingt sehr mystisch«, murmelte Yvette.

»Ein persisches Sprichwort«, erklärte er.

»Ich spiele für euch Beethovens *Mondscheinsonate*, ein romantisches Werk. Franz Liszt, einer der größten Klavierkünstler aller Zeiten, hat seinen Schülern verboten, es zu spielen, weil er Angst hatte, sie könnten dessen Perfektion zerstören und Beethoven nicht gerecht werden.«

Er ging zum Klavier im Wohnzimmer, das in der Ecke links vor den Sprossenfenstertüren zur Terrasse stand, nahm Platz auf dem Schemel und begann zu spielen.

Sie mussten ein merkwürdiges Bild abgeben, dachte Yvette, wie sie da vor ihm saßen bei zugezogenen Vorhängen, sie mit ihrer zwölfjährigen Tochter Sophie im Arm auf der Couch, beide mit einer schwarzen Sonnenbrille auf der Nase, und auf die Sessel verteilt ihre Söhne mit den abgeklebten Schwimmbrillen. Aber instinktiv hatte Tobias begriffen, dass er ihre Kinder mit einer kleinen musikalischen Abenteuerreise packen konnte. Er redete nicht viel, er theoretisierte nicht, er machte. Und so breitete sich ein weich gewebter Klangteppich in ihrem Wohnzimmer aus, voller Schönheit, Leidenschaft, Schmerz und Melancholie. Sie musste ihrem Gast recht geben: Die Finsternis machte jeden Ton umso ergreifender.

Als er geendet hatte, sagte Tobias hinein in das diffuse Dunkel: »Als Beethoven das Stück im Jahr 1801 komponiert hat, hatte er schon mit zunehmender Taubheit zu kämpfen. Könnt ihr euch das vorstellen? Ein Mensch, dessen Lebensinhalt die Musik ist, kann sie irgendwann nicht mehr hören.«

Ja, er hatte es drauf, fand Yvette, während sie die Sonnenbrille absetzte und die Vorhänge aufzog. Die Kinder schienen ihn zu mögen, er hatte gute Ideen, ein bisschen ungewöhnlich zwar, aber spannend, und so beschlossen sie, dass er jedes ihrer Kinder zweimal die Woche für jeweils dreißig Minuten unterrichten würde. Dreißig Euro nahm er dafür, pro Kind, pro halbe Stunde.

Nur hatte sie nicht mit ihrer Jüngsten Mila gerechnet, die plötzlich ins Wohnzimmer gestürmt kam, Tobias einen düsteren Blick zuwarf und ihm die Zunge herausstreckte. »Bäh!«

Mila schnappte sich ihre Puppe und rannte mit ihr hinaus.

Ihr Bruder David lachte, zog eine Grimasse und sagte zu Tobias: »Die mag Sie nicht.«

Yvette wusste einen Moment lang nicht, wie sie sich verhalten sollte, und machte dann das, was sie am besten konnte. Beschwichtigen. Die Situation herunterspielen. Gute Laune verbreiten. Auf der Harmonie-Tastatur klimpern. Mit einem gut durchfeuchteten Waschlappen vorsichtig das Salz aus der Wunde wischen.

»Ach, so ein Blödsinn! Das wird schon. Mila hat nur gerade ihre trotzigen fünf Minuten. Herr Hansen ist selbst Vater. Das versteht er, nicht wahr?«, wandte sie sich mit einem strahlenden Lächeln an ihn.

»Störrische Kinder sind meine Spezialität«, sagte er, und viel später sollte sich Yvette fragen, ob dieser Satz wirklich so harmlos gemeint gewesen war, wie er geklungen hatte.

27

24. September

Gerda Hoff stand neben Oksana vor der Küchenanrichte, gestützt auf ihren schwarzen Spazierstock mit Silbergriff, und hörte mit an, wie ihre russische Haushaltshilfe für sie das Abendbrot richtete. Gerade kratzte sie mit der Messerspitze Streichwurstreste aus dem Glas. Oksana war sparsam, das wusste Gerda zu schätzen. Aber manchmal konnte man es auch übertreiben.

»Was hast du genau gesehen?«

»Ein dunkles Auto vor der Tür.«

»Welche Farbe?«

»Ist das so wichtig?«

»Alles ist wichtig.«

»Schwarz.«

»Welche Marke?«

»Ich kenne mich nicht aus. Es war ein großer Wagen. Gouda?«

Gerda reagierte nicht.

»Käse auf das andere Brot?«, drängte Oksana gereizt.

»Von mir aus«, schnaufte Gerda und schüttelte ungeduldig den Kopf. Heute löste schon die Erwähnung des Abendessens in ihr Aggressionen aus.

»Und danach hast du beobachtet, wie ein Mann am helllichten Tag im ganzen Erdgeschoss die Vorhänge zugezogen hat?«

»Das habe ich jetzt schon tausendmal gesagt. Hätte ich Ihnen das bloß nicht erzählt! Ist das hier ein Verhör? An Ihnen ist eine Polizistin verloren gegangen.«

»Könntest du nicht mal rübergehen und dich erkundigen, ob alles in Ordnung ist?«

Da war es wieder, das Gefühl der Angst, die seit kurzem zurückgekehrt zu sein schien, die nebenan umherging, die wie schlechter Essensgeruch unter der Haustür durchgesickert kam bis hinüber zu ihr, die sich durch die Ritzen schlich und nachts auch in ihre Räume und Träume drang. Etwas war ganz und gar nicht in Ordnung. Es war nicht mehr als eine böse Vorahnung, aber Gerda Hoff spürte sie wie ein Pochen bis in ihre Eingeweide.

Noch während die tiefstehende Septembersonne Lichtblitze über die Dächer und Gärten und das Wasser der Elbe geschickt hatte, waren im Nebenhaus also die Fenster verdunkelt worden. Auch wenn Gerda sie nicht mehr sehen konnte, sie spürte nach Tagen des Nieselregens, der sich wie ein grauer Schleier auf die Wachsjacken der Hamburger, auf die Landschaft und ihre Laune gelegt hatte, die wohltuende Kraft der Sonne auf ihrer Haut. Aber anstatt sie zu genießen, wurde sie nebenan ausgesperrt: ein Familienleben im Dunkeln, Stofftiere und Puppen, Tische mit Kekstellern und Milchgläsern und Müslischalen, Jeansjacken und rosa Mädchenturnschuhe, Bälle und Baseballkappen – getaucht in Finsternis. Was hatte das zu bedeuten?

»Ich soll fragen, warum nachmittags die Vorhänge zu sind? Geht's noch? Ich mache mich doch nicht lächerlich! Ich habe weiß Gott genug zu tun! Warum klebt's hier schon wieder?«

Warum war Oksana so respektlos? So ohne Achtung vor dem Alter? Gerda Hoff presste die Kiefer fest aufeinander und blinzelte eine Träne weg. Durch ihre Blindheit war sie so verletzbar geworden. Ein tief in ihr sitzendes Ohnmachtsgefühl drängte an die Oberfläche. Sie hätte gern gebrüllt vor Wut. Stattdessen strich sie sich mit zitternden Fingern eine Strähne ihres weißen Kükenflaumhaares aus der Stirn. Auch wenn sie sich nicht mehr in Spiegel sehen konnte, wusste sie um die kahlen Stellen, durch die die Kopfhaut blitzte. Das Alter kannte keine Gnade, dachte Gerda.

»Vielleicht hat sie ihren Liebhaber da, okay? Ihr Typ ist ja oft genug weg. Sex am Nachmittag ist ein guter Grund, die Vorhänge zuzuziehen.«

Gerda starrte zuerst schweigend ins Leere, bevor sie sagte: »Ich bitte dich! Sie hat vier Kinder. Sie wird sich zu beherrschen wissen.«

»Die Kinder sind immer auf Achse. Da hat sie Zeit zur Genüge. Kaum kommt ihr Kerl, sperrt sie Sonne und Skrupel aus. Bei denen läuft auch nicht alles rund, glauben Sie mir.« Oksana lachte, ein heiseres Lachen, krächzend wie von einem alten Mann, aus tiefster Raucherkehle kommend.

Gerda war durch ihr fehlendes Sehvermögen so gut wie jeder Selbstbestimmung beraubt, man konnte versuchen, sie zu zwingen, die ungeliebten Schnittchen zu essen, aber sie ließ sich noch lange nicht die Butter vom Brot nehmen.

»Dass nicht alles gut ist, bedeutet noch lange nicht, dass jemand etwas Schlechtes tut. Geh doch bitte einfach mal rüber und frage nach Salz. Erfinde irgendeinen Vorwand. Herrgott, mach etwas!«

»Das werde ich garantiert nicht tun«, sagte Oksana. »Und Sie müssen jetzt was essen.«

»Das werde ich garantiert nicht tun«, wiederholte Gerda Hoff Oksanas Worte. Auch sie konnte dickköpfig sein, wenn's drauf ankam. Als Oksana gegangen war und Gerda in ihrem Sessel im Wohnzimmer saß, rührte sie so gedankenversunken in der Tasse Tee auf dem Tischchen neben ihr, bis das leise Klirren der Kandiskiesel gegen den Porzellanrand verstummt war. Manchmal stieß sie ein Stöhnen aus, weil sie nicht wusste, was sie in ihrer Hilflosigkeit tun sollte.

Der einzige Grund zu klammheimlicher Freude war der, dass

am nächsten Morgen, wenn Oksana ihren Dienst antrat, die Graubrotscheiben noch immer auf dem Teller liegen würden, der Käse hart wie gelbe Pappe.

28

24. September

Nachdem Yvette den Abendbrottisch in der Küche gedeckt hatte, schenkte sie sich einen Weißwein ein, trank einen Schluck, öffnete die Terrassentür und trat mit dem Glas in der Hand hinaus, um frische Luft zu schnappen, bevor es gleich wieder laut und turbulent beim Essen zugehen würde. Sie brauchte diese fünf Minuten für sich. Sie merkte inzwischen selbst, wie wenig sie auf diesen Entspannungsschluck, dieses »Gläschen«, mit dem sie es sich am frühen Abend gemütlich machte, verzichten konnte. Es war eine verdiente Belohnung für die ganze Choreographie an Aufgaben und Belastungen und Wunscherfüllungen, die sie im Laufe eines Tages zu absolvieren hatte. Und eine Beruhigung für ihre gepeinigten Nerven, die ihr manchmal vorkamen wie ein kreischender Vogel. Im Geiste versuchte sie, sich noch einmal auf die Musik zu konzentrieren, die sie eben gehört hatte, während sie ihr Gesicht von der Abendluft streicheln ließ.

Trotz des Nieselregens am Vortag war es erstaunlich mild für Ende September. Noch immer war die Wärme des Tages spürbar, auch wenn sich um kurz nach sieben bereits das düstere Tuch der anbrechenden Nacht über die Stadt legte. Der Himmel hatte das Farbgemisch eines Hämatoms, das sich weiter unheilvoll verdunkeln würde. Die Bäume und Büsche schienen keine klare Silhouette mehr zu haben, sondern waren verschmolzen zu einer grauen Schattenherde. Kein Lüftchen regte sich, noch nicht einmal die von den Kindern gebastelten Windspiele aus im Urlaub gesammelten Muscheln auf der Terrasse klimperten. Und doch schwang die Schaukel an dem Klettergerüst aus Holz vor und zurück, wie vom Wind angehaucht. Auf dem roten Kunststoffsitz saß Milas Puppe Lotti. Einen unheimlichen Moment lang kam es Yvette so vor, als würde sie sich selbst Schwung geben.

Als sie näherkam, um die Puppe an sich zu nehmen, vernahm sie das Hämmern ihres Herzens und ihren eigenen Atem, der ihrem Schrecken Gehör verschaffte.

In Lottis Gesicht fehlten die Augen.

Geräusche schienen zu ihr herüber zu schweben. Ein Rascheln war zu hören. Ein Knacken in den Zweigen. Yvette spitzte die Ohren. Es musste jemand im Garten sein. Vermutlich nur ein Tier, dachte Yvette. Hörte man nicht immer wieder von vermehrten Besuchen nachtaktiver Tiere in den Großstädten? Igel, Dachse, Marder, manchmal sogar Füchse. Und sie wohnten hier draußen fast ländlich. Viel Grün und das Wasser ganz in der Nähe. Da blieb das nicht aus. Sie betrachtete das Haus in seiner ganzen abendlich erleuchteten Pracht. Imposant sah es aus. Heimelig und einladend. Doch einen Moment lang war ihr, als blicke es verächtlich zu ihr zurück.

Der dumpfe Schrei einer Eule durchbrach die Stille. Sie schaute sich auf dem Rückweg zum Haus noch einmal um. Drehte sie jetzt durch, weil die Alte von nebenan vor einiger Zeit so merkwürdige Andeutungen gemacht hatte? Mutierte sie plötzlich zum furchtsamen Frauchen, das hinter jedem Schatten ein Monster witterte, nur weil das Haus groß und sie mit ihren Kindern allein war? Sie hoffte, dass ihr Mann heute endlich einmal zeitiger heimkäme. Sie betrat mit der ruinierten Puppe im Arm das Haus. Vor Panik klang ihre Stimme wie Blech, als sie Mila zu sich rief und versuchte, so ruhig wie möglich zu bleiben.

»Schau mal, die arme Lotti ist verletzt. Warst du das?«

Mila klammerte sich an ihre Mutter und wimmerte, die tränennassen Augen weit aufgerissen vor Kummer und Elend. »Das war ich nicht! Ich tue doch Lotti nicht weh.«

»Das glaube ich dir, mein Schatz.«

»Hast du sie auf die Schaukel gelegt?«

Mila nickte. »Ich war böse auf Lotti, weil sie nicht mit mir in mein Zimmer gegangen ist.«

Kinderlogik, dachte Yvette und schüttelte den Kopf.

»*Du* hast sie im Wohnzimmer liegen gelassen. Dafür kann doch Lotti nichts.«

»Aber sie hat gesagt, dass sie den Mann nett findet.«

Mila zupfte an der Bluse ihrer Mutter. Sie hörte nicht auf zu weinen. »Lotti soll wieder sehen können.«

»Wir bringen sie zum Puppendoktor«, sagte Yvette.

»In ein Puppenkrankenhaus?«

»Genau dahin.«

»Und sie wird wieder ganz gesund?«

»Hundertprozentig. Das verspreche ich dir.«

»Mama, wer hat das mit ihren Augen gemacht?«

»Das muss ein Vogel gewesen sein. Der wollte sie rauspicken, weil sie so verlockend gefunkelt haben. Vielleicht eine Elster. Elstern lieben alles, was glänzt und glitzert, weißt du. Aber das ist ihr nicht gelungen.« Sie klapperte mit der Puppe. »Hörst du? Da sind sie noch.«

Die Glasaugen schlugen klackernd wie bei einem unsichtbaren Boule-Spiel gegen den Hinterkopf.

»Ich hasse Vögel«, schniefte Mila.

»Endlich kommt auch mal mein geliebter Mann heim«, sagte Yvette ein paar Stunden später gegen zehn Uhr abends, als Bernhard aufkreuzte. Vielleicht hatte sie das eine oder andere Glas zu viel getrunken. Die Kinder waren nach dem Besuch von Tobias aufgedreht und kaum zu bändigen gewesen. Die Sache mit Milas Puppe lag ihr im Magen. Auch die Tatsache, dass sie so oft allein war, dass es bereits so schnell Nacht wurde, so bald schon wieder Winter und Weihnachten. Alles nicht mehr lang hin und doch weit entfernt von der Werbespot-Idylle, die sie im Kopf gehabt hatte. Das große Haus würde schwer zu heizen sein, der Wind um die Mauern heulen. Die Nasen der Kinder würden laufen. Ihre Bronchien erzittern vom bellenden Husten, der an das Blöken von Schafen erinnerte. Sie dachte mit Schrecken an diese Jahreszeit. Hatte sie sich nicht genau das gewünscht? Herbstlaub, das ihnen im Garten um die Ohren flog? Kuschelige Dezemberabende im eigenen Heim, während die Schneedecke dichter und dichter wurde? *Diesem* Heim? Erfüllte Wünsche, so dachte Yvette, waren manchmal nichts anderes als Hoffnungen, die man gleich hätte erschlagen sollen.

Kopf ab! Begraben!

Hatte es Bernhard nicht neulich ähnlich formuliert?

»Hast du meinen dunkelblauen Anzug heute aus der Reinigung geholt?«

Sie schüttelte geistesabwesend den Kopf.

»Kriege ich noch was zu essen?«

»Im Kühlschrank ist Lasagne.«

»Machst du sie mir warm, Liebling, und schenkst mir auch ein Glas Wein ein?«, bat er. »Du scheinst schon reichlich gehabt zu haben.«

»Ich bin erwachsen.«

Ihre Gereiztheit war nicht zu überhören. Ihre Bewegungen waren fahrig. Ihre Nerven hingen in Fetzen.

Aber natürlich tat sie wie geheißen. Und setzte sich mit einem Glas Wasser zu ihrem Mann, während er aß.

»Ich habe heute einen Klavierlehrer für die Kinder engagiert.«

Er ließ einen Pfefferregen aus der Mühle über seine Lasagne rieseln. »Muss das sein? Wird eine Stange Geld kosten.«

»Wofür haben wir das Klavier sonst angeschafft? Es ist wichtig, die Kinder zu beschäftigen. Du hast weniger Zeit für sie als vorher«, sagte sie und nippte am Wasser. »Und für mich auch.«

»Herrgott, wie oft soll ich es dir denn noch sagen? Ich baue momentan eine Firma auf. Da kann ich nicht nur stundenweise ins Büro schneien und den Grüßaugust spielen. Ich muss Präsenz zeigen, damit ich das Geld verdiene, das meine anspruchsvolle Familie zum Leben braucht.« Er legte das Besteck geräuschvoll auf den Teller. »Zum Beispiel für Klavierunterricht. Womit wir wieder beim Thema wären. Wie heißt er eigentlich?«

Mit den Zeigefingern massierte sie in kreisenden Bewegungen ihre Schläfen. »Wer?«

»Na, wer wohl? Der Klavierlehrer.«

»Tobias Hansen. Warum?«

»Mich interessiert nun mal, welcher Mensch ab jetzt mehrmals die Woche in unser Haus kommen wird.«

»Was sagt schon ein Name?«, erwiderte Yvette und trank einen großen Schluck Wasser. »Aber glaube mir, er macht einen phantastischen Eindruck. Nur Mila war etwas zurückhaltend. Aber wenn drei von vier Kindern ihn mögen, ist das ein guter Schnitt, findest du nicht?«

Er stand auf, kam um den Küchentisch herum und küsste sie auf den Nacken. »Und die Mama auch.«

»Wer sagt dir, dass ich ihn mag?«

»Weil es sonst fahrlässig wäre, ihn in unser Haus zu holen.«

Sie wandte ihm abrupt ihr Gesicht zu. »Liebst du mich?«

»Natürlich liebe ich dich.«

»Du sagst das so, als würdest du mich nur lieben, weil ich deine Frau bin.«

»Nur weil ich dich liebe, bist du meine Frau geworden.« Er berührte mit seinen Lippen ihre Wange. »Das wird noch ein hartes Vierteljahr für mich, aber an deinem Geburtstag fahren wir für ein Wochenende ins Adlon nach Berlin, versprochen.«

Er ging aus der Küche und drehte sich an der Tür zu ihr um. »Nur wir zwei. Und wir tun viele schöne, versaute Dinge mit Blick aufs Brandenburger Tor. Meine Mutter könnte kommen und auf die Kinder aufpassen.«

»Ach, lass man!«, sagte sie und bemühte sich um einen unbeschwerten Tonfall. »Mir fällt schon was ein. Unsere neue Perle Consuelo ist bis dahin vermutlich voll in diesen Haushalt integriert und kommt jetzt schon bestens mit den Kindern klar.«

»Und wenn die Kinder schlafen, vergnügt sie sich beim *Flohwalzer* mit dem Klavierlehrer«, sagte Bernhard, und fast hätte Yvette bei dieser absurden Vorstellung losgeprustet. »Ich hoffe, dass er mehr draufhat. In jeder Hinsicht«.

29

19. Oktober

Nach dem kurzen Aufstieg in den ersten Stock war sie außer Atem. Ihre körperliche Verfassung war wirklich nicht die beste, dachte Consuelo. Dazu der schwere Korb, in dem sie ihre Wochenendeinkäufe gelagert hatte und aus dem eine Tiefkühltorte und ein großes Stück Gouda in Plastikfolie ragten, von dem sie sich Käsechips im Backofen rösten würde. Ihr Haar trug sie heute offen. Es hing über ihren Rücken wie eine blauschwarze Gardine.

Nur ungern stürzte sie sich ins Einkaufsgetümmel am Samstagnachmittag, nachdem sie von einer ihrer anderen Putzstellen kam. Sie atmete auf, als die Wohnungstür hinter ihr ins Schloss fiel. Es war ganz still. Das hier war ihr Zuhause. Dekosand, Dekosteinchen, Dekomuscheln, Dekoblümchen auf Dekodeckchen. Der Ort, an den sie sich zurückziehen konnte. Ihr Stück vom Kuchen an Geborgenheit, die Zuckerglasur, die ihr das Alleinsein ein wenig versüßte.

Auf der Fensterbank künstliche Orchideen und Porzellanrosen in Bonbonfarben, Engelbüsten und eine Armada von mindestens hundert Puppen allein im Wohnzimmer. Sie saßen zwischen den Kunstblumen auf dem Fensterbrett, thronten auf den Häkeldecken auf dem Sofa, schmiegten sich eng aneinander im Glasschrank, der einen Großteil der Längsseite des Zimmers einnahm. Sie waren adrett und gepflegt. Keine Schramme auf ihren Porzellangesichtern, kein Fleck auf ihren Kleidern, kein durch ungeschickte Kinderhände herausgedrehtes Ärmchen oder Beinchen, keine Köpfchen mit leeren Augenhöhlen.

Im Schlafzimmer waren es noch einmal so viele. Sie hockten auf dem Bett, hoch oben auf dem altmodischen dreitürigen Kleiderschrank mit dem ovalen Spiegel in der Mitte, lagen dicht aneinandergedrängt in einem Stubenwagen. Im dritten Raum der Wohnung, Consuelos ehemaligem Kinderzimmer, lagerten die noch immer nicht in die Altkleidersammlung gewanderten Sachen ihrer toten Mutter. Sie verbreiteten den Geruch eines billigen Parfüms, von Mottenpulver, Bratfett und Achselschweiß.

Consuelo schob gerade die Schwarzwälder Kirsch in der Küche zum Auftauen auf eine Glasplatte, als es an der Wohnungstür läutete.

Wahrscheinlich der Briefträger, dachte sie. Obwohl sie selten Post bekam. Allenfalls Rechnungen, Kataloge oder Werbung von Möbelhäusern und Lotteriegesellschaften.

Sie öffnete.

»Sie?«, sagte Consuelo, denn ihr fiel nichts anderes ein.

Sie holte einmal tief Luft und bemühte sich, das Zittern ihrer Hände zu unterdrücken, das sie bei seinem Anblick befallen hatte.

»Darf ich reinkommen?«

»Entschuldigung!«, stammelte sie. Schon das Schlucken war eine Herausforderung, das Sprechen erst recht. Sie öffnete die Tür, damit er eintreten konnte.

Sie fühlte sich verloren in seiner Gegenwart. Er wirkte so riesig, dass er den ohnehin lichtarmen Flur noch verdunkelte. Ihr Herz schlug einen Trommelwirbel. Ihr Hirn war aus Watte. Sie hatte ihn seit ihrer ersten Begegnung im Drogeriemarkt und der zweiten auf der Empore der Kirche mehrfach im Haus der Winklers gesehen, wenn er zweimal die Woche nachmittags zum Klavierunterricht für die Kinder kam. Er hatte ihr in etwa so viel Beachtung geschenkt wie einem Regenwurm im Garten. Sie aber hatte dafür gelebt, ihn in ihrer Nähe zu wissen. Hatte unter meist fadenscheinigen Begründungen eine Arbeit vorgeschoben, die unbedingt noch zu erledigen sei, bevor sie das Haus verlassen konnte, obwohl sie längst Feierabend hatte.

Manchmal hatte Consuelo in der Nähe der Tür gestanden, wenn er spielte. Das unbeholfene Anfänger-Geklimper der Kinder war manchmal schwer zu ertragen gewesen, aber sobald er sich ans Klavier setzte, verschwand das ganze Haus wie unter einem wolkenweichen Plumeau.

Erging es Yvette genau wie ihr, wenn sie seinem Spiel lauschte? War auch ihr Herz mit Liebe aufgeblasen wie ein roter Luftballon? Das hatte sich Consuelo schon mehrmals gefragt. Da war jedes Mal dieser roséfarbene Hauch auf Yvettes Wangen, ein fiebriger Glanz in ihren Augen, ein träumerischer Zug um ihren Mund. Entwickelte sie sich zu einer Konkurrentin um seine Liebe? Dann war sie chancenlos. Das war Consuelo klar.

Consuelo ging voran ins Wohnzimmer und blickte sich in dem Raum um, als würde sie ihn mit seinen Augen sehen. Pink und Plüsch und Putten. All die Puppen mit ihren Rüschenkragen und toten blauen Augen und marzipanrosa Lippen. Diese ganze Ansammlung von Einsamkeit. Sie kaute an ihrem Zahnfleisch und tat so, als müsse sie unbedingt die Sofakissen richten, die mehr als akkurat waren, während sie versuchte, ihre Fassung wiederzuerlangen.

»Kann ich Ihnen etwas anbieten?«

»Nein, danke.«

»Ich habe Torte da, aber leider ist sie noch nicht aufgetaut. Wenn ich gewusst hätte, dass ich Besuch bekomme …«

»Darf ich Platz nehmen?«

»Wie unaufmerksam von mir. Natürlich.« Sie räumte hastig ein paar Puppen auf der Couch beiseite. Er nahm im Hinsetzen einen Puppenjungen mit roten Apfelbäckchen hoch, der einen Seitenscheitel im blonden Haar und einen Pullunder über dem hochgeschlossenen weißen Hemdkragen trug. Sie hatte ihn Fredi getauft.

»Ist das der Hahn im Korb?«, fragte er.

Es amüsierte ihn offensichtlich. Er schien Spaß an ihrer Verlegenheit zu haben.

Sie deutete auf einen kleinen Matrosen mit Ringelshirt und Strickmütze. »Fredi hat männliche Verstärkung. Das ist Lasse. Es sind besondere Puppen, die man nur anschauen darf«, sagte sie hastig, damit es mehr wie Kunst wirkte und weniger wie Kirmesbudenidylle.

»Ich hatte nicht vor, mit ihnen zu spielen«, sagte er und setzte die Puppe ab.

Der Hauch von Sarkasmus in seiner Stimme sandte einen kalten Schauer über ihren Rücken.

»Und das ist die Klassenbeste?«, sagte er und nahm eine weitere Puppe zur Hand. »Sieht aus wie eine Streberin.«

Sie hatte pechschwarze Locken, trug eine Nickelbrille, ein Trägerkleid über einer Rüschenbluse und um den Kragen eine Schleife aus rotem Samt. In der Hand hielt sie einen Bücherstapel, der mit einem Ledergürtel zusammengebunden war.

»Sie heißt Emilia«, sagte Consuelo, in ihrer Stimme eine Mischung aus Besitzerstolz und Trotz, mit dem sie seinem belustigten Blick begegnete. In Consuelos Augen war Emilia nichts anderes als ein Mädchen ohne Zuhause, das bei ihr ein Heim gefunden hatte und darum bettelte, geliebt zu werden.

Verunsicherung sprach aus ihrem Blick. Sie wischte ihre schweißnassen Hände an ihrem Leinenrock ab, der sich anfühlte wie Sandpapier. Plötzlich schämte sie sich entsetzlich für dieses verkitschte Universum, in dem sie lebte.

Für ihr verkorkstes Leben.

»Woher wissen Sie, wo ich wohne, Herr Hansen?«, erkundigte sie sich.

»Ihre Kontaktdaten hängen bei Familie Winkler am Kühlschrank.«

»Ach ja. Frau Winkler wollte sie in ihr Handy eintragen«, sagte sie mit einem gezwungenen Lächeln. »Was führt Sie zu mir?«

Sie war nicht so naiv, sich einzubilden, dass er Sehnsucht nach ihren dunkelbraunen Augen gehabt hatte.

»Wonach riecht es hier?«

»Weichspüler mit Maiglöckchenduft«, sagte sie. »Ich mag das.«

»Benutzen Sie das Zeug als Raumspray?«

Er lächelte, also lächelte sie auch. Hölzern. Was blieb ihr übrig?

»Wie Sie sicherlich wissen, reisen Herr und Frau Winkler kommendes Wochenende nach Berlin.«

»Selbstverständlich. Schließlich soll ich auf die Kinder aufpassen.«

»Sehen Sie! Genau das werden Sie *nicht* tun!«

Sie ließ sich in den Sessel mit den Tatzenfüßen fallen und wischte sich mit dem Handrücken über die Nase. »Das verstehe ich jetzt nicht.«

»Sie werden sich kurz nach der Abreise der Winklers krankmelden, und ich bin so großherzig, als Babysitter einzuspringen.«

»Wie bitte?« Sie machte mehrmals den Mund auf und zu und rang nach Luft. »Warum?«

»Das tut nichts zur Sache. Überlegen Sie sich irgendwas. Magen-Darm-Infekt oder hohes Fieber. Ihnen wird schon was einfallen. Am besten etwas Ansteckendes, das Eltern in Panik versetzt.«

Sie wurde stocksteif vor Anspannung und verschluckte sich an ihrer eigenen Spucke, so dass sie husten musste.

»Wasser?«

Sie schüttelte den Kopf. Mit einem Mal fand sie ihn nur noch schrecklich. Aus dem roten Herzballon entwich zischend die Luft.

Etwas in der Ecke zwischen Fenster und Schrank schien seine Aufmerksamkeit zu fesseln. Er ging darauf zu. Es war ein großer rechteckiger Kasten, zugedeckt mit einer Tischdecke. Es hätte ein Vogelkäfig sein können, ein Zuhause für mehrere Wellensittiche. War es aber nicht. Es war ein Heim für etwas ganz anderes.

»Oh, nein«, stöhnte sie. »Bitte nicht!«

Auf zittrigen Beinen erhob sie sich aus dem Sessel und folgte ihm. Bis in die Schläfen konnte sie ihren Puls spüren. Sie legte eine Hand auf ihre Brust. Vielleicht würde das ihr Herz daran hindern, gleich in zwei Teile zu zerspringen.

Er riss die Decke weg.

»Sieh an!«

In der Ecke stand ein Puppenhaus. Das war eigentlich nicht weiter verwunderlich. Warum sollte eine fanatische Puppensammlerin wie Consuelo nicht ein Puppenheim besitzen? Das Erstaunliche war: Es war das Haus der Winklers im Kleinformat. Das Erdgeschoss und die zwei Etagen darüber, die Holzfußböden, die Kronleuchter, die Möbel, der Kamin in der Diele, sogar ein schwarzes Klavier im Wohnzimmer. Auch die Vorhänge, die Kissenbezüge, die Tagesdecke auf dem Ehebett waren en miniature identisch mit denen der Winklers. Consuelo hatte sie angefertigt aus den Stoffresten des Dekorateurs.

Tobias verschränkte die Arme vor der Brust. Er machte den Eindruck eines Mannes, der ganz mit sich im Reinen war, weil er wusste, dass er ins Schwarze getroffen hatte.

Peng!

Volltreffer!

Und es kam noch besser für ihn. Es war nicht nur das Haus der Winklers. Es war die Familie Winkler, die darin wohnte. Sechs Personen. Vater. Mutter. Zwei Töchter, zwei Söhne. Es waren nur winzige Püppchen, geformt aus Draht, bekleidet mit Stoffresten, die Gesichter Papierbällchen, nicht viel größer als Mottenkugeln, und doch war Yvette an dem kurzen blonden Haar mit langer Vorderpartie zu erkennen, ihr Mann Bernhard an seiner randlosen Brille, Mila an ihrer Vorliebe für Rosa, ihre ältere Schwester Sophie an den Korkenzieherlocken und die beiden Jungs an ihren Fußballtrikots.

Consuelo holte schluchzend Luft. Zuerst schien ihr Mund vor Scham und Schuld wie zugeklebt, und sie starrte zu Boden. Dann hob sie den Blick, und es brach aus ihr heraus.

»Ich habe die Stoffreste nicht gestohlen.« Sie schlug die Hände vors Gesicht. »Ich wollte nicht, dass man etwas so Hübsches wegwirft.«

Tobias machte eine beschwichtigende Handbewegung. »Mich interessieren nicht die Stofffetzen. Viel spannender ist dieses Stillleben hier.«

Auf seinem Gesicht lag ein Ausdruck heiterer Gelassenheit; seine Lippen hatten sich zu einem leichten Lächeln gekräuselt. Ihr stieg sein Geruch von Zigaretten und Restalkohol in die Nase, der ihr auf einmal Übelkeit verursachte. Kalter Schweiß bedeckte ihre Stirn.

Er deutete auf ein Puppenpaar an dem winzigen Klavier. Ein Püppchen mit langen schwarzen Wollfäden als Haaren, ein bisschen ausgestopft um die Körpermitte herum, in schreiend bunter Kleidung. Es stand hinter einem Mann mit dunklen Haaren, der an den Tasten saß, und hatte die Hände auf seine Schultern gelegt.

Er trat hinter sie. Sein Mund näherte sich ihrem Ohr.

»Sind das Sie und ich? Ist es das, wovon Sie träumen? Sorgen Sie auf diese Weise dafür, dass zusammenkommt, was Ihrer Meinung nach zusammengehört?«

Ihr Herz rutschte in die Magengrube. Sie war wie betäubt. Ein erstickter Schrei quälte sich aus ihrer Kehle. »Nein.«

»Nein?«

Consuelo schluchzte auf, bevor Tränenbäche aus ihren Augen stürzten.

»Ich habe nur ein bisschen gesponnen, ich …«

»So so.« Er labte sich an ihrem Elend.

Ihr war, als würde ihr Schädel in einer Schraubzwinge stecken, der ihr die Augen durch den Druck aus den Höhlen presste.

»Böses Mädchen«, sagte er und grinste, wobei sich seine vollen Lippen zu einem Strich ausdünnten.

Er betrachtete das Bernhard-Püppchen mit der randlosen Brille genauer. Es lag im Puppenheim-Bett des Puppenheim-Schlafzimmers, daneben ein Puppenheim-Nachttisch. Unter dem Miniatur-Bernhard war ein Figürchen mit langen blonden Haaren zu erkennen und einem aufgemalten Muttermal im Papierkugelgesicht. Selbst die Stoffreste, die das Püppchen am Körper trug, waren von einer gewissen Eleganz.

Die Haltung der beiden war eindeutig.

Die dünnen, weit gespreizten Drahtbeine der weiblichen Puppe zuckten in die Höhe, die Füße steckten in etwas, das eine ungelenke Form von High Heels darstellen sollte, die sie im Eifer des Gefechts anscheinend nicht hatte abstreifen können.

»Wen haben wir denn hier? Herrn Winkler. Das ist offensichtlich. Selbst sein Ebenbild hat sein langweiliges Aussehen geerbt. Chapeau! Das haben Sie gut hingekriegt. An seiner Stelle hätte ich die Brille abgelegt beim Geschlechtsverkehr.«

Er fegte mit der rechten Hand imaginäre Flusen von seiner schwarzen Jeans.

Consuelos Lippen bebten. Ihre Lider flatterten. Wut flackerte in ihren Augen, ein unruhiges Aufflammen wie bei einer Kerze vor dem Erlöschen.

»Und wer ist die Dame, die Sie ihm so ungeniert untergeschoben haben?«

Ihr Magen zog sich zusammen. »Ein reines Hirngespinst«, sagte sie, versuchte ein verlegenes Lachen, das nach Hysterie klang, und brach erneut in Tränen aus. »Es hat nichts zu bedeuten.«

»Ach, kommen Sie! Niemand kennt die Geheimnisse einer Familie besser als die Person, die bei ihr putzt. Sie weiß um die dunklen Ecken, so wie ein Banker um die Miesen auf den Konten seiner Kunden. Sie sieht, wo sich der Dreck absetzt, wo Staub aufgewirbelt wird, bemerkt den Schmutz hinter der glänzenden Fassade. Sie blickt hinter Vorhänge, hinter die andere nie gucken werden. Sie öffnet Schubladen und Schränke, deren Inhalt nicht für fremde Augen bestimmt ist. Nichts bleibt ihr verborgen. Sie schaut hinein in das Herz einer Familie.«

Er nahm die Bernhard-Puppe von der winzigen Matratze und betrachtete sie.

»Mehr noch! Sie späht durch Schlüssellöcher in andere Betten. Und wenn sie Glück hat, stehen die Türen zum Schlafzimmer sogar sperrangelweit offen …«

Er drehte die Puppe hin und her und nahm das Figürchen mit den langen blonden Haaren zur Hand.

»Wer ist die Schlampe?«

»Die Frau gibt es in Wirklichkeit nicht.«

»Dafür, dass es die Frau nicht gibt, spreizt sie ziemlich willig die Beine.«

»Ich denke mir solche Sachen nur aus.« Ihre Stimme war ein kraftloses Stottern. »Ich habe eine blühende Phantasie. Ich bin schon als Kind mit Drachen geflogen.«

»Hören Sie auf! Sie sollten mich nicht länger zum Narren halten. Rennen Sie nicht mit dem Kopf gegen die Wand. Das kann ziemlich schmerzhaft sein.«

Er schleuderte die beiden Puppen zurück ins Puppenhaus und verschränkte die Hände vor dem Bauch. Es wirkte lässig und entspannt. Nur das kurze Zucken seines rechten Augenlids und der starre Blick verrieten seine Ungeduld.

»Tja, dann sehe ich mich leider gezwungen, unsere gemeinsame Arbeitgeberin über Ihr Puppentheater zu informieren.«

Ein Moment der Stille.

Ungläubiges Staunen in Consuelos Augen.

Schließlich ein Ausruf der Empörung, der sich wie eine kleine Explosion anhörte.

»Das dürfen Sie nicht!«

»Auch wenn ich nett bin, habe ich eine gewisse Verantwortung.«

Sie atmete mit einem Stoßseufzer aus. »Das soll Melanie Schaffrath sein. Ich habe mir das alles nur …«

»Ausgedacht. Ich weiß.« Er machte eine gelangweilte Handbewegung, mit der er sie zum Schweigen aufforderte. »Wer ist das? Moment! Warten Sie! Anton Schaffrath ist Herrn Winklers Geschäftspartner, richtig? Dessen Frau? Er betrügt Yvette mit …?«

Sie gab sich geschlagen. »… ihrer besten Freundin.«

Er zeigte wieder sein selbstzufriedenes Grinsen. »Na, also. Geht doch.«

Ihre Kehle war wie zugeschnürt, nur ein heiseres Flüstern kriegte sie noch zustande. »Es hat zumindest den Anschein.«

»Sie haben die beiden also ertappt?«, sagte er. »In flagranti.« Das Gespräch schien ihm einen Heidenspaß zu machen. Während Consuelo vor seinen Augen beinahe schrumpfte, zog sich sein Gesicht durch ein an einen Hai erinnerndes Grinsen immer mehr in die Breite.

»Nein. So war das nicht. Es gab da mal ein Telefongespräch mit Frau Schaffrath und mir, während sie am Flughafen in Hamburg eincheckte. Das war etwas verräterisch. Und manchmal bin ich ihnen gefolgt, wenn sie sich sonntags irgendwo getroffen haben. Meistens im Jenisch-Park.«

»Und haben was beobachtet?«

»Nichts.«

Er machte ein finsteres Gesicht.

»Nichts? Und dann machen Sie so ein Fass auf?«

»Sie haben nur geredet«, stammelte sie, »mal eine Umarmung oder ein schneller Kuss …«

»Noch nicht mal ein Quickie?«

Sie blickte ihn fragend an.

»Ach, du Scheiße! Sie wissen noch nicht mal, was ein Quickie ist? Vergessen Sie's, Dornröschen.« Seine Augen funkelten kalt. »›Wer unbedacht schwatzt, der verletzt wie ein durchbohrendes Schwert.‹ So sagt es die Bibel. Haben Sie eigentlich kein eigenes Leben, dass Sie sich so für das anderer Leute interessieren?«

»Und was ist mit Ihnen?«

Einen Moment glaubte sie in seinen Augen das Bedürfnis zu lesen, sie zu schlagen. War ja eigentlich auch gar nicht ihre Art, Widerworte zu geben. Paroli zu bieten. Zu provozieren, loszupreschen und zum Angriff überzugehen.

»Es ist gut, dass Sie Ihre Einsilbigkeit überwunden haben«, sagte er, verließ das Zimmer und strebte zur Wohnungstür.

Mit hängenden Schultern folgte sie ihm. Abrupt blieb er stehen und warf einen Blick durch die geöffnete Küchentür auf die Torte, die zum Auftauen auf der Anrichte stand. Beinahe wäre sie in ihn hineingeprallt. Seine Augen verweilten auf den Speckröllchen um ihre Taille.

Bevor er die Wohnung verließ, drehte er sich noch einmal zu ihr um und sah sie an. Sie stand ihm gegenüber, unsicher, wie es weitergehen sollte. Ihre Hände hatten sich ineinander verknotet. Ihre Fingerknöchel traten weiß hervor.

»Ich denke, wir haben alles besprochen.«

»Was haben Sie vor?«

Er starrte sie voller Eiseskälte an und zuckte mit den Schultern. »Ich bin Klavierlehrer. Ich arbeite mit Kindern. Und manchmal ist es unkomplizierter, nicht ständig die Eltern oder andere Aufsichtspersonen um sich herum zu haben, die permanent hören wollen, welch großes Talent in den lieben Kleinen schlummert und dass man bitte nicht die Hände auf ihre Schultern legen solle, um ihre Haltung zu korrigieren.«

»Das würde ich nie tun. Ich mische mich nicht ein in Dinge, die mich nichts angehen.«

Er lachte laut auf und deutete mit einem Rucken seines Kopfes Richtung Wohnzimmer. »Das habe ich gesehen.« Nach einer Pause fuhr er fort: »Die Kinder sollen lernen. Ich möchte das Optimale aus ihnen herausholen. Und dazu muss ich sie formen können wie ein Stück Ton. Wie Wachs in meinen Händen. Ich muss erkennen, was ihnen fehlt, und dann weiß ich, wie die Leere in ihrem Inneren zu füllen ist.«

»Sie reden wie jemand von einer Sekte«, sagte sie, nicht wissend, woher sie plötzlich so viel Mut nahm. Ihre Hände zitterten, nicht mehr vor Angst, sondern vor Zorn.

Seine Antwort war ein lautes Stöhnen. »Sie begreifen es nicht! Ich verlasse mich darauf, dass Sie wissen, was zu tun ist. Ich wünsche Ihnen noch einen schönen Tag. Auf Wiedersehen.« Mit diesen Worten verließ er die Wohnung und deutete eine kleine Verbeugung an, die etwas von einem Gaukler hatte, der sein Publikum verhöhnt.

Sie dachte schon, sie sei ihn los, da kehrte er vom Treppenansatz noch mal zu ihr zurück. »Sie sollten was zu Ihrem Schutz machen. Einmal eine Kreditkarte durchgezogen zwischen Tür und Rahmen, und man ist drin. Das Ding hebt ja schon ein böser Blick aus den Angeln.«

Dann war Consuelo wieder allein.

Sie hatte keine Ahnung, weshalb er sich plötzlich um ihre Sicherheit sorgte. Aber das war momentan auch egal. Sie hatte sich in ihrer Wohnung immer beschützt und sicher gefühlt. Etwas anderes war viel wichtiger. Sie hatte den Gedanken noch nie ertragen können, dass etwas so Kostbares wie eine intakte Familie zerbrechen konnte. Durch die kaputte Ehe ihrer Eltern hatte sie das als Kind auf die harte Tour erfahren müssen. Etwas, das auseinandergebrochen war, konnte man schwerlich wieder zusammensetzen. Das Glück war fragil wie eine Seifenblase. Immer kurz vorm Zerplatzen. Das Puppenhaus war für Consuelo die Möglichkeit, an etwas Gutes zu glauben. Familie war etwas Gutes. Aber leider hatten Familien auch ihre Geheimnisse. Lügen, Betrügereien, Sünden. Auch diese zerstörerische Kraft, die das Reine beschmutzt und ein festes Fundament ins Wanken bringt, hatte sie in dem Puppenhaus zum Leben erweckt. Die Welt um sie herum zerbrach in Stücke. Nichts anderem hatte sie Ausdruck verleihen wollen.

Was konnte sie tun? Würde sie etwas tun?

Sie musste in eine andere Richtung denken. Etwas hatte sich grundlegend geändert. Hatten ihre Augen bei Tobias Hansens unverhofftem Erscheinen noch vor Bewunderung geleuchtet, so waren sie jetzt voller Feindseligkeit. Sie verstand auf einmal, wie schnell Liebe und Hass sich abwechseln konnten. Wie austauschbar sie waren. Er hatte sie verletzt. Gekränkt und entwürdigt. Verhöhnt, gedemütigt und ausgelacht. Und nun erpresste er sie.

Verzweifelte Menschen taten verzweifelte Dinge. Das wusste sie selbst am besten.

War er verzweifelt?

Und feige Menschen taten gar nichts.

Wie feige war sie?

Sie kehrte ins Wohnzimmer zurück und ließ sich in den Sessel fallen. Ihr Gesichtsausdruck war starr wie der ihrer Puppen. Sie verharrte in kompletter Reglosigkeit und blickte ins Leere. Wäre sie so anmutig gewesen wie die Exponate ihrer Sammlung, hätte das eine ganz bezaubernde Pose sein können.

Tobias Hansen hatte nur den Duft von Weichspüler wahrgenommen. Nicht mehr den von Rache, der in der Luft lag.

30

26. Oktober

Yvette fühlte sich leicht und weich, fast wie ein anderer Mensch. Wie neugeboren. Auch wenn sie heute ein Jahr älter geworden war. Seit ein paar Stunden waren sie im Adlon in Berlin, und sie genoss jede Sekunde. Die Blumenarrangements, die gestärkte weiße Bettwäsche, den Blick durch das Fenster ihrer Suite aufs Brandenburger Tor und die Aussicht auf Sex mit ihrem Mann. Mehr als Sex. Auf Intimität, die man als Ehepaar mit vier Kindern eigentlich schon abgeschrieben hat. Heute Abend Theater, danach ein Dinner bei Kerzenschein, morgen Champagner-Brunch auf der Bel Etage des Hotels mit Blick auf den Elefantenbrunnen in der Lobby, das Geschenk eines indischen Maharadschas.

Heute Morgen hatten sie noch daheim gefrühstückt, und sie hatte zu ihrem fünfundvierzigsten Geburtstag die Aufmerksamkeit bekommen, die einem wenigstens einmal im Jahr zustand: innige Umarmungen und feuchte Küsse, vor allem von Mila mit ihren Wonneproppen-Ärmchen, nach Kinderhaut duftend und voller Liebe. Sie war entzückt gewesen (oder hatte zumindest so getan) von einem schiefgesungenen Ständchen, einer von Sophie gebackenen Smarties-Torte, deren Entstehung die Küche leider in einen Ausnahmezustand versetzt hatte, und von Herzkonfetti, das man am Frühstückstisch über sie hatte regnen lassen. Bernhard hatte ihr rote Rosen überreicht, und Consuelo hatte ebenfalls Blumen gebracht: Gerbera und Schleierkraut. Viel mehr als über dieses Supermarktgebinde hatte sich Yvette darüber gefreut, dass sie bei ihrer Hilfe Kinder und Haus in guten Händen wusste. Dass sie das Konfetti im Esszimmer aufsaugen würde, die Teigreste in der Küche wegwischen – und vielleicht auch die eine oder andere Träne von Milas Wange.

Consuelo war ein Glücksfall für die ganze Familie. Trotzdem brachte es Yvette nicht übers Herz, zwei Nächte lang fortzubleiben.

Am frühen Abend duschten sie und warfen sich in Schale. Yvette hielt nichts davon, in Jeans und T-Shirt ins Theater zu gehen, auch wenn sie gehört hatte, dass die Berliner das sehr unkonventionell handhabten. Sie hatte sich für ein kurzes schwarz-weiß gemustertes Cocktailkleid entschieden, das perfekt zu ihrem langen blonden Pony passte, ihre Lippen glänzten feuchtrosa.

»Du siehst sensationell aus«, sagte Bernhard und legte seiner Frau sein Geschenk um den Hals. Eine Kette aus Weißgold mit einem Y aus Brillanten als Anhänger.

Yvette trat vor den Spiegel. »Sie ist wunderschön«, schwärmte sie.

»Du bist wunderschön«, sagte er und drückte einen Kuss auf ihren Hals. »Eine kleine Entschädigung dafür, dass ich so oft weg bin, mein Schatz. Und dir noch gar nicht gesagt habe, dass ich Anfang nächster Woche wieder nach China muss. Deshalb passt es mir auch ganz gut, dass wir unseren Aufenthalt hier kurzhalten.«

»Sag bloß, sie wollen eure Schokolade?«

»Sagen wir, sie sind interessiert. Nun geht's ans Verhandeln. Du weißt doch, alles, was ich tue, tue ich nur für dich. Für euch. Damit ihr glücklich seid.«

»Kommt Anton mit?«

»Nein. Einer muss in Hamburg das Büro hüten.« Er betrachtete sie. »Für die Schuhe brauchst du einen Waffenschein.«

Sie drehte sich auf ihren hohen Absätzen vor dem Spiegel um

die eigene Achse, so dass die schwarzen Fransenmanschetten um ihre Fußfesseln nur so flogen.

In ihre Plänkelei hinein klingelte Yvettes Handy.

»Irgendein Gratulant«, sagte Bernhard. »Geh nicht ran!«

»Das wäre sehr unhöflich. Außerdem kann immer was mit den Kindern sein.«

»Herr Hansen!«, rief sie aus, legte die Stirn in Falten und blickte ihren Mann fragend an. »Was soll das heißen: Consuelo ist krank? Sie war heute Morgen doch noch putzmunter.« Sie schüttelte den Kopf.

»Na, servus!«, sagte ihr Mann.

»Ein allergischer Schock?« Sie klang atemlos vor Enttäuschung. »Wir machen uns sofort auf den Heimweg.«

Sie lauschte Tobias' Stimme, die tief klang und voll und satt. Einer Stimme, der man vertrauen konnte. Einer Stimme wie warmer Kakao an einem kalten Abend, wie eine Umarmung.

»Das können wir auf keinen Fall annehmen.«

Bernhard sah sie fragend an.

»Herr Hansen bietet an, heute Nacht bei den Kindern zu bleiben«, flüsterte sie ihm zu.

Er zuckte ratlos mit den Schultern. »Du kennst ihn besser als ich.«

»Ich weiß nicht«, sagte sie.

»Ist er denn jetzt im Haus?«

Sie nickte und presste das Telefon an ihre Brust in der Hoffnung, dass Tobias nicht mithören konnte.

»Die Kinder hatten heute Nachmittag Klavierunterricht bei ihm.«

»Was meinst du denn?«, fragte Bernhard.

Sie zuckte die Achseln. »Es war so schwer, die Theaterkarten zu bekommen.«

»War es«, stimmte ihr Mann zu. »Und du wolltest doch unbedingt diesen Tatort-Kommissar auf der Bühne sehen.«

Yvette nahm das Handy ans Ohr. »Einen Moment noch, Herr Hansen. Wir beraten noch. Was sagen denn die Kinder?«

Sie schaltete auf Mithören. »Bestochen mit Pizza, Popcorn und Filmen, halten die das für eine geradezu geniale Idee«, sagte er und lachte, ein Lachen wie ein Zwinkern.

Yvette wirkte unentschlossener denn je.

Bernhard deutete mit einer Geste auf seine Armbanduhr. »Wenn wir ins Theater wollen, müssen wir jetzt los!«

Yvette stieß einen tiefen Seufzer aus. »Also gut! Falls was ist, wir wären in drei Stunden in Hamburg. Nach der Vorstellung bin ich sofort wieder auf Empfang.«

»Machen Sie sich keine Sorgen«, sagte Tobias. »Ich werde auf Ihre Kinder aufpassen, als seien es meine eigenen.«

»Ich danke Ihnen«, antwortete Yvette. »Ich danke Ihnen sehr.« Sie legte auf.

»Wird schon gutgehen«, sagte Bernhard, bemüht, sie aufzumuntern.

Sie lächelte mit verkniffenen Mundwinkeln. »Ich verstehe das nicht mit Consuelo.«

»Ist doch immer so«, sagte er, »du verlässt dich auf Leute, und du bist verlassen.«

»Für einen allergischen Schock kann sie ja nun wirklich nichts.« In Yvettes Kopf rumorte es.

»Dann tun wir ihr eben Unrecht, aber das ist mir herzlich egal«, schimpfte Bernhard.

Sand im Getriebe eines perfekten Tages, dachte Yvette. Dabei war dieser Tag *ihr* Geschenk. Und sie war nicht bereit, auf dieses Geschenk zu verzichten.

»Gott, sind wir egoistisch!«

»Wir sind auch nur Menschen«, sagte Bernhard. »Außerdem haben wir einen knapp fünfzehnjährigen Sohn. Max ist ein vernünftiger Junge und durchaus in der Lage, auf sich und seine Geschwister aufzupassen.« Er kam auf sie zu und strich ihr sanft über den Rücken. Der Stoff ihres Kleides knisterte.

»Der Abend heute gehört uns. Nur uns beiden.«

Diese drei letzten Worte begleiteten sie hinaus aus dem Hotel und hinein in eine Nacht aus Champagner und Kerzenlicht und großem Theater, und nur manchmal legte sich fein wie Spinnweben das schlechte Gewissen auf Yvettes Schultern.

31

26./27. Oktober

Er war der Herr im Haus. Und wenn man der Herr im Haus war, konnte man die Menschen um sich herum retten oder ins Verderben stürzen, ganz wie man wollte. Man hielt die Fäden in der Hand, konnte sie lockern oder stramm ziehen.

Für die Dicke bevorzugte er die zweite Variante. Er hatte sich über sie geärgert. Die Dicke. So nannte er sie für sich nur noch. Kaum war er am Nachmittag zum Klavierunterricht erschienen, hatte sie Probleme gemacht. Eigentlich sollte sie nach Hause abhauen und ihm das Feld überlassen. Das hatte er ihr vor einer Woche mehr als deutlich zu verstehen gegeben. Und das Schicksal hatte ihm in die Karten gespielt. Was für eine geniale Entdeckung, dieses Puppenhaus mit der Winkler-Familie!

Da bekam der Ausdruck »die Puppen tanzen lassen« doch eine ganz neue Bedeutung. Wobei der Hausherr Bernhard Winkler seine Runden wohl am liebsten im Bett drehte, allerdings nicht sonderlich erpicht zu sein schien auf Paartanz mit der Gattin.

Die Dicke hatte sich bockig gezeigt, als er sie an ihre kleine Abmachung erinnert hatte. Sie war ihm wieder mit ihrem Pflichtbewusstsein gekommen, ihrer Zuverlässigkeit, ihrer Gewissenhaftigkeit, ihrer Loyalität, bla bla bla. Das hatte ihn einen feuchten Dreck geschert. Aber er hatte sich zusammengerissen. Hatte sie charmant um Verzeihung gebeten für sein etwas rüdes Auftreten in ihrer Wohnung. Ihr, welch Überwindung, sogar einen Kuss auf die Lippen gedrückt. »Der ist zur Versöhnung«, hatte er gesagt und seine Stimme warm eingepackt wie ein Hackebeil in ein flauschiges Tuch. »Ich wollte Sie nicht verletzen.«

Sie hatte ihn angestarrt, als wäre ihr ein Geist erschienen. Ihre Augen hatten vor Glück geleuchtet wie eines dieser kitschigen Weihnachtshäuser mit einer halben Million Lichter.

Schnee von gestern ihr unangenehmes Gespräch von vor einer Woche.

Verlieben, verloren, vergessen, verzeihen.

Wahrscheinlich war sie verrückt nach Schlagern wie diesem.

Ihr Mund hatte sich leicht geöffnet, voller Erwartung, voller Verlangen, voller Sehnsucht nach Liebe und Zärtlichkeit, und ihre Zunge war in einer schlängelnden, sich windenden Bewegung vorgestoßen, wie man sie von Würmern kannte. Es hatte ihn angewidert. Zum Glück hatte er rechtzeitig einen Rückzieher machen können, nachdem er mit seinen Lippen über die ihren gestreift war. Der Kuss hatte für seine Zwecke gereicht. Manchmal brauchte es nur geringe Mittel, um effektiv zu sein.

Ihre Augen hatten angefangen zu tränen. Ihr Atem war pfeifend gegangen. Auf ihrer Haut hatten sich rote Pusteln gebildet, die Hände waren angeschwollen, und die Finger wirkten wie fleischige Würste.

Er hatte zusehen können, wie sie in Zeitlupe hässlicher und hässlicher wurde. Wie ihr Gesicht aufweichte wie eine Landschaft im Novemberregen. Es gab Frauen, die verabreichten Männern eine Zyankalikapsel beim Zungenkuss, und es gab Männer, die aßen Erdnussbutter, bevor sie eine Frau küssten, die unter einer Nussallergie litt. Sie war so dumm gewesen, es damals bei ihrer ersten Begegnung im Drogeriemarkt zu erwähnen. Er hatte ihr ja gar nichts Böses gewollt, dachte Tobias. Er war sofort zur Stelle gewesen, ihr Retter, ihr Ritter, um sie nach Hause zu fahren, dorthin, wo sie sich in Ruhe auskurieren konnte, hustend und niesend in seinem alten Auto, die Augen verquollen, das Gesicht eine teigige Masse, die

Haut übersät von Quaddeln, die so quälend ausgesehen hatten, dass man auf der Stelle das Jucken und Brennen am eigenen Körper zu spüren glaubte. Mit ihren aufgeschwemmten Händen hatte sie krampfhaft das Portemonnaie umklammert, das sie immer bei sich trug, glänzend aus rotem Lack, groß wie eine Kellnerbörse.

Es war so uneinsichtig gewesen von ihr, dass sie nicht hatte hören wollen. Sie hatte es nicht anders verdient. Dummes, dickes Mädchen, das noch nicht mal wusste, was und wie ihm geschehen war, dachte er, mit einem Anflug von zärtlicher Grausamkeit.

Als Herr im Haus konnte man den Menschen, die einem anvertraut waren, Wesentliches über das Leben und die Welt beibringen, man konnte sie tyrannisieren oder Größe zeigen. Tobias beschloss, generös zu sein und Max zu erlauben, sich am frühen Abend mit einigen Kumpels bei einem Schulfreund zu treffen. Der wohne nur um die Ecke, hatte Max gesagt, und dass er froh sei, nach dem Umzug endlich Freundschaften geschlossen zu haben. Das war vermutlich nicht einfach gewesen in Hamburg. Jetzt gehörte er dazu, war nicht länger der Fremde.

Tobias streifte durch die Zimmer. Die Unordnung, die innerhalb kürzester Zeit nach Consuelos Aufräumarbeiten entstanden war, machte ihn wahnsinnig. Dieses Haus strotzte vor Größe und Großzügigkeit. Warum musste man dieses System zerstören, indem man das Chaos hinnahm, bis es geradezu unerträglich wurde? Manche würden das schönfärben als Villa Kunterbunt, unvermeidbar bei vier Kindern. Er nannte das Lotterwirtschaft. Schlamperei! Saustall!

Er zügelte seinen Impuls, all die Dinge wegzuwerfen, die herumlagen: die Comics und Computerspiele, die Haarspangen und Hula-Hoop-Reifen, die Barbies und Ballett-Tutus, die in die Ecke gepfefferten Ringelsöckchen, die Frisbee-Scheiben und die Fußballsammelkarten. Ganz zu schweigen von der Liederlichkeit der Milchpfützen auf der Anrichte und dem Rascheln des Teppichs aus Cornflakes und Chips auf dem Küchenfußboden.

Manche mochten glauben, dass dies alles zu einer glücklichen Kindheit gehörte, aber wo kam man hin, wenn der Preis dafür Disziplinlosigkeit, Planlosigkeit und Achtlosigkeit waren? Wenn man es kreativ fand und urkomisch, den steinernen Engeln im Garten Pudelmützen aufzusetzen und Baseballkappen? Der Terrakotta-Skulptur der griechischen Göttin Nike eine Hawaiikette umzuhängen?

Tobias hatte seinen Klavierunterricht abgehalten, und er war versucht gewesen, dem achtjährigen David das Ende eines Besenstiels ins Kreuz zu drücken, damit der endlich kapierte, wie man Haltung annahm. Er hatte, dicht hinter Sophie stehend, dem Impuls widerstanden, seine Hände auf ihre schmalen Schultern zu legen und ihr seine Finger ins Fleisch zu bohren, weil sie es völlig uninteressant fand, was man diesem wundervollen Instrument entlocken konnte. Wie viel Freude und Leidenschaft, wie viel Drama, Stolz und Euphorie, Erhabenheit und Intimität. Niemals würde ihr das Herz anschwellen vor Glück über ihr eigenes Spiel. Darüber, wie anmutig ihre Finger über die Tasten flogen. Doch er tat nichts von alledem. Er war ja nicht dumm.

Erziehung war etwas, das man langsam angehen musste. Sie musste Wurzeln schlagen, die eines Tages nicht mehr aus dem Boden gerissen werden konnten. Wie beim Gärtnern. Nur in der Tiefe würden die Wurzeln die lebensnotwenige Nahrung finden und nicht in den oberflächlichen Schichten.

Er hatte sich in Geduld geübt, hatte die versprochene Pizza bestellt, hatte den drei Jüngeren das Ansehen von DVDs erlaubt und Max das Ausbleiben bis elf Uhr. Nun war es schon kurz nach Mitternacht, und er war immer noch nicht zurück.

Tobias atmete tief ein, dann ließ er die Luft zischend aus seinen Lungen entweichen.

»Na warte, Freundchen!«

Er war so zornig, dass er merkte, wie ihm innerlich kalt wurde.

So viel Wut in ihm.

Er ballte die Fäuste. Es juckte ihn in den Fingern. Wenigstens hatte seine Freundin Larissa keinerlei Probleme gemacht, als er nach dem Telefonat mit Yvette rasch nach Hause gefahren war, um eine kleine Reisetasche zu packen.

»Die Familie ist in einer Notlage. Dienst am Kunden. Ein Gefallen. Ein kleiner Nettigkeitsbeweis. Aktion Herz für Kinder.«

Sie hatte ihn angestrahlt. »Du bist wirklich auf dem besten Wege, ein guter Mensch zu werden.«

Er hatte gelacht und seine Hand auf ihren unteren Rücken gelegt, auf die Lendengrübchen über dem Steißbein. Es war die Berührung, die sie am schnellsten erregte. Todsichere Nummer. Aber zu ihrer Befriedigung hatte er jetzt keine Zeit. Er musste zurück zum Haus. Er lächelte, als er wieder zum Auto ging. Er hatte ein Gewissen wie ein Ruhekissen, denn er hatte die Wahrheit gesagt.

Er betrog sie nicht mit einer anderen Frau.

Er betrog sie mit seiner Vergangenheit.

Kurz nach Mitternacht und somit gut eine Stunde später als vereinbart, kam Max nach Hause. Er war in Begleitung von zwei Polizisten. Der Junge wirkte erschöpft und war offensichtlich alkoholisiert.

»Na, schau mal an!«, sagte der eine Polizeibeamte zu Tobias. »Du hier?« Er deutete auf das Haus.

»Markus?«, sagte Tobias.

»Ihr kennt euch?«, fragte der zweite Beamte.

»Wir sind zusammen zur Schule gegangen«, erwiderte sein

Kollege. »Und heute spielt er manchmal die Orgel in Blankenese. Er hat hier …«

»Kommt doch rein!«, fiel ihm Tobias ins Wort.

Tobias merkte, wie er unter den Achseln feucht wurde. Markus Kletzander war immer ein Sprücheklopfer und Wichtigtuer gewesen. Er musste sehen, dass er ihn schnell wieder loswurde.

»Was ist denn passiert?«, drängte er und dachte nicht daran, die beiden Männer ins Wohnzimmer zu bitten. Zu viert standen sie sich in der Eingangshalle gegenüber. Max hatte eine Bierfahne und einen Schluckauf.

Er roch ungewaschen.

Säuerlich. Ekelhaft.

»Der junge Mann hier«, sagte Kletzanders Kollege, »hat mit seinem Schulfreund Oskar Schröder und Konsorten im Haus von dessen Eltern einen über den Durst getrunken. Nachbarn haben die Polizei gerufen, weil die Musik zu laut war.«

»Wo waren denn die Eltern?«, wollte Tobias wissen.

»Auf jeden Fall nicht da. Oskar ist sechzehn. Der hat eine Ehrenrunde auf der Schule gedreht. Und da waren die Eltern wohl so naiv zu glauben, dass ihr Herzchen bereits die nötige geistige Reife besitzt, um bei ihrer Abwesenheit nicht gleich das ganze Haus in Schutt und Asche zu legen.«

»Was er auch nicht getan hat«, fuhr Kletzander fort.

»Nee«, lachte der andere und zupfte an seinem Vollbart. »Das haben die Jungs dann an der benachbarten Bushaltestelle erledigt. Haben einen Abfalleimer demoliert und einen Motorroller umgeworfen, der dort an einer Hecke parkte.«

»Alle Achtung«, sagte Tobias, und seine Stimme triefte vor Hohn.

»Was machst du eigentlich hier?«, wandte sich Kletzander erneut an ihn.

»Ich bin der Klavierlehrer der Kinder und passe übers Wochenende auf sie auf, weil seine Eltern …«, er deutete mit einem Kopfnicken auf Max, »… nach Berlin mussten«.

»Autorität sollte dir doch wohl nicht schwerfallen«, sagte Kletzander. »Hattest doch ein gutes Vorbild in deinem Vater.«

»Lass uns beim Thema bleiben«, bemühte sich Tobias um einen kumpelhaften Ton. »Das kann man doch vermutlich alles ganz unproblematisch regeln. Informell und unbürokratisch.« Er schenkte den beiden Beamten ein kurzes Blinzeln und hoffte, sie dadurch besänftigen zu können. »So wie es die coolen Jungs machen.«

»So einfach ist das nicht«, widersprach ihm Kletzander. »Ab vierzehn Jahren besteht grundsätzlich Strafmündigkeit. Und einem Jugendlichen, der fremdes Eigentum beschädigt, kann eine Anzeige wegen Sachbeschädigung drohen. Wobei die Strafe härter ausfällt, wenn es um die Beschädigung öffentlichen Eigentums geht. Und genau mit dem Sachverhalt haben wir es hier zu tun.«

Es schien ihm Freude zu machen, Tobias und den vor sich hin hicksenden Jungen hinzuhalten.

»Ein Dummer-Jungen-Streich«, sagte Tobias. »Erinnere dich, was wir alles so …«

»Du hast gar nichts«, fiel ihm Kletzander barsch ins Wort. »Du durftest noch nicht mal deine Freunde zu dir nach Hause einladen, weil deine Mutter Angst hatte, dass ihr irgendwelche Vandalen den Rasen niedertrampeln oder eure wertvollen Orientteppiche versauen. Und wenn du Scheiße gebaut hättest, hätte dich dein Alter halbtot geprügelt.«

»Du übertreibst«, sagte Tobias, der sich in die Enge getrieben fühlte.

Seine Panik wuchs, sein Herz wurde eng, Beklemmung legte sich wie ein Ring um seine Brust.

»Das Ehepaar Schröder war heute Abend bei einer privaten Einladung und kam sofort nach Hause, als wir angerufen haben«, schaltete sich Kletzanders Kollege ein.

»Kennen sich Oskars und deine Eltern?«, wandte er sich an Max, der jetzt blass um die Nase war und verfroren aussah.

Der schüttelte den Kopf. »Die kennen noch nicht so viele in Hamburg.«

»Die Schröders werden komplett für den Schaden aufkommen«, sagte der Polizist zu Tobias. »Es ist juristisch sicherlich strittig, ob sie im Falle ihres sechzehnjährigen Sohnes die Aufsichtspflicht verletzt haben oder ob er selbst zur Verantwortung gezogen werden kann. Aber man will kein Aufsehen. Wie Sie vielleicht wissen, ist Herr Doktor Schröder Chefarzt an einer großen Hamburger Klinik.«

Nein, das wusste Tobias nicht, und es war ihm auch scheißegal.

Schließlich verabschiedeten sich die beiden Polizeibeamten.

In der Tür drehte sich Kletzander noch mal zu Tobias um.

»Sieht nicht mehr so aus wie früher. Riecht nicht mehr so. Fühlt sich aber vermutlich noch genauso an. So ein Haus ist wie Klebstoff. Das lässt einen nicht los«, sagte er.

Tobias schaffte ein schiefes Grinsen und war froh, als er die beiden endlich los war.

Max blickte ihn an. Er war noch nicht wieder nüchtern und versuchte einen schalen Witz. Offensichtlich hatte er wieder Oberwasser, nachdem die Sache glimpflich ausgegangen war.

»Wenigstens habe ich mir kein Tattoo auf den Hintern stechen lassen.«

»Das findest du lustig, ja?«

»Ist doch nicht so schlimm.«

Tobias' Augen verengten sich zu Schlitzen. »Was hast du gesagt?«

»Nichts.«

»Es ist schlimm«, sagte Tobias, indem er jedes Wort betonte.

»Ist doch nichts passiert, Mann. Reg dich ab!«

Tobias zog die Augenbrauen hoch. Seine Stimme klang kühl und unnahbar. »Wann habe ich dir gestattet, mich zu duzen?«

Er stieß Max den Zeigefinger in die Brust. Die schroffe Berührung ließ den Jungen erschauern. Er zuckte zusammen.

»Was hat denn der Bulle gemeint mit seinen Andeutungen über unser Haus und Ihre Eltern?«, sagte Max, offensichtlich allen Mut zusammennehmend.

»Freut mich, dass dir Eier wachsen, trotzdem hältst du jetzt und in Zukunft besser die Klappe, wenn du nicht willst, dass deine Eltern erfahren, was für ein sauberes Früchtchen sie in die Welt gesetzt haben. Haben wir uns verstanden?«

»Leck mich!«, murmelte Max, während er zur Treppe wankte.

»Ich hab's gehört«, sagte Tobias. »Komm zurück! Du hast das große Los gezogen. Noch eine Privatstunde heute Nacht.«

»Ich denke nicht dran!«, rief Max über die Schulter zurück.

Tobias zog das Handy aus der Vordertasche seiner Jeans.

»Ein Anruf. Da freut sich deine Mutter über den verdorbenen Geburtstagsabend.« Er blickte auf das Display. »Ah, ihr Geburtstag ist schon vorbei. Na, dann. Beginnen wir ihr neues Lebensjahr mit einer richtig guten Nachricht.«

»Ich bin müde«, sagte Max kleinlaut. »Mir ist kalt. Und mir ist schlecht.«

»Fang jetzt bloß nicht an zu heulen«, schnaubte Tobias.

»Ich glaube, ich muss …«

Tobias schnitt Max mit einer scharfen Handbewegung das Wort ab. »Willkommen in der Welt der Erwachsenen. Wer saufen kann, kann auch arbeiten. Komm her! Umso eher hast du's hinter dir.«

Widerwillig kehrte Max zurück, ging ins Wohnzimmer und setzte sich ans Klavier.

Tobias machte es sich im Sessel gemütlich. Auf dem Tisch stand ein halbvolles Glas Rotwein. Daneben die Flasche. Er hatte sich einen Oreno Rosso 2015 aus der Toskana aufgemacht, edler Tropfen.

Er hatte das Recht, im Weinkeller zu stöbern, fand er. Schließlich opferte er sein Wochenende.

»Wir üben noch ein wenig die Unabhängigkeit beider Hände, eine der wichtigsten Grundlagen des zweihändigen Klavierspiels. Ich will mal gnädig sein. Es ist schon spät. Du nimmst jetzt eine einfache Tonfolge wie C-D-E-F-G und spielst sie gleichzeitig mit der linken und rechten Hand rauf und runter. Denn die linke Hand eines Pianisten muss immer wissen, was die rechte tut.«

Er beobachtete Max, der nicht mehr viel geregelt kriegte um diese Zeit und in seinem Zustand. Erst recht nicht die Koordination seiner Hände.

»Das geht besser«, sagte Tobias, hob sein Glas, begutachtete die dunkelrote Farbe, bevor er den Wein anschließend über die Zunge rollen ließ. Dicht, reif, samtig. So musste das sein, dachte er.

Endlich erlöste er Max und schickte ihn zu Bett. Max' Augen waren vor Müdigkeit wie nach innen gekehrt. Er wich Tobias' Blick aus.

Der wünschte eine gute Nacht, süffisant die Stimme, süffig der Wein, die Lippen vom Oreno rosso leicht lila gefärbt. Nur das Auftauchen seines ehemaligen Klassenkameraden hatte ihm die Laune kurzzeitig verdorben. Was für ein Idiot! Neidisch auf alles Großbürgerliche, wie er damals schon gewesen war. Nie an einem weiß gedeckten Tisch gesessen, nie von Geschirr mit Goldrand gegessen. Er hatte nie kapiert, was es hieß, zur Elite zu gehören. Tobias lachte laut auf. In seinen Augen stand ein irres Funkeln, das ihn daran hindern würde, in den nächsten Stunden Schlaf zu finden.

32

27. Oktober

Yvette war eine von der ehrlichen Sorte. Vor allem machte sie sich selbst nichts vor. Sie schwamm nicht auf einer Woge mütterlicher Liebe, als sie kurz vor Mitternacht mit ihrem Mann im Auto auf der Rückfahrt von Berlin nach Hamburg war. Sie waren jetzt eine Dreiviertelstunde unterwegs und passierten gerade Neuruppin. In gut zwei Stunden würden sie zu Hause sein. Yvette saß nur aus einem einzigen Grund auf dem Beifahrersitz neben Bernhard. Sie war unentbehrlich.

Alle Unbekümmertheit gehörte der Vergangenheit an, den Tagen, die weit zurücklagen, an denen noch nicht das Schicksal von vier Kindern in ihrer Hand gelegen hatte. An denen man ausschließlich für sich selbst verantwortlich gewesen war, wenn man die Sau rausgelassen – und sich am nächsten Tag nur der innere Schweinehund zu Wort gemeldet hatte.

Inzwischen war sie Mutter. Sie hatte dafür zu sorgen, dass ihre Kinder nachts ordentlich zugedeckt waren, dass das Essen auf dem Tisch stand, dass sie saubere Wäsche hatten, dass sie die Hausaufgaben machten und die Zähne putzten, dass sie ein offenes Ohr fanden und eine zärtliche Hand, die den vom Schlaf feuchten Nacken streichelte oder die weiche Haut über den kleinen Höckern ihrer Wirbelsäule kraulte.

Sie glaubte nicht, dass ihren Kindern durch den Klavierlehrer eine Gefahr drohte. Ganz bestimmt nicht. Tobias Hansen war ein kultivierter Mann mit tadellosen Manieren. Sie tat nur das, was eine Mutter ihrer Meinung nach zu tun hatte. Sie kehrte heim, wenn sie gebraucht wurde.

Bernhard hingegen war in Streitlaune. »Ich weiß wirklich nicht, wieso du jemanden als Musiklehrer für unsere Kinder einstellst, dem du nicht so viel vertraust.« Er bildete mit Daumen und Zeigefinger der rechten Hand einen Spalt, der nicht größer war als eine Stubenfliege.

»Weil es einen Unterschied macht, ob jemand mit ihnen tagsüber Klavier übt oder nachts auf sie aufpasst.«

»Du willst nur alles unter Kontrolle haben in deiner Zwanghaftigkeit. Weißt du, was mich das Wochenende gekostet hat? Das Hotel, die Theaterkarten, der bereits bezahlte Brunch …«

»Den kriegen wir erstattet.«

»Und was hatten wir von dem ganzen Aufwand?«

»Hör auf mit deiner Kosten-Nutzen-Rechnung! Wir hatten einen schönen Theaterabend.«

»An dem du dich kein bisschen auf das Geschehen konzentrieren konntest. Wir werden nach Hause kommen, die Kinder werden schlafen wie die Engel, dieser Hansen auch, und wir jagen hier übermüdet und hungrig durch die Nacht.«

»Keiner zwingt dich, so zu rasen.«

»Vorhin konnte es dir nicht schnell genug gehen.«

»Trotzdem musst du nicht fahren wie eine gesengte Sau.«

»Du kannst gerne das Steuer übernehmen, wenn du willst.«

»Bitte! Macht mir gar nichts.«

»Mir aber! Du hast zu viel Champagner im Theater getrunken.«

»Zwei Gläser.«

»Drei.«

»Da hat aber jemand genau mitgezählt«, sagte Yvette kühl. »Seit wann bist du so ein Korinthenkacker?«

»Seit wann bist du so eine Spaßbremse?«

Yvette musste schlucken. »Lass uns nicht streiten«, wisperte sie, während sie sich eine Strähne ihres langen Ponys aus der Stirn blies, als könne sie damit auch alles Unbehagen wegpusten. »Er dauert zwar nicht mehr lange, aber noch habe ich Geburtstag.«

»Das fällt dir reichlich früh ein«, sagte Bernhard. »Ich habe mir alle Mühe gegeben. Ich habe mir den Arsch aufgerissen. Sorry! Mein Pulver ist verschossen.«

Yvette nestelte an ihrem neuen Halsschmuck, und zu ihrer eigenen Bestürzung lag plötzlich das zartgliedrige Kettchen in ihrer Hand.

Die Augen ihres Mannes blitzten wütend auf. »Auch das noch! Das musste ja passieren! Steck die Kette ein und bring sie Montag zur Reparatur.«

Yvette konnte ein Schluchzen nicht unterdrücken.

Einen Moment lang sahen sich die beiden schweigend an. Für den Rest der Fahrt sprachen sie kein Wort mehr miteinander.

Um kurz nach zwei in der Nacht erreichten sie das Haus. Es lag in tiefem Schlaf, wirkte dunkel und abweisend. Man konnte förmlich spüren, wie es den Rücken durchgestreckt und das Kinn vorgeschoben hatte, um die Außenwelt abzuschütteln. Yvette hatte den Eindruck, als würde es sie beobachten. Sie fühlte sich innerlich wie vereist. Zu misslungen war dieser Abend gewesen, um wieder in den Gute-Laune-Modus zu schalten. Zu mies die Stimmung zwischen ihnen, zu abrupt der tiefe Fall in die Realität nach dem kurzen Ausflug in die Geburtstagsglückseligkeit. Außerdem war sie müde, auch wenn sie die letzten anderthalb Stunden der Fahrt geschlafen hatte. Erschöpft vom Streiten und etwas mitgenommen vom Champagner.

Der Herbst hatte sein nassglänzendes Kleid angezogen. Die Erde war schwarz vom Regen. Es roch nach klammem Moos, Laub und feuchter Baumrinde. Yvette gähnte und streckte sich, während ihr Mann das Auto in die Garage chauffierte, dann schloss sie die Haustür auf und trat ein. Die Nacht rieb sich die Hände. Nichts als Finsternis und Stille, die besonders auffiel, wenn man gerade aus Berlin kam, das gegen Hamburg wirkte wie die zappelige Schwester der Klassenstreberin.

Kaum hatte sie das Licht in der Diele angeknipst, eilte Yvette nach oben in die Kinderzimmer. Alle vier schliefen fest. Jeder auf seine ganz eigene Weise dem Schlaf hingegeben, vergraben in den Kissen, in seine Träume verstrickt. Ihre Jüngste Mila auf der linken Seite liegend, im blauen Schimmer des Nachtlichts, ein Bein angezogen, die Oberlippe sanft gewölbt wie ein Knick in einem Herrenhut, die langen Ohren ihres Plüschhasen im Gesicht. Sie mussten sie doch kitzeln, dachte Yvette. Ihre andere Tochter Sophie auf dem Rücken, die Arme über der Bettdecke eng am Körper anliegend wie eine Mumie, die Nasenspitze himmelwärts gestreckt. Angespannt sah sie aus. So, als würde sie sich schönen Träumen verweigern. David, der Achtjährige, lag wie seine kleine Schwester auf der Seite, freigestrampelt, die Decke ein schlangenähnliches Knäuel zwischen den Beinen, der Teddybär in Reichweite neben dem Kopfkissen. Nicht mehr so nah dran an ihm wie Milas Kuscheltier, aber immer noch unersetzlich.

Als sie das Zimmer ihres Ältesten betrat, vernahm Yvette leise Geräusche. Sie schwebten in der Dunkelheit und erinnerten sie an die Flüster- und Knistergeräusche von trockenem Holz im Kamin. Sie näherte sich ihrem Sohn. Er lag bäuchlings da, die Stirn auf seine ineinander verschlungenen Unterarme gebettet. Das Geräusch kam aus seinem Mund. Die Zähne verbissen sich ineinander, der Kiefer mahlte, rieb und presste. Was war es, dachte Yvette, dass ihren Sohn die Zähne zusammenbeißen ließ im Schlaf? Dass er so aufgewühlt war, dass er mit ihnen knirschte? Waren es die üblichen Nöte eines Pubertierenden? Hatte er einen Albtraum? Verursachte die neue Schule ihm Stress, war er noch nicht heimisch geworden nach dem Umzug? Noch immer nicht angekommen?

Sie erinnerte sich plötzlich wieder an die Zeit, als Max ein Kleinkind gewesen – und immer wieder nachts aus dem Schlaf hochgefahren war. Schreiend, am ganzen Körper zitternd, in Schweiß gebadet, heftig atmend und mit rasendem Puls. Um sich schlagend, die Augen weit aufgerissen. Und sie, die junge, unerfahrene Mutter in dem großen Holzhaus in den österreichischen Bergen, die es gegruselt hatte beim Anblick ihres eigenen Kindes. Wie von Zauberhand war die Panik nach einigen Minuten aus dessen Gesicht gewichen, es hatte sich umgedreht, war wieder eingeschlafen und konnte sich am nächsten Morgen an nichts erinnern. Der Spuk war vorbei. Bis zum nächsten Mal. Eine ganz normale Durchschlafstörung, hatte die Kinderärztin sie beruhigt. Und hatte auch einen Namen dafür gehabt.

Nachtschreck.

War der Nachtschreck zurück, auch wenn er als Teenager eigentlich längst zu alt dafür war?

Yvette zog die heruntergestrampelte Bettdecke hoch bis zu Max' Schulterblättern, strich ihm sanft über sein blondes Haar, gab ihm einen Kuss auf den Hinterkopf und verließ das Zimmer. Eine schwache Alkoholfahne hing in der Luft, aber vermutlich roch sie nur ihren eigenen schaumweingeschwängerten Atem.

Sie platzte fast vor Liebe, als sie an ihre schlafenden Kinder dachte, auch wenn sie auf der Fahrt im Auto noch von anderen Gefühlen übermannt worden war, und fragte sich, wo ihr Besucher abgeblieben sein mochte. Wahrscheinlich hatte er sich in das Gästezimmer ihrem Schlafzimmer gegenüber in der zweiten Etage zurückgezogen. Dann hörte sie Stimmen aus dem Erdgeschoss und ging ihnen nach. Im Wohnzimmer fand sie Tobias Hansen gemeinsam mit ihrem Mann. Sie hatten beide ein Glas Rotwein vor sich stehen. Bernhard saß im Sessel, das linke Bein über das rechte gelegt. Tobias hockte auf dem Sofa, die Hände auf den Schenkeln, komplett bekleidet bis auf die Schuhe. Sie standen poliert und akkurat neben der Couch.

»Stell dir vor«, sagte Bernhard bei ihrem Eintreten. »Herr Hansen hat es noch nicht mal gewagt, es sich im Gästezimmer bequem zu machen.« An dem Stapel von Dekokissen und der zerknäulten Wolldecke erkannte Yvette, dass er sein Nachtlager hier errichtet hatte.

»Warum denn nicht?«, fragte Yvette.

»Ich wollte nicht in Tiefschlaf fallen«, sagte Tobias. »Ich wollte wach bleiben. Aufmerksam. Falls was ist.«

Triumphierend schaute Bernhard seine Frau an. In seinem Blick ein stummes »Habe ich es nicht gesagt?« Er lächelte. So wie man jemandem zulächelt, der sich lächerlich gemacht hat. Von oben herab und mit einer gewissen Milde, die stolz darauf ist, Gnade walten zu lassen. Seine Laune schien sich spürbar gebessert zu haben.

»Dann wollen Sie jetzt sicherlich nach Hause«, wandte sich Yvette an ihren Gast. »Lassen Sie sich durch uns nicht aufhalten.« Sie guckte auf ihre Armbanduhr. »Es ist ja auch schon spät. Gleich halb drei.«

Tobias senkte den Blick, weil ihm das, was jetzt kam, unangenehm zu sein schien.

»Ich würde gerne bis morgen früh hierbleiben, wenn es Ihnen nichts ausmacht. Ich …« Er zögerte und knetete die Hände, die er vor seinem Brustkorb gefaltet hatte. »Ich bin heute Nacht zu Hause wohl nicht erwünscht.«

Yvette war nicht ganz bei der Sache. Sie war zum Umfallen müde und leerte den Schluck Wein, den ihr Bernhard eingeschenkt hatte, in einem Zug, ohne auf einen Toast zu warten.

»Auf Ihr Wohl«, sagte Tobias und hob sein Glas, so dass Bernhard sich genötigt sah, ihr nachzuschenken. »Herzlichen Glückwunsch nachträglich zum Geburtstag.«

»Danke«, sagte sie und trank erneut. »Warum sind Sie nicht erwünscht?«

»Ich hatte eine kleine Auseinandersetzung mit meiner Lebensgefährtin.«

»Das kommt in den besten Familien vor«, sagte Yvette und bedachte ihren Mann mit einem lauernden Blick.

»Wir haben heute Jahrestag, und sie hat es mir nicht verziehen, dass ich ...« Er druckste herum. »Dass ich mich immer so verantwortlich für alle und alles fühle ... und dass ich jetzt hier bin anstatt bei ihr und unserem Sohn.«

Hilflos zuckte er mit den Schultern. Zerknirschung in seinem Blick.

»Aber so bin ich nun mal. Ich kann mein Pflichtbewusstsein nicht einfach ausschalten wie einen Film im Fernsehen.«

Yvette nickte ihm zu mit einem Lächeln um die Lippen. »Jetzt habe ich ein ganz schlechtes Gewissen.«

»Das müssen Sie nicht. Ich will nur vermeiden, dass Larissa und ich heute Nacht noch anfangen zu streiten und Theo davon wach wird ...« Er brach ab. »Man kann ja nie wissen, wie sich die Dinge entwickeln.«

»Kann man leider nie«, bestätigte Yvette.

»Natürlich bleiben Sie hier«, mischte sich Bernhard ein. »Nicht wahr, Schatz?«

»Selbstverständlich! Schließlich haben Sie uns den ganzen Schlamassel zu verdanken. Das Fremdenzimmer ist im zweiten Stock. Das Bett ist frisch bezogen. Im Schrank liegen Handtücher.«

Yvette beschloss, schlafen zu gehen und nicht auf ihren Mann zu warten, der ihren Gast noch dazu eingeladen hatte, gemeinsam mit ihm die soeben geöffnete Flasche Wein zu leeren. Sie ging ins Schlafzimmer und lauschte auf die gedämpften Stimmen der Männer im Wohnzimmer, ihr Lachen und das Wispern des Windes, der ums Haus strich. Die Bettwäsche duftete nicht mehr nach Weichspüler. Wenigstens das. Consuelo hatte sich also ihre Worte zu Herzen genommen.

Bleischwere Erschöpfung übermannte sie. Sie hatte gerade den Gedankenschlamm dieses Tages abgestreift und war in einen oberflächlichen Schlaf geglitten, als sie von oben einen Knall hörte. Yvette war auf der Stelle hellwach.

Was war das?

Über ihr war nur noch der Speicher.

Ihr Herz hämmerte gegen die Brust. Ihr erster Impuls war, nach unten zu laufen und die Männer zu holen, damit sie nachsehen konnten. Aber sie wäre sich dämlich vorgekommen. Wie ein kleines Mädchen, das Angst hatte und zwei Kerle brauchte, die ihr zitterndes Händchen hielten. Vielleicht war es ja auch ihr Gast, der im Zimmer gegenüber Lärm machte, und es kam gar nicht von oben. Vielleicht hatte er einen Schuh auf die Holzdielen krachen lassen, vielleicht war er angetrunken und hatte einen Stuhl umgestoßen … es gab viele Möglichkeiten. Doch dann vernahm sie wieder das laute Lachen der beiden Männer aus dem Erdgeschoss und beschloss nachzusehen.

Ihr Mund war wie ausgedörrt.

Im Nachthemd schlich sie die Treppe zum Dachboden hinauf und entriegelte die Holztür, die mit einem Quietschen aufsprang, als würde sie sich darüber beschweren, aus dem Dornröschenschlaf geweckt zu werden. Außer dem Handwerker, der nach der Renovierung im Sommer die Farbeimer hier deponiert hatte, war niemand mehr hier oben gewesen. Und genau über die stolperte Yvette, als sie eintrat. Sie stieß sich ihren Zeh und fluchte.

Immerhin fand sie einen altmodischen Drehschalter, mit dem sie den Raum in ein uringelbes Deckenlicht tauchen konnte. Tagsüber wurde der riesige Speicher notdürftig erhellt durch winzige Fenster an den Giebelenden. Staub und Stille. Spinnweben legten sich auf Yvettes Gesicht wie ein kalter Hauch. Sie wischte sie angewidert weg. Alte Möbel, manchmal nur noch deren kaputte Überreste, Kisten und Kartons, Stehlampen mit Fransenbordüren und greise Sessel standen unter einem Schrägdach und freigelegten Holzbalken. Sogar ein paar alte Krankenbetten gab es, einen tattrigen Rollstuhl und Gehstützen, alles vermutlich noch aus den Zeiten des Seniorenheims. Yvette wurde von einem stechenden Gefühl tiefer Verzweiflung überwältigt.

Wie konnte sie all diese Dinge so komplett ausgeblendet haben?

Den scheußlichen Keller.

Den gruseligen Dachboden.

Hatte sie gedacht, die ausgestopften Viecher unten und die Krankenutensilien gebrechlicher Menschen hier oben würden von Zauberhand verschwinden? Sie hatte so viel Wert darauf gelegt, ihren Traum von einem glamourösen Heim zu verwirklichen. Sie hatte so viel Samt und Seide in dieses Haus gesteckt, dass sie dessen marode Seele übersehen hatte. Hier waren sie, die Spuren der Vergangenheit, die Krankheiten, die Geschwüre, der Gestank. Es schüttelte sie. Schließlich entdeckte sie, woher der Lärm vermutlich gekommen war. Auf dem Fußboden lag ein aufziehbarer Plüschaffe mit blauer Zipfelmütze und roter Bommel, der zwei blecherne Schellen aneinanderschlug. Er musste von irgendwo heruntergefallen sein, vielleicht von einem Fensterbrett oder einem Holzbalken, und hatte den Mechanismus zum Aufziehen im Rücken selbst ausgelöst.

»Was ist das denn?« Sie schrie es fast.

Erneut war sie mit dem Fuß gegen einen harten Gegenstand gestoßen. Ihr Herz pochte, und nur mit Mühe konnte sie ruhig atmen. Vor ihr in einer offenen Kiste lagen mehrere Puppen, die eines gemeinsam hatten: Sie alle hatten Kordeln, Riemen und Bänder um den Hals, fest zugezogen, die Kehlen zugeschnürt. Eine Barbie war nackt, ihr fleischfarbener Kunststoffkörper war mit roter Farbe bemalt, und eine schmale schwarze Krawatte schien sie zu erdrosseln. Beinahe konnte man sich einbilden, ihnen allen dabei zuschauen zu müssen, wie sie um Luft rangen, wie ihre Augen hervorgequollen wären, wenn sie denn Augen gehabt hätten. Doch ihre Gesichter hatten nur leere Höhlen.

Mit diesem Albtraum vor Augen stürzte sie hinaus.

Sie musste unbedingt dafür sorgen, dass der Dachboden entrümpelt wurde. Und ihren Kindern solche Erkundungstouren durchs Haus strengstens verbieten. Keines von ihnen sollte das Puppen-Massaker hier oben jemals zu Gesicht bekommen.

Die Nacht hatte bereits vom Schlaf verklebte Lider, als ihr Mann ihr irgendwann reichlich alkoholisiert zwischen die Laken folgte. Ihre Nerven flatterten noch immer. Mit Schaudern dachte sie an die erdrosselten Puppen ohne Augen. Und während sie schon dazu ansetzte, ihm von dem unheimlichen Fund zu erzählen und ihr die Stimme vor Anspannung eine Oktave höher rutschte, hörte sie von der anderen Seite des Bettes nur noch ein Schnarchen. Sie fühlte sich einsam und sehnte sich danach, dass der neue Tag mit seinem ersten Lichtschimmer endlich in Reichweite war.

Kaum war sie wieder in einen leichten Schummer gefallen, vernahm sie draußen auf dem Flur Schritte. Schritte, die vor ihrer Schlafzimmertür haltmachten, lange dort ausharrten, viel zu lange, so dass sie es nicht gewundert hätte, wenn die Klinke bewegt worden wäre. Schritte, die dann die Stufen hinabstiegen und die sie an einen eine Treppe hinunterhüpfenden Ball erinnerten. Sie war so überreizt, dass sie das Gefühl hatte, die Seelen der früheren Bewohner würden über ihrem Kopf auf dem Dachboden herumgeistern und ihr Gast würde sich gleichzeitig auf nächtlichen Erkundungstouren das Haus einverleiben. Dabei war es sicherlich nur ein Glas Wasser in der Küche.

Am nächsten Morgen wedelte sie das seltsame Gefühl, das sich ihrer in der Nacht bemächtigt hatte, fort wie störenden Zigarettenqualm. Sie würde nicht aus jeder Mücke einen Elefanten machen. Ihre Familie nicht beunruhigen. Die Geschehnisse von letzter Nacht, die Schritte und ihr unfreiwilliger Besuch auf dem Speicher waren bei Tageslicht betrachtet nur harmlose Zwischenfälle. Gäste bekamen nun mal nachts Durst. Und in manchen Winkeln alter Häuser klebte die Vergangenheit wie Schmierfett, bis man endlich beherzt zu Werke ging und es entfernte.

Zur *Geschichte* gehörten immer auch *Geschichten.* Nicht jede endete mit einem breiten Honigkuchenlächeln und einem Garantieschein auf Glück. Strangulierte Puppen mit toten Augen waren nichts weiter als ein dummer Kinderstreich von einstigen Bewohnern, ein unbequemer Seufzer von damals, wie ihn jedes alte Haus von Zeit zu Zeit mit einem Stöhnen und Ächzen ausstieß, wenn man so dumm gewesen war, ihm zu erlauben, seine Geheimnisse noch eine Weile zu bewahren.

33

27. Oktober

Der Herbst bahnte sich seinen Weg in die gepflegten Straßen der Stadt und die Gemüter der Menschen. Melanie trotzte dem schlechten Wetter mit der Farbe Pink. An ihr sah sogar das gut aus. Selbst im Jogginganzug war sie eine Sensation. Ihr Pferdeschwanz, hoch oben am Kopf gebunden, wippte hin und her. Sie sah jung und gesund aus, und erst, als sie direkt vor ihm Halt machte, stellte Bernhard Winkler fest, wie verstört sie wirkte. Er war mit dem Geländerad unterwegs. Eine Nachricht von ihr hatte ihn am Sonntagmorgen daheim aufgescheucht. Sie hatte um ein Treffen gebeten. Nein, gebeten war das falsche Wort.

Es war ein Befehl gewesen.

Sie hatte ihn herkommandiert. Hopp, hopp! Sofort. Auf der Stelle. Und so kam es, dass sie jetzt voreinander standen im Jenisch-Park in Othmarschen am Geesthang über der Elbe bei Teufelsbrück. Das schneeweiße Jenisch-Haus, der adrette Park, all das legte Zeugnis davon ab, dass die Menschen den Kampf gegen die Zeit und den Verfall manchmal doch gewinnen konnten. Aber weder Melanie noch Bernhard hatten Augen für die Schönheit ihrer Umgebung.

Beide atmeten schwer. Melanie vom Joggen. Bernhard hatte sich abgehetzt, weil sie ihm wenig Spielraum gelassen hatte mit ihrer Aufforderung, sie sofort zu treffen.

Du bist so ein Weichei, Mann, verfluchte er sich selbst. Keine Eiche, wie sie hier im Park standen, eher ein Bambus. Biegsam und in alle Richtungen elastisch. Jedem zu Diensten. Aber kein Windstoß konnte einen Bambus fällen, tröstete er sich. Im Gegensatz zu einem trockenen Ast, der mir nichts, dir nichts brechen konnte. Mit Geschmeidigkeit kam man durch jeden Sturm.

Er wusste immer, wie er sich seine Schwächen schönzureden hatte. Darin war er ein Meister.

Es war nicht schwer gewesen, von zu Hause abzuhauen. Yvette hatte zu tun mit dem Sonntagsfrühstück für die Kinder. Sonntagmorgen war Rühreimorgen. Schinkenspeckmorgen.

Vermutlich würde der Klavierlehrer noch da sein und ihnen Gesellschaft leisten. Bernhard hatte nicht vor, lange zu bleiben, obwohl nichts der Familie leichter zu verkaufen war als ein hart arbeitender Vater, der am Sonntagvormittag das Recht auf ein wenig Ausgleichssport hatte. Besonders wohl fühlte er sich nicht. Er hatte bis fünf Uhr morgens mit Tobias Hansen gezecht. Drei Flaschen Rotwein hatten sie ziemlich problemlos geleert. Und wenn er es recht gesehen hatte, hatte sich ihr Gast vorher schon eine Flasche aus ihren Beständen gegönnt. Der Mann konnte was ab! Er weniger.

Nun hatte er einen Kater und schlechte Laune. Seine Zunge war pelzig, saurer Magensaft stieß ihm auf, Kopfweh spaltete seinen Schädel, und ohne Schmerztabletten hätte er es vermutlich gar nicht aus dem Haus geschafft.

Dazu der Hamburger Nieselregen, der lautlos fiel, die Luft voller Herbst, der Himmel grau und schwer wie ein Grabstein. Es war nicht gerade die beste Werbeveranstaltung für einen Sonntagmorgen.

»Du hast Glück gehabt. Eigentlich wäre ich jetzt in Berlin.«

»Ich weiß. Aber euer *dirty weekend* war ja wohl nicht so prickelnd, sonst wärst du nicht schon wieder zurück.«

»Woher bist du so gut informiert?«, fragte er.

Sie zuckte gleichgültig mit den Achseln. »Deine Frau ist meine beste Freundin. Schon vergessen? Wir sind in ständigem Austausch auf WhatsApp.«

»Feine Freundschaft, wenn du sie mit ihrem Mann betrügst.«

»Das Gleiche lässt sich auch über deine und Antons sagen.«

»Was gibt's?«, drängte er.

Keine Anstandsbegrüßung. Keine Lust, Höflichkeiten auszutauschen. Nicht heute Morgen. Es passte zu der Art, wie ihre Körper aufeinander eingespielt waren, wenn sie sich zu schnellem Sex trafen. Wenig Aufwand, rasche Befriedigung. Aus dem Weg räumen, was im Weg war: den Rock, die Hose, den Slip. Die Skrupel.

Nicht immer war es so romantisch wie vor fünf Wochen bei ihrem Rendezvous in Paris. All die jahrelangen Märchen, die faulen Kompromisse, die aufreibenden Arrangements, das ganze Lügenleben einer Affäre, das alles war nicht spurlos an ihnen vorübergegangen. Ihre Nerven waren angespannt, ihre Leidenschaft war abgekühlt.

»Sie weiß alles«, sagte Melanie.

Bernhard erstarrte. Ihre Worte fuhren ihm eiskalt in die Glieder. »Wer? Yvette?«

Er hatte die ganze Zeit damit gerechnet. Er hatte es befürchtet. Es kommen sehen. Das war der Preis für die Heimlichtuerei. Für den Sex, der nicht nur in luxuriösen Hotelzimmern stattgefunden hatte, sondern auch in den Toiletten diverser Bars, in Fahrstühlen, auf Autositzen, unter Duschen. Gegen Wände und Mauern gepresst, auf Fußböden kauernd, über Tischkanten gebeugt.

Seine Kehle fühlte sich so rau und trocken an, als hätte er mit Sand vom Elbstrand gegurgelt.

»Quatsch!«, blaffte Melanie ihn an. »Doch nicht deine Frau.«

»Wer denn?«

»Diese fette Halbmexikanerin, die bei uns und euch putzt.«

»Consuelo«, sagte er.

»Ich wusste nicht, dass du ihren Namen kennst.«

»Du scheinst mich für einen ziemlichen Ignoranten zu halten.«

»Eher desinteressiert am Alltag.«

Bernhard war kreidebleich geworden. Seine blonden Haare waren feucht und verwuschelt, der lange Pony klebte ihm an der Stirn. Der Regen vermischte sich mit den Schweißtropfen auf seiner Haut. Seine Hände am Fahrradlenker begannen zu zittern.

»Woher weißt du das?«

»Ich kenne dich. Ich hatte mehr Glück bei der Wahl meines Mannes als deine Frau. Aber leider wird die Ehe so schnell langweilig.«

»Hör auf mit dem Scheiß!«, zischte er. Er brauchte einen Moment zum Durchatmen. Zum Nachdenken.

»Ich will wissen, wie du darauf kommst, dass sie es weiß.«

»Ich merke es an ihrem Verhalten. Sie behandelt mich wie eine Schwerverbrecherin. Du müsstest mal ihre Blicke sehen! Als würde sie mit Eiszapfen auf mich zielen.«

Langsam begann er, sich zu beruhigen.

»Und wenn schon! Ist doch egal, was sie denkt.«

»Solange sie ihren Mund hält«, sagte Melanie. »Wir müssen aufpassen.«

»Morgen fliege ich nach China. Da können wir uns eine Weile ohnehin nicht sehen.«

»Anton hat mir von deiner Reise erzählt. Von dir erfahre ich so etwas ja nicht.«

»Wir sind nicht verheiratet. Ich bin dir keine Rechenschaft schuldig.«

Bernhard hatte genug. Der Regentag passte zu seiner Stimmung. Trist. Trostlos.

Er wollte los. Er hatte kein Bedürfnis danach, noch weiter draußen im Regen herumzustehen und zu spüren, wie die feuchte Kälte in seine Knochen kroch wie Gliederschmerzen bei einem Grippekranken. Sie gingen noch ein Stück nebeneinanderher. Er schob sein Rad, sie dribbelte auf der Stelle, um sich aufzuwärmen. Als sie Seite an Seite den Park durch das schmiedeeiserne Tor Richtung Elbchaussee verließen, gab Melanie Bernhard einen Kuss auf die Lippen. Er kam ihm etwas weniger kühl vor als dieser Sonntagmorgen und ihre Unterhaltung.

»Gute Reise.«

Er erwiderte den Kuss und versprach, sich nach seiner Rückkehr zu melden. »Mach dir keine Sorgen! Diese Putzfrau weiß nichts. Sie kann doch gar nichts wissen. Sie hat uns nie zusammen gesehen.«

Sogar ein Lächeln kriegte er irgendwie zustande, als er ihr einen Klaps auf den Hintern gab und seiner Hand noch einen Moment länger dieses wohlige Gefühl gönnte, dass die kleine feste Rundung ihrer Arschbacken in ihm hervorrief.

Das Lächeln fiel ihm aus dem Gesicht wie eine dieser Papiermasken, wenn sich das Gummiband am Hinterkopf löst, als ein schwarzer Saab neben ihm zum Halten kam. Tobias Hansen saß am Steuer und ließ das Seitenfenster auf der Beifahrerseite hinunter.

»Guten Morgen«, rief er mit einer Munterkeit in der Stimme, die nicht nach dem elenden Kater klang, den Bernhard auszustehen hatte, sondern nach geradezu unnatürlich guter Laune.

»Wie geht's, mein Freund? Da hast du dir ja einen der schönsten Orte von Hamburg ausgesucht für deine Radtour. Das Beste, was man machen kann nach so einer langen Nacht.«

Er stieg aus und kam um das Auto herum.

»Ich liebe den Herbst. Wenn die Blätter von den Bäumen segeln und durch die Luft taumeln.«

Melanie schien nur kurz irritiert zu sein, einen Wimpernschlag lang, den Bruchteil einer Sekunde. War sie vorhin noch beunruhigt gewesen durch eine eventuelle Mitwisserschaft seitens Consuelos, so nahm sie Tobias' Auftauchen ganz entspannt. Vermutlich, so dachte Bernhard, hatte sein gutes Aussehen sie sofort für ihn eingenommen.

Ihre Stimme klang heiser. Sie lächelte und hatte offensichtlich in den Flirtmodus geschaltet, als sie mit einem Hauch von Ironie sagte: »Wie poetisch.«

Musste sie jeden betören, der ihr über den Weg lief?

»Willst du uns nicht vorstellen?«, fragte Tobias.

Bernhard lachte dieses hohe, hilflose Lachen, das Menschen von sich gaben, wenn sie verlegen waren.

»Das ist Melanie Schaffrath. Melanie, das ist Tobias Hansen. Der Klavierlehrer unserer Kinder. Melanie ist eine alte Freundin der Familie.«

»Na ja, alt«, sagte Tobias und zwinkerte ihr zu. »Ich würde eher denken, sie ist eine der attraktivsten Frauen, denen ich je begegnet bin.«

»Sie machen mich verlegen«.

»Das war nicht meine Absicht«, sagte er, bevor er sich wieder an Bernhard wandte. »Ich muss heute Nacht noch mal bei Euch Quartier beziehen, befürchte ich.«

»Warum? Du wohnst doch nicht weit von hier.«

»Leider hat sich Larissa noch nicht wieder eingekriegt, munitioniert von ihrer Mutter, die viel zu viel Einfluss auf sie nimmt und ständig am Wochenende bei uns herumsitzt. Du weißt ja, wie Frauen sind.«

Er lächelte Melanie an. »Nicht alle.«

Mit ernstem Gesicht fuhr er an Bernhard gewandt fort: »Ich möchte einfach einer Konfrontation aus dem Weg gehen. Das ist alles.« Als Melanie sich bückte, um ihren Schuh neu zu binden, nutzte Tobias den Moment und kam mit seinen Lippen dicht an Bernhards Ohr. »Und das solltest *du* wahrscheinlich auch.«

»Ich werde mit Yvette über eine weitere Übernachtung sprechen.«

»Ja, tu das. *Darüber* solltest du mit ihr reden. Über das hier besser nicht.«

Er deutete mit einem Kopfnicken auf Melanie und wandte sich ihr wieder zu, als sie sich aus der Hocke erhob. »Ich darf mich verabschieden. Ich muss nach Hause und mich umziehen. Man erwartet mich nachher zum Orgelspiel beim Gottesdienst.«

Melanie nickte beeindruckt. Sie war wie ausgewechselt, stellte Bernhard fest. Kein Gedanke mehr an die Putzfrau, die ihnen angeblich auf die Schliche gekommen war. Sie missinterpretierte Tobias' Strahlkraft als etwas Besonderes, wo es doch nichts weiter war als eine abgeschmackte Masche. Er hatte ihn jetzt schon durchschaut.

»Er ahnt etwas«, stieß er zwischen den Zähnen hervor, kaum war Tobias verschwunden.

»Nur weil wir uns hier begegnet sind?« Sie glättete mit ihren Händen die eng am Kopf anliegenden Haare. »Mach dich nicht lächerlich!«

Vor Wut über seine Hilflosigkeit hätte Bernhard gern ein paar Flüche ausgestoßen und auf einen Boxsack eingedroschen. Für das eine fehlte ihm die Ungezogenheit, für das andere die Energie. Er fühlte sich wie ein Häuflein Elend. Müde und ohne Mumm.

Wenn er ehrlich war, kam ihm seine Reise nach Asien sehr gelegen. Vielleicht gäbe es sogar eine Möglichkeit, sie ein wenig auszudehnen. Da konnte der Park noch so weitläufig wirken, da konnte das Meer noch so nah sein, verbunden mit der Illusion, jederzeit losschippern zu können in ein neues Leben – momentan fühlte es sich eher so an, als bekäme er keine Luft mehr.

34

28. Oktober

Tobias Hansen war gekommen, um zu bleiben. Und das Verrückte daran war, dass Yvette seine Anwesenheit als so belebend empfand wie ein Mensch mit Unterzuckerung den Genuss eines Schokoriegels. Seine Musik machte sie glücklich. Er konnte aus dem Klavier alles herausholen. Wenn er spielte, schwebten die Töne manchmal durch die hohen Räume ihrer Villa wie eine sanfte Brise. Voller Romantik und Poesie. Mal waren sie heiter und vergnügt; dann wieder entlockte er dem Instrument den perfekten Soundtrack für den kommenden November. Melodien voller Schmerz, Klage, Trauer.

Wenn er mit ihren Kindern sprach, war er der geborene Lehrer, der sein Wissen mit Leidenschaft und Hingabe weitergab, während sie allein schon die Hausaufgabenbetreuung als herausfordernd empfand. Seine Verpflichtung als Klavierlehrer war genau die richtige Entscheidung gewesen.

Yvette ließ noch einmal den gestrigen Sonntag Revue passieren. Sie hatte gehofft, dass ihr Mann seinen Fahrradausflug am Morgen nicht zu lange ausdehnt, da sie es nicht erwarten konnte, Tobias Hansen an der Orgel zu hören, nachdem er bei ihnen übernachtet hatte. Zu ihrer Erleichterung hatte Bernhard es pünktlich geschafft, und sie konnte ihm die Kinder überlassen. Sie war überwältigt gewesen von Tobias' Spiel. Sie hatte Tränen in den Augen gehabt und einen Kloß im Hals. Tobias Hansen war ein guter

Grund, zur regelmäßigen Kirchgängerin zu werden. Als sie den Gottesdienst verließ, hatten sich ihre Blicke getroffen, und einen Moment lang war ihr, als würden sich all ihre Gedanken und Gefühle in diesem Moment bündeln und auf ihr Herz konzentrieren, auf diesen hinter einem Knochengerüst gut verborgenen Ort, als würde ihr Blut plötzlich schneller und heißer durch ihre Adern fließen. Weil mit einem Mal die kleinen Träume mit den großen zusammenkamen. Sie hatte sich sofort zur Vernunft gerufen, hatte sich eine dumme Kuh gescholten, die keine sechzehn mehr war, hatte an ihre Ehe gedacht, die Kinder, das gerade gekaufte Haus, daran, wie glücklich sie sich schätzen konnte, dass in ihrem Kühlschrank niemals Ebbe herrschte, solange sie mit Bernhard zusammen war, an seine Füße unter der Bettdecke, die sie in kalten Nächten wärmten. Sie würde jetzt nicht ausgerechnet in der Kirche falsch abbiegen. Abenteuer fingen damit an, dass man von daheim fortging. Und sie endeten, noch bevor man ihnen gestattete, so richtig zu beginnen, indem man dorthin zurückkehrte. Freiwillig.

Entgegen ihrer guten Vorsätze, war kurz nach ihrer Heimkehr Tobias bei ihnen aufgetaucht. Weil er, wie er es ausdrückte, auf den Pausenknopf in seiner Beziehung mit einer eifersüchtigen und streitlustigen Partnerin gedrückt hatte. Dass es so weit gekommen war, redete Yvette sich ein, hatte er schließlich ihnen zu verdanken. Nach dem gemeinsamen Abendessen hatte Yvette die Käseplatte vom Esstisch in die Küche getragen, die Radieschen und Tomaten, den Parmaschinken und die gesalzene Butter, während Bernhard oben seine Hemden und Socken in den Koffer gepackt hatte. Als er damit fertig war, hatte sie das Feld den beiden Männern überlassen. Ihren Gesprächen und ihrem Gelächter bei Wein, Espresso und Grappa. Sie hatte sich gewundert über Bernhards Nachgiebigkeit, war er doch sonst immer geradezu ängstlich darauf bedacht, vor einer Reise früh zu Bett zu gehen und nicht mit einem

Kater in den Flieger zu steigen, vor allem nicht, wenn ein Langstreckenflug anstand. Aber an diesem Sonntagabend war alles anders gewesen. Er hatte ausgeharrt und ganz den Eindruck erweckt, ihrem Gast alles recht machen zu wollen. Er war verschwenderisch mit den Schätzen in seinem Weinkeller umgegangen. Er hatte oft und viel gelacht, und sein Lachen hatte falsch geklungen. Laut und angestrengt. Er hatte sich für Musik erwärmt, mit der er sonst nichts anfangen konnte. Sie wusste, dass er Jazz hasste; plötzlich gebärdete er sich als Fan. Es schien ihm wichtig zu sein, wie er sich präsentierte und was Tobias Hansen von ihm dachte. Welches Gesicht er ihm zeigte. Das, was er seiner Frau zeigte, war geprägt von einem gehetzten, getriebenen Ausdruck in den Augen, den sie sich nicht erklären konnte.

Auch Max war ihr verändert vorgekommen. Er wirkte verunsichert. Hatte kaum etwas gegessen. Etwas schien ihm auf der Seele zu lasten, was wiederum eine in Yvette schlummernde Angst weckte. Aber als sie ihn gefragt hatte, was los sei, hatte er nur den Kopf geschüttelt und sich kurz darauf in sein Zimmer verkrochen. Tobias, dem das nicht entgangen war, hatte mit einem Achselzucken lächelnd gesagt: »Pubertät. Ein unübersichtliches Knäuel von Hormonen. Da muss man manchmal allein sein und die Gedanken aufräumen, bis die Schubladen wieder geordnet sind.«

Nun war früher Mittag, und Yvette fuhr ihren Mann zum Hamburger Flughafen, wo um 14 Uhr sein Flieger über Frankfurt nach Peking ging. Beide wussten sie nicht, dass sich ihr Familienidyll schon bald auflösen würde wie ein wärmender Schal, an dem die ersten Maschen fielen.

Sie hatten es nicht mit gefühlsduseligen Abschieden. Kein großes Theater, keine Tränen, keine Liebesschwüre, kein langer Kuss, kein gieriger Griff an den Hintern. Eine rasche Umarmung. Ein Bussi auf Mund und Wangen.

»Sieh zu, dass du ihn loswirst«, zischte Bernhard. »Mach nicht zu viele Zugeständnisse! Solche Menschen verlangen immer mehr. Wir haben ihm hinreichend unsere Dankbarkeit dafür erwiesen, dass er uns einen Abend lang aus der Patsche geholfen hat. Es reicht jetzt!«

Sie habe alles im Griff, sagte Yvette. Er müsse sich keine Sorgen machen. Sie wusste, wie sie sich vor Männern wie Hansen zu schützen hatte. Die Frage war: Konnte Hansen sich vor ihr schützen?

Sie lächelte, als sie Bernhard nachsah, während er zur Sicherheitsabfertigung schritt. Er wusste nicht, was sie getan hatte. Niemand wusste, was sie getan hatte. Niemand kannte ihr Geheimnis. Vielleicht war Gott bereit, es zu hören, wenn sie ab jetzt häufiger in die Kirche ging, wie sie es sich vorgenommen hatte.

Danach fuhr sie heim und wunderte sich, wieso die Engel aus Stein rechts und links auf den Stufen vor der Haustür keine Mützen mehr auf ihren Köpfen trugen. Sie sahen gleich viel trauriger aus. Und wo waren all die Schuhe geblieben, dieses wilde Durcheinander von Chucks und Uggs, das die Kinder immer am Eingang hinterließen? War Consuelo da und hatte Ordnung geschaffen? Sie kam doch nie montags.

Yvette traf Tobias in der Küche an, wo er kochte. Es duftete nach Tomaten und Oregano.

»Was machen Sie denn noch hier?«, fragte sie, froh, ihn zu sehen, und überrascht zugleich.

»Ich dachte mir, ich koche für Sie. Ein gutes Ragù alla bolognese braucht seine Zeit. Somit ist fürs Abendessen gesorgt. Sie sollten sich ausruhen und mal ein wenig an sich denken. Espresso?«

»Gern.«

Er nahm zwei Tassen aus dem Schrank und ging zum Kaffeeautomaten.

»Setzen Sie sich doch.«

Sie fand es eigenartig, dass er in ihrer Küche die Regeln vorgab, aber sie gehorchte wie ein artiges Kind.

Er stellte die Tassen auf den Tisch, griff nach der Zuckerdose und nahm ebenfalls auf einem Küchenstuhl Platz.

»Ist Frau Strunz da? Meine Putzfrau«, erklärte sie.

»Nein! Wieso?«

»Wo sind die Schuhe hin? Ich dachte, sie hätte vielleicht aufgeräumt.«

»Ich habe mir gestattet, sie wegzustellen. Sie sind jetzt unten im Keller.«

»Im Keller?«

»In einem Abstellraum voller leerer Regale. Wie gemacht für einen Schuhputzkeller.«

»Ein bisschen übergriffig. Finden Sie nicht?«

»Verzeihen Sie, aber mein Hang zur Perfektion ist ein schreckliches Laster.«

Er lächelte. Sein Lächeln war wie ein Bad in warmem Karamell. »Wobei ich zugebe, dass es manchmal auch sehr charmant sein kann, nicht perfekt zu sein. Aber ohne hohe persönliche Standards, eine ausgeklügelte Organisation und eine stabile Werteordnung würde es viele begnadete Menschen gar nicht geben. Künstler zum Beispiel.«

»Ich dachte immer, Kunst braucht das Chaos«, sagte sie.

»Kunst braucht beides«, sagte er, rührte Zucker in seinen Espresso und sah auf die Uhr. »Heute sind alle dran mit Klavierstunde, nicht wahr?«

»Es ist noch Zeit«, erwiderte sie. »Sie sollten ruhig nach Hause fahren bis dahin. Vor fünf Uhr können die Kinder nicht.«

»Ich muss nachdenken. Ich werde ein wenig am Wasser spazieren gehen«, sagte er und ging hinaus in das bleiche Grau, das den feuchten Nachmittag nur schwach erhellte. Sie gestand es sich nicht ein, aber sie freute sich, als er ein paar Stunden später wiederkam. Er blieb zum Abendessen, warum auch nicht? Schließlich hatte er es gekocht.

Sie saßen noch zusammen, als die Kinder längst im Bett waren. »Ich habe mal einen Artikel im Tagesspiegel gelesen, da ging es um die Frage … Moment, Moment, ich kriege es noch wörtlich hin … Wenn man durch Musik fürs Leben lernt, warum nicht auch durch das Leben für die Musik? Anders gesagt: Spielt jemand, der täglich mit der Rettung von Menschenleben beschäftigt ist, eine Schubert-Sonate anders als ein Künstler, der den ganzen Tag am Klavier sitzt? Hat jemand, der als Gärtner arbeitet, vielleicht ein ganz anderes Gefühl für die Farben in der Musik von Maurice Ravel?«

Sie wandte ihm den Kopf zu, lächelte, lehnte sich im Sessel zurück, schlug die Beine übereinander und umfasste das rechte Knie mit den Händen. Bewunderung lag in ihrem Blick. Was ihn so umtreibt, dachte sie. Andere Gedanken als die der Männer, die sie sonst so kannte. Bei ihm ging es nicht um Golfspielen, Autos, Fußball und die schärfsten Steakmesser.

Kurz darauf verabschiedete er sich. Die Situation bei ihm zu Hause schien sich entspannt zu haben. Sie fragte besser nicht nach. Es hatte sie nicht zu interessieren.

Im Einschlafen war ihr, als würde sie ein Flüstern an der Tür vernehmen. Da war sie noch gut darin, sich einzureden, sich die Dinge nur einzureden.

Die Phantasie, so beruhigte sie sich, war eine starke Waffe, und am gefährlichsten wurde sie in der Nacht, wenn die Finsternis zum Feind wurde, wenn dieses Haus ein noch dunklerer Ort war, und es wenig gab, das einen ablenkte. Wenn es draußen kalt und feucht war, der Wind um die Mauern heulte und eine Eule schrie. Wenn die Bäume nur noch eine schwarze Silhouette waren und wirkten wie unheimliche Nachtwächter. Wenn die Regentropfen ans Fenster klopften und sich anhörten, als würde jemand Hülsenfrüchte gegen die Scheiben werfen.

Da wuchs die Einbildungskraft über sich selbst hinaus. Die Erfahrung hatte sie schon mehrmals gemacht, seitdem es dieses Haus für sie gab. Seitdem es ein lebendiger Mitbewohner war, wie es die blinde Nachbarin genannt hatte. Yvette hörte erneut ein Flüstern und merkte, wie ihr Herz raste. Als sie zur Tür blickte, erspähte sie im Spalt ihre Tochter Sophie. Ganz blass stand sie da, beschienen von der Deckenbeleuchtung im Flur, in einem hellen Nachthemd, die Haare zerzaust, die Augen dunkle Höhlen.

»Mama!«, wisperte sie. »Aus Milas Zimmer kommt Musik.«

»Du wirst geträumt haben, Schatz.«

»Ich habe gar nicht geschlafen.«

»Das denkt man manchmal, aber in Wirklichkeit war man ganz weit weg. Geh wieder ins Bett, du kleines Nachtgespenst!«

»Komm, Mama!« Sophie streckte die Hand nach ihr aus.

Seufzend erhob sich Yvette aus ihrem Bett und machte sich gemeinsam mit ihrer älteren Tochter auf zu den Kinderzimmern ein Stockwerk tiefer.

Yvette schlang die Arme um ihren Oberkörper. Kalt war es. Dieses Haus war so schwer warmzubekommen. Kaum vor Milas Tür angekommen, vernahmen sie eine Melodie, die bis zu ihnen drang. Gemeinsam tapsten sie auf nackten Sohlen ins Zimmer der Jüngsten.

Mila lag in ihren Kissen und hielt eine Spieluhr in den Händen, die Yvette noch nie zuvor bei ihr gesehen hatte. Ein Puppenmädchen im roten Samtkleid auf goldenem Halbmond. Verzückt lauschte Mila dem Schlaflied.

Morgen früh, wenn Gott will, wirst du wieder geweckt.

»Ich kann nicht schlafen, Mama.«

Durchs Fenster fiel blasses Mondlicht.

»Woher hast du das?«, fragte Yvette ihre Tochter.

»Weiß nicht. Lag auf meinem Nachttisch. Ich dachte, du hättest es mir geschenkt.«

»Vielleicht Papa«, druckste Yvette herum, wissend, dass das nicht stimmte.

Sie erlaubte ihren Töchtern, die Nacht mit ihr im Elternschlafzimmer zu verbringen, schlüpfte mit ihnen unter die Decke, spürte die Wärme ihrer Körper, der eine links von ihr, der andere rechts, und schloss die Augen. Sie hörte an ihren ruhigen Atemzügen, dass sie in Windeseile eingeschlafen waren. Mila hielt immer noch die Spieluhr in der Hand. Das Mädchen auf dem Mond war jetzt still und wachte über ihren Schlaf.

Yvette aber lag wach und sah Schatten in allen Ecken. Das Gefühl schleichenden Grauens ließ sie nicht los. Mit den Mitteln der Vernunft versuchte sie zu klären, wie die Spieluhr in Milas Zimmer gelangt war. Ihre Kinder waren im Haus auf Entdeckungstour gegangen. Sie warfen eben nicht nur Bälle in den Basketballkorb neben der Garage. Oder pusteten Seifenblasen in die Luft. So mussten sie auf dem Speicher gelandet sein, obwohl sie ihnen das untersagt hatte. Unbekanntes Terrain. Verbotenes Terrain.

Aber das interessierte Kinder nicht. Deren neugierige Augen sahen immer etwas. Vorwitzige Hände griffen nach Dingen, die ihnen nicht gehörten. Sie vielleicht sogar in Gefahr brachten. Wie langweilig waren dagegen Brettspiele mit Start und Ziel, selbst wenn man dabei noch mal über Los gehen durfte. Yvette war gut darin, sich in Details zu verlieren, die am Ende die Aufgabe hatten, sie zu beruhigen. So war es mit Ängsten, die im Dunkeln zu keimen begonnen hatten. Sie hatten Zeit gehabt, über Nacht zu wachsen, aber wenn das Morgenlicht kam, waren sie wie Vampire, die in sengender Sonne verglühten.

35

29. Oktober

Über der Elbe hing der Nebel. Der weiße Dunst waberte um Container und Kräne. Meeresluft füllte die Bronchien, und die Möwen kreischten hysterisch. Dieser Tag war scheu wie ein Luchs. Er ließ sich nicht richtig blicken. Consuelo stand eine Weile am Ufer und sah aufs Wasser. Es war kurz vor zehn Uhr am Morgen, als sie sich schließlich auf den Weg zu den Winklers machte. Sie lief vorbei an manikürten Hecken, gepuderten Wegen, gekämmtem Rasen. Noch nicht einmal mehr zwei Monate, und es war Weihnachten. In den Geschäften hatte bereits der ganze Zauber wieder begonnen, der die Menschen köderte wie ein Magier mit winkendem Zeigefinger: Jetzt mach es dir gemütlich! Jetzt sorge dafür, dass dir verdammt nochmal warm wird ums Herz! Im Nu verbreitete sich in der ganzen Stadt die Pflicht zur Behaglichkeit. War eigentlich genau ihr Ding. Kitsch und Kerzen, Glitzer und Vanilleduft, wenn, ja, wenn sie eine Familie gehabt hätte, die gemeinsam mit ihr ein paar Wochen später vor dem Weihnachtsbaum sitzen würde. Doch wer keine hatte wie sie, saß alleine vor dem Nichts. Umso wichtiger war die Zugehörigkeit zu Familien, die zumindest nach außen hin intakt schienen.

Der Besuch von Tobias Hansen am vorletzten Samstag in ihrer Wohnung war alles andere als harmonisch verlaufen, und wäre da nicht eine Woche später dieser Kuss gewesen, so hätte Consuelo noch immer Wut im Bauch gehabt. Was war sie nur für ein unglückliches Geschöpf, dass nach diesem Kuss alles an ihr explodiert war, aufgebrochen wie kranke rote Knospen? Wahrscheinlich war diese kleine Zärtlichkeit zu viel gewesen für ihr sehnsüchtiges Herz und hatte sie als ein Abbild von Hässlichkeit zurückgelassen. Ihr Zorn auf ihn hatte sich aufgelöst wie der Nebel an diesem Morgen, der übergegangen war in Nieselregen, sprühend aus einem graphitfarbenen Himmel. Sie war in Gedanken versunken und rannte auf dem Gehweg in Oksana hinein, die einen kleinen Satz machte, als ihr zierlicher Körper gegen den ihren prallte.

»Entschuldigung!«, stammelte Consuelo.

»Schon gut«, sagte Oksana. »Sind Sie nicht die Putze von den neuen Nachbarn?«

»Das Wort mag ich nicht«, sagte Consuelo kühl. »Ich gehe Frau Winkler zur Hand.«

»Nun bleiben Sie mal ganz entspannt!« Oksana zündete sich eine Zigarette an, woraufhin Consuelos Blick auf ihre neongelb lackierten Nägel fiel, die aus fingerlosen schwarzen Handschuhen ragten. »Wir sind doch alle nur billiges Personal. Vor allem, wenn man aus Russland kommt wie ich. Ich habe der alten Frau Hoff nicht gerade den Hintern abgewischt, aber so ziemlich alles andere. Ich kann den Gestank von Alter, Medikamenten und muffigen, ständig aufgedrehten Heizkörpern nicht mehr ertragen.« Sie rollte mit den Augen, seufzte und stieß eine Rauchwolke aus, die durch die Luft trieb wie das Fauchen eines Drachens.

»Wer ist Frau Hoff?«, fragte Consuelo.

Oksana drehte den Kopf zur Seite und deutete mit dem Kinn stumm auf das Anwesen der Winklers. »Das Grundstück hinter dem Zaun. Sie ist blind. Sie ist nett und klug, war mal Lehrerin und liebt Quizshows. Weiß einfach alles.« Oksana zuckte mit den Schultern. »Ich habe ihr gerade gesagt, dass ich nicht mehr komme. Tut mir auch leid, aber …« Sie blickte einer weiteren Rauchwolke nach. »Ich helfe ab jetzt meinem Freund in seiner Kneipe in Pinneberg. Er heißt Henning. Super Typ. Haben uns gerade erst kennengelernt.« Mit dem Stiefelabsatz trat sie die Kippe aus. »Ich muss! Sonst verpasse ich meinen Bus.«

Yvette Winkler schien erfreut zu sein, sie zu sehen. Consuelos Herz machte einen kleinen Hüpfer.

»Schön, dass Sie wieder gesund sind! Auch wenn Ihr plötzlicher Ausfall am Wochenende unsere Pläne ziemlich durcheinandergebracht hat. Aber krank ist krank, nicht wahr?«

Es klingelte an der Tür.

»Ich hoffe, Sie stehen uns jetzt wieder zur Verfügung.«

Yvette nahm einen Schlüssel von der Kommode in der Wohnhalle und drückte ihn ihr in die Hand. »Ich habe endlich einen für Sie nachmachen lassen. Verlieren Sie ihn nicht!«

Yvette öffnete die Tür.

Vor ihr stand Tobias Hansen. Mit seiner Größe füllte er fast den gesamten Rahmen aus. Consuelo war wie jedes Mal, wenn sie ihn sah, hingerissen von seiner Schönheit. Seine grünblauen Augen waren heute blass wie der Herbsthimmel. Fast durchsichtig. Sein Körper war gespannt und straff, die Schultern breit, die Hüften schmal, die Haare schwarz wie seine Kleidung. Er wirkte entschlossen und selbstbewusst. Knapp zwei Meter Sex.

Er starrte Consuelo einen Moment lang irritiert an. Unwirsch fast. Dann fiel ihm wieder ein, wie man sich zu benehmen hatte einer Dame gegenüber. Schließlich waren sie nicht allein. Charmant begrüßte er Yvette und schaffte es sogar, die Unmutsfurche zwischen seinen Augenbrauen glatt zu bügeln, als er Consuelo zunickte.

»Dann wollen wir mal«, sagte Yvette und lächelte Tobias an.

»Ich habe mich entschlossen, ebenfalls Klavierunterricht zu nehmen«, erklärte sie an Consuelo gewandt. »Und deshalb möchte ich Sie bitten, uns nicht zu stören und sich um Mila zu kümmern.«

»Ist sie denn nicht in der Schule?«, fragte Tobias.

»Die Heizung dort ist ausgefallen.«

»Da wird Mila aber traurig sein«, sagte Tobias und grinste.

»Ist sie wirklich. Noch ist Schule etwas Aufregendes.« Erneut richtete sie das Wort an Consuelo. »Das Putzen ist erst mal nicht so wichtig. Gehen Sie doch vielleicht mit Mila ins Badehaus! Da kann sie ein paar Runden im Pool drehen. Aber passen Sie auf, dass sie ihre Schwimmflügel angelegt hat. Sie ist noch nicht so sicher im Wasser.«

»Natürlich. Sehr gern.«

Gemeinsam gingen Yvette und Tobias zum Wohnzimmer.

»Ich bin ein bisschen aufgeregt«, sagte Yvette und schaffte es nicht, ein nervöses Kichern zu unterdrücken.

»Sie müssen keine Angst vor dem Klavier haben. Aber Sie müssen wissen, es ist immer der Star. Und das vergessen Sie jetzt auch ganz schnell wieder, damit Sie unbelastet spielen können. Aber trotzdem geht es nur mit Demut. Wie bei vielen Dingen im Leben«, hörte Consuelo ihn dozieren, bevor ihre Stimmen verstummten.

Vermutlich war Mila glücklich über die Aussicht, das Schwimmbecken für sich alleine zu haben. Keine Brüder, die sich gegenseitig nass spritzten. Keine Sophie, die in ihrem Bikini einen auf Diva machte.

Was für eine nette Abwechslung, dachte Consuelo, auf einer Liege am Pool zu faulenzen und auf das Mädchen aufzupassen, anstatt Dutzende von T-Shirts zu bügeln oder die Armaturen im Bad zu polieren.

Mila war vor Aufregung kaum noch zu bändigen. »Mama geht nie mit mir in den Pool. Sie mag es dort nicht, hat sie gesagt.« Sie hüpfte vor Consuelo auf und ab. »Kommst du mit ins Wasser?«

»Weißt du, ich habe gar keinen Badeanzug dabei.«

Sie besaß noch nicht mal einen. Sie würde den Teufel tun und der Welt sich und ihr ganzes bröseliges Selbstbewusstsein halbnackt präsentieren. Wenn man sich ungeliebt fühlt, so hätte sie

Mila erklären können, dann lässt man sich gehen, und der Körper quillt auf wie Hefeteig auf der Heizung. Aber wie sollte ein Kind das verstehen?

»Mama hat noch einen. Den hat sie immer getragen, als wir in ihrem Bauch waren. Der ist ganz groß. Der passt dir bestimmt.«

»Komm jetzt!«, sagte Consuelo barsch.

Sie ging die Treppe hinunter, ungewöhnlich dynamisch in ihrem Ärger, dass ihr diese kleine Rotznase die ausrangierte Umstandskleidung ihrer Mutter anbot, gefolgt von der jetzt eingeschüchterten Mila.

»Da ist aber jemand geladen«, sagte plötzlich hinter ihr jemand. »Vielleicht einfach mal tief durchatmen, bevor man Sie auf ein Kind loslässt.«

Tobias Hansen stand in der Wohnhalle, die sie gerade im Begriff waren zu durchqueren, um aus der Haustür zu treten und Richtung Badehaus zu gehen. Sein Gesichtsausdruck war hart.

»Sehen Sie sich vor«, raunte Tobias zu. »Ich meine das ernst.«

Über Consuelos Gesicht zog ein Schatten. Womit hatte sie jetzt schon wieder seinen Unmut erregt?

Im Hintergrund waren ungeschickte Fingerübungen am Klavier zu hören.

»Mama!«, schrie Mila.

»Lass deine Mutter bitte in Ruhe üben«, ermahnte sie Tobias.

Es interessierte das Mädchen nicht.

»Mama! Wo ist meine Taucherbrille?«

Das Klavierspiel hörte auf.

»Wozu brauchst du im Pool eine Taucherbrille?«, rief Yvette.

Mila stampfte wütend mit dem Fuß auf. »Wozu braucht man eine Taucherbrille? Um Fische zu gucken.«

»Ja, sicher.« Aus dem Wohnzimmer ertönte Yvettes Lachen. »Ich vergaß die Clownfische und die Korallen und …«

»Arielle, die Meerjungfrau«, ergänzte Mila.

»Mama sucht sie«, erklang Yvettes Stimme aus dem Nebenraum. »Sie wird in deinem Zimmer sein. Herr Hansen bringt sie dir. Dann kann ich weiter üben.«

Das rechteckige Becken war fünfzehn mal acht Meter groß, einen Meter fünfzig tief und auf dem Boden mit schillernd türkisfarbenen Mosaiksteinen ausgelegt. Sie schimmerten silbern wie Fischschuppen. Die Wände des Badehauses bestanden aus kleinen Granitsteinen. Der Fußboden um den Pool herum war mit Holzplanken ausgelegt, unter denen man die betagten blau-weißen Jugendstilfliesen versteckt hatte. Mila planschte mit ihren roten Schwimmflügeln, und Consuelo hockte am Fußende auf den Polstern einer Liege. Unter ihrem weiten Rock waren ihre Beine nackt, da das Tragen von Badelatschen hier Pflicht war. Durch eine Glastür fiel der Blick auf den angrenzenden Fitnessraum mit einem Laufband und einem Ständer mit Hanteln in diversen Größen.

Consuelo schwitzte. Die Wassertemperatur lag bei 28 Grad, die der Luft war noch um zwei Grad höher. Das war nicht zum Aushalten!

Sie merkte, wie ihr Gesicht in der feuchten Wärme glänzte, wie ihre Haare buschig wurden wie ein Paket Watte, wie sich Schweiß auf ihrer Stirn, im Nacken und zwischen ihren Brüsten sammelte.

»Du solltest langsam mal rauskommen«, rief sie Mila zu.

Die Kleine gehorchte, kletterte die Edelstahlleiter hoch und riss sich die Schwimmflügel von den Armen. »Ich habe kein Handtuch.«

»Ich hole dir eins«, sagte Consuelo, erhob sich von der Liege und ging in einen Nebenraum, in dem die Handtücher und Bademäntel für die Sauna lagen.

»Geh nicht zu nah ans Wasser«, rief sie Mila zu. »Ich bin gleich zurück.«

36

1982

Der Himmel hatte an diesem Tag die Schleusen geöffnet. Der Wind jagte den Regen in böigen Wellen über die Straße. Ein dichter Dunstschleier lag über allem. Die Bäume sahen bedrohlich aus. Als würden sie ihre verknoteten Finger in den Himmel strecken wie ein gichtkranker alter Mann. Es war ein Sonntag im November. Und Hamburg lag auf der Grauskala ganz weit oben. Seine Mutter war mit seinen Geschwistern Eleonore und Frederik zu Verwandtenbesuch in Reinbek. Nur er und seine sechsjährige Schwester Klara waren zu Hause geblieben, weil er einen leichten Infekt ausbrütete, und Klara keine Lust gehabt hatte mitzufahren. Dem Vater war das nicht recht gewesen. Aber während Klara ohne Tadel davonkam, ließ der Vater ihn seine Missbilligung deutlich spüren.

Miss Sunshine wurde in rosa Rüschen gesteckt, von allen als süßer empfunden als jedes Baisertörtchen und durfte alles.

Er dagegen war ein verachtenswerter Jammerlappen.

»Du wirst eines Tages die Seerosen gießen«, sagte sein Vater zu ihm. »Zu mehr wird es nicht reichen. Dir fehlt die Härte. Die Kraft. Die Zähigkeit. Die Energie. Die Kompromisslosigkeit.«

Der Morgen war wie so viele Sonntage mit der Familie gewesen. Der Vater hatte Zeit gehabt, sich um die Dinge zu kümmern, die seine nachgiebige Frau, seiner Meinung nach, schleifen ließ. Vor allem auf den ältesten Sohn musste man nun mal ein besonderes Auge haben, wenn man verhindern wollte, dass er nicht eines Tages mitten in der Trümmerlandschaft seines Lebens stand. Etwas Dunkles hatte schon von Anfang an in ihm geschlum-

mert, so hatte der Vater einmal zur Mutter gesagt, ohne Rücksicht darauf, ob der Junge es hören konnte oder nicht. Hatte sie etwa schon vergessen, dass er als Baby niemals gelächelt hatte.

An diesem verregneten Sonntagmorgen biss der Vater sich wieder mal an einer Kleinigkeit fest. Wie konnte es sein, dass beide Söhne vor einem Tag beim Friseur gewesen waren und die Haare des Älteren waren noch immer zu lang? Obwohl sie das in den Augen des Jungen und seiner Mutter keinesfalls waren. Doch der Vater griff erneut zur Schere, und als er seinem Sohn eine kleine Kerbe ins Ohrläppchen schnitt, hätte der Junge schwören können, dass es mit Absicht geschehen war. Der Alte zog sein weißes Stofftaschentuch mit dem Monogramm aus der Hose und fuhr über die blutende Wunde. Zum Schluss ging er noch mit dem Rasierapparat zu Werke. Am Ende waren es noch drei Millimeter Haare. Unter den dunklen Borsten schimmerte die Kopfhaut durch, und wie rote Flüsse zogen sich die Blutfäden über die weiße Kugel.

Trotz der Bevorzugung seiner kleinen Schwester liebte der Junge sie über alles. An dem Nachmittag quengelte Klara, sie wolle ins Badehaus. Sie hatte erst vor kurzem im Sommerurlaub an der Ostsee ein wenig das Schwimmen gelernt. Ihre Begeisterung dafür war allerdings weitaus größer als ihr Talent. Wie eine Biene, die an einem heißen Sommertag ins Wasser fiel und verloren wäre, würde nicht ein Blatt an ihr vorbeitreiben, so würde es Klara ohne ihre Schwimmflügel ergehen. Die sie an diesem Nachmittag in ihrem Zimmer vergessen hatte.

»Ich hole sie dir«, sagte er, denn sie war schon im Badeanzug.

Plötzlich erblickte er die Enkelin der Köchin Hedwig, die vom Garten aus durch das Fenster zu ihnen hereinsah. Yvonne war ein hübsches Mädchen von mittlerweile acht Jahren und eine Nervensäge, die es sich angewöhnt hatte, allen im Weg zu stehen und überall dort aufzutauchen, wo sie nichts verloren hatte. Sie hing trotz des Altersunterschiedes immer noch wie eine

Klette an ihm, dem vier Jahre Älteren, eine Zuneigung, die er mit Füßen trat, weil sie ihm lästig war, ihn aber andererseits aufwertete. Eine Belohnung für all die Demütigungen, die er ertragen musste. Sie war bereit, alles dafür zu tun, dass er sie beachtete. Er aber fühlte sich stark, wenn er sie schlecht behandeln konnte. Es polsterte sein ramponiertes Selbstbewusstsein auf, ihr deutlich zu machen, dass sie nicht auf Augenhöhe verkehrten. Dass sie es niemals tun würden. Das Erbe des Vaters. Die Lust an der Macht. Manche erbten Kunst von ihren Vätern, manche Immobilien, manche Schulden, seiner hatte ihm die Fähigkeit vermacht, Menschen auf Däumlingsformat schrumpfen zu lassen und ihre Seelen in Schutt und Asche zu legen.

Wahrscheinlich wäre sie jetzt gerne bei ihnen und würde mit ihnen im Wasser tollen, dachte er mit einer gewissen Schadenfreude. Da konnte sie lange warten.

»Ich warne dich!«, rief er seiner kleinen Schwester zu. »Komm bloß nicht auf die Idee, schon ins Wasser zu gehen.«

»Natürlich nicht«, sagte Klara geradezu empört und rollte mit den Augen.

Er verließ das Badehaus. Keine Spur mehr von Hedwigs aufdringlicher Enkeltochter. Er lief zur Villa, rannte hoch in den ersten Stock, in dem das Zimmer seiner Schwester direkt neben dem der Eltern lag. Die Tür zu deren Schlafraum war nicht ganz geschlossen. Vielleicht war sie ins Schloss gedrückt worden und wieder aufgesprungen. Sie stand nur einen Fingerbreit auf, und doch reichte es, um die Laute zu ihm nach draußen auf den Flur dringen zu lassen.

Stöhnen. Keuchen. Flüstern.

Er schob die Tür etwas weiter auf und spähte durch den Spalt. Er sah den nackten Rücken seines Vaters, leicht behaart, feucht von Schweiß, der sich auf- und abbewegte, schneller und schneller, unter ihm auf dem Kissen ein Fächer langer blonder Haare. Er hörte die erstickten Schreie einer Frau. Sein Vater zuckte kurz, sein Körper bebte, er japste nach Luft, dann war es vorbei. Die Frau unter ihm hauchte Unverständliches.

Der Junge stand dort und war nicht in der Lage, sich zu rühren. Er war wie gelähmt vor Ekel und Entsetzen. Und doch war da noch etwas anderes. Ein unbekanntes Gefühl aus Geilheit und Gier, neu und angsteinflößend und erregend, ein wildes Scharfsein. Erst da merkte er, dass er beobachtet wurde. Am Ende des Korridors war Yvonne aufgetaucht, die ihn mit großen Augen anblickte.

Was für ein Plagegeist! Ihn überkam der Drang, ihr weh zu tun, sie zu verletzen. Mit Worten und mit seinen Händen. Aber er tat nichts von alledem, sondern stürmte, als sich seine Starre endlich gelöst hatte, an ihr vorbei die Treppe hinunter, stürzte hinaus in den Garten und stolperte zum Pool. Die Schwimmflügel für Klara hatte er in seiner Verwirrung vergessen. Chlorgeruch schlug ihm entgegen. Die Wände des Badehauses schienen auf ihn zuzukommen, und seine Knie gaben nach, als er es sah. Auf dem Wasser lag leblos seine kleine Schwester wie ein Stück Treibholz.

An die Stunden danach hatte er nur noch schemenhafte Erinnerungen. Daran, wie sein Körper von einem Zittern geschüttelt wurde. Wie er ins Wasser gesprungen war und ihren Körper herausgezogen hatte. Schwer war er gewesen, dieser kleine Leib in dem türkisfarbenen Badeanzug. Blau ihre Lippen, wie getränkt von Heidelbeersaft. Er war zur Villa gelaufen und hatte, schlotternd vor Kälte und mit Schweißperlen auf dem Gesicht, um Hilfe gerufen. Um ihn herum ein kleiner See aus Chlorwasser. Sein Vater war angestürzt gekommen. Halb angezogen, das Hemd noch aus der Hose hängend, barfuß, nach Schweiß riechend und nach Sex. Obwohl er damals noch nicht wusste, wie Sex roch, sollte ihn später, viel später, ausgerechnet dieser Geruch immer an jenen Nachmittag im November erinnern, von dem an jeder Tag kürzer und kälter werden sollte als der vorherige, an dem die Sonne aus seinem Leben verschwand und seine Seele vernarbte.

Wie ein Fiebertraum, das alles! Die Wiederbelebungsversuche des Vaters. Die Ambulanz, die kurz darauf eintraf. Yvonne, die ihn trösten wollte und die er von sich gestoßen hatte wie einen aufdringlichen Hund, bis Hedwig ihre Enkeltochter nahm und aus dem Haus brachte. Das Warten im Krankenhaus und die Nachricht drei Stunden später, dass Klara nie mehr aufwachen würde. Die Beerdigung. Ein Gewusel aus schwarz gekleideten Menschen und traurigen Gesichtern. Ein kleiner weißer Sarg mit rosa Moosröschen.

Klaras Zimmer.

Das leere Bett, ihre Plüschtiere im Regal. Die Spieluhr mit der Puppe im roten Kleid auf goldenem Halbmond. Der aufziehbare Affe mit den Tschinellen. Jeder Zentimeter roch nach ihr, er fühlte noch ihr Haar. Sein Herz blutete. Er spürte eine unendliche Trauer, die seinen Körper und seine Seele ausfüllte wie ein Kloß, der immer weiter und weiter anwuchs, bis er in jede Pore und jede Zelle eingedrungen war.

Klara war tot.

Und er war tot für die Welt. Für seinen Vater sowieso. Seine Kälte schmerzte. Sie war wie eine Ohrfeige. Kalte Verachtung, die er ihm wie Sprühregen ins Gesicht spie. Die Mutter ging in die innere Isolation. Sie flüchtete sich in alles, was in ein elegant geschliffenes Kristallglas passte und ihr das Gehirn angenehm aufweichte. Es schien fast so, als betrachtete sie ihre Ehe als zum Überleben verpflichtet, als dürfe deren Existenz nicht wegen ein paar unbedeutender Affären gefährdet werden. Sie hätte es vermutlich als ihr eigenes Versagen verbucht. Ihr Erdulden war ihre Art zu leiden, und sie entwickelte eine große Fertigkeit darin.

Manchmal begehrte etwas in dem Jungen auf gegen die Schuld, die man ihm zuschob. Er war doch auch nur ein Kind!

Und das lebte fortan mit den Qualen der Erinnerung, zu denen auch Yvonne gehörte. Sie, die den Jungen vor dem Schlafzimmer der Eltern hatte stehen sehen, wo er den Vater dabei beobachtete, wie er diese Dinge tat.

Yvonne kam weiterhin mit ihrer Großmutter Hedwig in die Villa. Sie spielte mit Klaras Sachen, und sie war immer da, wohin der Junge auch ging. Wie sein eigener Schatten. Den Vater schien sie aufgrund einer gewissen Ähnlichkeit mit Klara ein wenig über den Tod seiner Tochter hinwegzutrösten. Er war weicher in ihrer Gegenwart.

Sie hatte den Jungen nie verraten, hatte nie erzählt, was ihn davon abgehalten hatte, seiner kleinen Schwester die Schwimmflügel zu bringen. Rechtzeitig zurück zu sein. Er flüchtete vor ihr. Vor ihren runden traurigen Augen, ihren kleinen Händen mit den Mulden im Speck, die ihn, das viel größere Kind, zu streicheln versuchten.

Sie ließ sich all seine Harschheiten gefallen. Obwohl es geschickter gewesen wäre, freundlich zu ihr zu sein, brachte er es nicht über sich. Fast war es, als würde er darauf hoffen, dass sie redete. Eigentlich war es sowieso egal, ob sie es erzählte, denn für seine Familie war er ohnehin der, der Klara auf dem Gewissen hatte. Aber Yvonne sah ihn immer nur an und schwieg.

Eines Tages kam sie nicht mehr. Sie zog mit ihrem Vater weg aus Hamburg. Nun war er allein mit seinem schlimmsten Geheimnis. Eigenartigerweise wurde in den Jahren darauf das, was er als Kreuz durch seine ganze Kindheit geschleppt hatte, zu seiner Leidenschaft. Die Musik. Sie holte ihn aus seiner Einsamkeit; dem Stillstand, der seine Jugend war. Stundenlang saß er an dem Instrument, das er immer besser beherrschte, und spürte, wo die Noten ihn hinführten. Bis ins Innerste, auf Traumstraßen, an Sehnsuchtsorte, an Plätze, die er bisher nicht kannte. Und er begriff, wenn man Musik liebte, sie wirklich liebte, dann spielte man sie vor allem für sich selbst.

37

29. Oktober

Consuelo stieß die Luft aus, als habe sie einen Schlag in den Magen bekommen. Sie geriet mehr und mehr in Panik. Sie rüttelte an der Tür zum Abstellraum des Badehauses. Was war los mit dem Scheißding? Warum ließ es sich nicht öffnen? Sie war nur kurz hineingeschlüpft, um ein Handtuch für Mila zu holen, hatte noch nicht mal das Licht angeknipst. Und plötzlich war es durch das Zufallen der Tür um sie herum dunkel geworden, rabenschwarze Finsternis. Ihr Denken funktionierte nicht mehr. Ihr Hirn war ein Puzzlespiel aus Teilen, die durcheinandergeraten und nun nicht mehr zusammenzusetzen waren. Über ihren Rücken liefen Angstschauder. Ihr Magen krampfte sich zusammen. Mila war allein am Pool, und sie saß hier fest. Hatte das Mädchen sich einen bösen Streich mit ihr erlaubt? Hielt es sie zum Narren?

»Mila! Lass mich sofort hier raus! Das ist nicht lustig.«

Doch Milas Antwort war nur ein Schrei.

Consuelo konnte es förmlich hören, das Aufschlagen auf der glatten Oberfläche des Wassers, das Umsichschlagen, das Treten und Zappeln und Strampeln.

Auf einmal war es still.

Vor Angst war Consuelo wie von Sinnen. Sie hämmerte gegen die Tür. Obwohl sie wusste, dass niemand sie öffnen würde, denn Mila kämpfte im Pool offensichtlich ums Überleben. Schließlich vernahm sie den Aufprall eines zweiten Körpers, der kurz darauf mit schnellen Bewegungen durchs Wasser pflügte. Sie hörte die Stimme von Tobias Hansen, der die Ruhe selbst zu sein schien. Hatte er Mila gerettet? Consuelo ließ sich auf einen Hocker fallen. Heiß und kalt zugleich war ihr. Als würde sie mit hohem Fieber nackt im Wind stehen. Den Lichtschalter hatte sie in ihrer Panik nicht gefunden.

»Mama!«, vernahm Consuelo Milas Stimme durch die geschlossene Tür.

»Schatz«, rief Yvette. »Was ist passiert? Ich habe mich gewundert, dass Sie nicht zurückgekommen sind, nachdem Sie doch nur die Taucherbrille abgeben wollten.«

»Hier hat ganz offensichtlich jemand seine Aufsichtspflicht vernachlässigt«, sagte Tobias Hansen. »Ich kam gerade zur rechten Zeit.«

»Wo ist Consuelo?«, fragte Yvette.

»Sie wollte ein Handtuch holen«, sagte Mila.

»Und da lässt sie dich allein am Pool zurück?«

Mila piepste vor Aufregung, sie redete schnell. »Ich habe einfach den Mund zugelassen und nicht geatmet.«

»Aber du kannst doch nicht ohne deine Schwimmflügel ins Wasser hüpfen!«

»Bin ich nicht! Irgendwas hat mich geschubst.«

»Was denn? Wer denn? Hier war doch niemand außer euch. Wenn Herr Hansen nicht in dem Moment gekommen wäre, dann wärst du …« Yvettes Stimme brach.

Plötzlich wurde die Tür aufgerissen, und vor Consuelo standen Tobias und Yvette. Aus Tobias' Kleidung, die an seinem Körper klatschte wie eine zweite Haut, rann das Wasser. Yvette trug ihr Kind auf dem Arm, ein schlotterndes Mädchen im Blümchen-Bikini mit nassblondem Haar. Sie war bleich wie ein Geist, während sie ein Handtuch aus dem Regal riss.

Consuelo war wie benommen. Es war ihr unmöglich zu schlucken. Sie ließ die Schultern hängen. Mit dem Daumen der rechten rieb sie die Fingerknöchel der linken Hand.

»Ich ... ich ... die Tür ließ sich nicht mehr öffnen«, stammelte sie.

Sie suchte in Yvettes Augen nach einem Zeichen der Vergebung. Nach Gnade. Nach Verständnis. Doch Yvettes Blick war gehetzt. Ihre Stimme klang gepresst. So, als würde sie nicht genug Luft bekommen. Sie hechelte, als würde sie ersticken. Sie schwitzte, bebte und zitterte am ganzen Körper. Ihr Herz schien so zu rasen, dass die Frau, in deren Brust es schlug, nicht hinterherkam. Aber war eine solche Panikattacke verwunderlich nach dem, was gerade passiert war?

»Wieso ließ sich die Tür nicht öffnen? Warum haben wir sie problemlos aufgekriegt?« Das war Tobias Hansen.

Seine Augen hielten stumme Zwiesprache mit ihren. Sein Mund zuckte. Nur ganz leicht. Ein schnaubender Laut der Verachtung.

»Das würde mich auch interessieren«, sagte Yvette.

»Ich konnte nichts dafür!« Consuelo schrie es fast.

»Wenn man mit einem Kind schwimmen geht«, so kam Yvettes Stimme wie eine Eisdusche über sie, »dann hat man alles dabei, was man braucht, und muss es nicht erst noch umständlich zusammensuchen.«

Reglos saß Consuelo da, den Blick starr auf den Boden gerichtet, weil sie es nicht ertragen konnte, wie hasserfüllt die anderen sie ansahen. Yvette hatte ausgesehen, als würde sie ihr am liebsten ins Gesicht schlagen.

Ihre Worte waren nur noch ein Rauschen in ihren Ohren. »Ab jetzt sollten sich unsere Wege besser trennen.«

Consuelo nickte traurig.

»Nicht, Mama!«, rief Mila. »Consuelo soll bleiben!«

Yvette entfernte sich mit ihrer Tochter auf dem Arm. »Sehen wir zu, dass wir hier rauskommen! Ab unter die heiße Dusche.«

Abrupt wandte sie sich noch einmal zu Consuelo um. »Händigen Sie Herrn Hansen den Schlüssel aus!«

Tobias blieb noch einen Moment in der Tür stehen. Da war plötzlich ein Funkeln in seinen wässrig hellen Augen. Ein Ausdruck heiterer Gelassenheit. Der Anflug eines hämischen Grinsens auf seinen Lippen, während das Chlorwasser aus seinen schwarzen Jeans auf den gefliesten Boden tropfte.

»Sie haben mich eingeschlossen«, sagte Consuelo. Fassungsloses Erstaunen sprach aus ihrem Blick. »Warum?«

»Ich wollte einmal jemanden retten.«

»Ich könnte alles Frau Winkler erzählen.«

»Das werden Sie nicht tun! Denn Sie wissen: Bei mir sind all Ihre Geheimnisse sicher.«

Langsam dämmerte es ihr. »Warum ist es mir neulich nach Ihrem Kuss so schlecht gegangen?«

Er lächelte. »Erdnussbutter.«

Consuelo wurde schwindlig. Ihr Herz brach in tausend Stücke. »Sie sind ein durchgeknallter Psychopath.« Sie holte tief Luft. »Wobei bin ich Ihnen im Weg?«

»Manchmal muss man etwas zerstören, um weiterleben zu können. Und Sie mit Ihrer häufigen Anwesenheit würden mich daran hindern. Glauben Sie mir, ich wäre auch lieber mit einer anderen Absicht an die Sache herangegangen.«

Ihr Hals war rau, eng, trocken.

»Retten! Zerstören! Was denn nun?«

»Beides.« Er verschränkte die Arme vor der Brust. »Beides gehört zusammen. Wie Gott und Teufel. Und sehen Sie es doch mal ganz pragmatisch. Sie sind auf der Suche nach Liebe. Sie sollten wissen, dass sie Ihnen keinen Frieden schenken wird. Ich wollte Ihnen nur eine Enttäuschung ersparen. Ihnen und Ihrer Sehnsucht nach der perfekten Puppenhaus-Idylle.«

Sie versuchte, seinem Blick standzuhalten. Ein heiseres Flüstern drang aus ihrer Kehle, die wie zugeschnürt war. »Sie sind ein Monster.« Diese laut ausgesprochene Erkenntnis schnitt tief in ihr Herz.

Sein Mund deutete ein schmales Lächeln an. »Sagen wir so: Ich bin der Tiger, der seinen Dompteur hasst und sich jetzt dessen Methoden zu eigen macht. Das geht nicht ohne Zähnefletschen. Und nun sollten Sie wirklich gehen und diese bedauernswerte Familie in Ruhe lassen, in deren Nest Sie sich gesetzt haben. Ich meine es nur gut mit Ihnen. Betrachten Sie mich als Retter Ihres Seelenfriedens.«

Er wandte sich zum Gehen, kam nach ein paar Schritten aber noch einmal zurück. Mit ausgestreckter Hand, klimpernden Fingern und vom Wasser nassen, fast blauschwarzen Haaren, die er in einem Anfall krankhaften Lachens schüttelte, bis sie sie bespritzten. »Sie haben es ja gehört. Den Schlüssel.«

Mit zittrigen Knien machte sich Consuelo auf den Heimweg und wählte die Nummer von Yvette.

Sie war geschult darin, den Erwartungen anderer eher zu entsprechen, als sich ihnen zu widersetzen. Und sie wusste, was man von ihr erwarten würde.

Kuschen. Den Mund halten. Augen zu. Ohren zu. Und durch.

Asyl beziehen in ihrem Loch, wohin sie als graue Maus gehörte.

Doch dazu war sie nicht länger bereit. Sie musste ihre Chefin warnen vor diesem Unmenschen, diesem Ungeheuer, das das Leben eines Kindes riskiert hatte, um als Held dazustehen, das sie fast vergiftet und ihr Herz gebrochen und in den Ruinen ihrer Träume zurückgelassen hatte, verletzt, verzweifelt, verheult.

Endlich meldete sich Yvette.

»Frau Winkler, bitte, legen Sie nicht gleich auf!«

Yvettes Stimme klang barsch. »Lassen Sie mich in Ruhe! Lassen Sie uns in Ruhe! Was wollen Sie denn noch? Haben Sie wenigstens so viel Würde und betteln jetzt nicht um Ihren Job. Sie haben genug Unheil angerichtet.«

»Es geht nicht um mich. Dieser Mensch hat keine Gefühle. Er ist abstoßend, bösartig und gefährlich. Sie müssen sich vor ihm in Acht nehmen. Sie müssen Ihre Familie vor ihm schützen.«

»Darf ich fragen, wen Sie meinen?«

»Herrn Hansen.«

»Sie sind ja völlig irre! Er hat meiner Tochter das Leben gerettet.«

»Er hat mich dort eingesperrt.«

Grußlos legte Yvette auf.

Yvette hatte sie entlassen – aus ihrem Leben gelassen. Consuelo fühlte sich wie eine Aussätzige. Der Schmerz über diese Ungerechtigkeit breitete sich in ihrem Körper aus wie ein Flächenbrand und hinterließ hektische rote Flecken auf ihren Wangen.

Sie ballte die Fäuste in der Manteltasche und ging nach Hause. Die Oktoberluft schmeckte bitter an diesem elendgrauen norddeutschen Tag.

Sie fühlte sich um all das gebracht, wonach sie sich immer gesehnt hatte. Liebe. Familie. Ein Leben, das nicht perfekt sein musste, aber in einem gewissen Maße zufriedenstellend. In dem man manchmal eine Umarmung bekam, einmal im Jahr Geburtstagsblumen und ein Taschentuch, wenn man heulen musste. In dem man einen Job hatte, für den es eine angemessene Bezahlung gab und manchmal ein warmes Wort. Sie ging noch im Mantel zu dem Puppenhaus, kaum dass sie ihre Wohnung betreten hatte, und zerstörte es im blinden Wahn. Sie trat dagegen. Alles purzelte wild durcheinander. Schluchzend ließ sie sich vor dem Trümmerhaufen auf dem Fußboden nieder und zerbrach die zierlichen Möbelstücke, die sie einst so liebevoll arrangiert hatte. Die Stühlchen, die kleinen Kommoden, die Betten. Nur die Püppchen ließ sie am Leben, da ihr Zorn langsam abebbte.

Später, viel später in der frühzeitig einsetzenden Abendstunde, blickte sie, noch immer im Mantel, auf die Lichtflecken, die die Kerzen in der Dunkelheit malten. In ihren Augen standen Tränen, während sie im Sessel sitzend Cremetorte in sich hineinstopfte. Sie nahm gar nicht erst den Umweg über einen Teller; sie aß die buttrige Masse mit einem großen Löffel direkt von der Platte.

38

30. Oktober

Das Klingeln an der Tür ließ sie zusammenzucken. Gerda Hoff war am gestrigen Tag viel in ihrer Wohnung auf und ab gegangen, unfähig still zu sitzen. Oksanas plötzliche Kündigung hatte ihr zugesetzt. Sie hatte versucht, sich abzulenken. Hatte ihre Lieblings-Quizshow im Fernsehen eingeschaltet, ein Klavierstück von Chopin gehört, hatte mit sich selbst geredet und sich eine Suppe aus der Dose warm gemacht, die nicht schmeckte. Ihre Unruhe hatte all das nicht vertreiben können. Sie war aufgeschmissen ohne Hilfe. Was sollte werden? Sie war alt, blind, einsam und mutlos. Das Leben war nicht mehr nett zu ihr. Konnte Gott sie nicht endlich zu sich holen?

Es war genug! Es reichte! Aus! Das war's!

Sie drehte den Fernseher leiser, in dem gerade eine nachmittägliche Kochshow lief. Auch wenn sie nie das Sellerie-Samtsüppchen zubereiten würde, um das es gerade ging, sie mochte den österreichischen Singsang des Moderators, und es war angenehm, dass es Geräusche gab, Gespräche, die die Stille in ihrer Wohnung durchbrachen.

Es klingelte erneut.

»Ja, doch«, rief sie. »Ich komme ja schon.«

Wer das wohl sein mochte? War Oksana zurückgekommen? Hatte sie kapiert, dass die Kneipe mit ihrem Freund eine höchst unsichere Perspektive war? So wird es sein, dachte Gerda und verspürte einen verstörenden Moment lang Genugtuung, die sie sich sofort untersagte. Sie würde sie mit offenen Armen wieder aufnehmen und nicht abweisen wie eine gekränkte Geliebte. Mit großer Sicherheit bewegte sich Gerda durch den Flur. Hier kannte sie jeden Zentimeter. Sie öffnete die Haustür, hörte den Sturm ums Haus jagen und fragte im selben Atemzug: »Wer ist da?«

»Guten Tag, mein Name ist Consuelo Strunz.«

»Falls Sie für irgendetwas sammeln, so muss ich Sie enttäuschen. Ich muss selbst zusehen, dass ich zurechtkomme.«

»Ich würde gerne für Sie arbeiten.«

»Wie kommen Sie darauf, dass ich jemanden brauche?«

»Ich kenne die junge Dame flüchtig, die bisher für Sie tätig war.«

»Ja, und?«

»Ich weiß, dass sie aufgehört hat. Ich bin auf der Suche nach einem Job und Sie vermutlich nach jemandem, der Ihnen zur Hand geht. Ich werde Ihre Lieblingsgerichte kochen, Ihr Haus sauber halten, Ihre Wäsche waschen und für Sie einkaufen, Sie bei Bedarf pflegen, und wenn Sie wollen, leiste ich Ihnen an den Abenden und am Wochenende Gesellschaft.«

»Haben Sie keine Familie, die Ihre Zeit beansprucht?«

»Ich bin einsam wie Sie.«

»Ich bin nicht einsam«, sagte Gerda Hoff schroff. »Wie kommen Sie darauf? Ich habe Freunde.« Sie sah in Consuelos Richtung. Blicklos. Blind.

Plötzlich war sie zu müde, um sich und anderen etwas vorzumachen. »Ich hatte Freunde. Sie sind alle tot.«

Die Geräusche aus dem Fernseher drangen bis zu ihnen hinaus in den Korridor.

»Gucke ich auch gerne«, sagte Consuelo. »Aber noch lieber Quizsendungen.«

»Dann verraten Sie mir mal: Welchen dieser Vögel gibt es wirklich? Strasswachtel, Opalsumpfhuhn, Klunkerkranich, Brillantschnepfe?«

»Opalsumpfhuhn?«, riet Consuelo

»Falsch! Klunkerkranich«, rief Gerda triumphierend. »Millionenfrage bei Günther Jauch.«

»Das war schwer«, stöhnte Consuelo.

»Nun kommen Sie schon rein! Was stehen Sie noch da draußen herum bei dem Sturm? Wahrscheinlich bin ich wieder mal zu vertrauensselig. Ich hoffe, dass Sie meine Gutmütigkeit und Hilflosigkeit nicht ausnutzen.« Sie seufzte und ging Consuelo voran ins Wohnzimmer.

»Wie hübsch!«, hörte Gerda Consuelo sagen.

»Was genau?«

»Die Lämpchen.«

Gerda musste lächeln. »Schön bunt, nicht?«

Sie waren mal ihr ganzer Stolz gewesen, die Tischlämpchen im viktorianischen Stil mit schillernden Motiven von Pfauen und Schmetterlingen und Rosen. Genauso wie die roten Vasen aus schwerem Kristall auf der Gründerzeitkommode. Sie wusste noch genau, wie sie aussahen, auch wenn sie sie ewig nicht mehr hatte anschauen können.

»Hier würde es mir gefallen«, sagte Consuelo.

»Welche Musik mögen Sie?«

»André Rieu«, schwärmte Consuelo.

»Welche Filme?«

»Je romantischer, desto besser.«

»Pilcher«, riet Gerda.

»Kommt hin.«

»Darf ich Sie berühren? Ich möchte mir ein Bild von Ihnen machen.«

»Sehr gerne.« Consuelo zuckte nicht mit der Wimper.

Gerda streckte ihre knochige Hand aus, die von Altersflecken übersät war und über der sich die dünne weiße Haut spannte wie Pergament. Sie tastete über Consuelos Kopf.

»Sie haben schönes Haar. Puppenhaar. Dick und fest. Eine glatte Haut. Keine Falte. Einen kleinen schmollenden Mund, fast wie ein Kind. Sie tragen Lippenstift.«

»Was Sie nicht alles entdecken.«

»Und nun steht er vor Erstaunen offen wie ein kleines Vogelhäuschen, in das gleich eine Meise schlüpft.« Gerda lachte. »Jetzt halten Sie mich für kindisch.«

»Eher für poetisch«, sagte Consuelo.

Gerdas Hände fuhren über Consuelos runde Hüften. Jedes Gramm Einsamkeit war dort gelandet. Sie spürte, wie ein wohliger Schauer durch den Körper ihrer Besucherin lief und musste lächeln.

»Sie haben etwas zuzusetzen, hätte meine Mutter gesagt.«

»Was soll das heißen?«

»Sie sind kein Strohhalm, und so einfach wird Sie nichts umpusten. Das ist gut. All diese dünnen Frauen heutzutage! Besonders die mit Geld. Je reicher, desto ausgezehrter.«

»Sie sind auch sehr schlank.«

»Ich bin alt.« Gerdas Finger strichen behutsam über Consuelos Hände. »Und Sie tragen keinen Nagellack. Das gefällt mir. Rauchen Sie?«

»Nein.«

»Umso besser. Können Sie zupacken?«

»Probieren Sie's aus!«

»Von Ihrer Vorgängerin weiß ich, dass in meinem Garten eine tote Taube liegt. Ein hässliches fettes Viech. Sie hat es nicht über sich gebracht, sie zu entfernen. Können Sie's?«

Sie konnte nicht sehen, wie Consuelos Blick aus dem Wohnzimmerfenster auf die prächtige Villa hinter dem Zaun fiel, die in angemessener Nähe zu dem Haus von Gerda Hoff lag, keine zu vertrauliche Nachbarschaft, ihr aber durchaus vertraut. Auf dem Rasen stand der Klavierlehrer und rauchte eine Zigarette. Er scharrte mit den Füßen im welken Laub, bevor er den Schwaden nachblickte, die er, den Kopf in den Nacken gelegt, in den bewölkten Himmel blies. Sogar im Vergleich zu den riesigen alten Bäumen sah er groß aus, wie er dort stand, ein stattlicher Mann, der Sturm und Wind trotzte, als könnten sie ihm nichts anhaben.

»Ich bin mir für nichts zu schade«, sagte Consuelo mit fester Stimme, in der ein Hauch Eiseskälte mitschwang.

39

30. Oktober

Dem Sturm, der die Stadt den ganzen Tag über in die Mangel genommen hatte, war gegen Abend die Puste ausgegangen. Die Welt war vom Wind durcheinandergerüttelt worden, der Rasen übersät von Blättern in flammenden Tönen. Die Kinder lagen im Bett oder waren zumindest auf ihren Zimmern. In Hamburg war es zehn Uhr abends. In Peking vier Uhr nachts. Yvette hatte vor einigen Stunden mit ihrem Ehemann telefoniert, bevor sie damit begonnen hatte, die Reste eines Gemüseauflaufs aus der feuerfesten Form zu kratzen. Tobias war am frühen Abend sofort nach dem Unterricht für drei ihrer vier Kinder gegangen. Max hatte sich mit Magenschmerzen auf sein Zimmer verzogen und war erst wieder zum Abendessen erschienen. Die halbe Stunde bei Tobias hatte er geschwänzt, im Auflauf nur herumgestochert.

»Sag mal, drückst du dich vor dem Klavierunterricht?«, hatte sie ihn gefragt.

»Was willst du jetzt hören? Dass der Typ total geil ist und ich das Scheißinstrument liebe?«

Ganz offensichtlich hatte er schlechte Laune, suchte Streit.

»Warum sollte ich das hören wollen, wenn es nicht der Wahrheit entspricht?«

»Weil das doch deine Pläne für mich sind. Du hast doch immer Pläne für alles und jeden.«

»Ist alles gut bei dir?«

»Super.«

»Irgendwas stimmt doch nicht!«

»Alles okay.«

»Warum muss ich dir jedes Wort einzeln aus der Nase ziehen?«

»Weil es nichts zu sagen gibt.« Max hatte sich ein Glas Nutella geschnappt und daraus löffelnd die Küche verlassen.

»Das ist nicht das Richtige bei Magenschmerzen«, hatte sie ihm nachgerufen.

»Hab keine mehr.«

»Trotzdem.«

»Meine Sache!«

Kopfschüttelnd hatte Yvette ihm nachgesehen.

Was war nur los mit ihm?

Die Pubertät, hatte sie sich wieder einmal eingeredet. Was sonst? Dafür hatte Tobias Hansen neulich genau die richtigen Worte gefunden.

Im Haus war es ruhig. Die Nacht lauschte den Gesprächen aus dem Fernseher. Eine Talkshow mit den immer gleichen Gesichtern und austauschbaren Phrasen. Sie langweilte sich und schenkte sich ein weiteres Glas Wein ein. Plötzlich war da was.

Draußen.

Im Garten.

Ein Geräusch an der gläsernen Verandatür. Kein zaghaftes Klopfen. Eher ein Knall.

Sie schnappte nach Luft. Die Angst stieg in ihr hoch wie eine heiße Welle. Sie schwappte über ihren Bauch bis zum Herzen und schoss hinein in ihren Schädel. Jetzt bloß nicht in Panik geraten, befahl sich Yvette. Mit einem Ruck schob sie den schweren Vorhang beiseite und öffnete die Terrassentür.

Ein bleicher Mond stand am Himmel.

Allmählich gewöhnten sich ihre Augen an die Dunkelheit. Sie

zitterte. Und das lag nicht an der Kälte, die hereinströmte zu ihr. Sie blickte hinaus in den Garten.

Nichts.

Nichts als Stille, die sich anfühlte, als würde die Welt den Atem anhalten, eine Stille, die den Nachhall des Schlages gegen das Glas in ihrem Kopf noch beängstigender machte.

Nicht einmal Zweige knackten. Nur das Blut rauschte in ihren Ohren. Sie atmete geräuschvoll ein und aus und räusperte sich mehrmals. Nicht nur, um sich selbst Mut zu machen, sondern auch als Warnung an alles, was da draußen herumschlich, ihr auflauern und auf sie warten könnte. All das wollte sie mit ihrem Räuspern ausschalten. Auch die eigene Angst.

Ihre Schritte waren zögernd, als sie um das Haus herumging. Laub raschelte unter ihren Füßen. Eine Krähe erhob sich aus einer Baumkrone und flatterte davon. Nebelschleier waberten über die Wiese. Von der Elbe her roch es modrig. Ein leiser Wind kam auf, der wie ein Wimmern klang, und verfing sich im Geäst der Bäume. Aber sie entdeckte nichts, das sich in den Falten der Finsternis versteckt hielt.

Da war nichts.

Sie ging den Weg zurück zur Terrassentür. Und geriet beinahe ins Stolpern, als ihre Füße gegen etwas traten, das hart und weich zugleich war. Sie blickte nach unten. Und stieß einen kleinen Schrei aus. Nicht weil das, was sie sah, sie wirklich ängstigte, sondern weil es ekelhaft war. Eine tote Taube, vollgefressen mit den Abfällen der Stadt. Sie musste gegen die Scheibe geflogen sein. Daher der pistolenartige Knall. Sie würde sich morgen damit befassen, wer das Tier von seinem Grab im Gras wegschaffen konnte. Die künstliche Beleuchtung im Wohnzimmer blendete sie, als sie wieder eintrat, die Terrassentür schloss und den Vorhang zuzog. Sie blinzelte. Und merkte erst jetzt an dem Brennen in ihrer Brust, dass sie die ganze Zeit über die Luft angehalten hatte.

40

31. Oktober

Jäh brach die Sonne durch die Wolkendecke. Von irgendwoher ertönte der Laut eines Vogels, der klang wie ein keckerndes Lachen. *Kjückkjückkjück*. Es war das vertraute Geräusch eines Grünspechts, der in der alten Stieleiche im Nachbargarten seine Höhle gebaut hatte. Es klang geradezu spöttisch, so als würde er sich über die Menschen und ihre Marotten lustig machen.

Tobias schlich am Morgen gegen neun in Laufschuhen aus dem Haus, um Larissa und Theo nicht zu wecken, und lief sich den gestrigen Abend mit zu viel Rotwein und Nikotin aus den Poren. Es tat gut, um diese Uhrzeit zu joggen. Man spürte nicht den Atem anderer Menschen im Nacken. Nach einigen Kilometern Laufen durch den Sand klebten ihm die Klamotten so am Leib, dass sein Schweiß den Waschmittelgeruch seiner Sportkleidung ausdampfte. Er keuchte und lehnte sich zur Erholung an den Findling am Elbstrand von Övelgönne, den die Hamburger voller Stolz »Alter Schwede« nannten. Am Ufer der Elbe war es ruhig. Er spürte die Härte des Granitsteins in seinem Rücken, und er war so durstig, dass er sich nach einem kalten Bergbach sehnte, nach Wassermelone im Mund und einem Spritzer Zitrone. Dummerweise hatte er vergessen, eine Flasche Wasser mitzunehmen. Sein Smartphone klingelte. Auf dem Display las er Yvettes Namen. Sein verkatertes Gehirn brauchte eine Weile, um auf Touren zu kommen.

»Frau Winkler«, meldete er sich und täuschte morgendliche Frische vor. »Was kann ich für Sie tun?«

»Guten Morgen, Herr Hansen. Ich hoffe, ich störe nicht. Ich komme mir jetzt total kindisch vor, aber würden Sie mir einen Gefallen tun?«

»Jeden.«

»Gestern Abend hat es einen Schlag gegen die Terrassentür getan. Und seitdem liegt eine Taube in meinem Garten. Ein monströses Vieh. Ich ...« Sie holte tief Luft, bevor sie fortfuhr. »Ich sag's ja, Sie werden mich für albern halten ...«

»Ich soll sie entfernen«, beendete er ihren Satz und merkte, wie sein Gehirn Fahrt aufnahm. »Und, nein, ich halte Sie keineswegs für albern.«

»Ich weiß nicht, wen ich sonst darum bitten könnte. Meiner Zugehfrau musste ich ja leider kündigen, und irgendwie ist so etwas ohnehin eher Männersache.« Sie stieß ein gequältes Lachen aus.

»Ich komme vorbei.«

Ein Lächeln huschte über seine Lippen, was rasch erstarb, als ihm ein heftiger Schmerz in den Rücken schoss. Seine Achillesferse. Sein Schwachpunkt.

»Wäre Ihnen heute Nachmittag recht?«

Sie hatte alles vorbereitet, als er kam. Ein Paar Gummihandschuhe und eine Plastiktüte zum Entsorgen des Vogelkadavers lagen auf dem Terrassentisch.

»Es ist mir so peinlich«, sagte Yvette. »Aber ich kann es einfach nicht.«

»Ich bitte Sie. Gar kein Problem.«

»Eigentlich sollte mein Mann jetzt hier sein, aber ...«

Sie schleuderte mit der rechten Hand ihren langen Pony aus der Stirn, als wolle sie alles Schmerzliche aus ihren Gedanken vertreiben.

»Aber er ist in China«, fiel er ihr ins Wort.

»Von wo er auch nicht so bald zurückkommt«, sagte sie.

»Ich dachte, er bleibt nur ein paar Tage.«

»Dachte ich auch. Bis heute Morgen.«

»Was ist passiert?«

»Ich will Sie nicht langweilen.«

»Sie langweilen mich nie«, sagte er und schaute sie an, als wolle er den Blick nie mehr von ihr abwenden.

»Es gibt wohl eine Firma, die in China hochwertige Schweizer Schokolade herstellt. Und sie schmeckt kein bisschen schlechter als das Original. Das heißt, sie müssen irgendwie an das Rezept gekommen sein.«

Was das bedeutete, war nicht schwer zu erfassen.

»Warum also Eulen nach Athen tragen, wenn die jetzt ihre eigene Schokolade machen?«

»So sieht's aus! Bernhard hat die chinesischen Behörden eingeschaltet, und die wollen jetzt gegen diese Firma vorgehen.«

Tobias blickte skeptisch.

»Deshalb muss er noch bleiben. Oder will bleiben. Ach, was weiß ich!«, feuerte Yvette ihren eigenen Worten hinterher.

Ausgerechnet Bernhard Winkler im Kampf gegen Produktspionage und Markenpiraterie, dachte Tobias. Auf den hat Peking gerade gewartet! Nur das leichte Zucken seiner Mundwinkel drückte seine Verachtung aus. Manchmal war das Ungesagte, das wusste er, aussagekräftiger als das, was ausgesprochen wurde. Aber vielleicht hatte sie es gar nicht wahrgenommen.

Sollte sie weiter davon träumen, dass in ihrem blassen Ehemann ein Held steckte, der einer Süßwarenfirma in China eine Rakete in den Arsch schieben und sie hochgehen lassen würde. Sollte sie darauf bauen, dass er das Böse ausrotten würde, bevor sie ihn am Flughafen wieder in die Arme schlösse, ihm ein paar Nudeln kochen, ein Glas Wein mit ihm trinken und anschließend adretten Sex mit ihm im Ehebett haben würde. Konnte sie alles haben. Wenn er selbst seinen Platz in diesem Haus wieder räumen würde. Wenn, dachte er mit einem durchtriebenen Lächeln.

Er streifte sich die Schutzhandschuhe über und hob die tote Taube von der Wiese auf. Ihn schüttelte es. Das Viech hatte die Größe eines Huhns. Unter dem Gefieder an der Seite klaffte ein großes Loch. Wahrscheinlich stammte es von einer Katze oder einer Ratte.

Yvette hielt die Plastiktüte auf und drehte sich angewidert ab.

»Passt ja zu Halloween«, bemühte sie sich, locker zu wirken.

»Mama, was macht ihr da?« Mila kam angelaufen.

»Schatz, geh rein!«

»Ist der Vogel tot?«

»Das ist eine Taube, die gestern Abend gegen die Fensterscheibe geflogen ist.«

»Beerdigt ihr sie?«

»Tote Vögel kommen in den Abfall. Das ist nun mal so.«

»Bitte, Mama, wir müssen sie beerdigen.« Mila begann zu weinen. »Sie soll ein Grab haben. Ein schönes Grab bei uns im Garten. Ihr dürft sie nicht in den Müll werfen.«

»Kleines, das ist kein Hund, keine Katze, kein Hamster. Das ist eine Taube, die noch nicht mal besonders hübsch ist, die Krankheiten überträgt und von der es in Hamburg vermutlich einige Zehntausende gibt.«

Mila stemmte die Hände in die Seiten und piepste. »Aber es ist ein Tier. Warum tut ihr das? Warum?«

»Das hat mir jetzt gerade noch gefehlt«, murmelte Yvette. Tobias war nicht entgangen, dass Yvette das Theater ihrer jüngsten Tochter offensichtlich auf die Nerven ging. Ihre Tränenbäche, ihre vor Empörung schrille Stimme.

Er ging vor Mila in die Knie, um auf Augenhöhe mit ihr zu sein. »Weißt du was?«, sagte er. »Du besorgst jetzt einen Karton, ich buddele ein Loch, und dann begraben wir die Taube so, wie du es möchtest. Einverstanden?«

»Kriegt sie auch ein Kreuz und Blumen?«

»Ganz wie du willst.«

Mila hörte auf der Stelle auf zu weinen, ihre Augen funkelten triumphierend, als sie ihre Mutter ansah, und Tobias hatte das Gefühl, dass sie ihr am liebsten die Zunge rausgestreckt hätte. Er wusste, dass das der Moment war, in dem er nach ihrem anfänglichen Misstrauen das Herz der Kleinen endgültig gewonnen hatte.

Eine ziemlich gerissene Taktik von ihm, dachte er. So machte man Kinderherzen zu Gefangenen.

Mila beeilte sich, ein Behältnis für das Vogelgrab zu suchen.

»Ein Schuhkarton, Mama?«

»Eher eine Umzugskiste«, sagte Yvette.

Mila drehte sich erstaunt zu ihr um. »Echt?«

»War ein Witz! Bitte Sophie, dir zu helfen.« Sie wandte sich an Tobias und fixierte ihn mit ihrem Blick. »Danke, dass Sie mir in den Rücken gefallen sind.«

Er wirkte ehrlich zerknirscht. »Das war nicht meine Absicht. Verzeihen Sie. Ich war gerührt von der Traurigkeit Ihrer kleinen Tochter, und ich konnte es noch nie ertragen, wenn Kinder leiden.«

Yvette knickte sofort ein und lockerte ihre angespannten Kiefermuskeln durch ein Lachen. »Sie sind einfach zu gut für diese Welt.«

Er lächelte. »Jetzt, wo Sie's sagen.«

Nach dem feierlichen Taubenbegräbnis war alles wie immer. Das Gekreische, Genörgel und Geschnatter der Kinder, das Gerangel, Gekicher und Getrappel auf der Treppe, das Zuknallen der Kühlschrank- und Küchenschranktüren auf der Suche nach Essbarem. Tobias ließ diese Geräusche des Alltags mit vier Kindern über sich ergehen wie eine Komposition voller Dissonanzen, bei der er so tun musste, als würde er die Abfolge schlecht klingender Laute genießen.

Er schaffte es, sich seine Verstimmung nicht anmerken zu lassen. Und er spürte Yvettes Zerrissenheit. Dass sie wünschte, er möge bleiben, und gleichzeitig hoffte, er würde gehen. Er wollte ihr diese Entscheidung abnehmen. Das war das Mindeste, was er tun konnte.

Sie war im Stress. Das war nicht zu übersehen. Eines von den Kindern suchte an diesem Nachmittag ständig etwas, weil es den Dingen nicht vergönnt war, einen festen Platz zu haben. Die Ketchupflasche auf dem Tisch klebte genauso wie die Türklinke und der Küchenfußboden, im Wohnzimmer lieferten sich Mila und ihr Bruder David eine Kissenschlacht mit Yvettes behüteter Designerware.

»Sie gehen jetzt einfach mal raus«, sagte er zu Yvette. »Kaufen was Schönes zum Abendessen, das ich dann koche, trinken irgendwo einen Cappuccino und kommen als neuer Mensch zurück. Ich hüte das Haus und passe auf Ihre Bande auf.«

»Ich weiß nicht. Wir beanspruchen Sie schon viel zu viel.«

»Nun gehen Sie schon! Atmen Sie mal durch.« Er legte ihr sanft die Hand auf den Rücken, was sie erschauern und ihren Körper vibrieren ließ, als würde ein Windhauch durch ein Blätterdach fahren. »Vielleicht bringen Sie ein Huhn mit. Ich könnte ein Chicken-Curry kochen.«

Es brauchte nicht viel, um seine Arbeitgeberin zu dieser kleinen Auszeit zu überreden. »Ich bleibe nicht lange. Ich muss den Kindern nachher bei ihren Halloween-Kostümen helfen.«

»Na, dann mal los!«, sagte er.

Als sie weg war, strich er durchs Haus und hörte, wie die Kinder in ihren Zimmern in übermütiger Halloween-Laune mit ihren Freunden telefonierten, voller Aufregung über den bevorstehenden Abend. Nur bei Max war es ruhig. Er klopfte kurz. Mal nach dem Rechten sehen, das war er der Mutter schuldig. Zu kurz, um Max die Chance zu geben, die Dinge zu verbergen, die darauf hindeuteten, dass er kein kleiner Junge mehr war. Mit großen Pupillen starrte er auf den Screen seines Laptops. Glatt rasierte Genitalien, riesige Brüste, Seufzen, Schmatzen, Stöhnen, tastende Hände, seine eigenen, die die Jeans bis zu den Knien heruntergezogen hatten und in die Boxershorts fuhren.

»Sorry«, sagte Tobias. Das »Sorry« hatte nichts von einer Entschuldigung. In ihm lag nichts als Anklage. Wie ein Schatten, der nur kurz aufgetaucht war, zog er die Tür wieder zu, unheimlich, hinterhältig, mit einem grausamen Lächeln. Er wusste, wie sich Max jetzt fühlte. Das Gesicht so rot vor Scham, dass die Pickel auf der Haut aussahen wie rohes Fleisch, das Glied in der Hand schlaff, ein Szenario von Schuld und Selbstanklage. Er kannte das nur zu gut aus seiner Jugend. Max würde keine Probleme mehr machen. Er würde bereit sein für alles, was noch kommen sollte.

41

1984

Der Junge war vierzehn, und er hatte entdeckt, wie viel Vergnügen sein Körper ihm bereiten konnte. Masturbation war der Treibstoff, der ihn am Leben hielt. Zurück blieben Abgründe an Schuldgefühlen, wenn die Lust für kurze Zeit befriedigt war. Ein Freund hatte ihm einige dieser Hefte besorgt, die in Plastikfolie verschweißt waren. Ein Magazin voller Trostlosigkeiten – und doch erregend. Wenn er auf die Erwachsenen hörte, so war das die Stimme des Teufels in ihm. Seine Mutter erging sich manchmal in vagen Andeutungen, unterstützt vom Pfarrer, der sonntags nachmittags zum Tee kam. Ausgerechnet der Vater erwischte ihn eines Tages mit einem der Schmuddelhefte in der Hand. Es war der Nachmittag von Heiligabend. Ausgerechnet dieser immergeile Bock, dachte der Junge voller Verachtung, steckte ihn zur Strafe zum Wienern des Schuhwerks der gesamten Familie in den Keller. Schuhputzen war eine der Marotten des Vaters, eine von unsagbar vielen wie das tägliche Anspitzen seiner Zedernholzbleistifte, der abendliche Apfel, den er nur mit einem dänischen Obstmesser aus 830er Silber schälte, das Frühstücksei, das er ausschließlich von Perlmuttlöffeln aß, der Assam-Tee aus der Biedermeierkanne, die Halstücher und Morgenmäntel mit dem seidenen Glanz und dem Schalkragen, in der Brusttasche die halbrunde Lesebrille, der goldene Siegelring am Finger. Und so bürstete und cremte der Junge, wischte graue Staubschleier von schwarzen Schuhen, wobei er den holzgenagelten Budapestern des Vaters besondere Pflege angedeihen ließ. Irgendwann durfte er endlich den Keller verlassen. Kurz darauf ließ die Mutter das Porzellanglöckchen erklingen, und der Vater hatte feierlich die Kerzen am Baum entzündet, deren Glanz sich im blanken Leder der frisch polierten Schuhe spiegelte.

Der Junge setzte sich ans Klavier und spielte Weihnachtslieder.

Stille Nacht, Heilige Nacht.

Er hatte es inzwischen zu einer solchen Fertigkeit gebracht, dass der Vater ihn in Ruhe ließ. Man hatte für ihn vor einiger Zeit einen Klavierlehrer gefunden, der es geschafft hatte, dem Vater klar zu machen, sich bei seinem Sohn zurückzunehmen. Nicht ständig hinter ihm zu stehen und die Haltung seiner Schultern mit hartem Griff zu korrigieren. Der Alte hatte es sogar eingesehen, doch der Junge hatte seinen sturen Geist selbst dann gespürt, wenn er gar nicht da war. Und doch war das Klavier für ihn der perfekte Ort zur Flucht.

Je älter er wurde, desto interessanter wurden die Mädchen auf der Straße, der Blick in die schönen Gesichter der Frauen, auf ihre Körper. Die Nachtfahrten seiner Phantasie waren erregender als jedes Sexheft. Er war nicht auf der Suche nach einer Freundin. Es ging ihm nicht um Lieben und Geliebtwerden, um innige, sinnliche Erfahrungen zu zweit. Sein Herz klopfte nur im Takt von Begehren, Verlangen, Geilheit, Befriedigung. So jung wie er war, so uralt fühlte er sich. Leer, leblos. Nur die Musik hielt ihn wach. Sie wurde seine treueste Geliebte, und sie sollte es für immer bleiben.

42

31. Oktober

Die Nacht des Grauens stand vor der Tür. Beim Abendessen waren die Kinder schon in ihren Kostümen, die Gesichter gespenstisch bemalt. Sie fletschten die Zähne und fanden es irre komisch. Es war halb sechs, und die Dunkelheit war bereits über die Stadt hereingebrochen. Mila war eine Hexe, Sophie ein Zombie in Krankenschwesterntracht, David steckte in schwarzen Leggings und T-Shirt mit aufgemaltem Skelett. Eine Scream-Maske sollte seinen Auftritt vervollständigen. Nur Max, der Älteste, sah aus wie immer, auch wenn die Blässe seiner Haut fast wirkte, als habe er weiße Theaterschminke aufgetragen. Unter seinen Augen lagen Schatten wie bläulichviolette Halbmonde. Yvette fragte sich wieder einmal, was mit ihm los war.

Tobias hatte wie versprochen ein indisches Curry gekocht.

»Ich will lieber Chicken Nuggets«, sagte David.

Und während Yvette schon von ihrem Stuhl aufsprang, um zu dem Tiefkühlschrank zu eilen und ihm seinen Wunsch zu erfüllen, hielt etwas in Tobias' Stimme sie zurück.

»Die gibt es heute nicht.«

Es klang nicht so, als würde er Widerspruch dulden.

Ein letztes Handanlegen an den Horror-Visagen der Kinder, dann waren die drei Jüngeren aus dem Haus, um mit Freunden um die Häuser zu ziehen und den Bewohnern Süßigkeiten abzuluchsen, die im besten Fall Partytütchen mit Colafläschchen waren und im schlimmsten Schokokekse vom letzten Weihnachtsfest mit einem Grauschleier.

Max hatte sich zum Horrorfilmgucken mit Freunden aus der Schule verabredet.

»Um elf bist du zurück«, sagte Yvette. »Und Alkohol ist keine Option! Klar?«

Sie wuschelte ihm durchs Haar. Max hielt seine Augen gesenkt und nickte.

Dann waren sie allein, Tobias und sie.

»Bitte«, sagte sie zu ihm, »fühlen Sie sich auf keinen Fall verpflichtet, mir Gesellschaft zu leisten. Ihre Familie braucht gewiss Beistand im Kampf gegen all die Geister und Gespenster heute Abend.«

»Die beiden sind rausgefahren zur Mutter meiner Freundin. Sie werden dort übernachten. Theo würde kein Auge zubekommen bei dem ständigen Klingeln. Bei meiner …«, er stockte einen Moment, »da draußen ist es viel ruhiger«.

»Bei Ihrer Schwiegermutter in spe, wollten Sie sagen.«

Sie lachte, und ihr Lachen hörte sich sexy an.

»Das wollte ich nicht.«

»Sie wollen nicht heiraten?«

»Haben Sie eine Zwillingsschwester?« Er hatte seinen Oberkörper ihr zugewandt, so als wolle er sie berühren, sie in den Arm nehmen, ihr etwas ins Ohr flüstern. »Dann würde ich es mir überlegen.«

Plötzlich sprach er aus, was er bisher nur in seine Blicke gelegt hatte. Sie saßen nebeneinander auf der Couch, zurückgelehnt in die Kissen, jeder ein Glas Chianti in der Hand, nach Brombeeren duftend, nach Pflaume und nach Kirschlollis. Der Samtstoff des Polsters schmiegte sich warm an Yvettes Waden in der hellen Chinohose.

»Flirten Sie mit mir?« Sie unterdrückte ein resigniertes Seufzen. »Lassen Sie das. Ich bin nicht gut in so was.«

Aus den Lautsprechern ertönte Rachmaninows 2. Klavierkonzert in einer schönen Version von Alexandre Tharaud.

»Dieser französische Pianist hat einmal gesagt: Wenn ich Rachmaninow höre, dann fühle ich mich besser unglücklich.« Tobias sprach mit leiser Stimme.

»Sind Sie unglücklich?«

»Das ist man wohl, wenn einem die Existenz, in der man sich eingerichtet hat, über den Haufen geworfen wird durch die, die man früher hatte.«

»Wollen Sie mir mehr erzählen?«

»Ich möchte, dass *Sie* mir von sich erzählen.«

»Da gibt es nicht viel. Das wissen Sie doch bereits. Ich bin Hausfrau. Mutter. Ehefrau. Ich mag Kaminfeuer und Sommerabende und weiße Blumen. Ich mag Orangenmarmelade, die Farbe Grün und Samt.« Sie fuhr mit ihren Händen über das Sofa. »Ich muss aufpassen, dass ich nicht an meinen Fingernägeln knabbere, die ich anfressen möchte, wenn mein Alltag mich auffrisst. Ich sollte häufiger meditieren, habe aber zu wenig Zeit dazu. Doch eigentlich ist mein Leben perfekt, und ich sollte aufhören zu jammern. Schluss. Aus. Ende.«

Yvette verzog leicht den Mund, es reichte nicht zu einem Lächeln. Sie sah, wie er auf ihre Lippen starrte, auf denen ein Tropfen des Weins hängengeblieben war wie eine rubinrote Perle.

Er nahm einen Schluck und ließ sie nicht aus den Augen.

»Sind Sie eine gute Ehefrau?« Seine Stimme klang sanft.

Sie war leicht beschwipst, ihre Haut prickelte. Ihr Herz war ein wenig in Aufruhr.

»Bin ich eine gute Ehefrau?« Sie bemühte sich, lässig zu klingen. »Was kann man einander nach achtzehn Jahren Ehe noch sagen? Hat man sich überhaupt noch was zu sagen?« Mit beiden Händen kämmte sie ihre kurzen Haare und griff sich eine Strähne, die sie vergeblich um den Zeigefinger zu wickeln versuchte. »Wie lange kann eine Ehe gutgehen, wenn man hinter die Geheimnisse des anderen gekommen ist?«

»Sie wissen davon?«

»Wovon?«

Sie schluckte den galligen Geschmack in ihrer Kehle hinunter. Vor den Fenstern rüttelte der Wind an den Ästen der Bäume. Sie zuckte zusammen, als es an der Haustür läutete. Sie ging hinaus, um ein paar Halloween-Dämonen zu füttern. Sie hatte Brauselutscher besorgt, die im Mund prickelten und ihn blau färbten.

Eisbärenzungen für kleine Monster.

»Wovon weiß ich?«, nahm Yvette das Gespräch wieder auf, als sie zurückkam. Ihr Blick war unnachgiebig, bohrend. Sie nahm erneut auf dem Sofa Platz, wobei sie diesmal von ihm abrückte, die Arme vor der Brust verschränkt, die Schultern angespannt.

Er rutschte unbehaglich auf dem Sitz hin und her.

Auf Yvette machte er den Eindruck eines Menschen, der begriffen hatte, dass er zu weit vorgeprescht war. Der sich am liebsten den Mund verboten hätte. Aber dazu war es zu spät.

»Ich dachte wirklich, Sie wissen es.« Tobias massierte seine Nasenwurzel, holte Luft und stieß einen tiefen Seufzer aus.

»Ich habe ihren Mann am Sonntag gesehen, als er gemeinsam mit einer Frau Schaffrath den Jenisch-Park verließ. Er hat sie mir als eine gute Freundin der Familie vorgestellt.«

Sie lachte und konnte den Spott in ihrer Stimme nicht verbergen.

»Was für eine romantische Liebes-Location an einem regnerischen Wochenende unter den Augen von Dutzenden von Spaziergängern. Sie werden sich zufällig getroffen haben. So was soll vorkommen.«

»Sie wirkten sehr vertraut. Es gibt Gesten, die sagen mehr als Worte. Berührungen, die eine gemeinsame Geschichte ausplaudern.«

»Ich glaube auch an Halloween nicht an Gespenster«, sagte sie und lockerte mit dem Zeigefinger den Kragen ihrer Schluppenbluse. »Warum erzählen Sie mir das?«

»Warum hat Ihr Mann es Ihnen *nicht* erzählt?«

Er hob kaum merklich eine Braue. Ein unergründliches Funkeln loderte in seinen Augen.

Sie schluckte den Kloß in ihrem Hals hinunter. Ihre Wangen glühten vor Zorn und vom Wein.

»Vermutlich, weil es ihm nicht wichtig war. Reicht das als Erklärung? Die ich Ihnen keineswegs schuldig bin. Bernhard ist ein hart arbeitender Mann. Der hat anderes zu tun als den holprigen Anfängen von mittelmäßig begabten …«

Der Rest ihrer Worte erstarb ihr auf den Lippen.

Er lachte. Es klang nicht amüsiert. Seine Augen verengten sich zu Schlitzen, und sein Blick war wie eine Ohrfeige, nachdem sich sein schiefes Grinsen verflüchtigt hatte.

»Wow. Jetzt haben Sie's mir aber gegeben!«

»Ihre Behauptungen sind unverschämt«, sagte Yvette.

»Seine Hand lag auffällig lange auf ihrem Hintern. Aber vielleicht ist das ja unter engen Freunden so üblich.«

»Sie gehen jetzt besser.«

Sie fackelte nicht lange.

Er auch nicht.

Er erhob sich und verließ das Zimmer mit einem hastig gemurmelten Gruß.

»Ich wünsche noch einen angenehmen Abend.«

Angenehm ist anders, dachte Yvette. Sie spürte Schmerz und Wut, und auch der Wein war nicht länger ein Glücklichmacher, der ihren Körper warm durchflutete und ihr Leben weichzeichnete, sondern hinterließ nur noch einen schalen Geschmack in ihrem Mund.

Mila, Sophie und David kamen von ihrer Betteltour zurück. Verfroren, mit vollgenaschten Bäuchen, die ihnen Übelkeit verursachten, müden Augen und verschmierter Schminke. Sie schickte die Kinder sofort zu Bett. Es war ein kalter Abend. Das sanfte Wehen des Windes hatte sich gesteigert zu einem heftigen Tosen. Die schwarze Silhouette des Gartens verschmolz mit dem Himmel.

Sie wartete darauf, dass dieser Abend endete. Es war kurz vor zehn. Max war noch nicht daheim. Sie würde noch ein Glas trinken, bis er kam und sie sich endlich schlafen legen konnte, erneut auf die beschwichtigende Wirkung des Alkohols hoffend und darauf, dass er sie müde machte. Die Auseinandersetzung mit Tobias Hansen hatte sie aufgewühlt. Was als Flirt bei Wein und Musik begonnen hatte, war abgerutscht in einen niveaulosen Streit. Mehr noch! Er hatte das Saatkorn des Misstrauens eingepflanzt, und es hatte begonnen zu keimen. Was war da zwischen Melanie und Bernhard? Warum hatte er ihr nichts von ihrer Begegnung erzählt? Warum sollte er, rief sie sich gleich darauf zur Vernunft. Es war am Tag vor seiner Chinareise gewesen, sie hatten einen ungebetenen Gast im Haus; sie hatten beide wahrlich genug anderes zu tun und zu bedenken gehabt.

Bis eben hatte sie sich sicher gefühlt. Manchmal abgelehnt von diesem Haus, das ihr immer noch störrisch vorkam und sie zu verhöhnen schien. Manchmal strapaziert von ein paar Alltagsproblemen wie einem mürrischen Teenager. Manchmal sauer auf ihren Mann, der wenig Anteil nahm an der Wirklichkeit. Aber es war okay! Sie war angekommen in ihrem Leben. Aufgehoben in der Welt. Aber an diesem Halloween-Abend, ohne Bernhard und mit den Andeutungen über ihn und Melanie im Kopf, fühlte sie sich schutzlos und allein in dieser Ansammlung von Holz und Steinen, die sich mit einer prestigeträchtigen Adresse schmückte.

Sie hatte die Vorhänge noch nicht zugezogen. In den Scheiben spiegelte sich eine grübelnde Frau, blass, deren Stimme tonlos geklungen hätte, hätte sie den Mund aufgemacht. Die Schatten der Kerzen tanzten über die hohe Wohnzimmerdecke, als sie auf der Couch in einen leichten Schlummer fiel. Lediglich ein paar Tischlampen verbreiteten gedämpftes Licht.

Sie erwachte, da sie plötzlich das Gefühl hatte, beobachtet zu werden. Der Blick auf ihre Armbanduhr zeigte an, dass erst eine halbe Stunde vergangen war. Sie fröstelte. Ihre Glieder waren steif, der Nacken war verrenkt vom Schlafen im Sitzen. Und plötzlich erblickte sie ihn: einen Schemen, der sich gegen die gläserne Terrassentür drückte und mit an die Scheibe gepresster Nase wie eine plattgedrückte Schweineschnauze zu ihr hereinstarrte. Die Züge verzerrt, den Mund verzogen zu einem Grinsen.

Yvette schrie auf. Als sie erneut hinsah, war die Fratze verschwunden.

Sie hörte ihren abgehackten Atem, als hätte man ihr alle Luft aus den Lungen gepresst, alle klaren Gedanken aus ihrem Kopf. Ihr Herz schlug so heftig, dass es zu zerspringen drohte. Um sie herum flüsterte das Holz, das so reichlich in diesem Haus verbaut worden war. Es knackte, es schwieg, bevor es erneut losging mit dem Zischeln, Wispern und Raunen.

In einem Fluchtimpuls verließ sie das Zimmer, um sich in der dunklen Küche außer Sichtweite zu bringen. Sie ermahnte sich, tief durchzuatmen. Normalerweise war sie keine Frau, die hysterisch reagierte. Die leicht zu erschrecken war und in Panik geriet. Es gab vermutlich eine ganz simple Erklärung für alles. Es gab immer eine Erklärung. Vielleicht hatte sie sich das alles nur eingebildet. Sie war gerädert vom Dösen aufgewacht, müde, überreizt, das Hirn dumpf vom Rotwein, dazu diffuses Mondlicht, das der Einbildung mitunter seltsame Streiche spielte. Während ihr Schädel pochte, hörte sie aus dem Vorgarten die Stimme von Tobias

Hansen. Es war unverkennbar seine. Sie klang laut in der nächtlichen Stille. Sie verspürte ein Gefühl der Erleichterung, ihn in der Nähe zu wissen, und als sie ihm die Haustür öffnete, stand er so dicht vor ihr, dass sie zusammenzuckte. Es waren keine Schritte auf dem Gehweg zu hören, niemand fuhr durch die Straßen. Ein feiner Nebel sammelte sich im Licht der Straßenlaternen.

»Mit wem haben Sie gerade geredet? Und warum sind Sie hier?«

»Als ich vorhin gefahren bin, ist mir ein Typ seltsam vorgekommen. Der hatte auffallendes Interesse an Ihrem Haus. Das schien mir verdächtig. Und da ich weiß, dass Sie alleine sind, bin ich noch mal zurückgekommen, um nachzuschauen.«

Er machte eine ausladende Geste. »Und was soll ich sagen? Er kam eben aus Ihrem Garten und lief mir geradezu in die Arme.«

»Und Sie haben ihn gehen lassen?«

»Ein Halloweenstreich. Ein dummer pickliger Junge. Die Welt ist voll von Verrückten. Ich habe ihm die Meinung gegeigt, und er ist kleinlaut abgehauen.«

»Kommen Sie!«, bat sie und ging ihm voran ins Haus.

Sie öffnete die Terrassentür und ließ die Herbstluft herein, die die Wärme im Wohnzimmer zerschnitt. Es hatte zu regnen begonnen. Sie beide sahen die Abdrücke von fettiger Haut auf der Außenseite der Terrassentür.

»Hier hat er gestanden«, sagte Yvette. »War er verkleidet?«

Tobias schüttelte den Kopf. »Schwarzes Kapuzen-Sweatshirt, schwarze Jeans. Wie sie heute alle rumlaufen. Ganz normal halt.«

Ein Schatten zog über ihr Gesicht. »Nichts ist normal an einem Mann, der abends auf der Terrasse steht und zu einem hereinstarrt.«

Sie verscheuchte die Vorstellung von dem Fremden im Garten mit einer energischen Kopfbewegung.

»Das eben mag harmlos gewesen sein. Wahrscheinlich wirklich

ein Halloween-Scherz. Aber ich bin mir nicht sicher, ob das Haus auf meiner Seite ist. Es will uns nicht haben. Manchmal sind die Verbindungen, die zwischen Menschen und Orten geknüpft werden, keine glücklichen.«

Einen Moment lang herrschte Schweigen. Dann lachte Tobias laut auf, während Yvette eine Woge der Schwermut umfangen hielt. Trotz seiner Nähe fühlte sie sich einsam.

»Wie können Sie denn so etwas sagen?«, erwiderte er.

»Das Haus ist mir nicht geheuer«, flüsterte sie mit gepresstem Atem.

»Lassen Sie sich doch von so einem Dummer-Jungen-Streich nicht verunsichern! Angst muss man wie ein Tier bei den Hörnern packen.«

Sie schloss die Terrassentür, um die Kälte auszusperren, und hörte Max nach Hause kommen. Kurz darauf tauchte er im Wohnzimmer auf.

»Hallo, mein Großer!«, rief Yvette und wollte ihn umarmen, erleichtert darüber, dass nun alle ihre Kinder wieder zu Hause waren. Mit einer geschickten Choreographie wich er seiner Mutter aus, sobald er Tobias erblickte. Seine Miene war undurchdringlich. Er sah bleich aus. Ungesund, fand Yvette.

»Wie war's denn?«, fragte sie. »Hattet ihr Spaß?«

»Ich bin müde«, würgte er sie mit kalter Stimme ab, die Augen klein, schon nah dran am Schlaf.

»Herr Hansen hat ein Halloween-Gespenst aus unserem Garten vertrieben und mich Angsthasen gerettet«, bemühte sie sich um Munterkeit und gleichzeitig darum, seine Anwesenheit zu erklären. Ihre Stimme war rau, ihre Vergnügtheit aufgesetzt. Die Mauer, die Max um sich herum errichtet hatte, schien undurchdringlich. Seine Mutter wollte ihm einen Kuss auf die Wange drücken. Sie musste sich dafür auf die Zehenspitzen stellen, doch Max riss den Kopf herum, sah sie finster an, schenkte Tobias Hansen keinerlei Beachtung und verließ das Zimmer, einen Gutenachtgruß murmelnd, das Gesicht eine steinerne Fassade.

Die Stille im Zimmer lastete so schwer, dass sie das Gefühl hatte, sie sei geradezu körperlich, und lege sich auf ihre Brust.

Plötzlich hatte sie das Bedürfnis, all das zu verdrängen, was sie belastete. Das Bild von Bernhard mit Melanie in den Armen, das sie nicht mehr loswurde. Den zweifachen Verrat, den das bedeuten würde, wenn es stimmte. Der Ehemann und die beste Freundin. Was für ein Klischee! Was für eine Skrupellosigkeit!

Dazu der Eindringling in ihrem Garten mit seiner Fratze an der Fensterscheibe. Der ihr fremd gewordene Sohn, den sie vor ein paar Jahren noch auf dem Schoß geschaukelt hatte und der jetzt unerreichbar schien. Dieses beängstigende Gefühl, dass sie sich manchmal wie eine Fremde in ihrem eigenen Haus fühlte. Dass das Haus mit seinen zerstörerischen Ambitionen wie ein steter Vorwurf an sie war, in der das Vergessene lebte und Albträume real wurden. Plötzlich fand sie sich wieder an der Brust von Tobias Hansen. Sie strich ihm eine Haarsträhne zurück, die nicht an seinem Platz bleiben wollte; er liebkoste mit der Spitze seines Zeigefingers ihre Kinnlinie.

»Danke, dass Sie da sind.« Yvettes Augen schimmerten.

Er war da. Andere waren es nicht. Mehr gab es dazu nicht zu sagen, und mehr sollte es eigentlich nicht bedeuten.

Erschrocken über sich selbst, wich sie abrupt zurück.

»Entschuldigung! Ich habe wohl zu viel getrunken.«

Doch er zog sie wieder zu sich heran, strich zart über ihre Arme und legte sie um seinen Hals, hob ihr Gesicht an, verhakte seinen Blick in ihrem, untrennbar für einen Moment, und bewegte seine Lippen langsam auf ihre zu. Ihre Erschöpfung verflog schlagartig, wich dem Adrenalin, das durch ihre Blutbahn rauschte.

Sie rückte näher an ihn heran, ganz nah, bis kein Zentimeter Luft mehr zwischen sie passte, während er ihren Rücken streichelte und seine Hand hochwandern ließ zu ihrem Nacken. Sie küssten sich. Hätte Yvette sich den Kuss mit ihm vorher in ihrer Phantasie ausgemalt, er wäre genauso gewesen. So küssten Männer, die diese vollen Lippen hatten, die einem Rachmaninow näherbrachten, die Currys kochen konnten, die Tauben beerdigten, um Kindertränen zu trocknen, und die an einem Abend wie diesem noch mal hinauszogen in Regen und Wind, um plötzlich vor der Tür zu stehen und das Böse auf Nimmerwiedersehen davonzujagen.

»Verschwinden Sie!« Das war es, was sie dachte, aber nicht aussprach.

»Bleiben Sie!« Das war es, was sie unausgesprochen signalisierte.

Die Erregung war zu stark. Die Lust auf ihn. Sie wusste, sie würde sich in dieser Nacht verloren fühlen ohne ihn, während die Kin der schliefen und das Haus um sie herum atmete.

Sie wollte begehrt werden. Sie wollte getröstet werden. Sie wollte gewärmt werden, so als würde ihr das Leben heute Nacht eine Umarmung wie einen Mantel überstreifen. Sie wollte Rache nehmen für das, was ihr Mann ihr offenbar angetan hatte. Sie wollte den Schmerz der Zurückweisung ersticken, der schon seit ihrer Kindheit in ihr schwelte.

Alles an ihr fieberte ihm entgegen. Es war kein Kunststück, das er vollbringen musste. Dieser Mann war der geborene Verführer. Ein wahres Talent. Sie wollte ihn in den nächsten Stunden in ihrem Leben haben. In ihrer Nähe. In sich. Aber nicht in ihrem Bett. Nicht hinter ihrer Schlafzimmertür, wo es nach ehelicher Vertrautheit roch. Und so liebten sie sich auf der Couch. Dem Teppich. Rissen sich die Kleider vom Leib, berührten und spürten sich.

Als sie wieder zur Vernunft kamen und nackt und ineinander verknäult auf dem Boden lagen, die Haare vom Schweiß an ihren Gesichtern festgeklebt, um sie herum ein Flickenteppich von hastig abgeworfenen Klamotten, machte sich Yvette von ihm los. Eine klaffende Leere war über sie gekommen, und sie war schlimmer als die Angst vor dem Alleinsein zuvor. Was tat sie hier? Sie war verheiratet, sie war vierfache Mutter, sie konnte nichts in ihrem Leben weniger gebrauchen als moralische Verfehlungen und schmutzige Geheimnisse, die in Gewissensbissen gipfeln würden. Ihr Körper hatte, verdammt nochmal, nicht so auf ihn zu reagieren, nicht so willig zu sein, und ihr Mund hatte die Klappe zu halten und nicht so billig zu stöhnen. Aber es war nun mal passiert. Sie hatte gewollt, dass er sie wahrnahm. Diese Genugtuung hatte sie nun, jetzt musste sie aufhören. Sie hatte genug Schaden angerichtet.

Sollte Bernhard sie wirklich betrogen haben, beschloss Yvette, so war die Rechnung hiermit beglichen. Sie waren quitt.

Sie nahm es als Racheakt.

Und trotzdem schämte sie sich zutiefst.

Was war nur in sie gefahren, es im Wohnzimmer zu treiben wie ein Flittchen? Da brauchte nur eines ihrer Kinder einen schlechten Traum zu haben, sie zu suchen, sie nicht in ihrem Bett vorzufinden und auf nackten Füßen die Treppe heruntergepatscht zu kommen. Nicht auszudenken! Ihre Schuldgefühle waren immens.

Der Nachtschreck, fiel ihr ein, der Max oft heimgesucht hatte, als er klein war. Das hier war einer. Wenn ihre Kinder das sehen würden, es käme einem nie wieder aus ihrem Hirn zu löschenden Schrecken gleich.

Sie wollte den Geschmack von Tobias' Kuss ausspucken. Sein Sperma in ihrem Körper loswerden. Ihre Haut, auf der noch seine Hand lag, fühlte sich an wie versengt. Sie schob ihn von sich weg, rappelte sich hoch, im Aufstehen nach einer der Kaschmirdecken zum Familienkuscheln auf der Sofalehne greifend, um ihren nackten Körper zu bedecken.

»Bitte geh jetzt!«, forderte sie ihn auf.

»Darf ich noch mal deine Gastfreundschaft bemühen und das Fremdenzimmer beziehen? Es ist schon spät.«

»Du hast es doch nicht weit.«

Sie spürte ihre Anspannung bis in die Schultern.

Er hatte sich ebenfalls erhoben, machte einen Schritt auf sie zu und streckte seine Hand nach ihr aus. Sie wich vor ihm zurück.

»Ich möchte jetzt nicht von dir angefasst werden. Bitte, verstehe das!«

»Ich will doch nur, dass du heute Nacht keine Angst mehr zu haben brauchst.«

Fast hätte sie gelacht. Sie hatte Angst. Aber nicht vor ihm. Sie hatte Angst vor sich. Und vor dem, was er in der Lage war, aus ihr zu machen. Was er bereits gemacht hatte. Weil sie es zugelassen, weil sie es gewollt hatte. Sie war viel gerissener, als er dachte. Als sie alle dachten.

Er zog sich in aller Seelenruhe an, immerhin hatte er so viel Anstand, falls ihm eines der Kinder begegnen sollte, warf ihr eine Kusshand zu und begab sich auf den Weg in den zweiten Stock zum Gästezimmer. Sie war immer noch in die Wolldecke gehüllt, schwitzte vor Scham, hätte gerne die Tür zum Garten geöffnet, um Kälte und Stille zu tanken, um das Brennen auf ihrer Haut und im Magen nicht zu spüren, um den Regen wie Nadelstiche auf ihrer Haut zu fühlen, ein paar Tropfen auf ihren wundgeküssten Lippen. Aber nicht mehr heute, der Schreck saß ihr noch in den Gliedern. Geistesabwesend starrte sie für einen Moment auf das Kondenswasser, das Schlieren auf der Scheibe bildete, bevor sie sich abwandte und zu Bett ging. In ihrem Kopf ein Gedankengestrüpp, das sie noch lange am Einschlafen hinderte.

43

1. November

Am nächsten Morgen erwachte sie mit dem Gefühl, etwas Wesentliches nicht sofort zu begreifen. Etwas registriert zu haben, was sie nicht gleich einordnen konnte. Weil es genau dieser vertraute Anblick war, der verstörend wirkte. Weil es unter normalen Umständen so alltäglich war wie der Brotkorb auf dem Frühstückstisch. Aber was war schon normal im Moment? Am liebsten hätte sie sich auf die Wangen geschlagen.

Komm zu dir, hey, wach auf!

Sie schloss noch einmal kurz die Augen und rieb sich die Stirn. Kopfschmerzen zerrten an ihrem Schädel; ihr Gehirn kam ihr vor wie aufgeweichte Pappe. Im Dunstkreis ihres Katers tauchte die Erinnerung an letzte Nacht auf. Sie fühlte sich erbärmlich.

Der Blick nach draußen war ernüchternd. Herbstkühle. Der Himmel hatte die Farbe von trübem Abwaschwasser. Sie hatte wie immer bei halbgeöffnetem Fenster geschlafen. Sie spürte einen Luftzug hereinkriechen und hörte das Ticken einer Uhr. Sie zuckte zusammen, als sie auf den Wecker schaute. Gleich halb acht. Sie hatte verschlafen. Offensichtlich hatte sie vergessen, angesichts der Geschehnisse des gestrigen Abends, benebelt vom Alkohol und gefangen in Selbstverachtung und Gewissensbissen, die Weckfunktion zu aktivieren. Und dann verstand sie. Sie erblickte das, was nicht sein konnte.

Das Bett neben ihrem war benutzt, so als habe es jemand vor kurzem schlafwarm verlassen. Das Laken war zerknautscht, die

Bettdecke warf Falten, der Abdruck eines Kopfes hatte sich ins Kissen gestanzt.

Sie spürte, wie sich auf ihren Unterarmen und im Nacken die Härchen aufstellten, als würde ein unheimlicher Verehrer über ihr nacktes Fleisch pusten. Ein essigsaurer Geschmack stieg in ihrer Kehle auf. Die Liebesspuren seiner Fingernägel auf ihrem Rücken brannten.

Sie schaffte es, ihre Beine über die Bettkante zu heben und aufzustehen, griff zu ihrem Morgenmantel, streifte ihn über, so hektisch, dass sie sich im Ärmel verhedderte, stürzte aus dem Schlafzimmer und stürmte in Max' Zimmer. Ihr Sohn lag tief schlafend im Bett und schien um Jahre jünger, als er war. Da konnten seine Füße noch so groß unter der Daunendecke hervorragen.

Ein dünner Schweißfilm überzog ihren Körper, als sie in den drei anderen Kinderzimmern nachschaute und die Betten leer vorfand.

Was passierte hier?

Sie raste hinunter in die Küche. Drei benutzte Gedecke standen auf dem Frühstückstisch. Die Ordnung war ungewöhnlich. Keine Krümel, keine Brösel, keine achtlos auf die Holzplatte geworfenen Bananenschalen, keine Schokoränder von Kakaobechern. Die Bestecke fein säuberlich diagonal über die Teller gelegt. Tobias saß am Tisch, frisch geduscht, die Haare noch feucht, die Beine übereinandergeschlagen, eine Teetasse in der rechten Hand, auf einem Teller ein in feine Streifen geschnittener Apfel. Er nahm einen Schluck, schürzte die Lippen, stellte die Tasse ab und schob sich einen Schnitz Gravensteiner in den Mund.

»Guten Morgen«, sagte er und schien bester Laune. Seine Fröhlichkeit verursachte ihr ein Frösteln.

»Was ist hier los?« Die Worte glitten wie in Zeitlupe von Yvettes Lippen.

»Ich habe mir erlaubt, deine Kinder zu wecken und ihnen Frühstück zu machen. Sie sind wohlauf und auf dem Weg in die Schule.«

»Max nicht.«

»Ist man mit knapp fünfzehn nicht für sich selbst verantwortlich?«

Er erhob sich, brühte unaufgefordert einen Espresso und stellte die Tasse vor sie hin. »Oder lieber Tee?«

Sie schüttelte den Kopf, fühlte sich eingeschüchtert in ihrem eigenen Haus. Anspannung und Müdigkeit lagen auf ihrem Gesicht.

»Möchtest du eine Kleinigkeit essen?«

Er hielt ihr den Apfelteller hin. Sie hob ablehnend die Hand und räusperte sich.

»Was fällt dir ein, dich einfach so neben mich ins Bett zu legen?« Ihre Stimme klang brüchig. Ihr Kiefer kam ihr vor wie eingerostet.

»Wir haben das Intimste geteilt.«

»Es ist unser Ehebett. Die Kinder hätten jederzeit reinkommen können.«

»Kinder ertragen mehr, als manche Eltern denken.«

Er wechselte die Position seiner übereinandergeschlagenen Beine. »Ich wollte dir nah sein. Ist das nach gestern Abend so verwerflich?«

»Ich wäre jetzt gerne allein«, sagte sie. »Wir sollten für einige Zeit mit dem Klavierunterricht aussetzen.«

Er wischte ihre Bemerkung mit einem unterkühlten Lächeln beiseite.

»Schuldgefühle?«

»Dir unbekannt, oder?«

»Durchaus nicht.«

Etwas in seiner Miene veränderte sich. Er hörte auf zu lächeln.

Sie beobachtete, wie er seine Hände zu Fäusten ballte.

»Ich wäre dir dankbar, wenn wir den gestrigen Abend vergessen könnten«, presste sie heraus. »Er ist nie geschehen, okay?«

»Warum willst du dir etwas vormachen? Du warst mehr als bereit für ein Abenteuer.«

Seine Lippen verzogen sich erneut zu einem blasierten Lächeln.

»Was wolltest du? Deinen Sex-Appeal testen, nachdem du die letzten Jahre nur Windeln gewechselt hast? Es deinem Mann heimzahlen? Oder so etwas wie Liebe?«

Sie bohrte ihre Fingernägel in das weiche Fleisch ihres Handballens. »Ich werde mich bei dir melden«, sagte sie, ohne auf seine Fragen einzugehen, »sobald wir den Unterricht für die Kinder wieder aufnehmen.«

Sie war sich nicht sicher, ob sie das wirklich vorhatte.

Falsch!

Sie war sich ganz sicher, dass sie das *nicht* vorhatte.

Er erhob sich und trank im Stehen seinen Tee aus.

»Wie Madame befehlen!«

Er setzte die Tasse ab und legte die Spitzen von Zeige- und Mittelfinger der rechten Hand an die Schläfe, als würde er salutieren. »Aber denk dran, ich bin keine Schachfigur, die man nach Belieben überall hinziehen, mal aus dem Spiel nehmen und in der nächsten Partie wieder aufstellen kann.«

Dann war Yvette allein. Außer Max, der noch im Haus war und schlief. Sie ließ ihn. Durfte er heute halt mal die ersten beiden Schulstunden verpassen. Arzttermin. Sie würde ihm eine Entschuldigung schreiben.

Wäre schön, überlegte sie, wenn sie selbst auch eine hätte. Könnte sie sich doch auf diese Weise an jeglicher Verantwortung vorbeimogeln. Sie marterte sich mit Selbstvorwürfen. Nichts, gar nichts, war eine Entschuldigung für ihr Verhalten am gestrigen Abend. Keine Promillezahl, kein Betrug ihres Ehemannes, nicht das Gefühl von Leere in ihrem Inneren und der Wunsch, Licht zu sehen in einer dunklen Nacht, rechtfertigte es, dass sie sich dermaßen hatte gehen lassen.

Als sie so dasaß und ihren inzwischen kalt gewordenen Espresso trank, ein bitteres Gebräu ohne Zucker, überlegte sie, was sie an der Geschichte mit Tobias Hansen zusätzlich irritierte. Für eine Stunde hatte sie gestern Abend ihm gehört. Doch er besaß noch etwas, das er niemals hätte besitzen dürfen. Etwas war in seine Hände gelangt, das dort nichts verloren hatte. Etwas, das ihm Zugang verschaffte zu ihrem Leben. Mehr als nur eine kleine Aufmerksamkeit, ein ganzer Gabentisch. Sie zerbrach sich den Kopf, was es war, aber sie kam nicht drauf. Kein Paukenschlag der Erinnerung klärte sie auf, nur ein latentes Gefühl von Unbehagen quälte sie.

Die Gedanken wirbelten durch Yvettes Kopf wie Socken in der Waschmaschine, verknäulten sich, verfilzten und wurden unbrauchbar, andere gingen verloren und verschwanden ganz. Sie konnte nur hoffen, dass es nicht für immer war. Oder vielleicht doch. Vielleicht wäre es das Beste, was ihr passieren konnte.

44

1. November

Consuelo hatte sich innerhalb von achtundvierzig Stunden bei Gerda Hoff eingelebt. Mehr noch. Sie hatte sich unentbehrlich gemacht. Sie hatte sich dem Tagesablauf der älteren Dame angepasst, hatte sich mit ihrem Rhythmus, ihren Marotten und Gewohnheiten vertraut gemacht. Sie wusste, welche Handreichungen sie bei der Morgentoilette als hilfreich empfand und welche als überflüssig, wann ihr nach Kaffee oder Tee war, wann sie reden oder schweigen wollte, welche Geräusche sie als angenehm empfand und welche als störend, dass ihr Gewürze eine Mahlzeit verleiden konnten, dass sie ohnehin das Wenige oft als zu viel empfand. Consuelo fühlte sich angekommen bei ihr. Angenommen. Gerda Hoff war kein Ersatz für eine eigene Familie, natürlich nicht, aber sie war kultiviert und liebenswert. Sie waren beide etwas weniger allein. Sie hatten nicht mehr so viel Zeit fürs Einsamsein. Sie erzählten sich von ihren Leben. Dem langen, das hinter Gerda Hoff lag. Und dem von Consuelo, das ihr trotz ihrer zweiundvierzig Jahre den Traum vom Glück immer noch schuldig blieb und das schon auf dem besten Wege dahin war, den Liebes-Countdown von zehn gegen null herunterzuzählen. Sie kannten beide die Abschürfwunden am Herzen, und sie wussten, dass der Mensch vor die Hunde geht, wenn er abends in einer leeren Wohnung Selbstgespräche führt. Das verband sie.

Die alte Dame würde in Consuelo niemals Gefühle auslösen wie es ein winziges Wesen vermocht hätte, dem sie so gerne eine

Mutter gewesen wäre. Aber Gerda Hoff rührte sie, ihre zarte Gestalt, ihre durchscheinende Haut. Ihre Stimme, die manchmal noch voller Leben war und dann wieder fern und schwach. Und sie durfte sogar davon träumen, an Weihnachten diesmal nicht alleine zu Hause zu sitzen, sondern eine Tanne mit buschigen Zweigen in Gerdas Haus zu holen, an die sie bunte Lichterketten hängen konnte – und rote und goldene Kugeln.

»Sie sind erst so kurz bei mir, aber ich kann jetzt schon gar nicht mehr ohne Sie, meine Liebe«, sagte Gerda Hoff und tätschelte Consuelos Unterarm, während sie ihr einen Geldschein aushändigte. »Wie viel ist das?«

»Zehn Euro.«

»Reicht das?«

»Natürlich«, sagte Consuelo. »Ich koche Ihnen heute Mittag einen Möhreneintopf mit Petersilie und Mettenden.«

»Sie dürfen mich nicht so verwöhnen! Passen Sie auf, ich lasse Sie nicht mehr gehen.«

»Machen Sie sich keine Gedanken! Ich habe keine Familie, die zu Hause auf mich wartet. Ich habe Zeit für Sie.«

»Das höre ich gern«, sagte Gerda, und ein Lächeln zog über ihr Gesicht.

Consuelo strich der alten Dame mit dem Zeigefinger über die eingefallene Wange. »Wir allen brauchen Menschen, die gut zu uns sind. Ich fahre jetzt mit dem Bus zum Markt nach Blankenese. Ich beeile mich.«

Der Regen hatte sich mit klammen Fingern die Stadt erobert.

Die Natur machte ein paar Kraftübungen und kippte wolkenweise Wasser über Hamburg. Die Hanseaten trugen ihre Barbour-Jacken und Schirme, die wie eine Kuppel über den Ständen mit den Schnittblumen und dem Obst hingen. Es roch nach Fisch und Antipasti. Consuelo hastete über den Markt in der Blankeneser Bahnhofstraße. Über den Rand ihres Korbs hing das Grün der Bundmöhren.

Und dann erblickte sie ihn. Bei seiner Größe war er unschwer zu übersehen. Auch er trug eine dunkle Wachsjacke, und da er auf einen Regenschirm verzichtet hatte, glänzten seine Haare wie gelackt vor Nässe. In ihrem Körper vibrierten sämtliche Nervenenden. Ihr erster Gedanke war Flucht. Doch ihre Beine trieben sie nicht von ihm fort, im Gegenteil: Sie setzten sich in Bewegung und marschierten in seine Richtung. Bald war sie Tobias Hansen so nahe, dass sie die Rinnsale erkennen konnte, die aus seinen Haaren in den Cordkragen der Jacke liefen. Er war nicht allein. Ein junger Mann stand bei ihm, gewiss keinen Tag älter als achtzehn. Fast noch ein Kind. Er war klein und schmal. Bleiches Gesicht. Tobias wirkte verglichen mit ihm wie ein Riese. Der Jüngere war ganz in Schwarz gekleidet, was seine Blässe noch betonte. Sweatshirt, Jeans, Springerstiefel. Die Kapuze seines Oberteils war sein einziger Schutz gegen Nässe und Wind. Er bibberte. Consuelo beobachtete, wie Tobias ihm einen Geldschein zusteckte. Dann war der Junge verschwunden. Er schien sich aufgelöst zu haben wie Frühnebel in der Sonne.

Und zurück blieb er.

Tobias.

Er durfte sie auf keinen Fall entdecken. Doch es war zu spät. Er schien ihre Blicke in seinem Rücken zu spüren, denn er wandte sich so abrupt um, dass Consuelo keine Gelegenheit hatte, unbemerkt zu verschwinden.

Seine Züge verzerrten sich, als er sie sah. Inzwischen vertraut waren ihr die Härte in seinen Augen, sein kalter Blick. Er schaute sie an, als wolle er sie durchleuchten.

»Sie sind eine treue Seele«, sagte er. »Sie sind immer noch da.«

»Wie meinen Sie das?«

»Sie waren so impertinent, sich bei der blinden Nachbarin einzunisten.«

Ihre Gliedmaßen waren wie gelähmt. Sie kriegte kaum noch Luft. »Woher wissen Sie das?«

»Ich habe Sie gestern Abend am erleuchteten Fenster stehen sehen. Das war nicht schwer. Sie sind raumfüllend.«

Er spuckte ihr diese Worte förmlich ins Gesicht.

»Ich habe Ihretwegen meinen Job verloren und das gute Recht, mir einen neuen zu suchen. Auch ich muss von irgendwas leben.«

»Sie wissen nicht, wo Ihr Platz ist! Herkunft und Tradition sind ein wichtiges Fundament. Man bleibt in diesen Gegenden unter sich. So vermeidet man unangenehme Kontakte und unnötige Konflikte.«

Eine Welle der Wut schwappte über sie hinweg. »Was wollen Sie damit andeuten?«

»Wenn ich merke, dass ich an einem Ort nicht erwünscht bin, bleibe ich nicht dort. Das haben Sie bisher vortrefflich ignoriert. Machen Sie es doch allen leicht. Gehen Sie einfach! Gehen Sie, wie Sie gekommen sind, Cinderella. Mit leeren Taschen.«

»Und was ist, wenn ich das nicht tue?«

Seine Stimme klang weich, als sich seine Lippen ihrem Ohr näherten. »Dann muss ich nachhelfen. Wollen Sie das?«

Alles, was er sagte, kam ihr auf charmante Art grausam vor. Auf behutsame Weise böse. Wie ein roter Faden zog sich seine Bosheit durch sein ganzes Wesen. Consuelo hatte das Gefühl, dass Familie Winkler in Gefahr war. Aber man hatte sie gefeuert. Man hatte ihm geglaubt und nicht ihr. Sie spürte, wie sie innerlich zusammenklappte. Aber genau das konnte sie sich nicht erlauben. Sie war nie der Typ gewesen, der mit dem Kopf durch die Wand ging. Sie hatte immer darauf geachtet, dass ein Kissenstapel dazwischen lag. Jetzt war die Situation eine andere. Sie musste zurückkehren in das Haus der Winklers, um zu verhindern, dass aus einem weichen Nest ein brutaler Ort würde. Doch das schaffte sie nicht allein. Man würde ihr den Zutritt verwehren. Aber man würde gewiss nicht einer alten blinden Frau die Tür weisen.

45

1. November

Sie musste sich Klarheit verschaffen. Familien sollten keine Geheimnisse haben, die aus kleinen Schrammen eitrige Wunden machten. Das war ein frommer Wunsch, dachte Yvette. Es gab keine Familie ohne Verschleierungen, Versteckspiele und Heimlichtuereien. Das wusste seit letzter Nacht niemand besser als sie. Aber wenigstens sollten zwei befreundete Familien ehrlich miteinander sein. Sie klingelte an der Tür des Hauses von Familie Schaffrath, das nur ein paar Straßen entfernt von ihrem lag. Ein beeindruckender Kubus aus Glas und Stein, lichtdurchflutet. Er war das genaue Gegenteil von dem in vergangener Pracht erstarrten Haus mit seiner Aura von Verlassenheit, welches sie im Frühjahr erworben hatten.

Keine zersplitterten Fenster. Keine toten Mauern. Keine verwitterten Türen. Keine krächzenden Klingeln. Keine knarrenden Treppen, die klangen, als würde sich etwas Unheimliches langsam die Stufen hinunterbewegen. Keine sich abschälenden Tapeten, kein bröckelnder Putz, keine morschen Überreste kaputter Möbel, verborgen unter Staub- und Schmutzschichten auf dem Dachboden. Nichts Verwirrendes, Erschreckendes, Angsteinflößendes.

Das Haus, in dem sie mit ihrer Familie lebte, hatte Yvette hierhergelockt. Es gehörte nun ihr. Und sie gehörten ihm. Das war der Deal gewesen. Sie sollte ihr Gejammer einstellen, rief sie sich zur Vernunft.

Die Grünfläche, auf die sie jetzt blickte, war noch spärlich bepflanzt. Keine alten Bäume wie in einem über Jahrzehnte gewachsenen Garten. Stattdessen eine Wiese wie ein grünes Laken. Eigentlich war das Haus, das gerade vor ihr lag, nichts anderes als eine öde, seelenlose Hülle. Und damit ähnelte es seiner Besitzerin, die ihr gerade die Tür öffnete, dachte Yvette in einem Anfall von Gehässigkeit.

Melanie Schaffrath war wie immer makellos. Perfekt gekleidet in einem zimtfarbenen Jumpsuit mit großen goldenen Knöpfen, die in zwei parallelen Linien links und rechts die Schmalheit ihres Oberkörpers betonten. Die Haare trug sie offen, ein lichtdurchfluteter Wasserfall selbst an diesem novemberdunklen Vormittag. Yvette fühlte sich miserabel in ihrer Gegenwart. Sie stand vor ihr in Jeans und Pullover, an den Füßen etwas Bequemes. Die Haare zu ihrem Kummer wie immer zu fein und kurz. Die Haut mitgenommen von zu viel Wein am Vorabend und dem Schuldgefühl nach einer großen Dummheit, was ihr zu wenig Schlaf beschert hatte, zudem Müdigkeitsfältchen um die Augen und den pusteligen Teint einer Pubertierenden. Ihr 08/15-Auftritt musste Melanie vorkommen wie der einer Tagesmutter nach Feierabend. Sie war so erschöpft, als habe man ihr alle Lebensenergie entzogen. Alle bunten Federn gestutzt, damit sie nicht mehr fliegen konnte.

»Yvette! Das ist ja eine Überraschung!«, rief Melanie und bat sie mit weit ausholender Geste herein. »Du siehst furchtbar aus.«

»Nette Begrüßung! Das nennt man wohl mit der salzigen Faust in der offenen Wunde bohren. Im Moment fühle ich mich, als hätte ich die falsche Spur erwischt und die Kontrolle über mein Leben verloren. Bernhard sitzt in Peking fest und lässt mich hier mit dem ganzen Kram allein.«

»Ich weiß von Anton, dass es Schwierigkeiten mit den Chinesen gibt«, sagte Melanie.

Yvette betrat die Diele. »Und das Haus lässt uns auch nicht zur Ruhe kommen.«

»Ich beneide dich trotzdem um dieses Juwel. Ist doch was ganz anderes als diese modernen seelenlosen Bauten.« Sie legte Yvette die Hand auf den Unterarm. »Kaffee oder Tee?«

»Weder noch.« Yvette schüttelte zu Melanies Erstaunen deren Hand ab, schritt der Hausherrin voran, stoppte erst in der offenen Küche und lehnte sich mit dem Rücken an die Arbeitsfläche. Sie verschränkte die Arme vor der Brust, vermied es, Melanie anzusehen und ließ ihren Blick schweifen. Wie immer war alles sauber und aufgeräumt wie im Showroom eines überteuerten Möbelladens. Selbst ein Kochmagazin war akkurat an den Kanten des Tisches angelegt. Nichts in diesem Haus verriet die Anwesenheit von Kindern, schoss es Yvette durch den Kopf.

Melanie schien ihre Gedanken zu erraten.

»Ich suche eine Neue.«

Yvette sah sie fragend an.

»Putzfrau. Consuelo kommt nicht mehr. Aber zu euch ja auch nicht. Das nennt man wohl Sippenhaft. Danke übrigens dafür!«

Sie rang sich ein Lächeln ab, um ihrer Stimme die Schärfe zu nehmen. »Sie hat mir erzählt, dass ihr Streit hattet. Worum ging es?«

»Sie hat ihre Aufsichtspflicht vernachlässigt.«

»Was denn für eine Aufsichtspflicht? Dass die Bodenvase nicht kaputtgeht?«

»Sie sollte auf Mila aufpassen und hat kläglich versagt. Mila wäre beinahe ertrunken. Das gehört nicht zu ihrem Jobprofil, stimmt schon, aber ich hatte sie ausnahmsweise darum gebeten. Du musst im Übrigen nicht so sarkastisch sein.«

Gerade du nicht, hätte sie Melanie am liebsten ins Gesicht geschrien.

»Dass sie zu euch auch nicht mehr kommt, ist allerdings verwunderlich. Sie muss doch Geld verdienen.«

»Sie hat eine Vollzeitstelle gefunden bei einer älteren Dame, die sie betreut. Übrigens eure Nachbarin von gegenüber.«

Yvette zuckte die Schultern. »Auf jeden Fall sieht es bei dir trotzdem aus wie geleckt.«

»Ich kann nun mal nicht anders«, sagte Melanie, lächelte und stöhnte. »Manchmal wünsche ich mir, ich wäre nicht so überkorrekt. Mal ein bisschen mehr Chaos hier und da, mal nicht alles so picobello. Ein wenig mehr Ibiza, verstehst du? Du bist da viel gelassener.«

»In manchen Dingen bin ich das nicht«, erwiderte Yvette, und ihre Augen wurden schmal. »Ganz und gar nicht. Deine Hausfrauenqualitäten in alle Ehren, aber manchmal kehrst du anscheinend einiges unter den Teppich. Dreck zum Beispiel.«

»Hey, hey, hey, was ist denn los? Heute mit dem falschen Fuß aufgestanden?«

»Immerhin aus meinem eigenen Bett.«

Melanie spielte ihre Rolle erstaunlich gut, fand Yvette. Unschuldslamm mit einer Prise beleidigte Leberwurst. Noch vermittelte sie den Eindruck, an ihr nicht kratzen zu können, ohne sich selbst den Fingernagel abzubrechen.

Und Yvette wusste, ihrer war seit letzter Nacht sehr brüchig.

Melanie ließ sich auf einem der weißen Designerstühle am Küchentisch nieder.

Yvette fackelte nicht lange.

»Seit wann geht das zwischen Bernhard und dir?«

»Was redest du da? Hat der mexikanische Brummer sich mal wieder was eingebildet? Was erwartest du von jemandem, der Schmonzetten im Fernsehen guckt, Puppen sammelt und Torte in sich reinstopft?«

»Man hat euch gesehen.«

»Ach, du meinst euren Klavierlehrer?« Melanie winkte ab. »Ich fand ihn eigentlich ganz charmant, aber offensichtlich hat auch er eine lebhafte Phantasie. Eigentlich denkt man bei einem so gut aussehenden Mann, er hätte ein befriedigendes Sexualleben und müsse seine Nase nicht unter die Bettdecken anderer Leute stecken.« Sie stieß einen Seufzer aus. »Tut mir leid für ihn, dass es nicht so ist.«

»Er sprach von vertrauten Gesten zwischen euch.«

»Was würdest du tun, wenn du meinen Mann beim Spazierengehen treffen würdest? Würdet ihr euch kühl die Hand geben? Nein, ihr würdet euch in den Arm nehmen, wie man es unter alten Freunden tut.«

»Er sprach von Bernhards Hand auf deinem Hintern. Das würde Anton bei mir nie wagen. Oder willst du jetzt meinen Mann als Grabscher brandmarken, der dich gegen deinen Willen sexuell belästigt hat? Dessen Hände irgendwohin gewandert sind, wo sie nicht hätten sein dürfen?«

Melanie rollte den Kopf hin und her, um sich zu entspannen, was ihr nicht hundertprozentig zu gelingen schien, denn ihr Nackenwirbel knackte, und dieses Geräusch hallte in der plötzlichen Stille wider wie reißendes Knirschen.

»Setz dich doch!«, bat Melanie.

»Ich bleibe lieber stehen.«

Komm schon, dachte Yvette, beichte! Erzähl mir alles über dieses miese Spiel mit eurem Verlangen und der Naivität eurer Ehepartner.

Yvettes Anspannung durchdrang den Raum und erfüllte ihn mit negativer Energie.

»Schau«, begann Melanie und sah sie aus ihren Katzenaugen an. »Wir haben uns getroffen, ja. Zufällig im Park. Dein Mann ist Rad gefahren, ich bin gelaufen. Wir haben uns gefreut, einander zu sehen. Wir mögen uns nämlich. Stell dir vor! Weil wir ein Vierergespann sind, das schon durch Dick und Dünn gegangen ist. Schon vergessen? Wir sind ein kleines Stück nebeneinanderher gegangen. Bernhard hat sein Rad geschoben und den anderen Arm um meine Schultern gelegt. Alles andere ist eine dreiste Lüge.«

Sie erhob sich, ging auf Yvette zu, die immer noch an der Arbeitsfläche neben der Spüle lehnte, strich ihr sanft über den Rücken, dann erhob sie drei Finger zur Schwurhand und blickte ihrer Besucherin mit einem Ausdruck herzzerreißender Wahrhaftigkeit in die Augen. »Da ist nichts. Ich schwöre! Du solltest mir vertrauen. Das macht man so unter Freundinnen. Alles, was du an Argwohn mir gegenüber mit dir herumschleppst, wird zum Ballast für unsere Freundschaft.«

»Hast du schon mal überlegt«, fuhr sie fort, »weshalb dieser Schönling dieses ganze Spielchen inszeniert hat? Wie wär's damit: Vielleicht will er dich ins Bett kriegen? Wäre doch eine Idee, oder? Nichts ist einfacher flachzulegen als eine rachsüchtige Ehefrau. Die servieren sich selbst auf einem Silbertablett.«

Sie ahnte ja gar nicht, dachte Yvette, wie nah sie der Wahrheit kam.

Melanie ging zum Kühlschrank.

»Champagner? Versöhnungsschluck?«

»So früh am Tag?«

»Es ist nie zu früh.«

Sie leerten die ganze Flasche, und da sie noch die fast schlaflose Nacht und den Wein von gestern Abend in den Knochen hatte, stolperte Yvette irgendwann über die Wörter, die jetzt wieder freundschaftlich zwischen ihnen hin und her flogen, als seien sie Bestandteil einer fremden Sprache.

Als sie nach Hause kam, legte sie sich ins Bett. Noch ein paar Stunden, bevor die Kinder heimkamen und sie sie mit warmem Essen empfangen würde. Von der Matratze neben der ihren strömte der Geruch von Tobias Hansen zu ihr herüber. Ein Hauch von Nikotin, von Wein, von einem hölzernen Herrenparfüm mit einem Spritzer Pampelmuse.

Es drehte ihr den Magen um.

Sie musste würgen, rannte ins Bad und kotzte den Champagner aus. Dann bezog sie das Bett frisch und ihres gleich mit.

Sie ekelte sich nicht vor ihm. Sie ekelte sich vor sich selbst. Das war das Allerschlimmste. Sie hatte darauf gehofft, den Sex mit ihm als eine Auge-um-Auge-Zahn-um-Zahn-Revanche für Bernhard ansehen zu können. Die beste Entschuldigung überhaupt.

Ihr hatte so viel daran gelegen, den Störimpuls in ihrer Programmierung der glücklichen Familie Bernhard anzulasten und ihm den Schwarzen Peter zuzuschieben. Sie hatte gehofft, so sehr sie andererseits auch die Wahrheit gefürchtet hatte, durch das Gespräch mit Melanie könne sie sich selbst Absolution erteilen. Doch nun traf die Moralkeule sie. Heftig wie eine Abrissbirne, die auf das solide Fundament einer intakten Familie trifft. *Sie* hatte sich den Fingernagel beim Kratzen an Melanies weißer Weste abgebrochen. Sie war zu einer Frau geworden, die sie verachtete. Und da half keine Maniküre.

46

1. November

Es war erst kurz vor fünf Uhr nachmittags, und schon hatte es die Dunkelheit eilig, jeden Schimmer von Licht zu ersticken. Consuelo zögerte heute ihren Feierabend so lange wie möglich hinaus. Auch wenn sie zu später Stunde die Fahrt mit den öffentlichen Verkehrsmitteln mied und nicht gerne zur Schlafenszeit in ihre Wohnung zurückkehrte, so klammerte sie sich an das kleine bisschen Zweisamkeit in Gerdas Gesellschaft. An die Aussicht auf gemeinsam genossene Schnittchen mit Gewürzgurke, auf eine Tasse heißen Tee oder einen Eierlikör und ein paar Stunden nebeneinander vor dem Fernseher.

Consuelo hatte sich problemlos Gerda Hoffs Zeitrechnung angepasst. Bei ihr gab es nicht 18 Uhr, sondern nur den Startschuss zu *Gefragt – Gejagt*, bei der das nette Lächeln des Moderators sogar in den Stimmbändern aufblitzte. Es gab die Zeitspanne vor oder nach der *Tagesschau*. Vor oder nach Jauch. Es war kurz vor dem abendlichen Fernsehprogramm, als die alte Dame Consuelo bat, mit ihr noch eine kleine Runde durch den Garten zu drehen. Die schon auf vollen Touren laufende Heizung hatte ihre Atemwege gereizt und ihre Haut ausgetrocknet.

Ein leichter Wind ging, zu sanft, um Consuelos stramm geflochtenen Zopf zu zerzausen. In der Luft lag noch der milde Duft des Herbstes, der die Aromen von Moos und Holz, von feuchtem Laub, Pilzen und Kürbisgerichten mit sich brachte. Den Geruch von Erde.

Plötzlich schien die ganze Welt reglos zu verharren. Es war fast unheimlich still. Nur die Möwen schrien laut. Consuelo kam es fast so vor, als würden sie sie mahnen. Ihr mitteilen, nicht weiterzugehen, sondern sich zurückzubegeben in die Sicherheit von Gerda Hoffs vier Wänden. In die Wärme der aufgedrehten Heizung, der gefüllten Teebecher und der anheimelnden Moderatorenstimmen aus dem Fernseher.

Was sie dann sah, ließ Consuelo erstarren und fuhr ihr wie ein Fausthieb in den Magen. Sie schwitzte und bibberte gleichzeitig, vergaß vor Schreck zu atmen und bekam kaum noch Luft. Die Angst hielt sie umklammert wie ein Schraubstock. Sie spürte ihren Puls im Hals, und ihre Hände waren noch eisiger als die von Gerda Hoff, die sich manchmal so kalt und pergamentpapierartig anfühlten wie die einer Toten.

Ihr Lachen hatte den schrillen Klang des Irrsinns. Verlor sie den Verstand, oder hingen in dem Ahorn tatsächlich ihre Puppen? Für einen Moment schloss sie die Augen und öffnete sie wieder. Drei baumelten an den Zweigen wie stranguliert. Henkersknoten aus stabilem Seil um ihre Hälse. Es waren ihre Goldkinder. Emilia. Lasse. Fredi.

Gerda, die in ihrer Blindheit wie ein Seismograph jede Erschütterung um sich herum spürte, verharrte genauso still wie Consuelo und wandte ihrer Begleitung das Gesicht zu.

»Was ist mit Ihnen, meine Liebe?«

Consuelo kam sich töricht vor. Was sollte sie sagen? Jemand hat meine drei Lieblingspuppen an Ihrem Ahorn aufgeknüpft? Ein Mord an den leblosen Gefährten meiner einsamen Stunden? Und das tut mir mehr weh als ein eingequetschter Daumennagel in einer Tür oder ein Schwall verschütteter kochendheißer Brühe auf meiner Haut.

»Lassen Sie uns reingehen«, keuchte Consuelo stattdessen. »Schnell!«

»Aber, Kindchen, was ist denn los?«

Consuelo antwortete nicht. Sie zog Gerda eher mit sich fort, als dass diese auf ihren eigenen Beinen lief. Sie spürte, wie die gebrechliche Frau an ihrer Seite zitterte, und hörte, wie sie japste. Ihr eigener Atem ging stoßweise. Das schwache Licht über dem Hauseingang beleuchtete nur unzureichend die paar Stufen, die zur Tür hinaufführten. Zu Consuelos Erstaunen war diese nur angelehnt. Daran mochte der Schnapper schuld sein, den Gerda Hoff vor vielen Jahren in die Haustür hatte einbauen lassen. Eine Sicherung gegen ihre eigene Vergesslichkeit und Liederlichkeit im Umgang mit Schlüsseln. So musste sie die Haustür nur ins Schloss drücken, wenn sie ihre Wohnung verließ, um in den Garten zu gehen und ein paar goldene Strahlen abzubekommen. Und mit einem kaum wahrnehmbaren Klicken wieder aufstoßen, sobald sie ihre Runde beendet hatte. Eine unzureichende Sicherung gegen Einbrecher, wenn sie das Haus für mehrere Stunden verlassen wollte, aber ideal, um ihr den Alltag zu erleichtern, vor allem in Zeiten, da sie bereits ihr Augenlicht verloren und Probleme damit hatte, einen Schlüssel ins Schloss zu fummeln. Niemals hatte sie befürchtet, dass jemand diese Situation ausnutzen würde, so sicher fühlte sich Gerda in der Obhut ihres Zuhauses. Was war bei ihr schon groß zu holen? Dass die Villa auf der anderen Seite des Zauns Feindseligkeit ausstrahlte, hatte sie zwar in der Vergangenheit wahrgenommen, vor allem nachts, wenn die dunklen Fenster des großen Hauses ins Leere starrten. Aber Angst hatte ihr das nie eingejagt. Alles, was nebenan geschehen war, hatte nie etwas mit ihrem eigenen Leben zu tun gehabt. Das ungute Gefühl hatte sich erst vor einigen Monaten eingestellt.

Als sie beide wieder im Haus waren, ließ Consuelo den Schnapper am Schloss einrasten, so dass die Tür ohne Benutzung des Schlüssels nicht mehr geöffnet werden konnte. In dem Moment, als sie sie verriegelte und die Sicherheitskette vorlegte, fiel ihr

Blick nach unten auf die hellen Bodenfliesen im Eingangsbereich. Ein Erdklumpen lag dort. Hereingeschleppt unter Schuhsohlen aus dem Garten, gespickt mit Grashalmen wie ein grüner Igel. Er stammte nicht von Gerda oder ihr.

Jemand war im Haus gewesen.

Jemand hatte seinen Dreck hinterlassen, den schwachen Geruch eines Herrenparfüms, Holz und Pampelmuse, die Ausdünstungen des Irrsinns und damit verbunden die Vorboten der Angst.

Consuelo, die nach dem Schließen der Haustür wieder Gerda Hoff unterhakt hatte, um sie ins Wohnzimmer zu geleiten, spürte, dass es nicht deren schmächtiger Körper war, der so zitterte. Es war ihr eigener. Ihre Lippen hatten sich zu einem Strich zusammengepresst, ihr brach der Schweiß aus, ihr Herzschlag dröhnte in ihren Ohren. Ihr Magen krampfte sich zusammen. Sie blinzelte gegen ihre Tränen an.

»Was ist denn mit Ihnen?«, vernahm sie Gerdas Stimme im Ohr. »Du meine Güte, Kindchen! Sie sind ja völlig verstört.«

»Ihr Quiz fängt gleich an«, stammelte Consuelo. »Und Sie müssen Ihre Tabletten nehmen!«

Sie führte die alte Dame zur Couch im Wohnzimmer und ging in die Küche, um ein Glas Wasser und Gerdas Medizin zu holen.

Mochte sie sich, wenn auch wenig erfolgreich, bis eben noch eingeredet haben, dass sie selbst es war, die den Grasbrocken aus dem Garten hereingetragen hatte. Dass ein Windhauch die Haustür aufgedrückt hatte, leichtes Spiel durch den Schnapper. Nun wusste sie es besser.

Nicht einfach jemand war im Haus gewesen.

Er war im Haus gewesen.

Im Spülbecken in der Küche schwammen die kleinen Figuren aus Draht mit den bemalten Papierkugelgesichtern und der Kleidung aus bunten Stofffetzen, die die Familie Winkler im Puppenhaus nachgestellt hatten. Das Wasser in der Spüle war rot gefärbt.

Es sah aus wie ein gigantisches Blutbad, in dem die Püppchen trieben wie Schiffbrüchige.

Eine Gänsehaut kroch über ihre Arme, und Consuelo umschlang den Oberkörper, um das Zittern zu unterdrücken. Dann schrie sie. Nur dass kein Laut aus ihrer Kehle drang und sie lediglich stumm die Lippen bewegte.

Als sie sich aus ihrer Schockstarre gelöst hatte, ging sie nach nebenan zu Gerda. Was gaben sie für ein seltsames Paar ab! Blinde Frau vor dem Fernseher, hysterische Frau kurz vorm Durchdrehen. Und ein Ungeheuer, das den schönen Künsten zugetan war und dessen schwarze Seele die grausamsten Verwüstungen anrichten konnte.

Erschöpft ließ sie sich neben Gerda auf die durchgesessenen Polster aus beigem Veloursamt fallen. Die zierliche alte Dame machte einen kleinen Hüpfer, als sich die schwere Person neben sie plumpsen ließ. Es wäre für Außenstehende mit Sicherheit lustig gewesen, das zu beobachten, dachte Consuelo mit einem Anflug von Galgenhumor.

Gerda Hoff streichelte Consuelos Hand. »Was hat Sie so durcheinandergebracht, meine Liebe?«

Und so begann Consuelo zu erzählen, während sich die Geräusche der heraufziehenden Nacht über die Stadt senkten. Während der Wind an Kraft zunahm und die Zweige des Rotdorns peitschte, die über die Hauswand wischten. Während die Blätter der Bäume rauschten, ein Vogel in der Dunkelheit schrie, während Wolken am Mond vorbeizogen und bizarre Schatten erzeugten, die am Fenster vorbeihuschten.

Sie erzählte von ihrer ersten Begegnung mit Tobias Hansen im Drogeriemarkt. Seinem Charme, seiner Eloquenz. Seiner Feinfühligkeit. Und seinem Aussehen, einer männlichen Schönheit von Gottes Gnaden. Wie frech er es angestellt hatte, sie zu benutzen, um mehr zu erfahren über ihre Arbeitgeber. Und wie sie, die am liebsten durch ihr Leben wie durch einen romantischen Film spaziert wäre, auch wenn ihr dieses Leben ein Happy End verweigerte, diesen Mann in ihren Gedanken und Träumen mit roten Herzchen versehen hatte wie in einer Photoshop-Grafik. Wie sehr sie ihn verehrt hatte, als sie einmal sein Orgelspiel in der Kirche hatte erleben dürfen. Und wie abweisend er gewesen war. Wie eine Bittstellerin hatte er sie behandelt, eine Bettlerin um ein paar Brosamen Liebe.

Wie sie, seiner Meinung nach, seine Kreise gestört hatte, die er im neuen Zuhause der Familie Winkler zog; wie er ihr gegenüber immer dreister wurde und zu allem Übel dann auch noch die Sache mit dem Puppenhaus entdeckt hatte. Wasser auf seine Mühlen. Wie er sie danach erst recht beleidigt und gedemütigt und kontrolliert hatte, bis die Situation eskaliert war und darin gipfelte, dass er sie beschuldigte, ihre Aufsichtspflicht gegenüber der jüngsten Tochter Mila verletzt zu haben. Mit dem Virus des Misstrauens hatte er Yvette infiziert, ganz die besorgte Mutter. Sie glaubte ihm, nicht ihr. Er hatte ihrem Selbstbewusstsein, ohnehin kaum vorhanden, einen Riss nach dem nächsten zugefügt, bis es in Scherben lag wie eine zerbrochene Windschutzscheibe. Und nun hatte er aus Hass und Verachtung ihr gegenüber zu einem weiteren Schlag ausgeholt. Ihre Puppen im Baum. Die Drahtpüppchen im rotgetränkten Wasser der Spüle.

»Ich sollte die Puppen hereinholen.« Schon während sie das ankündigte, zitterte Consuelo am ganzen Körper bei dem Gedanken daran, noch mal hinauszumüssen in die Finsternis.

»Das hat Zeit bis morgen«, beruhigte sie Gerda.

Erleichtert stimmte Consuelo zu.

Um nichts in der Welt hätte sie jetzt da rausgehen mögen, um ihre Herzchen vom Henkerseil zu befreien. Sie war unendlich dankbar, dass Gerda Hoff ihr anbot, die Nacht in ihrem Haus zu verbringen. Es gab kein Gästezimmer, und so legte sie sich auf die

Couch im Wohnraum. In ihrer Kleidung, nur die Schuhe ausgezogen, über ihrem Körper eine nach Schaf riechende Wolldecke, in ihren Träumen die absurdesten Geschichten, auf ihrem Gesicht der Schimmer fahlen Mondlichts.

47

1. November

Das Daunenplumeau drückte schwer auf ihre Brust. Trotzdem war Gerda Hoff froh, im Bett zu sein, da es der beste Ort zum Nachdenken war. Kein Laut aus dem Fernseher oder Radio, der sie ablenkte, keine Consuelo, die sie zwar ins Herz geschlossen hatte, die aber selten stumm blieb. Die Deutsch-Mexikanerin redete ohne Punkt und Komma. Und Gerda Hoff war niemand, der einen Menschen mit seiner Einsamkeit am Küchentisch allein ließ.

Sie hatten beschlossen, heute Nacht die Türen von Schlaf- und Wohnzimmer geöffnet zu lassen, da Consuelo immer noch völlig verstört war. Sie hörte bis hinauf ins obere Stockwerk ihren Gast durch den geöffneten Mund atmen. Es war, als würde ihr kleines Haus durch die ungewohnten Schnarchgeräusche erschüttert.

Sie sehnte sich nach Schlaf, aber sie hatte heute Nacht etwas Wichtigeres zu tun. Sie musste sich auf die Suche nach der Wahrheit begeben. Gerda stellte sich diese als ein Kästchen vor und wusste zugleich, dass sie es längst gefunden hatte. Sie musste es nur noch öffnen. Nur noch den Deckel von der Schachtel heben, hineinblicken und keine Angst vor dem haben, was sie finden würde. Hatte sie auch immer gedacht, dass sie das, was sich in der alten Villa abspielte, nichts anging, nicht ihr Leben betraf, ja, sie noch nicht einmal, da sie kein Klatschweib war, interessierte, so wusste sie jetzt, dass sie sich geirrt hatte. Der menschliche Geist ließ sich immer belügen, aber wenn man Glück hatte oder auch Pech, dann drängte plötzlich mit aller Macht jenes ins Gedächtnis, was die Erinnerung versucht hatte zu löschen wie ein Künstler, der mit einem schwarzen Pinselstrich sein Werk auf der Staffelei übermalte. Aber die Erinnerung kam zurück, wie eine Collage aus Bildern. Selbst, wenn man so alt und so müde war wie sie.

Sie hatte nicht vom ersten Moment an gewusst, wer damals im Hochsommer auf ihrer Gartenbank neben ihr Platz genommen hatte. Dieser hochgewachsene Mann mit der sonoren Stimme. Aber als sie realisiert hatte, dass es nicht der aktuelle Besitzer des Hauses sein konnte, waren nicht viele Möglichkeiten übriggeblieben. Es war wie ein Geheimnis, das sich die ganze Zeit unmittelbar vor ihrer Nase befunden hatte. Sie hatte ihren Tolstoi gelesen. Sie hatte verstanden, was es hieß, wenn er schrieb: »Alle glücklichen Familien gleichen einander, jede unglückliche Familie ist auf ihre eigene Weise unglücklich.«

Von ihren ehemaligen Nachbarn war das Glück so weit entfernt wie der Mond. Und für das Unglück war nur einer verantwortlich gewesen.

Er.

Der Vater. Der Reeder. Der Patriarch.

Die Zeit mochte manche Wunde heilen, in der Regel aber konnte sie sich wenig auf ihre Erfolge einbilden.

Gerda Hoff hatte immer schon geahnt, dass irgendwann einmal das Dunkle, das so lange im Inneren dieses Hauses gelebt hatte, zurückkehren würde. Und genau so war es geschehen.

Die Ahnung, die sie die ganze Zeit über gehabt hatte, war durch Consuelos Erzählungen und die Erwähnung seines Namens zur Gewissheit geworden.

Er war wieder da.

Nicht der Alte. Der Sohn. Der, der am meisten unter seinem Vater gelitten hatte. Unter seiner zwanghaften Pedanterie, einer sorgsam geölten Maschine, die in der Öffentlichkeit funktionierte, aber im Privaten bei Nichtigkeiten explodierte. Sie konnte sich erinnern, auch wenn die beiden Häuser einen nicht unbeträchtlichen Abstand zueinander hatten, an Schreien und Knallen und Scheppern und Kaputtschmeißen, an Launen und Zornesausbrüche, an ängstliche Kinder und eine verzweifelte Ehefrau im Garten, die ihre Tränen in die borkige Rinde einer Linde hatte sickern lassen.

Gerda Hoff hatte ihr Leben alleine verbracht. Ganz bewusst. Abgesehen von Schülerinnen und Schülern, die ihr ans Herz gewachsen waren, Lehrerinnen und Lehrern aus dem Kollegium, die sie sympathisch gefunden, Freundinnen und Freunden, deren Nähe sie gesucht hatte. Aber sie hatte nur wenigen Männern erlaubt, ihr Herz zu erobern, und nie hatte es zu einer Hochzeit gereicht. Zu Kindern erst recht nicht. Im Gegensatz zu Consuelo hatte ihr das zu ihrem Glück genügt, ihr soziales Netz war stabil gewesen und nicht so leicht einzureißen. Was sie jedoch immer fasziniert hatte, war es zu beobachten, wie sich die Dinge zwischen anderen entwickelten, vor allem in zwischenmenschlichen Beziehungen. Wo der Jähzorn herkam, wie tief und blutig die Wunden waren, die Menschen einander zufügten, wo die Wahrheit lag im Lügen-Doppel eines Paares, wie morsch der Stamm war, besonders der von Stammbäumen. Es hatte mit ihrem gesunden Menschenverstand zu tun, auf den sie zeitlebens stolz gewesen war, befeuert von einschlägiger Lektüre. Heute war das Lesen ein Ding der Unmöglichkeit geworden, das Abo von *Psychologie Heute* nach vierzig Jahren schweren Herzens gekündigt, und Leute, die sie auseinandernehmen konnte wie ein Uhrmacher ein Räderwerk, damit sie bestenfalls, wenn sie denn ihren Rat wollten, wieder im richtigen Takt liefen, traf sie kaum noch. Aber eines hatte sich nicht geändert: Sie analysierte ihre Mitmenschen immer noch gern, und sie wusste, wenn das Kästchen erst einmal geöffnet war, ließ es sich nicht mehr problemlos schließen. Und das, was zum Vorschein kam, konnte man nicht einfach so wegschrubben wie fauligen Atem mit einer Pfefferminzpaste.

Ein Psychologe, so überlegte Gerda, würde bei dem Sohn, der zurückgekommen war wie ein Täter an den Tatort, von einer Identifikation mit dem Aggressor sprechen. Von Handlungsmustern, die sich am Vorbild des verhassten Vaters orientierten. Er hatte sich seine Eltern nicht ausgesucht. Aber sie hatten ihn zu dem gemacht, der er war. Anders gesagt: Unter der Maske des charmanten Klavierlehrers war der wahre Tobias Hansen verborgen, der im Begriff war, sein altes abgelegtes Leben wieder zu reanimieren, nur unter geänderten Vorzeichen. Und er würde nur Opfer zurücklassen. Weil er selbst eines war.

48

1985

Es saß etwas fest in dem alten Gemäuer. Dieses Haus hatte die Macht gehabt, Menschen zu verzaubern und zu verführen. Ihnen die Illusion von etwas Großem und Bedeutendem zu geben, das dazu imstande war, auf ihre eigene Existenz abzufärben. Wie gerne waren Gäste gekommen! Man musste nur an die Mahlzeiten denken, die in dieser Küche unter der Federführung der Köchin Hedwig entstanden waren. An die Feste, die hier gefeiert wurden. Inzwischen kam kaum noch jemand. Die gemeinsamen Stunden mit den Eltern und den beiden noch lebenden Geschwistern, so dachte der Junge, der zu einem lang aufgeschossenen attraktiven Teenager von fünfzehn Jahren mit dunkler Haartolle herangewachsen war, waren nichts anderes mehr als eine als Familienleben getarnte Folter. Eine leblose Veranstaltung, zusammengehalten von Traditionen wie eine stramme Kleidernaht. Immerhin hatten die cholerischen Ausbrüche des Vaters etwas nachgelassen. Vielleicht hatte er kapiert, dass er, eher klein und feingliedrig von Statur, seinen beiden Söhnen inzwischen körperlich unterlegen war. Vielleicht fehlte ihm nach Klaras Tod für die Wut auch einfach die Wucht. Nur seine Bosheit war immer noch da, scharf wie eine Sense, mit der er andere niedermähte.

Die einzigen Dinge, die dem Haus etwas Familiäres verliehen, waren die Mäntel an der Garderobe und die Fotografien auf dem Klavier. Vater. Mutter. Vier Kinder. Ein Trauerband an der linken oberen Ecke des silbernen Rahmens mit dem Porträt der ertrunkenen Tochter.

Ewige Mahnung.

Ewige Erinnerung.

Und so war der Junge eingekeilt zwischen dem Haus und der Vergangenheit, und die Vergangenheit war so dicht wie Nebel, der ihn zu ersticken drohte.

Blieben nun auch die erwachsenen Gäste weg, die Bekannten und die Nachbarn, die Geschäftspartner des Vaters, so waren die Freunde und Freundinnen der Kinder noch nie willkommen gewesen. Kinder bedeuteten Schmutz. Lärm. Unordnung. Ungezogenheiten. Übermut. Straßendreck unter Schuhen, die nicht immer am Eingang ausgezogen wurden. Kuchenbrösel, Kakaoflecken, Saftspritzer. Sie bedeuteten durch Ballspiele zerdeppertes Glas, oftmals nicht formvollendete Manieren wie ungenierte Rülpser beim Essen, die bei diesen Kindern zu Hause vielleicht spaßig kommentiert oder gar überhört wurden. Sie bedeuteten Geburtstagspartys, bei denen all diese Unannehmlichkeiten schlimmstenfalls zusammenkamen, verstärkt durch aufgedrehte Gäste, ausgelassene Spiele, Albernheiten. Sie bedeuteten mit Erdbeertorte und Nudelsalat überfüllte Mägen, übersäuert von Apfelsaft und heruntergekühlt mit Eis, die sich die Kleinen auf der Toilette leerkotzten. Und wer beherrschte im Alter von sechs oder zehn Jahren schon die perfekte Begrüßung, die respektvolle Verneigung, die man dem Hausherrn, zumindest seiner Ansicht nach, schuldete? Man konnte sich alles im Haus und im Garten der Familie vorstellen, aber kein Trampolin und kein Fußballtor, keine Lampions in den Bäumen und keine Luftballons an den Türklinken, keine Girlanden, kein Gekicher und keine Geburtstagskerzen auf Geburtstagstorten, die unter lautem Jubel und schiefen Happy Birthday*-Gesängen ausgepustet wurden. Und erst recht keine spielenden Klassenkameraden, die spontan vorbeischauten und zum Abendessen blieben, mit denen man Cocktailwürstchenwettessen machte und die sich eine Nacht beim Freund oder der Freundin erbettelten, um sich gegenseitig Gruselgeschichten zu erzählen und sich anschließend gemeinsam unter der Bettdecke wohlig zu fürchten, während Chipskrümel von ihren Pyjamajacken aufs Laken rieselten.*

Die eigenen Kinder waren dazu da, um von anderen gesehen, aber nicht gehört zu werden. Kinder hatte man, möglichst viele, je bevölkerter der Familienknast, desto potenter das Familienoberhaupt. Den Nachwuchs zu verwöhnen, galt als dekadent. Die Mutter bemühte sich, den harten Grundsätzen des Vaters zu genügen, indem es für die Kinder in der Weihnachtszeit nur einen Adventskalender gab, gefüllt mit kleinen Schokofiguren, so dass jedes Kind nur alle paar Tage mit Naschen an der Reihe war. Bloß nichts tun, was das Leben versüßte!

Die Kindheit rauschte vorbei, und nur manchmal bekam man einen Zipfel davon zu fassen, wenn der Vater so gnädig war, den Nachwuchs zur Geburtstagsparty von anderen gehen zu lassen. Der Junge hatte das jedes Mal genossen, jede einzelne Minute davon. Es war wie Sonne nach einem langen Winter. Aber später wurde er in der Klasse gehänselt, weil er nicht war wie seine Mitschüler. Weil er sich sonderbar benahm, weil seine Eltern glaubten, etwas Besseres zu sein, weil er ein spaßbefreites Leben führte und weil es einfach nicht passte, sich zum Burgeressen mit jemandem zu verabreden, dem immer noch der goldene Löffel im Mund steckte, und der trotzdem nichts anderes anschleppte für das Geburtstagskind als eine Tafel Schokolade, weil seine Eltern das für angemessen hielten. Und so blieben irgendwann diese Einladungen ganz aus.

Die Mutter des Jungen zog sich mehr und mehr in sich selbst zurück. Hinter vorgehaltener Hand redeten die Hanseaten über die unglückliche Ehe, die Seitensprünge des Gatten, den Alkoholkonsum seiner Frau. Das Personal sprach, wenn es sich allein wähnte, von Depressionen. Sie blieb jetzt oft den ganzen Tag im Bett; auf ihrem Nachttisch der obligatorische Kristallschwenker für Cognac, eingerahmt von Tablettenschachteln. Manchmal machte sie sich nicht einmal mehr die Mühe, die Flaschen zu verstecken. Wenn man ihr »Guten Morgen« oder »Gute Nacht« wünschte, darauf legte sie nach wie vor Wert, konnte es passieren, dass eine der Flaschen unters Bett und dann durch den Raum rollte, wenn man nicht aufpasste, wohin man trat. Die kullernden Flaschen auf den Holzdielen waren das akustische Signal ihrer Sucht. Die Mutter weinte viel, ihr Zimmer mit den Fotos der toten Tochter dekoriert. Ihre Worte klangen verbittert, ihre Augen flackerten, und ihr Atem stank nach Weinbrand.

Als der Junge eines Tages aus der Schule kam, war die Köchin in Sorge. Aufgrund seines Stundenplans war er das erste der drei Kinder, das an dem Tag heimkehrte. Hedwig hatte der Mutter eine Fleischbrühe servieren wollen, ein leichtes Mittagessen, damit sie bei Kräften blieb. Sie hatte sie nicht im Bett vorgefunden. Das war ungewöhnlich. Die Mutter erhob sich nur noch von ihrem Lager, wenn ein Toilettengang unumgänglich war. Selbst die tägliche Körperwäsche ließ sie von einer Angestellten verrichten.

Hedwig und er begannen, sie zu suchen. Beide strömten in verschiedene Richtungen des Hauses davon. Es war der Junge, der sie fand. Sie hing in ihrem Morgenmantel an einem Seil im Keller, den Hals in der Schlinge. Neben ihr stand eine Trittleiter. Der Junge konnte den Blick nicht von seiner Mutter wenden. Wie schmal sie war, wie bleich ihre Haut. Die weißen Beine durchzogen von blauen Adern. Er stand nur da und starrte sie an. Kein Sterbenswörtchen hatte sie zuvor gesagt. Hatte sich still und heimlich der Welt entzogen, ihren Kindern, ihrer Trinkerei, ihrem Mann, der wie ein böser Geist all die Jahre durch ihr Leben geirrt war. Der Blicke wie Blitze schleuderte, wenn sie nicht kalt waren wie Eis, und der Worte wie Donner grollte. Hedwig entdeckte den Jungen schließlich bei seiner toten Mutter.

Der Vater war herbeigerufen worden. Er machte keine Worte. Wenn er bestürzt war, schockiert, in Trauer, so zeigte er es nicht.

»Hilf mir!«, sagte er zu seinem Sohn.

»Ich kann das nicht«, sagte der.

»Man kann alles.«

»Das sollten wir den Leuten vom Bestattungsinstitut überlassen, Vater.«

»Wenn ich deine Meinung hören will, dann werde ich sie dir geben.«

Und während der Vater mit einem Messer auf die Leiter stieg, um das Seil durchzusäbeln, musste der Junge die Beine der Mutter anheben, damit der leblose Körper nicht hart auf die Erde knallte, nachdem der Strick ihn nicht mehr hielt. Er barg seine tote Mutter in seinen Armen, und später, viel später an diesem Tag, spürte er die Hand seines Vaters auf seinem Kopf. Es war die zärtlichste Geste, die er jemals von ihm erfahren sollte. Wie auch sollte mehr von einem Menschen zu erwarten sein, der als junger Mann die Tür zum Bad ausgehängt und unter die Matratze geschoben hatte, weil er weiche Betten hasste, und der nichts lieber predigte als Selbstdisziplin, Härte, Unerbittlichkeit? Zu solch gnadenlosen Brüdern gesellten sich die Schwestern Kälte und Kompromisslosigkeit von ganz allein.

Kurz darauf beschloss Henry Hansen, die Kinder ins Internat zu stecken. Die Jungs auf ein deutsches am Ufer der Schlei, die siebzehnjährige Schwester Eleonore nach England. »Der einzige Mensch, dem man vertrauen kann, ist man selbst, mein Sohn«, so sagte der Vater zum Abschied. Er fiel dem Jungen leicht. Hedwig, deren Kittelschürze immer nach Essen und Liebe roch und die einem Troststullen schmierte, war nicht mehr da. Sie war alt und hatte gekündigt. Der Tod der Mutter und der Tod von Klara hatten ihr das Herz gebrochen und es krank gemacht.

Nur die Rosen dufteten so stark wie früher, und der Wind strich ums Haus und verströmte den Geruch des Sommers, als sei nichts gewesen. So wie die Welt sich immer weiterdrehte, die Sonne schien, die Autos hupten, die Menschen in den Kneipen ihr Glas erhoben und die Wutanfälle von Kleinkindern ertrugen, über Lappalien redeten oder sich die Köpfe einschlugen, sich liebten und stritten, lachten und aßen, schwitzten und froren, ungeachtet der Schicksale, die sich um sie herum abspielten.

Das Bild der Mutter, wie sie von der Kellerdecke baumelte, wurde der Junge nicht mehr los. Manchmal stellte er die Szene nach mit den Puppen von

Klara und Eleonore, für die die eine zu tot und die andere zu alt war. Dann band er ihnen Kordeln um die Hälse oder Schnürsenkel und drückte zu. Er selbst konnte nie mehr einen Schal oder Schlips tragen aus Angst, dass der ihn erwürgen würde. Jedes Tuch und jede Krawatte eine Henkersschlinge.

49

2. November

Yvette schenkte den beiden Frauen ein knappes Lächeln, das aussah, als koste es sie Überwindung. Doch der Plan von Gerda Hoff war aufgegangen. Gemeinsam mit Consuelo stand sie vor der Haustür der Nachbarin, gestützt auf den Arm ihrer Helferin, an der anderen Seite ihren Gehstock, und Yvette brachte es nicht übers Herz, sie wegzuschicken. Es war Samstagmorgen. Ein windiger Vormittag, an dem man der Welt am liebsten einen Vorhang vorziehen würde. Der Himmel gepflastert mit dunklen Wolken. Die Kinder hatten keine Schule, in der Küche herrschte Frühstückschaos, der Kühlschrank musste aufgefüllt, der Müll rausgebracht werden, aber Yvette fühlte sich ausgelaugt und schlapp. Sie, die Perfektionistin, war nachlässig geworden. Das riesige Haus, das sie im Moment alleine bewirtschaftete und das nicht wirklich den Eindruck machte, sie innerhalb seiner Mauern beherbergen zu wollen. Ihnen ein Heim zu sein. Das alles hatte nicht gerade ihr seelisches Wohlbefinden gefördert. Und auch nicht das körperliche, wofür sie sich selbst die Schuld gab, weil sie zu viel trank. Sie hasste den Kater am nächsten Morgen, die Kopfschmerzen, das Sodbrennen, die Übelkeit, den trockenen Mund, aber noch mehr hasste sie den Zustand der schonungslosen Nüchternheit in dunkelgrauen Stunden. Sie schlief schlecht, und sie hatte wirre Träume.

Sie bat Gerda Hoff und Consuelo ins Wohnzimmer, schenkte ihrer ehemaligen Putzhilfe kaum Beachtung, zu tief saß der Schock über die Vorkommnisse im Badehaus, und konzentrierte sich auf die blinde Nachbarin. Und auf ihre eigenen guten Manieren. Sie bot Tee und Gebäck an.

Yvette blickte auf die Tischplatte vor sich und fragte sich, wie sie die beiden auf höfliche Art loswerden konnte.

Was wollten sie hier?

Was wollten sie von *ihr*?

Sie konnte ihre Ungeduld kaum zügeln. Die Entrümpelungsfirma hatte ihr kurzfristig einen Termin eingeräumt, und der war heute Nachmittag. Hatte sie bei ihrem Einzug die Hoffnung gehegt, auf so manche Rarität zu stoßen, wenn sie erst mal die Zeit dazu hatte, auf Schatzsuche zu gehen, so war ihr inzwischen klar geworden, dass es sich überwiegend um alten Plunder handelte, den sie längst hätte entsorgen sollen. Aber da Speicher und Keller genug Abstellfläche für ihre eigenen Sachen boten, die nicht täglich in Benutzung waren, hatte sie das Thema bisher erfolgreich verdrängt. Heute aber war es so weit. Heute würden endlich all die ramponierten, abgewetzten, beschädigten und zerschlissenen Dinge aus diesem Haus entfernt.

Alles musste raus. Alles weg. Damit sie endlich wieder durchatmen konnte.

»Entschuldigen Sie, dass ich gleich mit der Tür ins Haus falle«, unterbrach Gerda Hoff Yvettes Gedanken. »Man hat Frau Strunz reingelegt, als sie auf Ihre kleine Tochter aufpassen sollte. Herr Hansen hat sie reingelegt. Es war nicht ihre Schuld.«

»Woher wollen Sie das wissen?« Yvette runzelte die Stirn. »Sie waren doch gar nicht dabei. Bitte, Frau Hoff. Das führt doch zu nichts! Ich möchte diesen Tag aus meinem Gedächtnis streichen. Und aus welchem Grund sollte Herr Hansen so etwas tun?«

»Um freie Bahn zu haben.«

»Freie Bahn wofür?«

Die alte Frau sackte in sich zusammen, dann schien es, als

sammle sie all ihre Kraft, setzte sich kerzengerade hin, den Rücken durchgedrückt, die Gesichtshaut so trocken wie eine rissige Gipsmaske.

»Er will hier ungestört ein und aus gehen, wenn Sie mich fragen. Man versenkt sein bisheriges Leben nicht einfach wie einen alten Anker. Jedes Haus hat seine Vergangenheit. Jeder Mensch auch. Manche haben damit nie abgeschlossen. Und die Vergangenheit von Tobias Hansen ist hier in diesem Haus.«

Yvette wischte den Pony aus der Stirn. Ihre Hand zitterte leicht. »Soll heißen?«

»Tobias Hansen ist in diesem Haus aufgewachsen. Seine Kindheit und Jugend waren ein Desaster«, erwiderte Gerda.

Zwischen zusammengebissenen Zähnen stieß Yvette hervor: »Warum erzählen Sie mir das? Was hat das mit uns zu tun?«

»Sie sind in sein Elternhaus gezogen. Wussten Sie das nicht? Hat er Ihnen das nicht erzählt? Wenn nicht, sollte Sie das wundern. Warum hält man mit so etwas hinter dem Berg?«

Yvette zuckte zusammen, entschied sich dann aber, auf die Frage nicht einzugehen. »Und wenn schon! Nun leben wir hier. Häuser wechseln ihre Besitzer. Das ist nun mal der Lauf der Dinge.«

Consuelo hatte bisher nichts gesagt. Sie hielt den Kopf gesenkt und mied Yvettes Blick, der sie ohnehin kaum streifte.

»Er ist krank«, sagte Gerda.

»Woher wollen Sie das wissen?«

»Ich wohne seit den fünfziger Jahren hier in der Nachbarschaft. Tobias Hansen hat zwei Tragödien erlebt. Er hat sich die Schuld gegeben am Tod seiner kleinen Schwester im Jahr 1982, auf die er aufpassen sollte und die im Pool ertrank. Drei Jahre später hat er seine depressive, alkoholkranke Mutter gefunden, erhängt im Keller. Da war er fünfzehn.«

Yvette schluckte.

»Und dann war da noch der Vater«, fuhr Gerda mit leiser Stimme fort. »Ein feiner hanseatischer Pinkel, der von der Kanzel der Moral herab nichts anderes war als ein elender Schürzenjäger. Aus jeder seiner Poren strömte Kälte, und dieser Eisregen ging vor allem auf Tobias nieder, besonders nach dem Tod der kleinen Tochter, die Henry Hansen vergöttert hat. Vielleicht hatte er besondere Erwartungen an seinen Sohn, die nicht erfüllt wurden. Anders ist es kaum zu erklären, dass die Verachtung seines Vaters wie ein ständiges Unwetter auf ihn niedergegangen ist.«

Yvette lauerte auf jedes einzelne Wort – und wollte es doch nicht hören. Sie nippte am Tee, verschluckte sich und bekam einen Hustenanfall.

»Alles in Ordnung?«, erkundigte sich Gerda.

Yvette schloss kurz die Augen und holte tief Luft. »Alles in Ordnung.«

»Nach dem Internat besuchte Tobias Hansen das Musikkonservatorium«, sprach die alte Frau weiter. »Ich denke aber keinesfalls, dass er Professor für Musik ist, wie er vorgibt zu sein. Solche Menschen entwerfen für sich immer wieder gerne neue Biographien mit wechselnden Berufen. Vom Bund war er aufgrund gesundheitlicher Probleme mit dem Rücken befreit worden. Er wechselte von einem Therapeuten zum anderen. War wegen Depressionen häufiger in der Klinik.«

»Und sein Vater?«, fragte Yvette.

»Sie hatten kaum noch Kontakt, nachdem Tobias volljährig war. Die beiden anderen Kinder ließen sich manchmal noch hier blicken und profitierten vom Erbe. Tobias bekam nur den Pflichtteil. Aber von dem Geld war am Ende sowieso nicht mehr viel da. Henry Hansen hat noch mal geheiratet. Später, als seine zweite Frau ihn verlassen hat, wobei er reichlich zahlen musste bei der Scheidung, lebte er noch jahrelang allein in diesem Haus, bevor er vereinsamt und verbittert starb und ein Seniorenstift hier einzog.«

Gerda war erschöpft von ihrem Monolog. Ihre Hände, nur noch

Knochen mit einer durchsichtigen Haut voller brauner Flecken, hatten sich ineinander verknotet. Sie atmete schwer und ließ sich von Consuelo die Teetasse in die Hand drücken, die sie jedoch nicht an die Lippen führte, da sie nur den Zweck zu haben schien, ihre Hände zu wärmen.

»Und was soll ich jetzt Ihrer Meinung nach tun?«, fragte Yvette, deren Augen angriffslustig blitzten und die die Schärfe in ihrer Stimme in ein unfrohes Lachen verpackte.

Gerda Hoff ließ sich davon nicht irritieren. »Tobias Hansen wird in dieses Haus zurückkehren wollen. Er wird an Ihnen und Ihrer Familie die Erinnerungen an seine verkorkste Vergangenheit spiegeln. Da ist so viel Hass in seinem Herzen, er muss das loswerden. Es passt alles so gut. Vier Kinder. Zwei Töchter. Zwei Söhne. Wie damals bei ihm daheim.«

»Das ist doch ...«, entfuhr es Yvette.

»Absurd?«, vollendete Gerda. »Glauben Sie mir. Er ist paranoid und voller Wut, die schon seit seiner Kindheit in ihm schlummert und die er wahrscheinlich niemals wirklich losgeworden ist. Er schleppt schweres Gepäck mit sich herum, das er bei Ihnen abladen will.«

Yvette stieß ein verächtliches Schnauben aus.

»Warum sollte er das tun?«

»Weil er glückliche Familien nicht ertragen kann. Er wird das Drama seiner Kindheit wiederholen wollen. Mit Ihnen. Nur, dass diesmal *er* der Vater ist. In diesem Haus. Dessen Seele so vergiftet ist, dass es jede Familie verseucht.«

Wer sagt Ihnen, dass wir glücklich sind, hätte Yvette ihrer Nachbarin am liebsten entgegengeschleudert. Ist man glücklich, wenn der Ehemann einem den ganzen Scheißkram des Alltags überlässt, höchstens mal auf einer dicken Spur Eiscreme hereingeschlittert kommt und mit Taschengeldscheinen wedelt, damit die Kinder ihn für den Größten halten? Ist man glücklich, wenn man ihn verdächtigt, mit der besten Freundin zu vögeln und dafür Rache nimmt beim Sex mit einem Mann, der einem gerade als Psychopath geschildert wird? Doch sie hielt den Mund.

»Ich will Ihnen nicht zu nahetreten, Frau Hoff. Aber das klingt mir eindeutig übertrieben.« Oder nach einer Person mit einer gehörigen Portion Langeweile, entschied Yvette. Menschen mit Langeweile waren dreist genug, anderen ihre Zeit wegzufressen. Sie umklammerte mit festem Griff die Armlehnen ihres Sessels. »Wie kommen Sie überhaupt zu diesen Schlussfolgerungen? Sind Sie Psychologin?« Sie versuchte zu lächeln. Sie hatte mal gehört, dass man ein Lächeln auch dann erkennen konnte, wenn man den Gesprächspartner nicht sah. Die Kunst war nur, dass es sich in den Mundwinkeln einnisten musste. Sie hoffte, es würde ihr gelingen.

»Ich war Lehrerin«, sagte Gerda Hoff mit ruhiger Stimme.

»Und Sie blicken gern mal in die Glaskugel?«

Wenn sie ehrlich war, konnte Yvette die Scheuklappen, die sie trug, förmlich spüren. Lächeln, beschloss sie. Versöhnliche Sonne in einem frostigen Klima. Einer alten Dame gegenüber höflich bleiben. Freundlich sein. Sie schnell loswerden, ehe einen all die Dinge einholen würden, vor denen sie immer davongerannt war und ehe dieses ranzige Gefühl der Mulmigkeit sich noch weiter in ihr ausbreiten würde.

Gerda Hoffs Stimme riss sie aus ihren Gedanken.

»Ich bin kein Typ für Kaffeesatzleserei. Dazu bin ich viel zu realistisch. Ich war einst mit der Köchin befreundet, die jahrzehntelang für die Familie Hansen gearbeitet hat«, erklärte sie. »Die war eine Seele von Mensch. Vor allem zu Tobias hatte sie ein sehr inniges Verhältnis. Sie hat mir Dinge erzählt, die sie mir gewiss nicht hätte anvertrauen dürfen, obwohl sie immer ein Ausbund an Diskretion war. Zuverlässig und loyal. Aber manchmal konnte sie wohl nicht anders.«

Gerda wischte sich mit dem Ärmel ihrer Strickjacke über die Nase. »Ich habe immer befürchtet, dass das Leben von Tobias Hansen nicht von Glück gekrönt sein würde. Dass sein krankes Gemüt gar nicht das Rüstzeug für einen normalen Alltag hat.«

»Leider fordert mich jetzt meiner«, sagte Yvette. »Ich muss mich um meine Kinder kümmern.«

»Zeigen Sie's ihr!«, wandte sich Gerda Hoff an Consuelo.

»Bitte!«, drängte sie Yvette. »Gehen Sie mit Consuelo in meinen Garten. Es dauert nicht lange.«

Yvette biss sich auf die Lippe und blieb stumm. Doch dann öffnete sie die Terrassentür und trat, gefolgt von Consuelo, hinaus. Sie fröstelte, und das lag nicht nur an dem trostlosen Novembertag und dem Wind, der unter ihren weiten Pullover und in die Hosenbeine fuhr. Gerda Hoff blieb auf der Couch sitzen, stocksteif, als verbiete sie sich jegliche Bequemlichkeit.

Yvette kreuzte die Arme vor dem Oberkörper, alles an ihr signalisierte Verweigerung. Ein Panzer aus Ablehnung, Abwehr, Vorwurf. Sie strebte so schnell voran, dass Consuelo kaum mit ihr Schritt halten konnte.

Sie verließen das Grundstück an der Stelle, an der der Zaun neben dem Haselnussstrauch niedergetrampelt war. Yvette hatte den ganzen Sommer vorgehabt, den Zaun reparieren zu lassen, aber das hatte sie bisher genauso wenig geschafft wie die Entrümpelung von Keller und Speicher. Das Haus trug noch so viele Altlasten, dachte Yvette und seufzte.

»Was wollen Sie mir nun zeigen?«

Ein erstickter Laut drang aus Consuelos Kehle. »Sie sind nicht mehr da«, japste sie.

»Wer ist nicht mehr da?«

Consuelo wischte sich über die Augen, als würde dadurch ihr getrübter Blick wieder klar. »Die Puppen in den Bäumen. Er hat sie aufgehängt. Meine Puppen. Um mir Angst zu machen. Es war eine Warnung.«

»Sie müssen zugeben, dass das ziemlich verrückt klingt. Wer hängt Puppen in Bäumen auf? Kein Mensch tut so etwas.«

»Wahnsinnige tun so etwas«, murmelte Consuelo.

Der Wind strich durch die wenigen Blätter, die noch an den Bäumen hingen, bevor er das Laub auf dem Boden durcheinanderwirbelte.

Yvette stockte der Atem. Ihre Stimme klang belegt, als sie fragte: »Puppen mit Stricken um den Hals? Mit leeren Augenhöhlen?«

Consuelo nickte.

Yvette spürte, wie sich die Härchen an ihren Armen und Beinen aufstellten. Es passte alles. Die strangulierten Puppen, die sie vor einer Weile auf dem Speicher gefunden hatte. Und die von Consuelo, für die ein Baum im Garten zum Galgen geworden war. Es war das gleiche Muster.

Der Wind griff nach Yvettes Haaren, als wolle er sie wachrütteln. Der Schock stand ihr ins Gesicht geschrieben. Doch sie beschloss, die Angst zu ignorieren. Es hatte keinen Sinn, sich verrückt zu machen. Warum sollte sie dabei zusehen, wie die Dämme brechen würden, um dunkle Fragen an die Oberfläche zu fluten, auf die sie niemals Antworten erhielte? Wozu die Mühe? Wozu über den staubigen Teppich der Vergangenheit gehen? Sie hatte ihn schon viel zu weit ausgerollt. Und noch rechtzeitig gestoppt, indem sie Tobias Hansen zum Gehen aufgefordert hatte. Kein Klavierunterricht mehr, keine Küsse, die nach Einsamkeit und den blauroten Früchten des Chianti schmeckten. Yvette konzentrierte sich darauf, entspannt zu wirken und Consuelo nicht merken zu lassen, dass sie in Schweiß gebadet war, vor Kälte zitterte und ihre Sünden bitter bereute. Vor allem die, mit denen sie ganz alleine klarkommen musste. Sie konnte jetzt nur noch eines tun: Mila und David, Max und Sophie beschützen.

Sie stellte sich den Duft der Tomatensauce vor, der gleich durch die Küche ziehen würde, und die aufgeregten Stimmen ihrer Kinder, von denen mindestens zwei miteinander streiten würden. Es war ihr Alltag. Sie bemühte sich, ihn vor ihrem geistigen Auge heraufzubeschwören, und klammerte sich daran wie an eine Boje im wilden Wasser. Yvette straffte die Schultern und ging zurück, fest entschlossen, das Haus mit niemandem außer ihrer Familie zu teilen. Nicht nur Joghurt hatte ein Verfallsdatum. Auch die Vergangenheit.

50

2. November

Es würde der letzte Schritt sein von vielen, die er bereits auf diesem Weg gegangen war. Endgültig. Unwiderruflich. Er hatte verloren, was verloren werden musste, und gefunden, was gefunden werden sollte. Er hatte lange Distanz zu diesem Haus gewahrt, hatte seine Wurzeln gekappt, hatte sich eine eigene kleine Familie aufgebaut, die ihn nicht glücklich gemacht hatte, da er nicht wusste, wie Glück geht. Er hatte ein paar gute Vorsätze befolgt, die nichts gebracht hatten. Nun konnte er nichts mehr tun gegen den Drang, die Dinge auf die Spitze zu treiben. Es war wie eine Sucht. Es gab nichts mehr, was ihn zurückhielt. Er würde heimkehren.

Nicht nur zu Klavierstunden und nächtlichen Stippvisiten, zu klammheimlichen Freuden, bei denen sein Herz vor Aufregung klopfte wie ein Schmiedehammer. Sein Leben versprach mit einem Mal nicht unbedingt etwas Großes, aber eine gewisse Art von Triumph. Natürlich wusste er, dass er besser daran getan hätte, dieses Haus zu meiden. Doch schon als er die Putzfrau vertrieben und ihr übel mitgespielt hatte, war das nicht nur die Stimme des Wahnsinns gewesen, die ihm das eingeflüstert hatte, sondern es war bereits Teil des Zwangs, dem Gewisper von Gestern zu lauschen. Andere schmiedeten Pläne für die Zukunft, er schmiedete sie für eine Neubelebung der Vergangenheit. Wenn auch unter anderen Umständen. Pech für die, die es hierhergeführt hatte, in dieses verdammte Haus. Nun blieb ihm nichts anderes übrig, als sie in seine kalte Einsamkeit mit hinabzuziehen. Wurde einem nicht immer empfohlen, die Erinnerungen gemeinsam zu bewältigen, die einen bedrückten, bevor man keine Luft mehr bekam und zu ersticken drohte? Die tiefen unbelüfteten Täler, in die keine Sonne schien, gemeinsam zu durchwandern? Die Gedanken an Geschehnisse, die man sich am liebsten aus dem Hirn gehämmert hätte, zu teilen? Nichts anderes hatte er vor. Wenn auch auf eine andere Art, als es all die Therapeuten und Psychologen, die er konsultiert hatte, empfehlen würden.

Langsam fuhr er die Straße entlang. Für ihn längst seine übliche Route und tägliche Routine. Er wusste von dem heutigen Termin durch eine hingekritzelte Notiz auf einem Post-it am Kühlschrank der Winklers. Als er den Transporter der Haushaltsauflösung erblickte, stoppte er, stieg aus, zündete sich eine Zigarette an und beobachtete das Treiben der vier Entrümpler, die Ordnung machten in diesem Dschungel von Habseligkeiten aus einer anderen Zeit, während der Wind in seinem Rücken seufzte. So rasch beluden sie den Lkw, dass ihm schon vom Zuschauen schwindlig wurde.

Es bereitete ihm Genugtuung, als er daran dachte, dass es eine Sache gab, die sie niemals finden würden. Da konnten sie noch so intensiv jeden Winkel absuchen.

So wie seine Seele ihre Geheimfächer hatte, so war es auch mit diesem Haus. Die Vergangenheit konnte man niemals so ganz auslöschen. Sie würde immer ihre Beute finden, mit der sie in die Hölle hinabfuhr. Dieses Haus wollte nicht liebgewonnen werden. Die Angst würde ewig in seinen starren Mauern verharren. Und in ihm hatte sie einen Komplizen gefunden, der diesen Ort genauso wenig verlassen konnte wie das Verderben, das als Untermieter hier wohnte.

Ärgerlicherweise hatte er den Schlüssel vergessen, den er noch immer besaß, seitdem Yvette Consuelo nach ihrer Kündigung dazu aufgefordert hatte, ihm diesen auszuhändigen. Sie musste es verdrängt haben. Oder war es ein Signal, dass sie seine Rückkehr sogar wünschte? Vermutlich das. Die Raffinesse der Frauen.

Er wollte nicht noch einmal zurück zu Larissa und Theo, um den Schlüssel zu holen. Es würden Fragen ihrerseits kommen und Antworten in Form weiterer Lügen, die er sich ausdenken musste. Er hatte inzwischen so viel vor Larissa zu verbergen. Er hatte ihr erzählt, dass seine Depressionen schlimmer geworden waren. Diese gewaltige Melancholie, die ihn wie ein Stalker in Trauerkleidung ein Leben lang verfolgte. Für die er sich einen körperlichen Schmerz als Entsprechung herbeisehnte, um den seelischen nicht mehr spüren zu müssen. Er hatte Larissa vor vollendete Tatsachen gestellt und ihr gesagt, er brauche ein paar Tage allein mit sich im Haus eines Freundes am Plöner See. Stille. Schimmerndes Wasser. Das Rauschen der Bäume. Die Lungen voller Sauerstoff. Nachdenken. Zu sich kommen. Die Angst aushalten. Larissa glaubte ihm alles. Wie immer. Er war ein Scharlatan, dachte er, der sie schon so oft hinters Licht geführt hatte. Sie hatte sich im Schatten eingelebt und liebte ihn mit der Geduld eines Engels. Betete ihn an. Und er? Immer neue Ausreden, immer neue Ausflüge in Treulosigkeit, List und Tücke und Hintergehen.

Als die Arbeiter Pause machten, eine Thermoskanne an der Lasterrampe kreisen ließen und Mettbrötchen mampften, löste er sich von seinem Auto, schlenderte auf sie zu, begrüßte sie mit dem ihm eigenen Charme, riss ein paar Witze und schmiss eine Runde Zigaretten.

Ein kalter Windstoß trieb die Rauchschwaden der rotglimmenden Zigaretten und den Geruch des heißen Kaffees auseinander.

Der Chef hieß Christian, wirkte zuverlässig und zugänglich und so seriös, dass ihn jeder selbst in Abwesenheit in sein Haus gelassen hätte. Ein sozialer Kleber, dachte Tobias, den man überall hinpappen konnte. Zu seiner großen Freude aber war er nicht sehr diskret.

Tobias Hansen erfuhr beiläufig, dass Yvette mit den Kindern für ein paar Stunden die Villa verlassen hatte, um in den Zoo zu gehen und den Männern nicht im Weg zu stehen, während die kitschige Ölschinken aus dem Haus trugen und ausgestopfte Tiere, deren Blicke einen verfolgten wie die der Ahnen auf den Porträts.

»Und wer sind Sie?«, fragte Christian.

»Ich?« Mit einer schlenkernden Bewegung seines rechten Arms deutete Tobias auf das Haus. »Ich wohne hier.«

»Herr Winkler?«

»Exakt.«

Man gab sich die Hand.

Angenehm!

Tobias wusste genau, was in dem Mann vorging. Was er jetzt dachte.

Wie nett und bescheiden konnten doch die Reichen sein! Siehe da, ein ganz normaler Mensch.

Keine Spur von Misstrauen keimte in Christian, kein Anflug von Skepsis, keinerlei Argwohn oder Bedenken.

»Wir sind bald durch mit allem«, sagte Christian. »Der Keller ist schon fertig. Alles ausgemistet. Alles abgeschlossen. Sicher wie eine Festung.«

Tobias lächelte ihn an. »Danke. Es treiben sich ja doch immer einige herum, die man nicht in sein Haus lassen möchte.«

Tobias hatte leichtes Gepäck dabei, denn schließlich musste für Larissa alles wie die Vorbereitung zu einem Wochenendtrip aufs Land wirken. So spazierte er zurück zu seinem Auto, nahm eine kleine Reisetasche vom Beifahrersitz und seine schmale lederne Aktenmappe. Der Kofferraum war voll. Er schaute nicht rein. Hoffte nur, dass die Sachen beim Transport heil geblieben waren.

Die Eingangstür stand weit offen, so als würde sich das Haus als warmherzig erweisen und jeden Besucher mit geöffneten Armen willkommen heißen.

Was für eine meisterhafte Vorstellung dieses frigiden Gemäuers, dachte Tobias Hansen.

Welch geschickte Verstellung.

Er nickte den Männern noch einmal zu, die nach der Kaffeepause ihre Arbeit wieder aufgenommen hatten, und betrat die Diele mit der Selbstverständlichkeit eines Menschen, der hier täglich ein und aus ging.

Es war so viel leichter als gedacht.

Es war geradezu unanständig einfach.

Er huschte hoch in den zweiten Stock und betrat das Gästezimmer, in dem er schon mehrmals übernachtet hatte. Er packte seine Reisetasche aus und legte die wenigen Kleidungsstücke, die er mitgebracht hatte, in den Schrank. Ein paar Boxershorts, Socken, T-Shirts. Ersatzpulli. Ersatzjeans. Wie immer in dunklen Farben. Sogar ein Paar schwarze Lederpantoletten hatte er eingepackt, die er mit größter Akkuratesse vor die Einstiegsstelle des Bettes stellte, während ein Pyjama mit Paisley-Muster auf der Bettdecke landete. Er strich mit den Fingerspitzen über das Seidengewebe. Ein Morgenmantel in Dunkelblau war aus dem gleichen Material. Sein Handy legte er auf den Nachttisch, daneben sein Portemonnaie. Die Aktenmappe, in der er Notenblätter transportierte, lagerte er auf einem Stuhl mit hoher Lehne. Ihr entnahm er Schachteln mit Pillen, die er im Schrank verstaute. Das war er seiner angeschlagenen Psyche schuldig. Das Letzte, was er auspackte und auf dem Nachttisch anordnete, waren ein goldener Siegelring und ein zierliches Messer zum Obstschneiden aus feinstem Silber. Es war nicht viel, was er dabeihatte, aber es reichte, um im Haus sein Nest zu bauen.

Er hörte die Arbeiter, ihre gebellten Kommandos und Befehle, manchmal ein Lachen. Schritte. Schreien. Stimmen. Er fühlte sich sicher. Er war der Herr im Haus. Keiner würde ihm dumm kommen. Und selbst wenn Yvette und die Kinder wieder da waren, wäre das Gästezimmer der letzte Ort, den sie betreten würden. Was wollte man in einem Gästezimmer, wenn offiziell kein Gast im Haus war?

Fremdenzimmer würde wohl eher passen in diesem Fall, so fand er und musste lächeln.

Ein Fremder im Zimmer.

Ein Eindringling im Haus.

Er musste abwarten, wie sich die Dinge entwickeln würden. Er rechnete nicht damit, erwischt zu werden. Nicht so bald. Und wenn schon! Er hatte hier früher gewohnt. Er hatte die älteren Rechte, oder nicht? Vor allem musste er Mila etwas zeigen. Es gab da einiges, das ein kleines Mädchen wie sie interessieren dürfte.

Wie ein nebliger Schleier legte sich die Erinnerung um seinen Verstand. Er wurde träge und dämmerte weg in diesem Schlupfwinkel, den er sich mit Beharrlichkeit geschaffen hatte.

51

1987

Der Junge und sein eineinhalb Jahre jüngerer Bruder Frederik waren glücklich im Internat an einem Nebenarm der Ostsee. Das nachtschwarze Gewässer der Schlei mochte an langen Winterabenden noch so gespenstisch erscheinen, der angrenzende Wald noch so unheimlich wirken, geborgener hatten sie sich noch nie in ihrem Leben gefühlt. Das Internat galt als Eliteanstalt, als Kaderschmiede, und doch verströmte es solch eine Leichtigkeit beim Lernen und einen entspannten Umgang mit den Lehrern, dass beide Jungs durchatmeten. Hätten nicht so viele Hamburger Familien, die etwas auf sich hielten, ihren Nachwuchs dorthin geschickt, weil man es so machte, wenn man etwas auf Traditionen gab, der Vater hätte sich vermutlich niemals für diese Art handzahmer Pädagogik entschieden.

Das Einzige, was die beiden Jungs störte, war die Nähe zu Hamburg. Nur einhundertzwanzig Kilometer, eine lächerliche Autofahrt von anderthalb Stunden. Das bedeutete, dass sie am Wochenende meist nach Hause kommen mussten und dass ein Angestellter der familieneigenen Reederei sie am Freitagnachmittag mit dem Wagen abholte und Sonntag gegen Abend wieder zurückbrachte.

Es gab eine neue Frau an der Seite von Henry Hansen. Sie hieß Harriet. Ihre Ambitionen als Schauspielerin waren gescheitert, sie hatte mit Anfang zwanzig ein bisschen gemodelt, war geschieden von einem Versicherungsmakler, kinderlos und elegant und um etliches jünger als der Vater. Blonder Pagenkopf, blaue Augen, trotziger Mund. Haute Couture aus Paris, Kopf in den Wolken, Füße auf schwindelerregenden Absätzen.

Eine kokette, verwöhnte Person, mit der die Hansen-Kinder nichts anfangen konnten – und sie mit ihnen auch nicht. Keiner von ihnen machte sich die Mühe. Sie war nicht nur zu begeistern für die neueste Mode aus Frankreich, sondern auch für den Familienschmuck der Hansens in den Satinschatullen von Adele. Mit Nonchalance und größter Selbstverständlichkeit trug sie die Broschen und Ketten, die Perlenohrringe und Pelze der Mutter. Deren bestickte Abendhandtaschen und Hermès-Seidentücher mit Reitermotiven. Henry war ihr verfallen, las ihr jeden Wunsch von den Augen ab. Junges Blut in alter Familie.

Eine Hochzeit im kleinen Kreis war beschlossene Sache. Als letzter Akt einer unglücklichen Ehe sollte nun Adeles Zimmer aufgelöst werden. Und auch das der kleinen Klara sollte nicht mehr länger an die Vergangenheit erinnern.

Es waren die Osterferien der Söhne. Den Jungen, der kein Junge mehr war, sondern ein junger Mann, traf die Heimkehr in der Regel härter als Frederik, den der Vater meistens mit seiner Tyrannei verschont hatte. Frederik war ein blässliches anfälliges Kind gewesen, das sich hinter die Schutzmauer seiner Krankheiten verzogen hatte, wo der Vater nicht immerzu mit angehaltenem Atem auf Fehler lauerte, die bestraft werden mussten.

Eines musste man Harriet lassen. Sie hatte es verstanden, die Aufmerksamkeit von Henry Hansen komplett auf sich zu lenken. In seiner Angst, die schöne Frau zu verlieren, den kostbar dekorierten Jungbrunnen an seiner Seite, ließ er den Jungen gewähren. Ein nie gekannter Luxus. Er musste Harriet dankbar sein. Sie hatte es sogar geschafft, den sturen Hanseaten, der wenig so sehr hasste wie das Reisen, dazu zu bewegen, die Osterwoche auf Capri zu verbringen. Blauer Himmel, Sonnenschein, Campari und exklusive Geschäfte.

Der Junge wurde damit beauftragt, das große Ausräumen der Haushaltsauflöser zu beaufsichtigen. Die Sachen der Mutter, ihre Kostüme und

Mäntel und Blusen, ihre Tücher und Bücher, ihre Haarbürsten und Lippenstifte wurden abgeholt, um sie der Kleidersammlung zu spenden, zu verschenken oder in den Müll zu werfen. Die versteckten Brandyflaschen im Schrank gaben ein letztes Zeugnis ihrer versoffenen Verzweiflung.

Der Junge wusste, er würde es nicht über sich bringen, das Zimmer seiner kleinen Schwester auszuradieren. Dann wäre Klara endgültig tot. So war immer noch etwas von ihr am Leben. Und da der Vater mit Harriet im Golf von Neapel weilte und er jetzt der Hausherr war, würde seine Order an die Entrümpler lauten, dass das gesamte Kinderzimmer nicht in einen Laster gebracht, sondern lediglich zwei Etagen tiefer neu aufgebaut wurde. Im Keller. Es gab dem Jungen ein Gefühl von Macht. Er widersetzte sich dem Vater. Er befolgte einmal nicht dessen Anweisungen. Er übernahm die Regie in diesem Haus und entschied darüber, wie die Szenerie in diesem Familiendrama ausstaffiert wurde. Endlich einmal würde er nicht beurteilt und beobachtet, wenn man von dem Haus absah, das ihn im Auge zu behalten schien.

Jedes große Haus hatte seine Geheimnisse.

Und nun würde es bald noch eines mehr haben.

Er betrat den Keller, bevor die Männer in zwei Tagen ihre Arbeit aufnehmen würden. Eine Gänsehaut überzog seinen Körper, als er die schwere Holztür zu seiner Linken sah, oben und unten mit einem Eisenriegel gesichert, durch die man nur eintreten konnte, wenn man ein Kind oder kleinwüchsig war oder zumindest die Schultern krümmte und den Kopf einzog. Hinter der Tür lag ein unterirdischer Gang, ein ungefähr ein Meter breites Ziegelgewölbe, nicht ganz mannshoch. Vermutlich war dort in den letzten Jahrzehnten nie mehr ein Mensch gewesen, und überall würde man über Schutt und Mörtel, herumliegende Ziegel und Steintrümmer stolpern, sich womöglich an ein paar Rohren stoßen, die unter der Decke entlangliefen. Am Ende des Ganges lag ein Raum. Doch durch diese Röhre gab es kein Durchkommen mit einer ganzen Mädchenzimmereinrichtung, dem Inventar eines sechsjährigen Lebens. Kein gestandener Mann würde hier jemals hineinpassen, erst recht nicht mit einer Kommode in Händen.

Aber es gab noch eine Außentür. Dazu musste er den Keller mit dem Geheimgang verlassen und durch den Garten das Haus umrunden. Auf der Rückseite krochen Kletterrosen die Steinmauer hoch, die im Sommer in roter Blüte standen, sich der Sonne entgegenreckten, dufteten und eine hübsche Abwechslung boten zu der grünen Tapete des Efeus. Hinter diesem Dickicht verbarg sich eine Tür. Der Schlüssel, das hoffte er, lag auf dem Mauervorsprung darüber. Vor Jahren hatte er mal einen der Gärtner dabei beobachtet, wie er ihn dort hinterlegt hatte. Und er hatte recht. Dank seiner Größe musste er sich noch nicht einmal auf die Zehenspitzen stellen, fuhr mit den Fingern über den Backstein, spürte das kalte Metall in der Hand, nahm den Schlüssel an sich und schloss auf. Die Tür klemmte und ächzte, ein angestrengtes Quietschen und Knarren, und als sie sich endlich widerstrebend öffnen ließ, schleifte das Holz über den unebenen Betonboden. Es war, als wollte sie ihm den Einlass erschweren. Verwehren. Der Raum war dunkel. Eine Glühbirne baumelte an einem Kabel von der Decke, seit Jahren außer Gefecht gesetzt. Nur das Tageslicht fiel durch die geöffnete Tür, ein Schimmer von Frühlingssonne aus dem Garten. Spinnweben klebten zäh wie Kaugummifäden am Gesicht des Jungen, Staubwolken wirbelten beim Gehen auf wie Pulverschnee und hinterließen grauen Puder auf seinen schwarzen Schuhen. Zwei Tage hatte er, um diesen Raum, starrend vor Dreck, nach Schimmel und Moder stinkend, bewohnbar zu machen. Es war kein Ort, an dem lebendige Geschöpfe willkommen waren. Aber er würde reichen, um eine Tote am Leben zu erhalten und seine eigenen Schuldgefühle zu mildern. Hier zwischen den Ritzen und Schlitzen der Wände. Zwischen den Rissen und Furchen im Fußboden. Den Kerben und Löchern im Holz der Tür.

Und so stürzte sich der Junge in die Arbeit. Eine neue Glühbirne erhellte das Dunkel. Er vergaß das Essen und Trinken und das Schlafen. Strich die Wände in einem Mandelblütenrosa, putzte, bis seine Fingerkuppen so wund gescheuert waren wie der Fußboden, schleppte all die Dinge aus Klaras Zimmer an, die er alleine tragen konnte. Die Kleinmöbel, die Spielsachen, die Kleidungsstücke, den Teppich, lachende Schäfchenwolken auf hellblauem Grund, in dessen Mitte er einen roten Fliegenpilztisch stellte. Von der Decke hing jetzt eine weiße Kugellampe aus Glas mit einem grinsenden Fuchs als Motiv. Das Tragen der großen Teile wie Klaras Himmelbett und den Kleiderschrank überließ er den Männern, die Gründonnerstag kamen und loslegten. Wenn sie irritiert waren, so zeigten sie das nicht. Er faselte etwas von Zwischenlagerung, künstlerischen Ambitionen und einer Ausstellung über Lebensräume der siebziger Jahre, die er plane. Auch wenn sie ihm nicht glaubten, so war es ihnen egal, solange sie ihr Geld bekamen.

Es war ein lauer Karfreitagabend Anfang April, als er seine Arbeit beendet hatte an diesem Totenkult in Zuckerwatterosa, Fliegenpilzrot und Babyblau.

Er verschloss diesen Raum wie eine Grabkammer. Eine Zeitkapsel, die über all die Jahre unverändert blieb. In der die Vergangenheit lebte wie ein Gespenst, allgegenwärtig, lauernd und doch von niemandem zu sehen oder auch nur zu erahnen.

52

2. November

Der Wind nuschelte in den Bäumen, machte eine Atempause, bevor er gegen Abend zum Sturm blasen würde. So war es angekündigt. Irgendetwas lag in der Luft, und Yvette verspürte eine gewisse Nervosität. Der Besuch von Gerda Hoff, ihre Andeutungen über Tobias Hansen und die Sache mit Consuelos strangulierten Puppen im Garten hatten ihr mehr zugesetzt, als sie es wahrhaben wollte.

Sie hatte an diesem Samstagnachmittag die Kinder nach dem Besuch im Tierpark Hagenbeck nach Hause gebracht und gesehen, dass die Männer von der Entrümpelung ihre Arbeit so gut wie beendet hatten.

Als sie an ihrem Haus vorfuhr, waren sie gerade dabei, die Ladeklappe des Lasters hydraulisch hochzufahren. Sie parkte, schaltete den Motor aus, ging zu ihnen hin, warf einen letzten Blick auf altersschwache Möbel, tote Marder und Schiffsmodelle mit zerfetzten Segeln. Sie fragte sie, ob sie fertig seien. Das seien sie, bejahte Christian. Sie gab ihnen ein großzügiges Trinkgeld und bedauerte, kein Bier für sie kalt gestellt zu haben.

Der Chef lachte. »Wieso glauben eigentlich immer alle, dass körperlich arbeitende Menschen ohne Ende Bier trinken?«

Sie lachte auch.

Es war der letzte entspannte Moment für die nächsten vierundzwanzig Stunden.

Danach war sie noch mal aufgebrochen in den Supermarkt in der Einkaufsstraße nicht weit entfernt von ihrem Haus, um Zutaten für das Abendessen zu besorgen. Sie würde eine Hühnersuppe kochen, hatte sie beschlossen. Eine merkwürdige Erleichterung hatte von ihr Besitz ergriffen. Dass nun das Haus ausgemistet worden war, bedeutete die endgültige Trennung von all dem, was es ihr bisher entfremdet hatte. Es war nun ganz ihres.

Eine Festung, so stabil und sicher wie der Stein, aus dem es gebaut war. Und diese Festung hatte nur noch die eine Aufgabe: sie und ihre Familie in ihren Mauern zu beherbergen. Die rund drei Monate in Hamburg waren nur ein brüchiger Frieden mit ihrem neuen Leben gewesen. Nun würden sie alle zur Ruhe kommen. Das Haus war seiner Vergangenheit beraubt. Sie hatte mit einem Mal große Zuversicht in die Zukunft.

Und doch nagte etwas an ihr. Sie wünschte sich, dass sich ihre unguten Gefühle verflüchtigen würden. Doch das geschah nicht. Sie hatte es plötzlich eilig, nach Hause zu kommen, und hätte die ältere Kundin an der Kasse vor ihr am liebsten gedrängt, einen Schein zu zücken, anstatt umständlich ihre Münzen auf den Handteller der Kassiererin zu zählen. Dann wieder beruhigte sie sich, dass ihre Kinder sich schließlich gegenseitig hatten und sie nicht länger wegbleiben würde als zwanzig Minuten.

Zu Hause angekommen, betrat Yvette die Küche, packte ihre Einkäufe aus und rief nach ihren Töchtern und Söhnen. David und Sophie antworteten sofort, sie hockten im Wohnzimmer auf der Couch, waren vertieft in ihre Smartphones und holten gleich ihre Erlaubnis ein, die letzten Stunden dieses übrig gebliebenen Nachmittages bei Freunden zu verbringen.

»Wo ist eigentlich Mila?«, fragte Yvette, die sich daran machte, Suppengrün zu schneiden.

»Keine Ahnung«, grunzte David nebenan.

»Was heißt keine Ahnung? Sie ist eure kleine Schwester, und ich hatte euch gebeten, auf sie aufzupassen, solange ich weg bin.«

»Du hast Max damit beauftragt«, korrigierte Sophie ihre Mutter.

»Das ist wieder mal typisch«, schimpfte Yvette, »dass einer die Verantwortung auf den anderen abwälzt.«

Max betrat die Küche und goss sich ein Glas Orangensaft ein. »Schlechte Laune?«

»Sie ist auf jeden Fall im Anmarsch, wenn ich merke, dass ich mich auf euch nicht verlassen kann. So funktioniert Familie nun mal. Der eine muss sich auf den anderen verlassen können.«

»Und ist verlassen«, brummte Max.

Seine Mutter warf ihm einen zornigen Blick zu, während sie ihre Wut an einer Möhre ausließ, die sie in kleine Würfel hackte. »Besser hätte ich es nicht ausdrücken können.«

»Sollte 'n Witz sein«, sagte Max und grinste.

»Kein guter.«

Max' Gesicht wurde plötzlich ernst. »Dieser ganze Family-Hype ist doch ziemlicher Schrott. Findest du nicht?«

»Dann hätte ich wohl nicht vier Kinder in die Welt gesetzt.« Sie hielt inne bei ihrer Arbeit und musterte ihren ältesten Sohn, der ihrem Blick trotzig begegnete. »Was genau ist daran Schrott?«

»Papa und du.«

»Papa und ich?« Yvette spürte einen Druck auf ihrer Brust.

»Immer, wenn er anruft, bist du total kalt zu ihm.«

»Ich war nie gut in romantischen Telefonaten«, verteidigte sich Yvette. »Ich bin nicht der Typ für so was.« Sie wusch sich die Hände und legte sie auf Max' Schultern. »Ich habe euch alle vier sehr lieb. Das ist das Einzige, was du wissen musst.«

»Ist ja schon gut«, sagte Max und wich ihr aus. Solche Liebesbekundungen waren ihrem Teenagersohn auf eine so rührende Art peinlich, dass sie lachen musste.

»Dann schaue ich jetzt nach der Kleinen«, sagte sie.

»Als ich vorhin nach ihr geguckt habe, hat sie mit ihren Einhörnern gespielt«, sagte Max. »Ich gehe noch mal zu Oskar.«

Ehe Yvette etwas entgegnen konnte, war er bereits aus der Küche und verdrückte sich genau wie seine Geschwister, alle drei ahnend, dass ihre Abwesenheit im Haus im Augenblick das beste Polster war, um das Donnerwetter etwas abzufedern, das unweigerlich heraufziehen würde, sollte Mila Mist gebaut haben.

Yvette lief die Treppe hoch in den ersten Stock und schob die Tür zum Zimmer ihrer Jüngsten auf.

»Mila. Mila! Schätzchen. Mama ist zurück!«

Sie erwartete, ihre Tochter mit ihrem Märchenschloss spielend vorzufinden. Oder versunken in ein Bilderbuch. Vielleicht war sie sogar eingeschlafen, in ihrem Bett oder auf dem Boden ihres Beduinenzelts, geborgen in der Sicherheit ihres Zimmers, auf der Seite liegend wie immer, wie ein Flamingo mit angezogenem Bein. Yvette ersehnte den Duft nach Aprikosenshampoo und dem Mandelöl der Kinderseife auf Milas Haut. Vielleicht war sie es leid gewesen, dass sich niemand um sie gekümmert hatte, dachte Yvette, und war gemeinsam mit einem Glitzereinhorn in den Schlaf geflüchtet.

Doch Mila war weder in ihrem Zimmer noch im darinstehenden Zelt. Sie lag auch nicht im Bett, was Yvette zuerst geglaubt hatte. Schuld daran war die Meerjungfrauenbettwäsche, der türkisglitzernde Schwanz auf der Decke und das Krönchen auf dem Kopfkissen. Es wirkte immer, als gäbe es noch ein Mädchengesicht dazwischen. Doch da war keines. Keine Mila mit Nixenflosse und gekröntem Haupt.

Yvette hätte gerne ihre älteren Kinder ausgeschimpft, die nicht aufgepasst hatten, wie es von ihnen verlangt worden war. Auf der

Stelle fühlte sie sich schuldig. Sie hatte kein Recht, sauer auf ihre Kinder zu sein. Es war ihre eigene Schuld, ihre allein. Sie durchkämmte das Haus. Vielleicht, so hoffte Yvette, hatte Mila sich auf Spurensuche in die tiefsten Tiefen dieses Hauses begeben, um noch etwas Geheimnisvolles zu finden, das die Männer übersehen hatten und das in seiner Vergänglichkeit noch jede Menge Glanz ausstrahlte. Das war die Erklärung! Mädchen ihres Alters konnten von einer Weihnachtskugel fasziniert sein oder von den kitschigsten Glasperlen. Doch es war keine beruhigende Vorstellung, ihre Tochter allein auf dem Dachboden oder frierend im Keller zu wissen.

Yvette hetzte durchs Haus und spürte, wie ihr der Schweiß am ganzen Körper ausbrach wie Dunst.

Mila fand sie nirgendwo.

Wo war sie, verflucht?

Ihre Tochter war verschwunden.

Mila war weg!

Dieser verdammte Kasten gab ihr erneut das Gefühl, klein und verletzlich zu sein.

Yvette hatte bereits jeden Zentimeter des Hauses durchkämmt, nichts hatte sie ausgelassen, als sie als Letztes die Tür zum Gästezimmer aufstieß, nicht wirklich damit rechnend, Mila dort zu finden. Was sollte ein sechsjähriges Mädchen im Fremdenzimmer wollen? Ohne Spielzeug, die Einrichtung zweckmäßig und nichtssagend und ohne ein verspieltes Detail, ohne die Dinge, die kleine Prinzessinnen liebten, weil sie glitzerten, schimmerten und funkelten.

Yvette schnellte zurück, als würde sie gegen eine Wand laufen und dort abprallen. Sie stieß einen spitzen Schrei aus, während sie merkte, wie sich ein Abgrund unter ihr auftat. Wie ein Zittern der Kälte durch ihren Körper ging, obwohl der Heizkörper in diesem Zimmer auf Hochtouren lief. Ihr Mund war wie ausgetrocknet, sie konnte kaum schlucken, während vor ihren Augen alles verschwamm. Sie versuchte, sich zusammenzureißen, damit ihre Knie nicht nachgaben und die Panik nicht überhandnahm.

Yvettes Blick huschte über die Accessoires, die auf dem Nachttisch ausgebreitet waren, und von denen sie wusste, sie gehörten nicht ihnen. Ein goldener Siegelring und ein zierliches silbernes Messer. Sie registrierte die Pantoletten aus Leder neben dem Bett, die Notenmappe auf dem Stuhl. Sie schaute hinein in den Kleiderschrank, und wie einer Eingebung folgend, ging sie ins Bad und sah auf der Ablage eine fremde Zahnbürste, einen Kamm, Rasierzeug, ein teures Herrenparfüm.

Yvette stand wie angewurzelt da. Einen Moment lang nicht fähig, sich zu rühren.

Tobias Hansen hatte es geschafft, an den Ort seiner Kindheit zurückzukehren. Wie Gerda Hoff es prophezeit hatte.

Aber wo befand er sich jetzt? Wo hielt er sich auf dem großen Grundstück auf? Und vor allem: Wo war Mila?

Sie war kurz davor, die Polizei zu rufen. Ihre Tochter war verschwunden, und sie hatten einen ungebetenen Gast. Doch was sollte sie den Beamten sagen? Es ist der Klavierlehrer meiner Kinder, ich persönlich habe ihn eingestellt, bin ihm regelrecht nachgelaufen, und wir haben ihm tagelang Asyl geboten, weil er zu Hause Zoff mit seiner streitlustigen Lebensgefährtin hatte. Außerdem habe ich meinen Mann mit ihm betrogen.

Jeder Polizist würde sie auslachen. Nein, zuerst würde sie das gesamte Grundstück nach Mila absuchen. Und dann würde sie sich um Tobias Hansen kümmern. Wo immer sie ihn auch antreffen würde.

Normalerweise kam ihr der Garten friedlich vor – alles hatte seine Ordnung, die Hecken mit der Wasserwaage gestutzt, das Gras dicht und grün –, doch jetzt wirkte er wie angsteinflößendes Terrain. Sie konzentrierte sich darauf, sich wie ein Mantra einzureden, dass alles gut werde.

Mehrmals durchquerte sie das Grundstück. Schaute hinter jeden Strauch, jeden Busch. Umrundete jeden Baum, dessen Stamm so korpulent war, dass sich ein kleines Mädchen prima dahinter hätte verstecken können. Plötzlich vernahm sie die Stimme ihrer Tochter. Ein Schrei durchbrach die zähe Nachmittagsstimmung dieses Samstags.

Die Stille.

Aber es war kein Schrei der Angst. Es war ein Jubelruf der Freude.

Er kam von jenseits der Mauer. Erst jetzt fiel ihr auf, dass auf der Erde ein Haufen Gesträuch lag, ein Dickicht von Efeu und Ranken von Kletterrosen. Und sie entdeckte eine Tür in der Mauer, die dort wahrscheinlich jahrzehntelang ein verträumtes Dasein geführt hatte, unentdeckt, in Ruhe gelassen, beschützt von undurchdringlicher Wirrnis, jetzt freigeschnitten und erweckt aus tiefem Schlaf. Hatten die Haushaltsauflöser ihren Job genauer genommen, als sie es sollten, und ihre Arbeit auf den Garten ausgedehnt? Sie glaubte es nicht. *Sie* hatte ihnen das jedenfalls nicht aufgetragen. Warum sollte sie? Sie hatte die Dornröschenidylle in diesem Teil des Gartens immer geliebt.

Die Stimme ihrer Tochter drang durch diese Holztür, die von dem Wildwuchs davor befreit worden war. Diese Tür hatte Yvette nie zuvor gesehen.

Wie viele Dinge gab es noch in und an diesem Haus, die sie nicht kannte?

Wie viele Geister der Vergangenheit lauerten hier noch, gierig und zornig zugleich, und verhöhnten sie, wie gut es ihnen gelungen war, sich versteckt und die neuen Besitzer in Schach zu halten?

Sie schleuderte mit den Händen einen Teil des Gestrüpps beiseite, das sich wie eine Fessel um ihre Stiefeletten gelegt hatte und sie am Weitergehen hinderte. Blutstropfen sprenkelten ihre Haut, als hätten die winzige Zähne eines wilden Tieres sie gebissen. Es war ihr egal. Sie riss die Tür auf.

Womit auch immer sie gerechnet hatte, damit nicht. Sie war beruhigt und erschüttert zugleich. Eine merkwürdige Mischung aus Erleichterung und Furcht nahm von ihr Besitz.

An einem kleinen Fliegenpilztisch saß ihre Tochter. Zu ihren Füßen eine hölzerne Entenfamilie auf Rollen. Mila spielte versunken mit einem Puppenservice, weiße Punkte auf rotem Grund, und goss ein imaginäres Heißgetränk in winzige Tassen.

»Mama!« Ein Ausruf des Entzückens. »Schau doch nur!«

Yvettes Augen scannten die Kulisse. Die bunten Kinderstühle, die Fuchslampe an der niedrigen Decke, das Kasperletheater aus hellblau lackiertem Holz, das struppige Schaukelpferd auf Metallkufen.

Yvette atmete schwer und fragte mit heiserer Stimme: »Bist du allein hier?«

»Lass uns spielen, Mama!«

Sie nahm ihre Mutter bei der Hand, und Yvette war zu betäubt, um zu reagieren. Wie eine willenlose Puppe ließ sie sich von Mila zum Regal ziehen, wo altmodischer Kleinkram lag, der Mädchen vor Jahrzehnten begeistert haben mochte. Vieles erinnerte sie an ihre eigene Kindheit wie ein Klickfernseher aus Plastik, ein Kaleidoskop, ein Papierbogen mit Puppen zum Ausschneiden und Kleidungsstücken, die man ihnen per Lasche um den Körper legte.

Yvette fühlte ihr Herz in der Brust klopfen. »Wie kommst du hier rein, Schatz?«

»Von draußen.«

Die Antwort war ziemlich logisch, dachte Yvette, und beinahe hätte sie gelacht, hätte sie es nicht eine fast übermenschliche Kraft gekostet, Mila zuliebe die Panik aus ihrem Gesicht zu wischen. So zu tun, als sei das hier das Normalste von der Welt. Ein herrlich amüsantes Samstagsnachmittagsvergnügen.

Mila war außer sich vor Aufregung. Atemlos vor Glück angesichts dessen, was sie gerade erlebte.

»Tobias hat mich hierhergebracht.«

Sie hat ihn beim Vornamen genannt, durchzuckte es Yvette. Aus Herrn Hansen, dem Klavierlehrer, war Tobias geworden. Aus Distanz Vertrautheit.

Aus einem Monster ein Freund.

War er ein Monster? Was beabsichtigte er mit der Sieben-Zwerge-Nummer in diesem unheimlichen Schneewittchen-Stoff?

Wer hat von meinem Tellerchen gegessen, schoss es Yvette durch den Kopf. Wer hat in meinem Bettchen geschlafen?

Er!

Wo war *er*?

»Wo ist Tobias?«, wandte sie sich an ihre Tochter, widerwillig seinen Vornamen wiederholend, während sie vor ihr in die Hocke ging, um ihr in die Augen zu schauen.

»Du blutest an der Hand, Mama.«

»Das hört gleich auf«, sagte Yvette, während sie Mila übers Haar strich. »Wo ist Herr Hansen?«

Sie spürte, dass Mila der erzwungenen Sanftheit in ihrer Stimme keinerlei Beachtung schenkte. Vielleicht traute sie ihr nicht. Vielleicht war ihr ihre Mutter auch herzlich egal angesichts dieser Schätze, die ihr das Leben an diesem Tag wie ein Kaugummiautomat ohne Geldeinwurf vor die Füße gespuckt hatte.

»Mama, spiel mit mir!«, quengelte Mila.

Er spielt mit uns, überlegte Yvette. Er ist krank. Er ist gestört und gefährlich. Er ist ein Soziopath, wenn nicht sogar ein Psychopath. Ein Irrer. Und ich habe meine Kinder alldem ausgesetzt.

Yvette ballte die Hände auf ihren Oberschenkeln zu Fäusten, während Mila ohne Punkt und Komma plapperte.

Ein Kaufmannsladen fesselte die Kleine, eine Obstwaage und eine rote Plastikkasse, winzige Spitztüten mit dem Aufdruck *Kaufladen Familienglück*, kleine silberne Schaufeln für Mehl und Reis, gläserne Bonbonnieren, eine Stiege vom Format einer Streichholzschachtel, gefüllt mit maiskorngroßen Äpfeln und Birnen.

Kaufladen Familienglück, dachte Yvette mit einem Anflug von Bitterkeit. Was für ein erstklassiger Service!

»Mama, du musst bei mir einkaufen!«, drängte Mila. »Brauchst du Nudeln zum Abendessen?«

»Nun tu deiner Tochter schon den Gefallen«, sagte hinter ihr eine Stimme. Sie fuhr herum.

Tobias Hansen wirkte riesig in diesem aus der Zeit gefallenen Kinderzimmer mit der niedrigen Decke, die sein Scheitel beinahe streifte. Er wippte auf seinen Fußballen in den schwarzen Budapestern auf und ab. Die Hände auf dem Rücken verschränkt. Ein Lächeln umspielte seine Lippen, so als würde diese Idylle sein Herz aufrichtig wärmen.

53

2. November

Sie hatte sich auf den ersten Blick in ihn verliebt. Vier Jahre war das her. Beeindruckt von seinen tadellosen Manieren, seiner Schönheit, seinen Kenntnissen von Literatur und Musik. Auch wenn sie dafür wiederum nicht so zu haben war. Ihr reichte als Lektüre die *Gala*, und am liebsten hörte sie Beyoncé, Robbie Williams und Adele.

Gegensätze ziehen sich an.

Sagte man nicht so?

Gegensätzlicher als sie beide konnten Menschen nicht sein.

Er, der großgewachsene Mann aus gutem Hause mit seiner gestelzten Sprache und dem steifen Gehabe. Ein Gentleman am Tisch, ein Tier im Bett. Vielleicht war das das Reizvolle an ihm. Diese ungebremste sexuelle Energie unter dem Mantel von Stil, Eleganz und Lebensart.

Er hatte ein Faible für feines Porzellan und war aufgewachsen in einer herrschaftlichen Villa. Parkett. Stuck. Antiquitäten. Das ganze Leben eine Abfolge von Dienstleistungen seitens der Hausangestellten, durch die man es gewohnt war, nach dem Essen aufzustehen und sich nicht ums Abräumen kümmern zu müssen. Wenn man auch sonst als Kind des Hauses nicht gerade verwöhnt worden war. So hatte sie ihn verstanden; er war nicht bereit, viel von sich preiszugeben.

Er blieb in Deckung. Mit seinen Gefühlen. Seiner Geschichte. Sie spielten nicht in einer Liga.

Sie war die Tochter einer alleinerziehenden Mutter, die täglich, sechs Tage die Woche, in einer chemischen Reinigung am Rande von Hamburg schuftete, um sie und ihren jüngeren Bruder nach dem frühen Krebstod des Vaters durchzubringen. Die Geschwister waren das Ergebnis einer großen Liebe und einer Mutter, die alles für sie tat. Sie behütete und beschützte. Ihnen eine Kindheit schenkte zwischen liebevoll ausgesuchten Kleinigkeiten auf Gabentischen an den Geburtstagen, selbstgebackenem Blechkuchen und Ferienreisen zu den Großeltern im Sauerland. So wie es der Ehrgeiz der Reinigungsfachkraft war, die Flecken aus den Kleidern der Kunden vollständig zu entfernen, so war es genauso ihr Anspruch, für ihre Kinder alle Schönheitsfehler und Schmutzstellen zu eliminieren und die Zukunft wie ein glattgebügeltes Tuch vor ihnen auszubreiten. Es würde die Entschädigung dafür sein, dass sie Sohn und Tochter viel zu häufig den Satz hatte sagen hören: »Wir haben kein Geld.«

Doch es sollte zu ihrem Kummer nicht gelingen. Nicht im Falle der Tochter, die auf den Namen Larissa hörte. Was so viel bedeutete wie die Liebliche, die Zitadelle oder auch die Möwe. Lieblich war ihr Äußeres in der Tat. Doch Larissa hatte ihren eigenen Kopf. Einen Dickschädel, wenn auch hübsch anzusehen mit dem Wildwuchs roter Locken und den Sommersprossen, toffeebraunen Tupfern auf milchigweißer Haut. Sie schmiss ihre Lehre in einer Anwaltskanzlei, ließ sich ein paar Tätowierungen verpassen, motzte sich ein wenig durchs Leben, jobbte mal hier, mal da und lernte die falschen Männer kennen.

Diesmal war es der Richtige. Das glaubte Larissa – und ihre Mutter glaubte es auch.

Sie hatten sich in dem Steakhouse in Othmarschen in der Nähe der S-Bahn-Station kennengelernt, in dem Larissa seit einigen Jahren kellnerte. Er hatte Rotwein und etwas zu essen bestellt, und während er große Bissen von seinem Rib-Eye Mastercut absäbelte, waren ihr seine Augen durch den ganzen Raum gefolgt. Das war normalerweise nicht seine Art, er ließ sich lieber erlegen als selbst zu jagen. Aber dieses Reh im Scheinwerferlicht der männlichen Blicke reizte ihn. Etwas Verletzbares ging von ihr aus, gleichzeitig zeugten einige gut sichtbare Tattoos von einer gewissen Ungezügeltheit. Sie erzählte ihm von ihrer Begeisterung für Yoga und brachte ihm noch in dieser Nacht die Übung »Katze und Kuh« gegen seine Rückenschmerzen bei.

Danach gingen sie miteinander ins Bett. Er war verrückt nach ihren kleinen spitzen Schreien der Lust, nach ihrem knabenhaften Körper, eindeutig eher Katze als Kuh, nach ihren grünen Augen, die sie geschlossen hielt, wenn er sie küsste, nach ihren geschmeidigen Bewegungen. Nach ihrer Naivität und Unwissenheit. Sie war so anders als er. Nicht festgegurtet in den Fesseln von Tradition und einem großen Namen. Er brachte ihr alles bei. Wie man die Bilder von Picasso betrachtete und die Musik von Bach hörte (was sie beides eher leidenschaftslos über sich ergehen ließ), wie man die Scheren von Hummern knackte und Austern schlürfte (die sie nach wie vor hasste), wie man den Wein mit Anmut trank (und ihn nicht durstig hinunterkippte wie ein Glas Wasser) und wie man eine englische Teatime zelebrierte. Wenn sie sich nicht verstanden, so hatten sie immer noch eine gemeinsame Sprache: Sex. Er war ein Getriebener, ein Gefräßiger.

Sie hatten ein gutes erstes Jahr. Man musste es nur aushalten, seine Kälte zu ertragen, die hin und wieder durch die Rüstung seiner Wohlerzogenheit strömte, nachdem man kurz zuvor noch mit brennender Haut nebeneinander, aufeinander, ineinander auf dem Bett gelegen hatte. Sie hatte sich daran gewöhnt, dass er sie nach dem Sex nach Hause schickte, kaum dass sie sich frisch gemacht hatte, und ihr im Sinnenrausch auch manch blauen Fleck zufügte. Grob und zärtlich, wie er war. Er war beides. Er war eben viele. So war er. Liebe verzieh manches. In ihrem Fall alles.

Nach einem Jahr wurde sie schwanger. Er war wütend. Drängte sie zur Abtreibung, flehte und bettelte sie an, es wegmachen zu lassen. Sein Erzeuger sei ein miserabler Vater gewesen; in seiner DNA waren Fürsorge und Liebe nicht vorgesehen. Wie etwas verschenken können, das einem selbst nicht gegeben worden war? Geborgenheit. Innigkeit. Wärme.

Doch sie war stur genug, sich durchzusetzen, sie zog bei ihm ein, und das Baby kam. Sie spielte Familie, und halbherzig spielte er mit. Auch das hatte er zu Hause gelernt. Man entzog sich nicht seinen Pflichten. Man übernahm Verantwortung, auch für die Umstände, *die anderen Umstände*, die man nicht gewollt hatte. Man stand das durch. Das war das Holz, aus dem er geschnitzt war. So viel hatte sie begriffen. Auch wenn es Treibholz war. Er hatte nie eine Heimat gefunden, nicht bei ihr, nicht bei seinem Sohn, nicht in ihrem gemeinsamen Leben. Deshalb der Alkohol. Deshalb die Affären. Sie wusste davon. Sie war ja nicht blöd. Sie sah, wie er andere Frauen anschaute, und sie roch sie an ihm, an seinen Hemden, seiner Haut, wenn er sich manchmal nicht die Mühe gemacht hatte zu duschen oder das Parfüm seiner Eroberung zu aufdringlich gewesen war. Sie hatte ihn oft beobachtet, ohne dass er etwas davon geahnt hätte. Vor allem in den Nächten im ersten Dreivierteljahr nach Theos Geburt, als ihr Sohn nicht schlafen konnte und sie ihn mit ihrem alten Fiat im Babysitz auf der Rückbank durch die halbe Stadt kutschiert hatte, damit das Fahren ihn müde schaukelte. Sie hatte immer denselben Weg gewählt. Vorbei am Hotel, in dem er für die Barbesucher Klavier spielte. Manchmal war er nicht rausgekommen, dann wusste sie, er war mit einem der weiblichen Gäste auf deren Zimmer verschwunden. Manchmal hatte er das Hotel im Arm einer Frau verlassen. Manchmal hatte eine auf ihn gewartet vor der Tür. Und häufig war er mit seinem schwarzen Saab losgefahren, allein, keine Blonde, Brünette oder Rothaarige, die ihn begleitete. Sie war ihm in einigem Abstand gefolgt, und immer war es dasselbe Haus gewesen, vor dem er angehalten hatte. Sie kannte es. Er hatte es ihr einmal gezeigt. Sein Elternhaus. Sie wusste auch, dass er in der Villa den vier Kindern der neuen Bewohner Klavierunterricht gab. Er war auffällig oft dort. Und die ganze Zeit hatte sie gewusst, dass das Haus ihn stärker in seinen Bann zog, als es eine Affäre jemals vermocht hätte.

Als sie den Schlüssel gefunden hatte in seiner Hosentasche, war ihr sofort instinktiv klar gewesen, dass es der zu diesem Haus sein musste. So viel Vertrauen hatten die jetzigen Besitzer zu ihm gefasst, dass sie ihm den ausgehändigt hatten. So wirkte er eben – verlässlich und moralisch intakt. Eine Instanz. Es hatte sie nicht erstaunt.

Es war ein Zufallsfund gewesen. Nicht, dass es ihre Art wäre, in seinen Sachen zu wühlen! Aber ab und an konnte sie ihrer Mutter seine Hosen und Jacketts, ihre Mäntel und Kleider in der chemischen Reinigung vorbeibringen, und die packte sie in eine der Maschinen mit den großen Bullaugen. So war sie beim Leeren seiner Taschen auf den Schlüssel gestoßen.

Sie hatte mal gelesen, dass es in manchen Ländern Unglück brachte, einen Schlüssel auf den Tisch zu legen. In Schweden dachte man so, auch in Russland. Sie war ein wenig empfänglich für jegliche Form von Aberglauben, für diese ganze Schwarze-Katze-von-links-nach-rechts-Gespensterseherei. Sie war sich sicher, dass übersinnliche Kräfte aktiv wurden, wenn man nicht aufpasste. Und so verstaute sie den Schlüssel in einer Schublade und vermied es, ihn neben dem Foto zu platzieren, das auf der Tischplatte lag und das sie seit gestern hingerissen betrachtete.

Das Ultraschallbild eines Babys, das bald, wenn es nach der stolzen Mutter ginge, rosafarbene Strampler und Mützchen tragen wird. Köpfchen, Füßchen, Händchen, ein winziges Herz, das sie bei der Untersuchung wie einen pochenden Punkt hatte schlagen sehen. Neues Leben.

54

2. November

Mila drehte sich mit einem Haarkranz aus bunten Plastiksteckblumen um ihre eigene Achse und sang zu einem Lied, das aus einem alten Philips-Kassettenrekorder dröhnte. Immer noch funktionstüchtig, bestückt mit neuen Batterien. Wie dieses Haus, dachte Yvette. Frische Energie in alten Mauern. Tobias hatte an alles gedacht.

»Sagt mal, von wo kommt ihr denn her? Aus Schlumpfhausen, bitte sehr.«

Was für eine absurde Szenerie, schoss es ihr durch den Kopf. Ein kleines Mädchen auf Zeitreise in ein lange zurückliegendes Jahrzehnt, beseelt, beglückt. Ein Mann mit einer verstümmelten Seele, den sie als Lehrer für ihre Kinder in dieses Haus gelockt hatte.

»Geht ihr denn durch einen Wasserhahn? Wir gehen durch einen Wasserhahn. Und auch durch ein Schlüsselloch? Ja, auch durch ein Schlüsselloch.«

Wie war es *ihm* gelungen, sich Zutritt zu verschaffen?

Sie starrte ihn an. Sekundenlang. Ohne ihren Blick von ihm zu wenden, ohne sich zu bewegen.

Nun fiel ihr wieder ein, worauf sie trotz heftigen Grübelns in den letzten Tagen nicht gekommen war.

»Geben Sie mir den Schlüssel zurück!«, forderte sie ihn mit heiserer Stimme auf, bemüht durch das *Sie* die nötige Distanz zu schaffen. »Den Schlüssel!«, wiederholte sie, als er nicht reagierte. Sie fuchtelte mit den Armen.

»Ich habe ihn nicht dabei.«

»Wie sind Sie dann reingekommen?«

»Die Tür stand weit auf. Es war wie eine stumme Aufforderung einzutreten. Und die vier Typen haben mir geglaubt, dass ich dein Mann bin. Manchmal sind die Dinge so simpel. Und die Menschen so naiv. Waren wir übrigens nicht schon beim *Du*?«

Ihre Tochter bekam von alldem nichts mit. Das hoffte Yvette zumindest. Sie tanzte noch immer mit dem Blütenkranz auf dem Kopf, die Haare fluffig wie blonde Federn, das Leben eine Gänseblümchenwiese. Tobias Hansen wiegte sich dazu im Takt, als würde dieses Lied mit der Blockflöte ihm Vergnügen bereiten. Eine Ader an seiner Schläfe pochte.

Yvette massierte nervös ihre Hände. Die Knöchel waren weiß.

Ihr fiel die Spieldose ein, die eines Abends bei Mila auf dem Nachttisch gestanden hatte. Das Mädchen im roten Kleid auf goldenem Halbmond. Brahms' Wiegenlied. Auch sie musste aus diesem mysteriösen Fundus sein. Genau wie der aufgedrehte Affe mit den Blechbecken, der über ihrem Kopf auf dem Speicher getrommelt hatte.

Sobald sich Tobias Hansen bei seinem Wiegeschritt vorneigte, blinzelte er Yvette zu wie einer Komplizin, während seine Körperhaltung aufgrund seiner Größe etwas Unbeholfenes ausstrahlte.

Sie wollte ihn anbrüllen, ihn mit Beschimpfungen niederringen, aber sie ahnte, dass sie damit bei ihm nichts bezwecken würde. Im Gegenteil. Es würde ihn nur zu neuen kranken Aktionen anstacheln. Sie versuchte, ihre Stimme unter Kontrolle zu halten, als sie sich an ihn wandte.

»Was fällt dir ein?«

»Was meinst du?«

»Unbefugt hier einzudringen und dich im Gästezimmer einzurichten. Das ist Hausfriedensbruch.«

»Und nun die zweite Stimme. La la lala lalala lala. La la lala lalala lala. La la lala lalala lala la la la.«

Yvette spürte das dringende Verlangen, den Kassettenrekorder gegen die Wand zu feuern.

»Mama, was sind Schlümpfe?« Mila wirbelte immer noch selbstvergessen umher.

»Gleich, Schatz!« Ihre Stimme klang barsch, auch wenn sie ihre Tochter gerade jetzt mit einer Inbrunst liebte, die weh tat.

»Was für einen Sinn soll das ergeben?«, bellte sie Tobias an. »Warum glaubst du, Mila hierherbringen zu müssen in diese Sperrmüllsammlung?«

»Das ist kein Sperrmüll«, sagte er mit einem Anflug von mühsam beherrschter Wut in der Stimme.

Ehe Yvette ihn noch daran hindern konnte, drehte er sich zur Tür und schloss sie ab. Langsam ließ er den Schlüssel in seine Hosentasche gleiten. Dabei nahm er seine Augen nicht von ihr und durchbohrte sie mit Blicken.

Sie waren in der Vergangenheit gefangen.

Sie saßen hier fest in diesem Haus, in diesem niedrigen Raum, eine wahr gewordene Horrorgeschichte zwischen Märchenbüchern.

Das Gefühl der Bedrohung, des schleichenden Unheils, nahm immer stärker Besitz von Yvette.

Sie hatte Angst. Schnappte nach Luft. Nur Mila nichts merken lassen, nahm sie sich vor. Stark sein für sie.

»Öffne die Tür!«, fauchte sie ihn an.

Inzwischen war sie froh über die scheppernde Musik, die ihr Gespräch übertönte. Alles war willkommen, was ihrer Tochter den Eindruck von Normalität vermittelte.

»*Und nun alle zusammen. La la lala lalala lala. La la lala lalala lala. La la lala lalala lala la la la.*«

»Dir diesen Ort zu zeigen, ist ein Vertrauensbeweis«, sagte er.

Er setzte sich auf einen rot lackierten Kinderstuhl am Fliegenpilztisch, der sein Gewicht kaum aushielt. Seine ausgestreckten

Beine nahmen die gesamte Länge des darunter liegenden Teppichs ein.

Wer hat auf meinem Stühlchen gesessen?

Über die Musik aus dem Kassettenrekorder hinweg sagte er zu Mila: »Bitte schenke uns doch Tee ein, ja?«

Mila tat es mit einem Strahlen.

»Möchtest du auch Tee, Mama? Er schmeckt nach Pfefferminz.«

»La la lala lalala lala. La la lala lalala lala. La la lala lalala lala la la la.«

»Ja, natürlich, mein Schatz! Pfefferminz ist gesund.«

»Setz dich doch!«, forderte Tobias sie auf.

Yvette hatte das Gefühl, verrückt zu werden, tat aber wie geheißen, da sie befürchtete, dass ihre Beine sie nicht mehr lange tragen würden. Sie wünschte sich Armlehnen, an denen sie sich hätte festklammern können.

Wer hat aus meinem Becherlein getrunken?

Hier hockte sie mit ihrer jüngsten Tochter in einem alten Kinderzimmer im Keller, hörte schwachsinnige Lieder, führte ein leeres Teetässchen an die Lippen, am ganzen Körper zitternd, mit Schweiß, der über ihren Rücken perlte, und Händen, kalt wie Eis, und musste alles tun, um den Herrscher dieses kleinen Schreckensreiches bei Laune zu halten.

»Was hat es mit diesem Zimmer auf sich?«, hakte sie nach.

Aus dem Kassettenrekorder erklang jetzt *Schön ist es auf der Welt zu sein*. Yvette kannte den Song aus ihrer Kindheit. Roy Black und ein Mädchen namens Anita.

»Die Sachen gehörten meiner Schwester«, sagte Tobias mit brüchiger Stimme. »Sie war sechs. Sie ist im Pool des Badehauses auf diesem Grundstück ertrunken. Ich war zwölf, und ich sollte an diesem Tag auf sie aufpassen. Ich habe versagt.«

Der Lärm aus dem Rekorder war kaum noch zu ertragen, zumal es auf der Kassette rauschte, knisterte und knackte.

»Vielleicht konnte ich deshalb bei Mila im Badehaus so schnell reagieren. Ich kenne mich aus mit ertrinkenden Kindern.«

»Das Schönste im Leben ist die Freiheit, denn dann sagen wir hurra.«

Freiheit wäre schön, dachte Yvette. Hier rauszukommen. Mit Mila in Sicherheit zu sein und ihre drei anderen Kinder in die Arme zu schließen. Nicht mit diesem Wahnsinnigen hier zu hocken und mit den Geistern aus seiner Vergangenheit in einem Zimmer gefangen zu sein, in dem ein totes Mädchen am Leben gehalten wurde. Freiheit wäre auch, Bernhard an ihrer Seite zu haben. Plötzlich überkam sie große Sehnsucht nach ihrem Mann.

Sie hatte oft wenig Zeit für ihn gehabt, die Kinder immer bevorzugt, wie man es als Mutter häufig tat. Sie wollte seine Umarmung spüren, und sie wollte aus seinem Mund hören, dass alles in Ordnung kommen würde. Dass ihre Ehe nach wie vor ein sicheres Fundament war, auf dem man Neues aufbauen konnte. Dass sie diese unheilvolle Villa verkaufen und in einem anderen Haus noch mal von vorne anfangen würden.

Sie verschränkte die Arme vor der Brust, legte die Hände um die Ellbogen, krallte vor Anspannung die Fingernägel in die Haut. Der Teppich unter ihren Füßen schien zu schlingern.

»Hast du Consuelo den Streich gespielt mit den Puppen im Baum?«

»Ein Spaß«, sagte er leichthin.

»Das ist kein Spaß.«

»Du glaubst diesem komplett durchgeknallten Miststück?«

»Psssst«. Sie deutete mit einem Kopfnicken auf Mila. »Beherrsche dich bitte!«

»Wusstest du, dass deine Familie die Blaupause ist, die dieser Verrückten als Vorlage für ein Puppenhaus gedient hat? Dass sie eure Einrichtung detailgetreu nachgebaut hat und dass alle Püppchen Ähnlichkeit mit deiner Familie haben? Ich will dir auch nicht verschweigen, dass die, die deinen Mann verkörpern soll, höchst anstößig auf einer anderen blonden Dame herumturnte. Ich wollte dieser Geisteskranken nur einen Denkzettel verpassen. Du solltest dich bei mir bedanken, dass du sie los bist!«

»Woher willst du das von dem Puppenhaus wissen?«

»Ich habe sie mal zu Hause besucht. Sie hatte mich zu Kaffee und Kuchen eingeladen.« Er grinste. Mit größter Gelassenheit.

»Wer's glaubt«, sagte sie.

»Glaub, was du willst.« Er zuckte mit den Schultern. »Sie hatte sich in mich verliebt, und ich war Kavalier genug, ihrer Einladung zu folgen. So bin ich. Immer charmant zu den Frauen.«

Der Puls pochte in ihren Schläfen.

»Dieses Anhimmeln mögen doch Narzissten wie du.«

»Langweilig«, sagte er und unterdrückte ein Gähnen. »Wenn man den Fisch erst mal an der Angel hat, macht es allenfalls noch Spaß, ihn zu filetieren. Aber ist er zu fett, sollte man darauf verzichten, ihn zu verspeisen.« Sein Lächeln triefte vor Hohn.

»Und die Sache mit Mila und dem Badehaus geht auch auf dein Konto«, sagte Yvette und blickte ihn finster an.

Wenn sie sich sein Innenleben vorstellte, so dachte sie, dann war da ein Herz aus Stein in einem giftigen Sumpf, das genug Kraft hätte, andere mit hinabziehen.

»Du machst dich lächerlich«, sagte er.

»Und du bist ein charakterloser Schwächling und Lügner.«

Plötzlich sprang er auf, nahm den Kassettenrekorder und schleuderte ihn auf die Erde. »Das ist ja nicht zum Aushalten!«

Das Kalte in ihm hatte nicht länger das Bedürfnis, sich zu verstecken. Die Angst kroch Yvette bis ins Mark. Mila blickte verstört von einem Bilderbuch auf. Yvette zog ihre Tochter auf den Schoß und schaukelte sie wie ein Kleinkind in ihren Armen. Das Spiel war kein Spiel mehr, das hatte auch Mila begriffen.

»Was willst du von uns?«, fragte Yvette. »Fahr nach Hause zu deiner Freundin und deinem Sohn. Ich weiß, dass in deiner Familie nicht alle gut zueinander waren. Und vor allem nicht zu dir.«

Vorsichtig sein!, ermahnte sie sich. Nicht zu weit gehen!

»Woher willst du das wissen, du mit deinem Ketchup-Haushalt und dem ganzen Chaos, in dem du steckst? Du hast doch gar keine Ahnung, was in mir vorgeht. Dir reicht es doch, dass du in diesem Haus lebst und ein paar Kronleuchter an die Decke hängen konntest. Für alles andere bist du blind.«

Er presste die Hände gegen die Stirn, nahm einen langen Atemzug, und als er sie anblickte, schienen seine Augen beinahe zu glühen.

»Weißt du, was Tiere meinen Eltern voraushatten?«

Sie schüttelte den Kopf.

»Die bauen ihren Jungen ein weiches Nest und beschützen sie. Das machen Eltern so. Das ist ein Naturgesetz.«

»Nicht alle. Manche fressen ihre Jungen auch auf.«

»Na, dann hatte ich wohl noch Glück. Aber du hast recht, nicht alle Familien sind ein Ort der Sicherheit. Deine übrigens auch nicht.«

Sie blitzte ihn an. »Wie kommst du darauf?«

»Deine Tarnung der perfekten Mutter ist aufgeflogen. Du bist nachlässig und verantwortungslos. Unvernünftig, schwach und leichtsinnig. Du hast dich und deine Familie in Gefahr gebracht. Du hast mit mir auf dem teuren Teppich in eurem Wohnzimmer …«

»Stopp!«, schrie Yvette. »Halt den Mund! Ich will, dass du aufhörst. Ich will, dass du verschwindest.«

»Tut mir leid, Teuerste! Man kann seine Möbel in dieses Haus stellen, man kann den Keller und Speicher ausmisten, was du ja jetzt endlich mal geschafft hast nach all den Monaten, aber du lebst jetzt dort, wo das Damoklesschwert eines verpfuschten Lebens über dir schwebt. Du hast dir mehr aufgeladen, als du tragen kannst. Du hast dir mich aufgeladen.«

»Du brauchst Hilfe«, keuchte Yvette.

Ihre Stimme stotterte wie ein aus dem Takt geratener Motor. »Lass uns rübergehen ins Haus. Meine Kinder werden warten. Und wenn sie sich Sorgen machen, rufen sie die Polizei. Wir gehen einfach zu ihnen, essen zusammen, und dann fährst du nach Hause. Wir werden das hier alles vergessen. Ich werde niemandem etwas erzählen, und Mila hat den kleinen Ausflug bestimmt genossen.« Sie strubbelte ihrer Tochter durchs Haar, wobei sie sich vorsah, den Blütenkranz nicht zu zerstören.

Sie musste Mila das Gefühl vermitteln, dass ihnen niemand etwas anhaben konnte. Dass sie bald ihre Hühnersuppe zu Abend essen würden, dass sie alle Glückspilze waren und die Welt voller Sonnenschein.

Selbst in diesem Keller im November.

»Das Zimmer ist noch genauso«, sagte Tobias unvermittelt, als wären ihre Worte ungehört an ihm vorbeigerauscht, »wie Klara es zurückgelassen hat. Nur dass ich es an einen anderen Ort verfrachtet habe. Ist es nicht so, als sei alles bereit für ihre Rückkehr? Wir werden noch ein wenig bleiben! Vater. Mutter. Kind.« Sein Adamsapfel hüpfte, und er sah sie voller Zuneigung an. Dann lächelte er, als wäre er erleichtert. Er wirkte wie ein Mann, der mit sich im Reinen war, weil er einen Entschluss gefasst hatte. Und sei es auch nur den, das dringende Bedürfnis zu akzeptieren, sie zu vernichten.

»Draußen bläst ein so scharfer Wind. Wir sollten lieber noch ein Tässchen Tee trinken. Der wird uns aufwärmen.«

Yvette biss die Zähne zusammen, damit sie nicht zu klappern begannen. Sie schauderte. Die Kälte in ihr wurde zu einem Eisklumpen. Eine Woge der Übelkeit überrollte sie. Es war so still hier. So einsam. So komplett abgeschieden von der Welt. Bald schon würden die Straßenlampen angehen. Die Nacht würde anbrechen, sich zu einem undurchdringlichen Netz verknoten, und schwarze Wolkenfetzen würden das Mondlicht löschen wie speichelnasse Fingerspitzen einen Kerzendocht. Büsche und Sträucher gespenstisch wirken. Jeder Gegenstand ein bedrohlicher Schatten. Jeder Vogelschrei ein sich nähernder Feind. Die Blätter der Bäume ein wispernder Tanz. Der Wind würde ums Haus fauchen und sich böse anhören. Vielleicht würde es anfangen zu regnen oder Nebel aufziehen. Sie würden dem Gurgeln und Murmeln in den Wasserrohren über ihren Köpfen lauschen, dem Stöhnen und Seufzen in den Wänden, und ihr würde immer stärker bewusst werden, dass ihre drei Kinder im Haus über ihnen allein waren.

Yvette wurde beinahe ohnmächtig vor Sorge und Angst.

An einem solchen Ort konnte alles passieren. Bald würde das Licht die Finsternis nicht mehr davon abhalten können, das Böse zu rufen, das in ihr lauerte.

Die Lautlosigkeit, die zwischen ihnen herrschte, wurde erdrückend. Keiner von ihnen sprach; selbst Mila war verstummt. Yvettes Mund war trocken, ihre Zunge rau wie Schmirgelpapier. Sie hätte ohnehin kein Wort mehr herausgebracht.

Es schien ihn zu erheitern, als es flüsternd über seine Lippen kam: »Auch Stille ist Musik.«

55

2. November

Sie lauschten dem Widerhall, den jedes Wort in der abendlichen Ruhe des Hauses hervorrief, und der Stimme ihres Vaters, die so klang, als hätte sie jemand durch den Verzerrer gejagt. Seine Sätze kamen zeitversetzt und abgehakt.

Zu dritt saßen sie im Wohnzimmer nebeneinander auf der Couch vor dem Laptop von Max. Bernhard war per Skype zugeschaltet. In China war es fast ein Uhr in der Nacht, und er sah erschöpft aus. Die Augen eingesunken, darunter Schatten wie blaue Flecken.

»Wie geht's euch, meine Süßen? Ihr fehlt mir«, sagte er und blickte traurig in die Kamera.

»Du uns auch, Papa«, sagte Sophie. »Wann kommst du zurück?«

»Übermorgen.«

»Bringst du uns was mit?«

»Natürlich bringe ich euch etwas mit.«

»Eine Mini-Drohne?«, fragte David.

»Einen 3D-Stift«, rief Sophie.

»Lasst euch überraschen! Habt ihr schon gegessen«?

David schüttelte den Kopf.

»Mama ist nicht da.«

»Wie, Mama ist nicht da? Wo ist sie denn? Es ist doch Abendessenzeit.«

»Sie ist schon seit Stunden verschwunden. Mit Mila.«

»Das kann nicht sein. Mama lasst euch doch nicht alleine, ohne etwas zu sagen.«

»Ihr Handy liegt auf dem Tisch«, sagte Sophie und hielt es in die Höhe wie eine Trophäe. »Sie wollte Hühnersuppe kochen, aber nun ist sie weg. Sie ist mitten im Kochen abgehauen.«

»Max!«, drängte sein Vater. »Was ist los? Du sagst gar nichts. Hat es dir die Sprache verschlagen?«

»Ich weiß doch auch nicht, wo sie ist.«

»Mama wird schon noch kommen«, versuchte Bernhard, seine Kinder zu beruhigen. »Vielleicht holt sie nur Mila von einer Freundin ab und hat sich mit deren Mutter bei einem Kaffee festgequatscht. Soll vorkommen.«

»Doch nicht stundenlang«, sagte David. »Außerdem hat sie Mila schon heute Nachmittag gesucht, als sie aus dem Supermarkt kam.«

»Was ist denn bei euch los, verdammt? Kaum ist die Katze aus dem Haus, tanzen die Mäuse auf dem Tisch.«

Die Kinder kicherten, als hätte er einen guten Witz gemacht.

Bernhard gähnte mit weit aufgerissenem Mund.

»Hand vorn Mund!«, rief David, als er in die dunkle Höhle im Gesicht seines Vaters blickte, und Bernhard musste lachen.

»Sorry!«, sagte er und gähnte ein weiteres Mal, wenn auch diskreter. »Ich bin fertig. Hundemüde. Sagt Mama, sie soll mir eine WhatsApp schicken, wenn sie wieder zu Hause ist. Damit ich mir keine Sorgen machen muss.«

»Wenn du schläfst, kannst du sie doch eh nicht lesen«, sagte Sophie.

»Auch wieder wahr.«

Ein kalter Hauch wehte durch den Raum, als wäre die Temperatur plötzlich gefallen.

Sie spürten ihn, bevor sie ihn sahen.

Tobias Hansen stand im Zimmer. Blitzschnell hatte er realisiert, dass sie nicht alleine waren, sondern per Videoanruf mit ihrem Vater sprachen. Er stellte sich hinter die Lehne der Couch, legte die linke Hand auf die Kante und winkte mit der rechten lässig Richtung Bildschirm.

»Hallo, Bernie, altes Haus!«

Ihr Vater hasste es, Bernie genannt zu werden, das wussten die Kinder, aber von Herrn Hansen ließ er sich das gefallen. Warum auch immer! Vielleicht war er wirklich zu erledigt, um zu protestieren.

Und was war *altes Haus* für ein Spießerspruch, außer dass sie hier in einem saßen?

»Wie geht's?«, erkundigte sich Tobias bei Bernhard.

»Ich kann keine gebratenen Nudeln und keine Peking-Ente mehr sehen.«

Tobias lachte.

Doch es wirkte nicht echt, wie Max feststellte. Es wirkte, als seien seine Lippen festgezurrt und könnten sich nur mit großer Kraftanstrengung öffnen.

»Dann seid ihr doch gar nicht allein«, rief Bernhard. »Was ziehst du denn für ein Gesicht, Max?«

»Wir wussten nicht, dass Herr Hansen im Haus ist. Mama hat uns nichts davon gesagt.«

»Nun verstehe ich das«, sagte Bernhard. »Mama hatte noch was mit Mila vor. Mädels-Nachmittag. Und da hat sie dafür gesorgt, dass jemand auf euch aufpasst.« Er lehnte sich seufzend gegen die Stuhllehne in seinem Hotelzimmer. »Leute, ich bin wirklich komplett durch für heute. Ich muss ins Bett.«

»Papa!«

Max schrie es fast. Er wippte nervös mit beiden Beinen, und in seinem Gesicht zuckte es. Schweiß sammelte sich in der kleinen Kuhle über seiner Oberlippe, auf der ein erster Flaum heller Haare sprießte.

»Was ist denn noch, Max?«

»Nichts ist«, sagte Tobias. »Ich habe hier alles im Griff. Bernie, lass gut sein. Hau dich hin!«

Das, was er sagte, passte nicht zu Tobias Hansen, dachte Max. Zu seinem ganzen scheißarroganten Verhalten. Er gab sich kumpelhaft und wirkte dabei unecht und verkrampft.

Bernhard winkte in die Kamera. Doch etwas war in seinen Augen, das Max nicht deuten konnte. Ein paar Sekunden lang war dem Jungen, als könne man das Knistern der Sicherungen im Gehirn seines Vaters förmlich hören. Als würde er diese angespannte Atmosphäre spüren, die seit dem Auftauchen des Klavierlehrers im Raum herrschte. Vielleicht war das in den Augen seines Vaters für einen Moment zu lesen gewesen: Argwohn. Skepsis. Misstrauen.

Aber das ging schnell vorbei.

Ich habe mich getäuscht, vermutete Max.

»Papa hat euch lieb und gibt euch einen dicken Kuss. Gute Nacht, ihr Hasen!«

»Papa!«

Max' Ruf verhallte ungehört. Bernhards Gesicht war vom Bildschirm verschwunden, als könne er sich gar nicht schnell genug zur Ruhe begeben in der chinesischen Nacht.

Max hasste Tobias Hansen aus tiefster Seele. Der Kerl war ihm zuwider. Er hatte nicht vergessen, wie er ihn nachts zu Fingerübungen am Klavier gezwungen hatte, als er beschwipst nach Hause gekommen war, während seine Eltern ein Wochenende in Berlin verbrachten. Auch nicht, wie er ihn neulich beim Masturbieren in seinem Zimmer erwischt hatte. Wie blasiert Hansens Miene gewesen war, wie messerscharf sein Blick, mit dem er einen skalpieren konnte. Wie er selbst geschwitzt hatte vor Panik und Scham, wie unangenehm er gerochen hatte, der Schweiß der Angst, der ein ganzes Zimmer verpesten konnte. Er wusste instinktiv, dass seiner Mutter und seiner kleinen Schwester etwas zugestoßen war. Seine Mutter würde sie niemals abends in dem großen Haus allein lassen.

Er wusste, dass Tobias Hansen die Abneigung nicht verborgen blieb, die er ihm entgegenbrachte. Wie auch? Sie war beinahe körperlich spürbar. Aber Max wusste auch, dass er vorsichtig sein musste. Mit »Leck mich!« kam er hier nicht weiter.

»Eure Mutter und eure Schwester werden bald nach Hause kommen«, sagte Tobias.

»Wo sind sie?«, fragte Sophie.

»Sie machen einen kleinen Ausflug.«

»Wohin?«

»In die Vergangenheit. Sie entdecken gerade ein paar aufregende Dinge.«

»Hä?« Sophie schüttelte verwundert den Kopf und tippte sich hinter Hansens Rücken in Richtung ihrer Brüder an die Stirn.

In die Vergangenheit. Dieser Satz war in Max' Ohren die Gewissheit, dass irgendwas ganz und gar nicht in Ordnung sein konnte.

»Und jetzt werden wir den beiden einen ganz besonderen Empfang bereiten«, verkündete Tobias Hansen.

»Sind sie denn gleich zurück?«, wollte Sophie wissen.

»Bald«, sagte Tobias. »Sehr bald. Am Abend sollte eine Familie noch mehr zusammenhalten als sonst. Wenn es dunkel wird, muss man nach Hause kommen.«

56

2. November

Der Mann, der da vor ihr stand, war von der Vergangenheit besessen und hatte der Gegenwart nur noch eine Rolle zugedacht: die geeignete Staffage zu liefern, die Szenerie auszustatten, durch die er mit seinen überhitzten Sinnen geistern konnte. Er war wie ein Vulkan, der kurz davor war, seine Lava auszukotzen. Und dass es am Himmel begonnen hatte zu donnern, abgelöst von Blitzen, passte nur zu gut ins Bild dieser absurden Inszenierung. Eine abgeschlossene Welt, die es aus seinem Kopf in die Realität geschafft hat.

Die Dunkelheit draußen war schwarz wie ein Tarnumhang, nur unterbrochen vom gleißenden Licht der Zuckungen des Herbstgewitters. Der Wind tanzte mit den Zweigen der Bäume und stahl ihre Blätter.

Yvette traute ihren Augen nicht. Drinnen war alles von einer unheimlichen Perfektion. Der Tisch im Esszimmer gedeckt mit weißem Leinen, Geschirr mit Goldrand, silbernem Besteck, in dem sich das Licht der Kerzen fing, Weinkelche aus Kristall. Das Funkeln der Gläser konkurrierte mit dem irren Glanz in Tobias Hansens Augen. In den Vasen standen rote Gladiolen. Max spielte Beethoven am Klavier. *Für Elise.*

Das Kommando des Klavierlehrers schallte zu ihr herüber: »Noch mal von derselben Stelle an!«

Ihre drei ältesten Kinder waren herausgeputzt wie an Weihnachten. Nur sie selbst und Mila waren noch so, wie sie aus diesem Schattenreich gekommen waren, aus dem er sie gerade befreit hatte. Nicht mit Staub und Spinnfäden behaftet, aber nach schimmeliger Feuchtigkeit miefend. Mila, erholt nach kurzem Schlummer auf dem Schoß ihrer Mutter im Abenteuerland, quengelte, bis sie den Tüllrock in Regenbogenfarben anziehen durfte und ein T-Shirt mit etwas Glitzerndem vorne drauf. Yvette selbst riss ein dunkles Teil vom Bügel, scheißegal was, und benebelte ihren nach Keller riechenden Körper mit einem Deo, das nach Baumwollblüten duftete.

Sie musste das Spiel mitspielen. Er hatte ihr gesagt, dass alle Türen verschlossen waren. Sie hatte keine Ahnung, worauf er es angelegt hatte. Aber sie wusste, was sie wollte, und nun, da sie mit ihren vier Kindern zusammen war, hatte sie ihre Kraft zurückgewonnen. Sie fühlte sich stärker als am Nachmittag, als sie mit Mila im Spiele-Verließ gehockt hatte. Ihre Batterie war wieder aufgeladen. Sie musste ihr Territorium verteidigen, es zurückerobern und ihn, den Eindringling, für immer daraus vertreiben. Den Feind in ihrem Haus. In ihrem Bett.

Auf einmal war sie überzeugt davon, mit ihm fertig zu werden. Was er wollte, waren Liebe und Bewunderung und Hingabe, die man ihm hinwarf wie einem Hund einen Knochen. Das war es, was sein zerstörtes Selbstbewusstsein brauchte. Sie musste nur die Ruhe bewahren. Musste lächeln und abwarten. Ein bisschen Lippenstift auflegen, die Haare kämmen, ihn zuerst besänftigen und dann zermürben. Es war ihr nicht damit geholfen, ihn kurzfristig aus diesem Haus zu jagen. Er musste für immer diesen Mauern fernbleiben.

Er war nicht gefährlich, dachte sie. Nur kaputt.

Sie wusste inzwischen, dass sein krankes Hirn jede Menge Kurzschlüsse verursachen konnte, aber dass ihm endgültig die

Sicherung rausfliegen und seine wahnhafte Fixierung in Gewalt gegen sie und die Kinder umschlagen würde, das traute sie ihm nicht zu. Und doch gab es ihr ein gewisses Gefühl von Stärke, den kompakten Block aus Akazienholz in der Küche zu wissen, in dem schon ein kleines Tomatenmesser mit einer gegabelten Spitze eine tödliche Waffe darstellen konnte.

Und zur Not gab es immer noch die Polizei, die sie um Hilfe rufen könnte. Ein Gedanke, der ihr allerdings nicht sonderlich gefiel. Dann käme vielleicht die ganze Wahrheit ans Licht. Eine Wahrheit, die sie seit siebenunddreißig Jahren täglich neu von ihrer Seele geduscht hatte. Manchmal war das einfach gewesen, dann wieder hatte sie schrubben müssen. Sie war ein guter Mensch, so hatte sie sich immer eingeredet, der etwas Schlechtes getan hatte.

Dieses Haus war ihre Schwachstelle. Genau wie seine. Sie teilten ein Stück Vergangenheit. Wovon er nichts wusste. Die meisten Begegnungen passierten nicht nur einmal im Leben. Man sah sich immer zweimal. Sie hatte einen Fehler gemacht, sie war zurückgekehrt, anstatt zu vergessen, zu begraben und abzuhaken.

Sie hatte den Stein ins Rollen gebracht, indem sie ihn angelockt hatte. Und rollende Steine brachten das Risiko mit sich, dass sie einem vor die Füße sprangen, einen aus dem Tritt und zum Stolpern brachten und als Hindernis auf dem Weg liegen blieben. Man musste in der Lage sein, sie zu beseitigen. Genauso wie man darüber Bescheid wissen musste, wo man den Lichtschalter fand, um den Nachtschreck zu verjagen.

Das redete sie sich ein, und bald schon sollte sie ihre Naivität bereuen und ihren fatalen Irrtum bemerken.

Auf Yvettes Stoffserviette aus weißem Damast rechts neben ihrem Gedeck lag ein Halstuch von Hermès, dunkelblaue Seide, Kutschen und Löwenwappen als Motiv. Ein besonders schönes Stück. Neben dem Tischbein standen schwarze Pumps mit goldenen Paspeln.

»Leg bitte das Tuch um«, sagte er. »Und trag die Schuhe! Beides gehörte meiner Mutter. Du solltest die Sachen in Ehren halten.«

Hansen hatte nichts weiter getan, als die Auferstehung seiner Vergangenheit zu zelebrieren, und das ist ihm gelungen, fand Yvette. Er hatte ganze Arbeit geleistet.

»Was soll der Unsinn?«, blaffte sie ihn an.

»Ich bitte dich darum.«

Seine Worte froren in der Luft zu Eis.

Sie musste weitermachen und diesen Abend hinter sich bringen.

Was blieb ihr übrig?

Also band sie das Tuch um und zog die Schuhe an. Sie waren ihr mindestens zwei Nummern zu klein, und die scharfe Kante drückte auf einen kleinen Knubbel an ihrer rechten Ferse.

Die Vorhänge hatte er geschlossen. Noch nicht mal ein Stück Mond war zu sehen. Der Krach des Donners war so laut, dass die Fensterscheiben zitterten. Nur der Wind war zu hören, wenn das Getöse am Himmel für kurze Zeit verebbte, und die Atemgeräusche am Tisch. Das Haus hatte sie endgültig verschluckt.

»Lasst uns beginnen mit dem Essen«, sagte er. »Einen gesegneten Appetit!«

Er kündigte die Menüfolge an.

Vier Gänge. Krabbencocktail mit Mandarinen, serviert auf Chicorée-Blättern in der Sektschale. Klare Ochsenschwanzsuppe. Pfeffersteak mit Kroketten und zum Nachtisch frische Früchte. Auf einem Tellerchen links oberhalb seines Gedeckes lag ein silbernes Obstmesser. Damit würde er nachher die Äpfel in mundgerechte Schnitze schneiden, erklärte er. Zu diesem Menü gehörten eigentlich Crêpes Suzette, fuhr er fort. Aber die würden mit Orangenlikör flambiert, und darauf müsse man der Kinder wegen verzichten. Er goss Yvette und sich Wein ein und den Kindern Wasser aus einer Karaffe.

»Ein Riesling von der Mosel«, sagte er. »Steillage. Feinherb. Superb zu den Krabben. Warum nicht mal was Deutsches?«

Es fiel ihr schwer, Interesse zu heucheln für Moselwein und Meeresfrüchte.

Sie versuchte sich an Smalltalk. »Wo zaubert man solch ein Festmahl auf die Schnelle her?«

»Catering«, sagte er. »Zur Ochsenschwanzsuppe und dem Steak gibt es einen Roten. Einen Lemberger aus Schwaben. Schwer und tintig. Wir dürfen nicht zu viel davon trinken. Sonst werden wir müde, und die Party ist schneller vorbei, als sie angefangen hat. Das wäre doch schade.«

»Ochsenschwanzsuppe klingt eklig«, sagte David.

»Total«, kam das Echo von Sophie und Mila.

Yvette merkte, wie sich die Anspannung wie eine Maske auf ihr Gesicht legte. Sie bemühte sich, die Hölle in ihm im Zaum zu halten.

Schnell weiterreden, befahl sie sich.

»Und das andere? Das Geschirr, die Leuchter, die Gläser?«

»Mein Erbe.«

Sie lachte unsicher und blähte die Nasenflügel. »Mit vier Kindern schafft man sich praktischere Dinge an als Kristall und silberne Messer.«

»Wir waren auch zu viert«, sagte er. »Wenn man pfleglich mit den Dingen umgeht, passiert nichts. Man darf nur keine Angst haben vor einer strengen Erziehung.«

Sein Ton beunruhigte sie. Er redete anders als sonst. Seine Stimme klang gepresst. Auch optisch hatte er sich verändert. Die Überspanntheit hatte sich tief in sein Gesicht geschliffen, die Augen wirkten glasig, fiebrig der Blick, der Kiefer mahlte. Eine fast transparente Blässe lag unter einem leichten Schweißfilm. Die dunklen Haare waren zu einer Tolle zurückgekämmt. Er trug ein weißes Hemd; an seiner rechten Hand steckte der goldene Siegelring, der ihr am Nachmittag auf dem Nachttisch im Gästezimmer aufgefallen war.

Yvette nippte nur am Wein, obwohl es sie danach lechzte, ein ganzes Glas hinunterzustürzen. Aber sie brauchte einen klaren Kopf.

Sie pickte genau wie die Kinder in ihrem Essen, schob die Krabben in der Cocktailsauce mit einer kleinen Gabel hin und her.

»Schmeckt es euch nicht?«, fragte Tobias kühl.

Yvette wollte gerade eine Mandarine zum Mund führen, doch ihre Hand begann zu zittern, und das Dressing landete auf dem teuren Tuch.

»Pass doch auf!«, fuhr er sie an.

Yvette zuckte zusammen und begann hektisch mit der Serviette an dem Seidenstoff herumzutupfen.

»Hör auf, du machst es nur noch schlimmer. Ich habe gefragt, ob es euch nicht schmeckt.«

»Es ist großartig«, entgegnete Yvette schnell. »Aber weißt du, wir essen immer früh zu Abend, und nun ist es bald neun …« Sie zuckte mit den Schultern und warf ihm ein entschuldigendes Lächeln zu. »Unsere innere Uhr tickt vermutlich anders als deine.«

Vorwurfsvoll blickte er sie an. »Du trinkst auch nichts.«

»Ich habe vorhin eine Kopfschmerztablette genommen.«

»Und du, Max, warum isst du nichts? Mundet dem jungen Herrn nur Fastfood?«

»Lass die Kinder in Ruhe«, bat Yvette. »Es ist spät. Sie sind müde.«

»Assistiere mir bitte beim Auftragen der Suppe«, forderte er sie auf.

Es traf sie wie ein Schlag ins Gesicht, dass sie nicht eine Minute mit den Kindern alleine hatte. Darauf hatte sie gehofft.

Er schien ihre Gedanken zu erraten. »Sonst glaubt ihr noch, ihr könnt euch gegen mich verbünden.«

Mit ihr an seiner Seite kam er mit einer Terrine Ochsenschwanzsuppe aus der Küche zurück und füllte sie mit einer silbernen Kelle in tiefe Teller. In Yvettes Nase stieg der Duft der Rinderbrühe. Sie sah die Fleischstückchen, die Streifen von Wurzelgemüse, die gehackte Petersilie. Sie hätte sie am liebsten ausgespuckt, nachdem sie einen Löffel davon genommen hatte. Wahrscheinlich war sie sogar gut. Doch ihr Magen rebellierte.

»Was macht ihr im Moment in der Schule?«, wandte sich Tobias im Plauderton an die Kinder.

»Wir gehen Montag in eine Bücherei«, sagte David.

»Und wir«, sprang Mila aufgeregt von ihrem Stuhl, »gucken kurz vor Weihnachten ein Märchen im Theater«.

»Recht so«, sagte Tobias. »Nun setz dich wieder hin und hör auf, am Tisch wie ein Gummiball zu hüpfen, meine Kleine.« Er zupfte an seinem Hemdkragen. »Und was hat uns der junge Herr so zu berichten?«

»Nichts.«

»Nichts? Interessant! Woraus besteht denn das Nichts an eurer Schule außer aus Schülern und Schülerinnen, die vermutlich zu spät hereingeschlurft kommen, die schwätzen und kichern und auf ihren Stühlen kippeln, die sich in der großen Pause einen Döner in den Mund stopfen und essen wie die Schweine, die keinen Respekt haben vor den Lehrern, die ihre teuren Turnschuhe mit Filzstift bemalen und ihre Fingernägel mit Neonlack? Und die ansonsten nichts anderes tun als zu *chillen*. So nennt ihr das doch, oder?«

»Gedichtinterpretationen und so.«

»Ich habe dich nicht verstanden. Sprich bitte deutlicher.«

»Gedichte.«

»Für welches hast du dich entschieden?«

»*Die Stadt* von Theodor Storm«, murmelte Max.

»*Doch hängt mein ganzes Herz an dir, Du graue Stadt am Meer.*« Mit einem beseelten Ausdruck rezitierte Tobias diese Zeilen, während er den Siegelring an seinem rechten Ringfinger hin und her drehte.

»Du weißt, welche Stadt das ist?«

»Husum«, nuschelte Max mit gesenktem Kopf.

»Sehr gut, mein Sohn. Ich werde dir nachher deine Haare ein wenig schneiden müssen. Sie sind zu lang.«

In dem Moment sprang Max auf und blitzte Tobias hasserfüllt an. An seinen trockenen Lippen hafteten kleine Hautfetzen.

»Das wirst du nicht tun, du Arschloch! Du hast mir gar nichts zu sagen.«

Alle am Tisch starrten ihn an. Yvette war ebenfalls aufgesprungen und stellte sich schützend vor ihren Sohn. Max hatte das Tier in Tobias geweckt, und das war gefährlich. Er wirkte wie von Sinnen.

»Dafür wirst du dich bei mir entschuldigen, du rotzfrecher Lümmel!« Tobias Lippen zitterten. »Mein Essen scheint der verwöhnten Familie ja nicht zu schmecken. Also können wir die Tafel auch gleich aufheben«.

Mit einem Ruck riss er das Leintuch vom Tisch. Es gab einen ohrenbetäubenden Lärm, passend zum Donnerschlag, der in dem Moment vom Himmel böllerte. Yvette war jetzt so blass, als müsse sie sich jeden Augenblick übergeben. Sie spürte den Geschmack von Galle im Mund.

Die Mienen der Kinder waren angsterfüllt. Nur in Max' Gesichtszügen mit den vollen Augenbrauen trafen sich auf einmal Junge und Mann. Yvette war stolz. In all dem Chaos um sie herum mit diesem tobenden Psychopathen, dem zerbrochenen Geschirr, den Scherben der Karaffen und Gläser, den fleckigen Servietten und dem dreckigen Tischtuch, den Pfützen von Suppe, Wasser und Wein und dem Kerzenwachs, das heiß und ölig von den auf der Erde liegenden Leuchtern tropfte, in all diesem Chaos war sie stolz auf ihren Sohn.

Doch dessen Aufbegehren war nur ein weiterer Stachel im Fleisch von Tobias Hansen.

Der Schleier, den er zwischen dieser und seiner Welt gezogen hatte, war nicht mehr zu durchdringen. Er schnappte sich Max, was keine Kraftanstrengung für einen Mann von knapp zwei Metern Körpergröße bedeutete, packte ihn an den Schultern, stieß, rempelte und schubste ihn vorwärts, raus aus dem Esszimmer, durch die Wohnhalle, bis sie die Tür zum Keller erreicht hatten und er Max durch die geöffnete Tür rammte. Yvette war nicht schnell genug, um Tobias aufzuhalten. Sie rannte hinter ihm her, sie zog und zerrte und biss, sie trat ihn in die Wade, krallte sich an seinem Rücken fest, am Stoff seines Hemdes, der mit einem lauten Ratschen kaputtriss. Sie kämpfte wie eine Löwin. Doch sie hatte keine Chance gegen ihn, gegen seine Raserei und das Böse, das jetzt seine Fratze zeigte. Wie gut es sich doch bisher unter einer kultivierten Fassade versteckt gehalten hatte, schoss es Yvette durch den Kopf. Ein Scheusal mit Pianistenhänden. Vielleicht machte gerade das das Böse so undurchsichtig. Dass es getarnt daherkam. Mit Charme, Klugheit und Talent. Sie hatte es unterschätzt. Sie hatte *ihn* unterschätzt.

Die Kellertür fiel mit einem Krachen hinter Max ins Schloss. Begleitet vom Donner des Gewitters, dem ein Blitz vorausgegangen war, der ihren Albtraum für einen Augenblick wie mit grellsten Scheinwerfern ausleuchtete.

Sie konnte Max schreien hören, aber sie konnte ihm nicht helfen. Tobias hatte die Tür abgesperrt, schüttelte sich wie ein Hund, steckte mit einer eleganten Geste das zerrissene Hemd zurück in den Hosenbund und ging ins Wohnzimmer, als sei nichts geschehen. Als wäre dieses Intermezzo nichts weiter gewesen als das lästige Vorspiel zu einem Abend mit angeregten Gesprächen und einem guten Scotch, nun da der Störenfried seine Strafe erhalten hatte.

57

2. November

Immer noch blies ein wilder Wind. Das kleine Haus von Gerda Hoff lag ruhig und friedlich da. Consuelo war noch wach und bewegte sich in ihren Schaffellpantoffeln durch die Räume. Es war kurz nach zehn am Abend. Gerda Hoff schlief bereits, und Consuelo hatte wieder einmal voller Dankbarkeit ihr Angebot angenommen, bei der alten Dame zu übernachten. Sie wollte nicht in eine Wohnung zurückkehren, in der *er* ohne Mühe hatte einsteigen können, um ihre Puppen zu holen und an einem Baum aufzuknüpfen.

Das Telefon schellte. Das schrille Läuten durchbrach die Stille. Es war ein ungewohntes Geräusch. Es klingelte eigentlich nie. Gerda hatte alle ihre Freunde und Freundinnen überlebt, und auch von der Familie waren bis auf einige wenige Verwandte, die in alle Winde verstreut lebten, keine Angehörigen mehr übrig. Mal der Anruf einer Arztpraxis mit der Bitte um Auskunft, ob es bei dem Termin bleibe, das war's auch schon.

Wer also rief jetzt bei einer über Neunzigjährigen an, die kaum noch in der Lage war, eine Stunde Fernsehen nach der Tagesschau zu schaffen, bevor sie mit einem vor Anstrengung bebenden Körper und einem wie ein Fragezeichen gekrümmten Rücken den Treppenlift hinauf in den ersten Stock mit dem Schlafzimmer bestieg?

Wer?

Zuerst beschloss Consuelo, das Klingeln zu ignorieren. Vielleicht hatte sich jemand verwählt, oder es war ein Mitarbeiter aus dem Callcenter eines Telefonanbieters, die einem zu jeder beliebigen Uhrzeit einen neuen Mobilfunkvertrag andrehen wollten.

Aber es hörte nicht auf. Es war penetrant. Und so nahm Consuelo das Telefon auf der Kommode im Flur schließlich ab.

»Bei Hoff«, meldete sie sich.

»Wer ist da?«

»Consuelo Strunz, die Zugehfrau von Frau Hoff.«

»Consuelo! Sie schickt der Himmel!«

Nun war es an ihr, die Frage des Anrufers zu wiederholen. »Wer ist da?«

»Winkler. Bernhard Winkler. Ich rufe aus Peking an.«

»Schön für Sie«, sagte Consuelo spitz, die immer noch Yvettes Misstrauen wie einen körperlichen Schmerz spürte.

»Seit wann arbeiten Sie für Frau Hoff?«

»Seitdem Ihre Frau mich gefeuert hat.«

»Das tut mir leid. Ich möchte Sie trotzdem um einen Gefallen bitten. Ich habe den Eindruck, dass mal jemand zu unserem Haus hinüberlaufen sollte, um nach dem Rechten zu sehen. Ich habe vorhin mit meinen Kindern telefoniert. Meine Frau war nicht da, nur der Klavierlehrer. Erst habe ich versucht, mich zu beruhigen und mir einzureden, dass das in Ordnung ist. Aber dann kam ich aus dem Grübeln nicht mehr raus.«

Wovon er Consuelo natürlich nichts erzählte, war die Kränkung engesichts der Tatsache, dass Yvette nicht auf seinen Rat gehört hatte.

»Sieh zu, dass du ihn loswirst. Mach nicht zu viele Zugeständnisse! Solche Menschen verlangen immer mehr.«

Die Zecke schien sich festgebissen zu haben. Das war's, was ihn beunruhigte. Ob nun mit oder ohne Yvettes Zutun. Erst nach dem Telefonat mit seinen Kindern war die Alarmanlage in seinem Kopf angegangen, und nun kreischte sie zu laut, um sie zu überhören.

Es war zu still gewesen für den üblichen Lärm seiner turbulenten Familie; und Max schien etwas auf dem Herzen gehabt zu haben, was er nicht mehr loswerden konnte.

»Und da rufen Sie eine alte blinde Frau an, die keinen Meter mehr ohne Hilfe gehen kann?«, unterbrach Consuelo seine Gedanken. »Sie haben Nerven.«

»Ich hatte gehofft, dass Oksana da ist.«

»Ist sie nicht, wie Sie merken. Woher haben Sie überhaupt Frau Hoffs Nummer?«

»Das ist kein Hexenwerk. Aus dem Hamburger Telefonbuch im Internet.«

Consuelo merkte, wie sehr er sich zusammennehmen musste, um seine Ungeduld zu zügeln. Er hatte nicht mit ihr gerechnet, sondern mit der koketten Russin, die ihm vermutlich über den Gartenzaun hinweg schöne Augen gemacht hatte. Erst recht nicht schien er ihr so etwas wie Rebellion zuzutrauen. Und doch genoss sie dieses nie gekannte Gefühl von Macht, und die Aussischt darauf, dem Klavierlehrer nie wieder gutzumachenden Schaden zuzufügen.

58

2. November

Hansen hatte Haydn aufgelegt. Ganz entspannt saß er im Wohnzimmer in einem Samtsessel, den Kopf an der Lehne. Die Musik schwoll an, und der Knall eines Paukenschlags ließ Yvette zusammenzucken. Tobias hatte die Beine übereinandergeschlagen, seine Füße in den Lederpantoffeln wippten im Takt der Musik. Er schien eins mit sich und der Welt. Das Gewitter entlud sich in heftigen Regenschauern, die gegen die Scheiben prasselten. Der Wind jagte ums Haus und spielte Fangen mit allem, was schutzlos herumlag.

»Würdest du die Kinder ins Bett schicken, bitte? Das Malheur im Esszimmer kannst du nachher beseitigen«, drang Tobias' Stimme in ihre Gedanken.

Yvette räusperte sich, aber nur ein Krächzen kam aus ihrer Kehle. Ihre Zunge klebte am Gaumen. Ihre Lippen waren trocken.

»Ja, natürlich! Du hast recht. Es ist spät.«

Das Rasseln ihrer Stimme würde ihre Anspannung verraten, befürchtete sie. Ihr Kopf dröhnte. Sie schnappte nach Luft. Sie musste so tun, als sei das alles hier ganz normal. Dabei raubte ihr die Angst den Verstand. Ab heute würde sie das Wort für sich neu definieren. Den Zustand des Ausgeliefertseins, der Abhängigkeit von den Launen und Spleens eines anderen Menschen, von seinen Depressionen und Dämonen, das Gefühl der Ohnmacht und Machtlosigkeit. Ab heute würde ihr das Wort »Angst« nicht mehr in den Sinn kommen, wenn so etwas Läppisches zur Sprache kam wie eine Führerscheinprüfung, ein Zahnarzttermin oder das

Gefühl, den Gastgeberpflichten in einer großen Runde nicht gewachsen zu sein.

Mila, David und Sophie waren verstummt. Übermüdet und genau wie sie vor Entsetzen wie gelähmt. Es würde gut sein, sie ins Bett zu schicken. Vielleicht konnten sie im Schlaf diesen kalten wasserhellen Augen entfliehen und etwas Schönes träumen, das an das Leben erinnerte, welches sie gewohnt waren. Das Nachhausekommen nach einem Herbstspaziergang mit roten Wangen, die Füße im raschelnden Laub, und danach Pizza und Wärme daheim.

Endlich waren sie kurz allein. Yvette wusste, wenn, dann musste sie jetzt handeln. Sie begleitete ihre Kinder hinauf in den ersten Stock. Kaum hatten sie den betreten, zog Yvette die drei in Davids Zimmer, das gleich vornan im Flur lag. Es atmete alle Sehnsüchte eines achtjährigen Jungen. Die nach Fußballstar und Astronaut und Actionheld, für den es nur einen Fledermausanzug brauchte, um die Welt zu retten. Keine Angst und keine Zweifel, nur Power und Mut und eine große Klappe, wenn die Welt da draußen in Gefahr war.

Davon war nichts geblieben. Sie versanken alle vier in einer einzigen innigen Umarmung.

»Ist Max bald wieder bei uns?«, fragte Mila.

»Und ob! Er ist stark«, tröstete sie ihre Kinder. Die Musik strömte laut von unten herauf, aber Yvette war vorsichtig geworden und sprach mit leiser Stimme. »Passt mal auf: Einer von euch muss mir jetzt sein Handy geben. Wir müssen die Polizei rufen.«

Das würde nicht einfach sein. Sie musste offenlegen, dass sie wusste, wer *er* war, und das würde bedeuten, dass sie sagen musste, wer *sie* war. Doch sie hatte keine andere Wahl. Die Verantwortung für die Kinder war zu groß. Deren Leben und Unversehrtheit waren zu kostbar. Alles würde einfacher sein als die Aussicht, mit einem komplett Irren weiterhin unter diesem Dach zu weilen. In einem Haus, das, was sie betraf, ein Lügengebäude war.

»Das wird nicht nötig sein«, ertönte eine Stimme hinter ihnen. »Und auch nicht möglich. Ich bedaure.«

Tobias Hansen stand mit hinter dem Rücken verschränkten Armen im Türrahmen und lächelte milde. Er streckte die Arme aus und hielt ein Körbchen in beiden Händen. Darin lagen die Handys der Kinder und auch das von Yvette. Sowie der Hörer des Festnetzgerätes aus Bernhards Arbeitszimmer.

»Ich habe mir erlaubt, sie im geeigneten Augenblick an mich zu nehmen. An einem so ungemütlichen Herbstabend sollte man die Welt aussperren.«

Panik stieg erneut in Yvette hoch. Ihre Knie wurden weich. Sie wusste jetzt, dass es noch eine Steigerung von Angst gab. Todesangst.

Irgendwie schaffte sie es, die Kinder der Geborgenheit ihrer Zimmer zu überlassen, auch wenn sie wusste, dass sie nicht schlafen würden. Kurz darauf saß sie Tobias Hansen im Wohnraum gegenüber. Yvette hatte ihren Blick auf einen dunklen Punkt im Teppich gerichtet. Das war erträglicher, als ihn ansehen zu müssen. Wenn sie daran dachte, hier in diesem Zimmer, auf diesem Fußboden, vor wenigen Abenden mit ihm Sex gehabt zu haben, spiegelte ihr Gesicht Hass und Verachtung. Und das Schlimmste war, diese Gefühle galten weniger ihm als ihr selbst.

»Das Tuch steht dir gut«, säuselte er. »Schade, dass die Schuhe meiner Mutter nicht für deine Füße gemacht sind. Sie strecken das Bein, was für jemanden deiner Größe von Vorteil wäre.«

Seine Augen verengten sich. Er ließ die Schultern rotieren, bis ein paar Nackenwirbel knackten. »Seit wann nennst du dich Yvette?«

Die stumpfe Gleichgültigkeit seiner Frage brachte sie mehr aus dem Konzept als die Tatsache, dass er ihre wahre Identität zu kennen schien. Aber sie versuchte, sich zu beherrschen.

»Das ist mein richtiger Name. Hedwig fand ihn zu kapriziös. Deshalb hat sie mich Yvonne genannt.«

»Yvonnchen hat sie gesagt.« Er verzog spöttisch die Lippen. »Die bodenständige Oma mit ihren kupfernen Kochtöpfen.«

»Du weißt es also.«

»Es hat eine Weile gedauert, aber ja, ich weiß jetzt, wer du bist. Das Mädchen, das immer aus seiner kleinen Welt geflohen ist. Das Hedwig angefleht hat, es mit hierher zu bringen. In dieses Haus. Du hast mit Klara gespielt, hast in der Küche das gegessen, was von unserem Tisch zurückkam, hast so getan, als würdest du dazu gehören.«

»Keine Angst. Ihr habt mir ständig zu verstehen gegeben, dass ihr was Besseres seid. Keiner durfte euch in eurem goldenen Käfig zu nahe kommen. Keiner durfte an den Stäben rütteln. Und jetzt kannst du diese verfluchten Hansen-Gene nicht abschütteln. Sie sind einfach zu dominant.«

»Wenn ich eine Therapiestunde brauche, gehe ich zum Experten. Ich habe die besten Adressen, glaube mir«, keuchte er, sprang auf und ging hektisch auf und ab.

»Dich haben die Gene doch anscheinend angezogen. Du warst sogar an dem Tag da, als Klara ertrunken ist. Als ich ihre Schwimmflügel holen wollte und gesehen habe, wie mein Vater dieses Flittchen fickt. Ich sehe sie noch vor mir: ihre langen blonden Haare wie ein Strahlenkranz auf dem Kopfkissen.«

Sein Lachen klang bitter.

»Diese Nutte. Er hatte immer schon einen Hang zum Personal. Sie hat uns Nachhilfe in Englisch gegeben. Und mein Vater sprang gleich auf sie drauf. Geile Figur. Große Titten. Kaum hatte er sie zum ersten Mal gesehen, lief ihm schon der Sabber aus dem Mund. Nach Klaras Tod hat er sie davongejagt, aus diesem Haus, aus der Stadt, damit sie ihn nicht mehr daran erinnern konnte, dass er vermutlich genau in dem Moment einen Orgasmus hatte, als sich die Lungen seiner heißgeliebten kleinen Tochter mit Wasser füllten.«

Yvette war wie erstarrt.

»Und du hast damals am Ende des Korridors gestanden und hast mich angesehen. Man kann vieles verändern. Die Frisur, die Figur. Aber niemals den Ausdruck in den Augen. Ich hätte eigentlich viel eher darauf kommen müssen, wer du bist.«

Yvettes Stimme war nur noch ein Flüstern. »Warum bist *du* in dieses Haus zurückgekommen?«

»Weil du mich geholt hast.«

»Du hast es doch von Anfang an darauf angelegt«, sagte Yvette.

»Du hast mich in die dunkelsten Winkel meiner Geschichte zurückgelockt«, erwiderte er mit kalter Stimme. »Und jetzt wird dir das alles zu viel, und du möchtest mich am liebsten entsorgen, wie du es gerade mit dem ganzen alten Krempel auf dem Dachboden getan hast. Ist es nicht so? So ist es doch!«

»Du warst für mich damals wie ein großer Bruder.«

Sein Kiefer verkrampfte sich, sein Lachen klang höhnisch.

»Wie ein großer Bruder. Wie rührend! Dann war das hier mit uns …«, er deutete mit einem Kopfnicken auf Couch und Teppich, »ja fast schon inzestuös.«

Ihr Körper versteifte sich; ihre Kehle war eng.

»Hör auf damit! Sag mir lieber: Wie soll das hier weitergehen? Wie lange willst du denn noch bleiben?«

»Störe ich dich? Du hast es so gewollt. Und wir werden jetzt gemeinsam glückliche Familie spielen. War es nicht das, was du schon damals angestrebt hast?«

Yvette lachte schrill.

»Glücklich? Meine verängstigten Kinder nennst du glücklich? Max im Keller nennst du glücklich? Das Chaos im Esszimmer nennst du glücklich? Die Beherrschung zu verlieren wie dein Vater, nennst du glücklich? Warum nistest du dich in seinem kranken Kopf ein?«

Tobias drehte sich so heftig zu ihr herum, dass sein Zorn sie ansprang wie ein rotglühender Funke.

»Du hast doch keine Ahnung! Es war die Aufgabe meines Vaters, Stärke zu zeigen. Sonst bist du für die gesellschaftliche Elite verloren. Bist ein Loser. Hast du das verstanden? Mentale Stärke ist das Erkennungszeichen in diesen Kreisen. Die Zugangsberechtigung. Die Eintrittskarte. Der VIP-Pass für den Backstage-Bereich. Sonst wirst du immer nur vor der Bühne stehen und den Erfolgreichen zujubeln, die dich für deine Verehrung verachten.«

In seinen Mundwinkeln sammelte sich Speichel. Seine Stimme zischte beim Sprechen.

»Weißt du, was Erziehung heißt? Hast du dir darüber mal Gedanken gemacht? Ich sag's dir! Deinen Kindern beizubringen, sich nie eine Blöße zu geben. Seine Gefühle unter Verschluss zu halten. Egal, was kommt. Sich auch dann noch zu beherrschen, wenn dir der Arsch auf Grundeis geht. Nichts auf dieser Welt verschafft dir eine bessere Selbstbeherrschung als Demütigungen.«

Er wandte sich von ihr ab, ging zur Terrassentür, schob den Vorhang beiseite und öffnete sie. Durch die dürren Äste des japanischen Ahorns schimmerte ein kalter Mond. Unter seinem Licht herrschte völlige Stille.

»Wir sollten uns ein wenig abkühlen«, sagte er, ließ die Tür einen Spalt weit offenstehen, drehte den Kopf in Zeitlupe in ihre Richtung und kam auf Yvette zu. Sie starrte in seine Augen, die den Schein der Lampen reflektierten, und hörte das Hämmern von Fäusten gegen eine Tür, das Wimmern ihres Sohnes im Keller.

»Bitte, Tobias! Lass Max frei! Du hast doch selbst einen Sohn. Wie kannst du es ertragen, den Jungen so leiden zu lassen?«

»Du enttäuschst mich«, sagte er. »Ich erzähle dir von mir, ich öffne mein Herz, und du kommst mir mit deinem verwöhnten Bengel.«

Sie konnte den Wein in seinem Atem riechen.

»Du wolltest es deinem Mann heimzahlen. Seitensprung gegen Affäre. Ich war für dich nur Mittel zum Zweck.« Er legte seine Hand auf das Seidentuch seiner Mutter um ihren Hals und zog daran. Sanft und spielerisch. Sein Finger fuhr über den orangefarbenen Fleck, den die Cocktailsauce hinterlassen hatte.

»Du hast es versaut.«

59

2. November

Die Kälte strich über ihre Haut, als Consuelo die Tür öffnete. Gerda Hoff hatte offensichtlich nichts mitbekommen von der abendlichen Störung. Consuelo streifte sich die Fellpantoffeln ab und zog die derben Halbschuhe an, auf die sie der Kälte wegen ausweichen musste und die ihre Füße so quälend einschnürten. Dann warf sie sich ihren roten Mantel über, der sie nicht gerade unauffälliger machte, und verließ das Haus.

Ihr Herz bebte vor Angst. Und doch spürte sie plötzlich eine ungewohnte Energie, die ihren Körper beflügelte, angefeuert von ihrem Hass auf Hansen. Das war die Schraube gewesen, an der Bernhard Winkler im fernen China zu Recht gedreht hatte. Ihr Groll gegen den Klavierlehrer, der ihr genug Munition lieferte für eine Revanche. Und der unbedingte Wille, sich ihren guten Ruf zurückzuerobern.

Der Himmel wirkte wie ausgestorben, kein Stern war zu sehen. Als sie den niedergetretenen Zaun auf der Grenze zwischen den beiden einander gegenüberliegenden Grundstücken überquerte und den Garten ihrer ehemaligen Arbeitgeber betrat, waren ihre Gefühle völlig außer Kontrolle. Der Gedanke, ihn vielleicht wiederzusehen, diesen grausamen Menschenfänger, war unerträglich. Und doch war es genau das, was sie vorantrieb.

Schließlich erreichte sie das Haus. Sie lief zur Terrasse, deren Tür einen Spalt weit offenstand. Die Lampen im Wohnzimmer leuchteten ihr entgegen, goldgelb. Alles sah warm und anheimelnd aus. Die Fenster wie die gütigen Augen eines Hauses, in dem Menschen wohnten, die es geschafft hatten. Plötzlich sah sie ihn. Und Yvette. Er hatte sich an sie gedrängt und liebkoste mit seinen Lippen ein Tuch um ihren Hals. Spielerisch ließ er die Enden durch seine Fingerspitzen gleiten, zog daran, ließ wieder locker, presste ihren Körper an seinen und keuchte mit rauer Stimme: »Lass uns zusammenbleiben in diesem Haus! Wir werden eine glückliche Familie sein, du und ich und die Kinder. Max braucht eine harte Hand, aber dafür bin ich ja da. Und auch David müssen wir rechtzeitig darauf vorbereiten, dass das Leben kein Zuckerschlecken ist. Je eher wir damit anfangen, desto besser.«

»Dann beweise mir, dass du wirklich das Beste für meine Kinder willst und hole Max aus dem Keller.«

Yvettes Stimme klang brüchig.

Er stieß Yvette von sich und war außer sich vor Wut. »Misch dich nicht in meine Erziehung ein! Kapierst du's nicht? Dein Sohn hält sich nicht an die einfachsten Regeln. So kann es nicht funktionieren. Er muss sich entschuldigen für das, was er mir angetan hat.«

Consuelo stand auf der Veranda, unbemerkt von den beiden, und sah zu, wie er Yvette brutal an den Oberarmen packte, wie sie aufschrie, schwankte und sich kaum noch auf den Beinen halten konnte in altmodisch aussehenden Schuhen, die ihre Füße zu stauchen schienen. Consuelo zuckte zusammen wie unter einem Hieb, verlor den Mut. Die Finsternis drohte sie zu verschlingen, der Garten war fremd und unheimlich. Die Nacht war da. Wenn sie hineingehen würde, dorthin, wo das Licht war, dann kam sie vielleicht nie mehr raus aus diesem Haus.

»Liebling, lass uns tanzen!«, forderte Tobias Yvette nun auf. Das Kosewort klang grausam und zärtlich zugleich, seine Stimme wie geschmolzenes Metall. Er zog Yvette erneut an sich, erst grob, dann plötzlich wie ausgewechselt, wie heruntergedimmt seine Raserei. Weichgezeichnet seine Züge, wiegte er sich mit ihr im Takt zu einer leisen Melodie.

Consuelo stand noch immer wie angewurzelt da. Tobias war durch die geöffnete Verandatür gut zu verstehen.

»Ich weiß noch, als mein Vater seinen fünfzigsten Geburtstag feierte. Er tanzte mit der Frau einer seiner Freunde. Wir haben sie von der oberen Treppenstufe aus beobachtet. Klara und ich. Plötzlich bist du aufgetaucht. Du warst wie ein anhängliches Hündchen. Irgendwie lustig, aber auch hinterlistig und lästig.«

Er schaute sie mit einer Mischung aus Zuneigung und Verachtung an. »Man wusste nie, wie man dich wieder loswird. Und nun hast du es sogar den ganzen Weg von Österreich hierher geschafft.«

Consuelo lauschte aufmerksam. Ihre Augen und Ohren waren durch Aufregung und Angst so geschärft, dass sie empfänglich war für jede Störung und Veränderung im Verhalten der beiden. Wobei Tobias die Situation zu erregen schien. Sein Atem ging stoßweise, während Yvette den Eindruck erweckte, keine Luft mehr zu bekommen. Aus ihrem Mund drang ein gepresstes Stöhnen.

»Lass mich die Schuhe ausziehen! Die bringen mich um.«

Er ließ ein hartes Lachen hören. »Du hältst aber auch gar nichts aus.«

»Bitte!«

Yvette legte ihm die Hand auf den Unterarm, eine Geste, die ihn besänftigen sollte. Consuelo bewunderte sie dafür, wie geschickt sie versuchte, ihn zu manipulieren, ihm ein Gefühl des Wohlseins zu vermitteln, der Situation die Schärfe zu nehmen, ihn einzulullen, milde zu stimmen, so zu tun, als würden sie nicht am Abgrund entlang schippern, sondern seien gemeinsam in diesem Haus gestrandet. Es war ein zerbrechlicher Versuch, dem Ganzen den Anschein von Normalität zu verleihen, um ihn in Sicherheit zu wiegen. Als Tobias nur mit einem Achselzucken reagierte, streifte Yvette sich die Pumps von den Füßen. Das harte Leder hatte Abdrücke hinterlassen; die Haut war rot gefärbt wie ein blasses Gesicht in der Winterkälte. Die hochhackigen Schuhe, schwarz mit goldenen Paspeln, lagen nun ausgezogen an der Teppichkante, konnten aber seinen Ansprüchen an Akkuratesse und Ordnung nicht genügen.

Er bückte sich und stellte sie korrekt hin.

Sie hatte ihn nur kurz beschwichtigen können. Als er sich wieder aufrichtete, blitzten seine Augen vor Zorn. »Vielleicht legst du mal dein selbstsüchtiges Verhalten ab und denkst darüber nach, ob es dir wirklich so schwerfällt, mir eine Freude zu machen.«

»Geh bitte!«, flehte Yvette.

Seine Züge waren zu einer Grimasse verzerrt, sein Mund zu einem Grinsen verzogen. »Ich entscheide, wann Schluss ist.«

Consuelo dachte nicht mehr nach. Ihr Körper zitterte vor Angst. Und doch war da etwas in ihr, von dem sie nicht wusste, dass sie es besaß. Eine Stärke und Dynamik, gepaart mit einem Nervenkitzel, der ihr Herz flattern ließ und ihr das Gefühl von Macht gab. Ein Kick, ein Rausch, ganz ohne Zucker und Seifenopernträume. Sie hatte so oft in ihrem Leben den Rücken gekrümmt, den Kopf gesenkt und die Wange hingehalten. Hatte ihre Wut und ihre Worte heruntergeschluckt, bis sie fast an ihnen erstickte. Damit war jetzt Schluss! Ohne weiter darüber nachzudenken, schnappte sie sich den Albrije, die hölzerne Skulptur aus Mexiko, bunter Hahn mit Drachenkopf, die sie der Familie Winkler als Glücksbringer fürs neue Heim geschenkt hatte. Er hatte seinen Job nicht besonders gut gemacht, fand Consuelo, aber was wollte man auch erwarten, wenn eine so symbolträchtige Figur unbeachtet und ungeliebt in norddeutschen Nächten ihr Dasein draußen fristen musste? Nun war sie Gold wert. Consuelo stürmte mit dem Totem in der Hand durch die geöffnete Terrassentür und registrierte mit einem Gefühl des Triumphes, wie Tobias Hansen nach ein paar kräftigen Schlägen auf den Hinterkopf taumelte, stolperte, zusammensackte. Der Drachenschädel in ihrer Hand spie Feuer, wie mit heißen Klauen fraß sich die Raserei bis in Consuelos Eingeweide und verlieh ihr die Kraft, die es brauchte, einen so großen Mann wie ihn mit einem Überraschungsangriff zu überwältigen.

Sie konnte auch dann nicht aufhören, als ihr Yvette das Holz aus den Händen nahm. Consuelo griff nach einem der schwarzen Pumps von der Teppichkante und drosch mit dem Pfennigabsatz weiter auf Tobias ein. Sie traf ihn überall. Jeder Hieb eine Heimzahlung für alle Demütigungen, jede Wunde die Rache für die Lust, die er dabei empfunden hatte, die Speckröllchen an ihrem Körper abschätzig zu mustern, sie wegen ihrer Puppen aufzuziehen, dafür zu sorgen, dass sie ihren Job verloren hatte, ihr Angst einzujagen und ihr das letzte Bisschen Selbstbewusstsein zu rauben, das sie noch besessen hatte.

»Hilf mir!«, flehte er Yvette an. »Die Drecksau bringt mich um.«

Dann war da nur noch sein Brüllen. Es hörte sich an wie das Röhren eines verletzten Hirsches, tief, instinktiv, animalisch. Danach kein Laut mehr, nur noch Röcheln und Blut, das unter seiner Haut pulsierte, bevor es aus dem Lochmuster an seinem Hals herausspritzte.

60

Ein halbes Jahr später

Die Maisonne sickerte durch die Baumkronen. Das Licht war so grell, dass es in den Augen blendete. Es war schon fast zu heiß für diese Jahreszeit. In der mit Holz getäfelten Wohnhalle aber war es kühl. Er hörte das Echo seiner Schritte von den Wänden widerhallen. Hier war er erneut. Lange hatten es die Winklers, denen er diesen Besitz im Jahr zuvor vermittelt hatte, nicht ausgehalten. Es wunderte ihn nicht. Er war dem Haus von Anfang an mit Misstrauen begegnet. Viel zu viele Nachbeben der Vergangenheit. Viel zu viele Erinnerungen, gefangen zwischen alten Mauern. Geschehnisse in jüngster Zeit, die es für immer besudeln würden. Die Menschen liebten es, die Dinge beim Namen zu nennen und ihnen einen schrecklich-romantischen Touch zu verpassen. Bald würde man es nur noch als das Spukhaus bezeichnen, wenn es wieder lange leer stehen und hinter den dunkeln Fensteraugen kein warmes Licht mehr erstrahlen würde. Auch wenn die unheimlichsten Geister meistens unter den Menschen zu finden waren, die solch ein Anwesen bewohnt hatten.

Dieses hier hatte den Winklers kein Glück gebracht. Während einer Asienreise des Hausherren war der Klavierlehrer der Familie hier eingedrungen und hatte dessen Frau Yvette und die vier Kinder in seine Gewalt gebracht. Ein Psychopath mit einer narzisstischen Persönlichkeit, so hieß es. Ein Virtuose am Klavier, dem Alkohol zu sehr zugetan, die verheerende Erbsubstanz eines dominanten Vaters in sich, der einst ein hochangesehenes Mitglied der Hamburger Gesellschaft gewesen war. Mit wohligem Grauen und der gebotenen hanseatischen Diskretion hatte man sich die Geschichte in dem idyllischen Elbvorort zugeraunt von dem Mann, der versucht hatte, eine ganze Familie zu zerstören. Mitleidlos sei er gewesen. Geprägt vom Bedürfnis, etwas Besonderes zu sein, dabei gemartert von Minderwertigkeitskomplexen, Geltungsdrang, Aggressionen. Dem Neid auf häusliches Glück und gleichzeitig dem sicheren Gespür dafür, wo dieses Glück nur Fassade und durchlässig wie ein von Motten zerfressener Pulli war.

Konrad Karstens seufzte und zündete sich eine Zigarette an. Er hatte sich das Rauchen angewöhnt in letzter Zeit. Wie auch nicht angesichts einer Welt, in der man niemandem mehr über den Weg trauen konnte?

Yvette Winkler konnte ihrer ehemaligen Putzfrau wirklich dankbar sein, dass die zur rechten Zeit am rechten Ort gewesen war und den Eindringling außer Gefecht gesetzt hatte. Notwehr. Unbestritten. Der Verrückte war schwer verletzt ins Krankenhaus gekommen, so hatte man sich erzählt, und nun war er vermutlich, vollgepumpt mit Medikamenten, in einer therapeutischen Einrichtung untergebracht, die er so bald nicht verlassen würde. Er würde Narben und Wundmale zurückbehalten, nicht nur die körperlichen. Jeder würde das. Jeder, der mit diesem Haus in Verbindung gekommen war. Die Winklers waren zurückgezogen nach Österreich, mehr wusste er nicht.

Konrad Karstens kehrte dem Haus den Rücken, schloss die Tür hinter sich ab und lief auf das Maklerschild zu, das auf dem Rasen liegend bereits auf ihn wartete, damit er die Metallstange mit dem Schild »Zu verkaufen« in den teuren Othmarscher Boden rammte. Wie gehabt. Das Spiel begann von vorn. Er schwitzte und verfluchte sein Business-Outfit mit Krawatte.

Er war so in Gedanken versunken, dass er beinahe das Klingeln seines Smartphones nicht gehört hätte.

Er nahm das Gespräch an, sah hoch zu dem Licht, das durch die Blätter fiel, und lauschte einer jungen Frau mit einer schönen Stimme. Wenn sie sich so bewegte, wie sie sprach, hatte sie einen sexy Gang.

»Ich habe ihre Nummer von Yvette Winkler«, sagte sie. »Sie hat mir gesagt, dass Sie sich um den Verkauf der Villa kümmern. Ich habe mich schon damals auf den ersten Blick in das Haus verliebt. Es ist wahnsinnig repräsentabel. Wann können wir einen Besichtigungstermin vereinbaren?«

»Das nennt man wohl Gedankenübertragung«, sagte er. »Ich habe gerade an die Winklers gedacht. Unvorstellbar, wie man ein solches Anwesen aufgeben kann.«

»Mein Reden«, plapperte sie weiter. »Mein Gott, der Typ befindet sich da, wo Gestörte wie er hingehören. Von dem geht doch keine Gefahr mehr aus. Aber Frau Winkler meint, das Haus würde sowieso besser zu mir passen. Tja, es gibt einiges in ihrem Leben, von dem man das behaupten könnte.«

Er hörte förmlich ihr kaltes Schulterzucken. Nicht sein Problem. Das lief gar nicht so übel, dachte er, lehnte sich innerlich zurück und schnippte die Kippe ins Gras. Es war gut ein Jahr her, dass ihn ein Fremder dafür auf diesem Grundstück gerügt hatte. Noch so ein Idiot!

»Darf ich Ihren Namen erfahren?«

»Schaffrath. Melanie Schaffrath.«

Man verabschiedete sich, nachdem man einen Termin zur Besichtigung vereinbart hatte. Er überprüfte die Liste der Immobilien, die er heute noch präsentieren musste, und ging pfeifend zu seinem Auto. Der jungen Frau auf der gegenüberliegenden Straßenseite schenkte er kaum Beachtung. Sie war das, was man als apart bezeichnen würde. Grazil, mit stürmischen Locken und blasser Haut. In einem Buggy saß ein kleiner Junge, der die roten Haare seiner Mutter geerbt hatte. Sie stand kurz vor der Geburt eines weiteren Kindes; ihr Bauch war rund und prall.

Konrad Karstens sah nicht mehr, wie sie einen Schlüssel aus ihrer Umhängetasche zog, ihn ins Schloss steckte und die Tür öffnete. Sie ließ den Jungen aus dem Buggy steigen und verschwand mit ihm im Haus.

Er hörte auch nicht, wie der Sohn fragte: »Was tun wir hier, Mama?«

Und nicht, wie die Rothaarige antwortete: »Das Richtige. Hier sind wir Papa ganz nah.«

»Wohnen wir jetzt hier?«

»Nein, mein Engel, aber irgendwann werden hier wieder Leute wohnen. Und dann kann Mama ihnen anbieten, für sie zu arbeiten. Wir müssen die Dinge einfach im Auge behalten.«

Frauen, die in solche Häuser zogen, waren verrückt nach Yoga, dachte sie. Und ich bin gut darin, mich in alle erdenklichen Richtungen zu verbiegen.

Konrad Karstens sah auch nicht mehr ihr Lächeln. Ein Lächeln, das besagte: Sie würde den Mann, den sie liebte, sehr stolz machen.

61

Juli

In diesem Sommer konnte man nur durchatmen, wenn man in den Schatten der Wälder flüchtete. Yvette gehörte zu den Menschen, die in der Lage waren, das Beste aus ihrem Leben zu machen. Nun eben wieder Österreich. Der Duft nach Baumrinde und Moos, ein Haus mit viel Holz, Wattebäuschchenwolken über den Gipfeln, kaltes Wasser aus Gebirgsbächen im Sommer, im Herbst die ganze Luft ein einziges Gewürz, im Winter Daunendecken aus Schnee. In der Nachbarschaft hatte man für Consuelo eine Wohnung gefunden. Ihre Retterin hatte ihren alten Job zurück und war ihnen nach dem Tod von Gerda Hoff in die Berge gefolgt. Mit all denjenigen im Gepäck, die sie nach wie vor besser verstanden als alle anderen. Die Puppen, die traumvergessen und mit eisblauen Augen vor sich hin starrten. Consuelo bildete sich im Ernst ein, so hatte sie ihrer Arbeitgeberin anvertraut, dass sie unter Heimweh litten. Yvette hatte hinter ihrem Rücken die Augen verdreht. Immerhin hatte sie ihrer Hilfe klar machen können, dass ein blutbespritzter Hahn mit Drachenkopf kein gutes Glückssymbol für ein neues Haus sein würde. Nun war es ein bunter Hund mit heraushängender Zunge und Flügeln geworden, ein furchterregendes Wesen, das es dieses Mal bis ins Haus geschafft hatte.

Yvette hatte nicht vor, sich im Dornengestrüpp eines schlechten Gewissens zu verheddern und ihre kleine Affäre mit dem Klavierlehrer längst in ihrem persönlichen Vergeben-und-Vergessen-Ordner abgelegt. Sie war eine Expertin darin, die Sünden zu verstecken, die sie in einem schlechten Licht erscheinen ließen.

So generös verhielt sie sich auch ihrem Mann gegenüber, der ihr inzwischen seine Affäre gebeichtet hatte, nachdem sie selbst sich von Melanie Schaffrath beim Versuch einer Aussprache hatte blenden lassen. Sie hatte ihre ganz eigene Art der Abrechnung mit ihrer einst besten Freundin gewählt. Wie langsam tröpfelndes Wasser konnte das Gift einsickern, für das Yvette den Boden bereitet hatte und das Melanies sorgenfreies Leben irgendwann verätzen würde. Melanie hatte einen Teil von ihrem zerstört, und Yvette war nicht bereit, zu gegebener Zeit eine Gebrauchsanleitung für die Rettung herauszurücken. Schade, dass sie nicht mehr aus nächster Nähe miterleben würde, wie dieses Gift sich ausbreitete. Denn dass es dazu kommen würde, darauf hätte Yvette eine Wette abgeschlossen. Wie ein riesiger Oktopus würde das Haus wieder seine Arme ausstrecken und nach denen greifen, die seine Dunkelheit fürchteten und sich gleichzeitig nach seinem Glanz und seinen finsteren Ecken sehnten.

1982

Sie war acht. Ein hübsches Kind mit blondem Haar, kullerrunden Bernsteinaugen, einer hohen Stirn, hinter der viele Dinge passierten. Sie trug die abgelegten Kleider der ältesten Tochter des Hauses, die ihre Großmutter auf den schmächtigen Mädchenkörper umschneiderte. Aus einem roten Lenkdrachen aus Seide, den sie einst auf einer Wiese beim Spaziergang gefunden hatte, kaputt, zerrissen, nähte ihr Hedwig Haarbänder.

Sie war das Schmuddelkind mit der am blankesten geschrubbten Haut. Sie folgte einem Gespenst, und dieses Gespenst hatte sich in ihren Gedanken niedergelassen. Hinter dieser hohen Stirn, hinter der so vieles vor sich ging. Ihre Mutter war fünf Jahre zuvor aus ihrem Leben verschwunden. Sie wusste nicht viel von der Frau, die es ihr geschenkt hatte und mit einem ihrer wechselnden Liebhaber verduftet war. Stichworte wie Teneriffa, Bananenplantage, Surfer-Bar, Drogen hatten ihr Dasein umrissen, wenn in kurzen Erzählungen davon die Rede war. Doch meistens hatte man diese Dinge vor ihr als Kind geheim gehalten. Nach ein paar Monaten Leidenschaft hatte die Liebe ihrer Eltern in Fetzen gehangen wie der rote Lenkdrachen. So hatte es ihre Großmutter erzählt, nur dass sie das Wort Leidenschaft nicht benutzt hatte. Unselige Fügung, hatte Hedwig gesagt. Irgendwann hatte das Mädchen davon Wind bekommen, dass man ihrer Mutter, einer hellhaarigen Schönheit namens Sonja, die manchmal bei Abendgesellschaften im Haus aushalf, eine Affäre mit dem Mann nachgesagt hatte, dem das Haus gehörte. Henry Hansen, Frachtschiffreeder mit verkniffenen Lippen, vierfacher Vater, Ehemann ohne jeglichen Ehrgeiz, ein guter zu sein, Ignorant, Intrigant, Gefühlseisklotz. Das Wort Affäre *und auch die anderen Wörter, die in diese Richtung gingen, hatte es nicht verstanden, dazu war das Mädchen noch zu klein, aber es hatte kapiert, dass der mächtige Mann und ihre hübsche Mutter Dinge miteinander taten, bei denen manchmal Babys rauskamen.*

Dem Flüstern dieses Gespenstes lauschend, hatte sich das Mädchen eingeredet, dass er ihr Vater war. Die vier Hansen-Kinder ihre Geschwister. Das Haus auch ihres. Dass sie ein Recht darauf hatte, Teil der Familie zu sein und ihre Geschwister keines, auf sie herabzusehen und ihr das Gefühl zu geben, sie seien etwas Besseres und ihr überlegen. Sie hatte eine unstillbare Sehnsucht nach Nähe. Vor allem fühlte sie sich zu Tobias Hansen hingezogen, dem ältesten Sohn der Familie, mit dem sie oft Mitleid hatte, denn mancher Tag in seinem jungen Leben war ein Tag in der Hölle. Sie begann, an den Gitterstäben des goldenen Käfigs zu rütteln, sie wollte da rein, nicht länger das arme Mädchen sein, die Enkelin der Köchin, mit Haarbändern aus Lenkdrachenseide, und wenn sie erst drin war, so flüsterte ihr das Gespenst ein, würden ihnen beiden Flügel wachsen und sie würden davonschweben. Sie schön wie eine Märchenfee, er stark und stolz und nicht länger in geduckter Haltung.

Er war doch ihr großer Bruder. Aber für ihn gab es nur Klara.

Sie folgte den Spuren des Gespenstes, und die führten sie an diesem Sonntagnachmittag im Novemberregen zum Badehaus im Garten. Durch die Fenster sah sie ihren Bruder und ihre Schwester. Niemand hatte sie gefragt, ob sie dabei sein wollte. Nichts wollte sie mehr. Dazugehören. Endlich ihren Platz einnehmen. Den Platz, der ihr zustand. Heimat finden. Familie haben.

Alle Bedingungen schienen erfüllt, als Tobias losgerannt war, um etwas aus der Villa zu holen. Klara war allein im Badehaus zurückgeblieben. Sechs Jahre alt, in der Sonne ihres Vaters stehend, verzogen und eingebildet.

Das Mädchen betrat das Badehaus und ging zum Pool. Klara stand nicht weit entfernt vom Beckenrand in einem türkisfarbenen Badeanzug mit Rüschen am Oberteil.

Du sollst unseren Bruder nicht alleine haben, dachte das Mädchen. Dir gehört hier nicht alles.

Sie gab ihr einen Schubs. Nur ganz leicht. Klara stolperte und fiel ins gechlorte Wasser. Sie schlug nicht um sich, sondern ertrank ganz leise, so als würde sie sich mit ihrem Schicksal abfinden und kein großes Aufhebens darum machen.

Das Mädchen ging davon, ohne sich noch einmal umzusehen. Es suchte seinen Bruder, der bald endlich Zeit haben würde für sie. Wen hatte er sonst noch? Es fand ihn im Flur vor dem Schlafzimmer seiner Eltern, wo er ein Schreckensszenario ganz anderer Art beobachtete.

Er ließ Yvonne nicht in sein Leben.

Alle Mühe, umsonst.

Alle Hoffnung, vergebens.

Hedwig nahm ihre Enkelin nur noch selten mit in das Haus, weil sie Angst hatte, das Unglück würde abfärben wie Tinte vor dem Löschen mit Vliespapier. Nachdem die Mutter endgültig der zu erwartende Totalausfall geworden war und einige Jahre später starb, gelang der gesundheitlich angeschlagenen Hedwig die Zusammenführung von Tochter und dem Vater, der nicht nur in deren Einbildung existierte und der bereit war, nach Jahren des Stillschweigens die erforderlichen Pflichten zu übernehmen. Der war ein netter Mann, und sie folgte ihm nach Kiel, wo er auf einer Werft arbeitete. Zweizimmerwohnung, wenig Geld, aber behütete Stunden mit der Erlaubnis, ALF auf dem Sofa gucken und dicke Brotkanten in Ketchup zu tunken.

Als Hedwig eines Tages starb, wurde Yvette nie mehr Yvonne genannt.

EPILOG

Sie hatte ihre Tat so tief in eine Kiste in ihrem Inneren gesperrt, dass sie gar nicht mehr wusste, ob sie überhaupt jemals geschehen war. Aber sie hatte an den Ort zurückkehren müssen. Es war wie ein unkontrollierbarer, immer wiederkommender, quälend ins Bewusstsein drängender Reiz. Es war wie ein Zwang, eine Last, von der man sich erst befreien konnte, wenn man ihr nachgab. Manchmal war eine Heimkehr an den Ort der größten Schuld das beste Gefühl von Sicherheit, das man haben konnte. Manchmal endete sie in einem Albtraum. Sie hatte nicht ahnen können, dass Tobias Hansen ein mindestens ebenbürtiger Sparringpartner war. Sie hatte ja noch nicht mal gewusst, ob sie ihn wiedersehen würde. Aber dann hatte sie ihn gefunden, sie hatte ihn gerufen, er war gekommen. Er hatte sich sie, ihr Leben und das Haus unter den Nagel gerissen, immer noch voller Hass auf seinen Vater, immer noch unschlagbar darin, die blitzblank geputzten Manieren der feinen Hanseaten und sein überhebliches Gehabe allen entgegenzuschleudern, die er für unterlegen hielt. Er war stärker als gedacht und kaputter als befürchtet.

Aber war sie das nicht auch?

Yvette lächelte. Nein, war sie nicht.

Sie war immer dazu bereit gewesen, sich ein neues Leben zu erschaffen und ihr altes hinter sich zu lassen wie Fotos aus einer längst vergangenen Zeit, die man in Schnipsel reißt und vom Winde verwehen lässt. Die Welt war voller Menschen, die Geheimnisse hatten. Auf einen mehr oder weniger kam es da nicht an. Man war eher das, was man vor den anderen verbarg, als das, was man ihnen zeigte.

Über Yvettes schönes Blondinengesicht glitt ein Lächeln, und die Sonne überzog die Berge mit Blattgold, als sie sich auf den Weg nach Hause machte, um ihren Kindern Abendessen zu kochen.

DANK

Meine Eltern gingen gern in die Pilze. Taschenmesser. Festes Schuhwerk. Spankörbchen. Oft eine Wachsjacke, weil die Sonne ab Ende August an Kraft verlor und der Regen ab September / Oktober das Kommando übernahm und den Wald mit Feuchtigkeit durchtränkte, diesem typischen Geruch nach nassem Laub, nach Moos und der Herbheit des Holzes. Als mein Vater starb, zog meine Mutter alleine los. Sie suchte keine Pilze mehr. Wer sollte all die Herbsttrompeten, die Pfifferlinge und Maronenröhrlinge im Haus einer alleinstehenden Witwe essen?

Sie verlegte sich auf das Sammeln von Bucheckern, den kleinen dreikantigen Früchtchen der Buche, von der sich die Vögel und Nagetiere im Wald ernähren und mit denen meine Mutter sich die Taschen vollstopfte. Ein kleiner nussiger Snack, den die Natur einem schenkt, wenn man den Kern erst einmal aus der Schale gepult hat. Meine Mutter aber, ihr Name war Ruth, benutzte sie für etwas ganz anderes. Hatte sie etwas Schönes erlebt, etwas, wofür sie ihrer Meinung nach dankbar zu sein hatte, dem Herrn, dem Schicksal, dem Zufall, wem auch immer, wanderte eine Ecker aus der prall gefüllten rechten Jacken- oder Manteltasche in die leere linke, die auf der Herzseite.

Am Ende eines Tages waren in der Regel ein Dutzend Bucheckern in ihre neue Behausung gezogen, weil sie für so vieles dankbar war. Dankbar für Sonnenschein, der wärmt. Dankbar für den Morgentau auf dem Gras und die Kombination von Walnusseis und Espresso. Für Nudeln mit Tomatensauce und einen guten Weißburgunder. Für das Lächeln eines freundlichen Menschen, den Eichelhäher im Garten, eine unverhoffte Begegnung auf der Straße, die dunkelblauen Weintrauben, die raumgreifend an ihrem Balkongeländer hochwucherten, ein frisch bezogenes Bett, einen gehaltvollen Gottesdienst und ein »Ave Maria«, für eine Lebensweisheit, die nicht so abgedroschen daherkam, für einen unverhofften Schachpartner, für Günther Jauch und seine Quizshow, für die Violinenkünste von Daniel Hope, die zehnte Wiederholung von »About Schmidt« mit Jack Nicholson im Fernsehen.

Dass ihre Urne jetzt neben der meines Vaters unter einer Buche in einem Friedwald im Hintertaunus begraben ist, hat sie genau so gewollt. Als ich durch ihre Sachen gegangen bin nach ihrem Tod, die an den Garderobenhaken und in den Kleiderschränken hingen, waren die Taschen ihrer Jacken und Mäntel immer noch gefüllt mit den Bucheckern in ihrer braun glänzenden Schale, die in all den Monaten in ihrem dunklen Dasein ein wenig schrumpelig geworden waren. Ich lebe jetzt in Paris, wo das Sammeln von Bucheckern nicht zwingend zum Alltagsgeschäft gehört. Aber ich bilde mir ein, ich habe die rechte Jackentasche voll davon, ich nehme sie in die Hand und lasse sie hineinrieseln in die linke, während der Ginkgo-Baum in meinem Park im Wind rauscht.

Und so geht mein Dank an meinen Verlag und all die guten Geister dort, vor allem an meine wunderbare Lektorin Iris Kirschenhofer, immer voller Nachsicht, Rücksicht, Taktgefühl, Behutsamkeit und Verständnis, nie drängend, aber oft dringend gebraucht mit ihren zielsicheren Ideen und stilsicherer Hand. Er geht an meine Agentin Anja Keil, die ich inzwischen stolz meine Freundin nennen darf. Sie hinter und neben mir zu wissen, ist mir Freude und Beruhigung. Er geht an meine Freundinnen und Freunde. Zu groß die Angst, jemanden zu vergessen, deshalb verzichte ich auf die

Aufzählung Eurer Namen. Ihr werdet wissen, dass Ihr gemeint seid. Und er geht vor allem an meinen Mann Rolf und unseren Sohn Joshua, meine Lebenslieben und Lieblingsmenschen. Rolf, Du siehst von oben zu und weißt, was wir hier unten so treiben. Davon bin ich überzeugt. Ein ganzer Bucheckernregen für Euch beide!

Tana French

Der Sucher

Roman

Cal Hooper, ehemaliger Cop aus Chicago, hat sich in den Westen von Irland geflüchtet. Die Natur scheint friedlich, im Dorf nimmt man ihn freundlich auf. Da springt sein innerer Alarm an: Er wird beobachtet. Immer wieder taucht ein Kind bei ihm auf. Auf den umliegenden Farmen kommen auf seltsame Weise Tiere zu Tode. Stück für Stück gerät Cal in eine Suche, die ihn tief in die Dunkelheit führt.

»Ein Meisterwerk in seiner eigenen Liga: Diese soghafte Geschichte über vereitelte Träume ist Tana Frenchs bestes Buch bisher.« Washington Post

Aus dem Englischen von Ulrike Wasel
und Klaus Timmermann
496 Seiten, gebunden

Weitere Informationen finden Sie auf
www.fischerverlage.de

AZ 651-02567/1